최
비서의
비밀

최
비서의
비밀

초판 1쇄 인쇄일 2017년 01월 17일
초판 1쇄 발행일 2017년 01월 23일

지은이 | 이은교
펴낸이 | 김기선

편집장 | 김은지
편집부 | 임종성, 박지은, 김지현, 정미정

펴낸곳 | 와이엠북스(YMBOOKS)
출판등록 | 2012년 7월 17일 (제382-2012-000021호)
주소 | 서울시 도봉구 노해로 379, 1005호(창동, 대성빌딩)
전화 | 02)906-7768 / **팩스** | 02)906-7769
E-mail | ymbooks@nate.com

ISBN 979-11-322-4023-5 03810

값 9,000원

최
비서의
비밀

이은교 장편소설

YMBOOKS ROMANCE STORY

차 례

프
롤
로
그

서영은 무감한 눈빛으로 그의 얼굴이 보이는 인터폰을 바라보았다. 근래에 다시 걸려온 전화를 받지 않은 것이 화근이라면 화근이었다. 정말, 집까지 찾아올 줄은 몰랐다. 아니, 돌이켜 생각해보면 준석은 그러고도 남을 상사였다.

　원하는 것이 있다면 집요하게 파고들어 어떻게든 손에 쥐고야 마는 끈질긴 근성을 지니고 있는 상사라는 것은 함께 일한 3년이라는 긴 시간 동안 충분히 습득한 것이었다.

　왜 방심했을까. 서영은 속으로 그리 생각하며 낮게 한숨을 내쉬었다.

　"안에 있는 거 다 알고 왔으니까, 헛수고하지 말고 문 열어, 최 비서."

　그의 건조한 목소리가 인터폰을 통해 흘러들어와 서영의 귓가를 스쳤다. 지금 문을 열지 않는다면, 그는 어떤 반응을 보일까? 밤새도록 그 자리에 서서 기다리거나 인내에 한계가 오면 열쇠 수리공 아저씨를 부른다는 협박을 하겠지. 그래도 열지 않는다면, 기어코 수리공 아저씨를 불러 굳게 닫혀 있는 문을 손쉽게 열고 말 것이다.

그 상황에까지는 직면하고 싶지 않았던 서영이 조용히 현관문 앞쪽으로 걸음을 옮겼다. 달칵, 잠금장치를 풀고 현관문을 열자 흐트러짐 하나 없이 깔끔한 옷차림의 그가 커다랗고 까만 그림자를 드리우며 서영의 앞으로 다가왔다.

"배신을 한 얼굴치고는 그렇게 통쾌해 보이진 않네."

"……"

심기가 한층 꼬아져 있는 듯한 그의 목소리에 서영은 아무 대꾸 없이 그를 올려다보았다. 그의 얼굴엔 피곤함이 잔잔하게 깔려 있었지만, 여전히 흠잡을 곳 하나 없는 완벽한 얼굴이었다.

"날 언제까지 여기에 세워둘 거야? 이제 일도 그만뒀으니 상사도 아니다, 이건가?"

"들어오세요."

서영 역시, 현관문 앞에 세워두고 할 얘기는 아닌 듯싶어 뒤로 한 발짝 물러서 그가 들어올 수 있는 공간을 만들었다. 그가 안으로 들어오자, 외롭다고 느껴졌던 공간이 가득 차는 듯한 느낌이 들었다.

"이쪽으로 앉으세요."

서영이 식탁 의자 하나를 빼며 말했다. 그가 아무 소리 없이 다가와 앉았다. 식탁 안으로 다 들어가지 않는 긴 다리를 옆으로 빼서 꼬고 앉은 그는 주변을 천천히 둘러보았다. 그의 느긋하고도 깊은 눈동자가 자신의 공간을 훑고 있다는 것이 서영의 기분을 묘하게 만들었다. 서영은 애써 그 묘한 기분을 밀어내고 냉장고 문을 열었다. 딱히, 대접할 만한 것이 없었다.

"드릴 게 이것밖에 없네요."

서영이 건넨 건 투명한 유리잔에 담긴 시원한 물이었다. 준석은 그 물을 넌지시 바라보다 이내, 입술을 떼어냈다.

"돌아와. 나한테는 아직 최 비서가 필요해."

준석을 바라보던 서영의 눈동자가 매가리 없이 바닥으로 툭 떨어트리어졌다.

"이 주 동안 괜찮으셨던 거 아니에요?"

하지만 그 목소리에는 어딘가 모를 비장함마저 느껴졌다.

"하나도 안 괜찮았으니까, 다음 주부터 출근해."

"죄송해요."

"고작, 죄송하다는 말 듣겠다고 여기까지 온 거 아니야."

"알고 있지만, 전 돌아가고 싶지 않아요."

"왜 이렇게 멋대로 굴어? 최 비서답지 않게."

힘이 실린 준석의 목소리에도 서영은 꿈쩍하지 않았다. 그런 모습이 답답했는지, 준석은 앞에 놓인 물을 쭉 들이켰다. 물 한 컵을 그대로 비워낸 준석이 빈 컵을 내려놓고는 여전히 아무 반응도 보이지 않고 있는 서영을 응시했다.

자신을 향한 배신감에 물든 눈빛이 사납게 빛나고 있었다. 그가 이러는 것에 대해 충분히 이해할 수 있다. 자신이었어도 그랬을 것이다. 3년을 함께 일했던 직원이 어느 날 갑자기 사표를 내밀었다. 무르는 상사에게 생떼를 부리듯 매일 사표를 내민 걸로도 부족하여 그가 출장을 간 틈에 방을 빼버렸다.

그렇다고 일주일이 지난 지금까지 마음 편하게 지낸 것은 아니었다. 그만둬야 할 만한 사정이 있었고 그 사정에도 여전히 마음은 불편했으며 그곳에서 한 번도 벗어난 적이 없었다.

　　"최 비서."

　　"몇 번이고 드릴 말은 이거 하나밖에 없어요. 전, 돌아가지 않아요, 대표님."

　　"대체, 뭘 원하는 거야. 내가 어떻게 하면 다시 돌아올래? 말만 해, 내가 전부 다……."

　　"저랑, 연애하실래요?"

　　밑도 끝도 없는 황당한 말이라는 것을 안다. 자신도 알고 있는 그 말이 상대방에겐 오죽할까, 평소에 당황한 기색을 별로 보이지 않아 하던 준석의 얼굴이 확연히 굳어졌다.

　　"뭐?"

　　하지만 그럼에도 서영은 다시 한 번 그 말을 해보고 싶었다.

　　"저랑, 연애요. 연애해주실래요?"

　　영원히 그에게 닿을 수 없을 것만 같았던 그 말을.

제1부

그녀의 미소, 그리고……

1

3개월 전.

"아휴, 정말! 최서영, 요즘 정신을 어디다가 두고 사는 거니, 대체……"

어제 집에서 새벽까지 작성한 회의록이 담겨 있는 USB를 가져오지 않았다는 것을 깨달은 것은, 이미 회사에 도착하고도 한참이 지난 후였다. 남들보다 일찍 출근해서 여유의 시간은 있었지만 다시 집으로 돌아가기에는 좀 애매했다. 꼭 필요한 자료가 들어 있는 USB를 안 가져와 돌아가지 않을 수도 없는 상황이었다.

서영은 어차피 정답이 정해져 있는 갈등에 고민을 하다가, 지갑과 휴대폰을 들고 일어섰다. 서두른다면, 평소와 같이 먼저 출근해 있는 모습이 보이지 않아 좀 이례적인 일이라며 준석을 의아하게 할수는 있어도 지각을 하여 심기를 불편하게 하지는 않을 듯싶었다.

"제발, 정신 좀 차리고 살자, 최서영."

사무실에서 나와 엘리베이터 앞에 선 서영은 상하 버튼을 누르며 스스로를 꾸짖었다. 지하 주차장에 있던 엘리베이터가 부지런히 위로 올라오고 있었다.

"빨리 좀 올라와라. 빨리 좀……."

한시가 급한 마음에 평소에 잘 하지도 않은 새촉을 하며 LCD 번호판을 뚫어져라 바라보았다. 엘리베이터가 멈추고 문이 열리는 순간, 서영은 조금 전 자신이 재촉하며 중얼거렸던 말을 뼈저리게 후회했다.

"어디 가?"

"오셨어요?"

엘리베이터에서 내린 사람은 다름 아닌, Talk Talk의 대표이자, 서영의 직속상관인 준석이었다. 오늘따라, 평소보다 훨씬 일찍 출근을 한 준석을 보며 서영은 당황한 마음을 감추지 못했다.

"일찍 오셨네요."

"밤새우다가 왔어. 듣던 얘기 또 듣고, 또 듣고. 이래서 꼰대들은 피곤해."

이번에 Talk Talk의 고유 캐릭터를 입혀 출시되는 가전제품의 기업 오너들과 밤새도록 술을 마시며 시달렸다는 얼굴치고는 굉장히 말끔하고 멀쩡한 모습이었다. 서영은 그런 준석을 살포시 올려다보았다. 목이 찌뿌드드한지, 지그시 눈을 감고 원을 그리며 뭉친 근육과 피로함을 푸는 그의 모습은 언제 보아도 멋있어 보였다.

굴곡 없이 야무지고 날카로운 턱 선과 콧날, 까맣게 흐트러져 있는 속눈썹, 연한 다홍색의 입술. 회사 여직원들의 말마따나 정말 흠잡을 곳 하나 없이 잘생긴 외모였다.

준석의 눈이 떠질 기미가 보일 때쯤, 서영은 그에게 두었던 시선을 얼른 거두었다.

"그건 그렇고, 진짜 어디 가는 거야?"

느슨한 그의 시선이 서영이 쥐고 있는 지갑으로 향했다.

사실대로 말을 해야 할까, 시답지 않은 핑곗거리를 대며 몰래 갔다 올까.

준석이 눈치채지 못하는 갈등 속에서 혼자 고뇌하던 서영은 자신의 잘못을 인정하는 것이 낫다고 생각하며 입술을 떼어냈다.

"죄송합니다. 어제 회의의 회의록을 작성한 USB를 깜빡하고 집에서 가져오질 못해서, 그걸 가지러 갔다 와야겠습니다."

"됐어. 뭘 또 갔다 와, 귀찮게. 내일 제출해."

"금방 다녀올 수 있습니다."

"최 비서가 없으면 내가 피곤해져서 그래. 말 들어."

그는 노곤함이 잔뜩 깔린 낮은 음성으로 그리 말하고는 사무실로 걸음을 옮겼다. 군더더기 없는 깔끔한 걸음으로 앞장서 가는 준석의 뒤를 서영이 조용히 따라 들어갔다. 자극적이지 않은 은은한 시트러스 향이 서영의 코끝을 간질였다. 익숙한 준석의 향이었다.

"금방 커피 준비해드리겠습니다."

"커피는 됐고, 한 시간 뒤에 좀 깨워줘. 이대로는 도저히 아무것도 못하겠다."

"네, 알겠습니다."

준석이 들어가자마자 서영은 한 시간 뒤로 알람을 맞춰놓았다.

밤을 새우고 출근을 한 그는, 아침도 걸렀을 것이 분명했다. 서영은 그 모습 그대로 회사를 빠져나와 근처에 있는 카페로 향했다. 술을 마시고 온 그는 남들과는 좀 다른 해장법이 있었다. 얼큰하거나 국물이 있는 것이 아닌, 평상시에는 잘 먹지도 않는 달콤한 빵이나 느끼한 샌드위치를 찾곤 했다.

일어나면 준비해줄 생각으로 빵과 샌드위치를 사서 다시 돌아온 서영은 결재를 위해 올라온 사원들에게 상황을 전하고 돌려보냈다. 그의 얼마 되지 않는 단잠을 깨우고 싶지 않았다.

준석을 깨워야 하는 한 시간이 되기 5분 전. 사 온 빵과 샌드위치를 전자레인지에 데워서는 따뜻한 커피와 함께 들고 대표실로 향했다. 노크를 하고 문을 열자, 대표실은 여전히 어둠 속에 잠식되어 있었고 귀퉁이에 마련되어 있는 침실에서는 준석의 일정한 숨소리가 들려왔다.

서영은 쟁반을 테이블 위에 올려놓고 침실로 향했다. 자신의 눈썹 높이만큼 오는 자동문 너머를 까치발을 들고 살폈다. 그가 세상모르게 곤히 잠들어 있었다.

쌕쌕-

간부들이 매일 뒤에서 말하는 '싹수도 없는 어린놈'이라는 말 중 그는 지금 '어린놈'처럼 느껴졌다. 자신이 베고 있는 커다란 베개의 모퉁이를 살며시 끌어안고 자고 있는 그의 모습이 어린아이처럼 느껴져 서영은 또 한 번 함박웃음을 지어 보였다.

준석의 잘생긴 얼굴 하나, 하나를 감상하느라 자신이 무슨 이유로 대표실에 들어왔는지도 망각하고 있었다.

그때 따르릉릉르. 따르르르르릉. 마치, 정신을 차리라는 듯, 침묵과 평온을 깨며 서영의 주머니에 있던 휴대폰에서 요란한 알람 소리가 울렸다. 서영이 당황해하며 얼른 알람을 꺼버렸지만, 이미 준석은 잠에서 서서히 깨어나는 중이었다.

피로함에 짓이겨진 몸이 무거운지, 일어서는 준석은 한없이 힘겨워 보였다.

"조금 더 주무시겠어요?"

"아니, 괜찮아. 불 좀 켜줘."

"네."

서영이 스위치를 켜자, 갑자기 찾아든 환한 빛이 낯설었는지 준석이 눈살을 확 찌푸렸다. 적응하지 못한 빛에 한참을 앉아 있던 준석이 뒤늦게 이불을 거두어 냈다.

"식사 준비해놨습니다."

서영이 버튼을 누르자, 자동문이 열리고 그가 샌드위치와 커피가 있는 소파에 와 앉았다. 그러고는 아주 힘겹게 커피 한 모금을 마셨다.

"술이 안 깨는 건지, 잠이 안 깨는 건지……."

그가 만사 귀찮다는 모습으로 소파 뒤로 몸을 깊숙이 기대었다. 그의 온몸은 피곤하다고 아우성을 치고 있었다. 그것도 그럴 것이, 일본에 새롭게 오픈하게 될 매장 때문에 한창 바쁘다가 입지와 시장 조사를 검토하기 위해 일본 출장을 갔다 오자마자, 잡힌 술자리였다. 그가 쓰러지지 않고 저렇게 버티고 있다는 것 자체가 놀랄 일이라고 해도 과언이 아니었다.

평소 집요하게 관리했던 체력과 타고난 듯 악착같은 근성이 그를 무너지지 않게 하고 있다는 것을 서영은 알고 있었다.

소파에 몸을 쭉 기대고 늘어져 있었지만, 준석의 다부진 근육이 자리매김하고 있는 몸은 감히 와이셔츠 따위가 감추지 못하고 탄탄함을 그대로 내보이고 있었다. 사랑스러운 외모와는 상반된 그의 몸은 또 다른 매력으로 어느 여자의 마음이든 자극할 수 있었다.

그와 함께 일을 하게 된 건 큰 행운이었다. 서영은 입사한 지 5개월 만에, 원래 준석의 비서였던 윤정의 산후 조리로 인해 생긴 공석에 대타로 들어왔다. 윤정보다 호흡이 더욱 잘 맞는다고 느꼈는지 준석은 자신의 비서로 서영이 계속 있어주길 바랐다. 윤정 역시, 야근이 너무 많은 준석의 비서보다는 다른 임원들의 비서를 하는 것을 더욱 반겼다.

한참을 그렇게 그를 바라보던 서영이 갑자기 자신 쪽으로 꽂히는 준석의 시선에 흠칫, 놀라며 창문을 가리고 있는 커튼을 전부 쳤다.

"환기 좀 시키겠습니다."

창문을 전부 열고 밑에 놓아두었던 화분을 창가 위로 옮겼다.

"욕조에 따뜻한 물 좀 받아 놓겠습니다."

자주 밤을 새우는 바람에 드레스룸과 작은 욕실까지 사무실에 마련되어 있었다. 그것은 대표실뿐만이 아니었다. 직원들의 편의를 고려해 곳곳에 샤워실과 수면실을 배치한 복지가 아주 좋은 회사였다.

욕조에 따뜻한 물까지 받고 다시 나온 서영은 들고 들어온 스케줄 다이어리를 꺼내 들었다.

"이번 주 스케줄 말씀드리겠습니다."

"음……."

그가 신음에 가깝게 대답했다. 서영은 다이어리에 적혀 있는 스케줄을 꼼꼼하고 똑 부러지게 읽어 나갔다.

"내일은 다른 스케줄은 딱히 없으신데, 어머니 생신 파티가 잡혀 있습니다. 수요일엔 서울 지점 매장의 시찰이 있으시고 목요일 오전에는 이번에 H제품과 협업으로 출시되는 상품의 오픈 행사가 있을 예정입니다. 금요일엔……."

그러는 동안, 준석은 늘어졌던 몸을 일으켜 앞에 있는 샌드위치를 먹었다. 허기가 졌던 모양인지, 그는 순식간에 샌드위치를 먹어 치우고서는 고소하고 쓴 커피를 마셨다.

"어머니 선물, 뭐가 좋을까?"

그는 3년 동안 늘, 습관처럼 그녀에게 그리 물었고 서영 역시, 이맘때가 되면 늘 미리 알아본 것들을 이야기해주었다.

"사모님께선 요즘 부적, 꽃에 많은 관심을 보이고 계신 걸로 압니다. 그런 의미에서 드라이플라워로 만든 액자를 선물하시는 것이 어떨까 싶은데……."

"드라이플라워?"

"꽃을 건조해서 관상용으로 만든 것인데, 그 꽃으로 액자를 만들어서 거실에 달아놓기만 해도 분위기가 살고 좋더라고요. 요즘 인테리어에 많이 사용되고 있습니다."

"괜찮겠네. 오늘 퇴근하고 같이 가서 예쁜 걸로 좀 골라줘."

"네, 알겠습니다."

어머니의 선물을 사는 날의 준석은 언제나 서영을 대동했다. 아무래도 여자의 선물을 고르는 센스가 좀 부족한 자신보다는 여러 방면에서 센스 있는 서영을 데리고 가는 것이 훨씬 효율적이기 때문이었다. 무엇보다도, 개인적으로 어머니는 자신이 고른 것보다 서영이고른 선물에 매우 만족하시곤 했다.

"그럼, 필요하신 거 있으시면 말씀하세요."

지금 당장, 준석에게 전달해야 하는 모든 업무 사항은 끝이 났다. 준석은 마시고 있던 커피를 들고 자신의 자리로 향했고 서영은 텅 빈 접시가 놓여 있는 쟁반을 들어 올렸다. 서영이 힐끔, 준석을 바라보았다. 그의 관심은 자신과 한 공간에 있는 서영의 존재가 아닌, 업무로 향해 있었다.

서영의 아쉬운 발걸음은 더디게 대표실을 빠져나왔다.

이것저것 정리를 하고 있던 서영은 이번 출시하게 될 신상품 샘플이 완성되었다는 개발팀 메일을 확인하고 아래층으로 내려갔다. 서영이 다가오자 담당자들은 긴장된 얼굴로 샘플을 가지고 회의실로 향했다. 서영은 준석에게 최종 검사를 받기 전, 상품의 상태에 대해서 꼼꼼하게 살펴보았다.

이번 새로운 상품은 카드를 열면 귀여운 캐릭터들이 콘셉트에 맞게 들어간 입체 카드와 USB, 그리고 액세서리들이었다. 서영은 그것들을 자세히 들여다보다 카드의 캐릭터 중 코가 하나 없는 것을 발견했다.

"대표님께서 이런 거 민감해하시는 거 아시죠?"

"어머, 이게 왜 빠졌지?"

다시 꼼꼼하게 상품들을 들여다보는 서영을 보며 여직원들은 질린다는 얼굴로 몸서리를 쳤다.

"그럼 다시 한 번 확인 부탁드릴게요."

서영이 나가자, 담당자 한 명이 깊은 한숨을 내리쉬었다.

"아무튼, 최 비서 그냥 대충 넘어가지를 않아."

"그러니까 말이야. 저런 여자한테 시집가는 남자는 하루하루가 피곤할 것 같아. 잔소리에 잔소리에, 또 잔소리. 눈만 뜨면 잔소리. 같은 여자지만 너무 심해."

"최 비서 얘기 그만하자. 스트레스받는다."

"그건 그렇고 이 코는 왜 빠져 있던 거야? 정말!"

오늘 오후 4시 전까지 보고를 올려달라는 말을 덧붙이기 위해 회의실 앞까지 왔던 서영은 안에서 들려오는 불만 어린 직원들의 뒷말에 손잡이로 뻗었던 손을 내려놓았다. 마음이 불편하지만 어쩔 수 없는 일과 관련된 문제였다. 준석에겐 보다 완벽한 보고서를 올려야 한다는 것이 서영이 일하면서 늘 지니고 있는 신념이었다.

완벽한 보고서를 만들기 위해 까다롭게 군 것은 사실이었고, 그 까다로움 때문에 직원들이 자신을 못마땅해하고 있다는 것도 전부 알고 있는 사실이었다. 그런데도 이렇게 직접 험담을 듣게 되니 기분이 썩 좋지 못했다. 하지만 딱히 티를 내지 않고 회의실 문을 열었다.

그들은 다시 등장한 서영에 저승사자라도 만난 것처럼 놀라서는 입을 쩍 벌렸다. 오롯이 회사와 대표인 준석을 위해서 일을 하며 살아온 서영이었다. 그렇기에, 저런 하찮은 험담 따위에 전혀 흔들리거나 위축되지 않았다. 서영은 여전히 자신의 눈치를 살피고 있는 사원들에게 좀 전에 나갔을 때와 같은 지극히도 건조한 얼굴로 입술을 떼어냈다.

"4시까지 보고서 올려주세요."

사무실로 올라온 서영은 마치, 아무 일도 없었다는 사람처럼 더욱 열심히 일을 했다.

자고 일어나 커피 몇 잔을 마시고 나니 사라졌던 피로함이 다시 몰려오는 기분이었다. 준석은 제 손에 들린 허술하기 짝이 없는 기획서에 뒷골이 지끈지끈하게 당겨올 정도로 심기가 불편해졌다. 기획서는 1000일을 맞이한 1호점의 콘셉트 기획안과 Talk Talk의 메뉴 개발, 그리고 광고 콘티 기획서였다. 뭐 하나 마음에 드는 상황이 단 하나도 없었다.

"이 1000일 콘셉트 기획안은 지난번 500일 때 진행했던 콘셉트와 색깔만 제외하고 일치하는 거 같은데, 제 착각입니까?"

준석의 말에 직원들은 아무 말도 하지 못하고 눈치만 살필 뿐이었다. 준석이 거칠게 들고 있던 기획안 하나를 집어던졌다.

"이 새롭게 개발했다는 메뉴는 이미 타 애플리케이션에서 이미 실행하고 있는 걸로 알고 있는데, 그런 조사도 해보지 않으시고 그냥 무작정 기획안을 올리는 의도가 무엇인지 말씀 좀 해주시겠습니까?"

기획안을 작성해 온 팀장을 향해 치켜떠진 준석의 눈은 맹수의 그것처럼 매서웠다. 팀장은 깊은 한숨을 내쉬며 죄송하다는 말만 연신 조아릴 뿐이었다.

"이번에 하게 될 광고가 우리 회사 콘셉트와 맞는다고 생각들 하십니까? 우리 회사는 화장품 광고 회사가 아닙니다. 고상 같은 거 떨 필요가 없습니다. 배경음악이 클래식에 너구리가 이렇게 얌전하게 앉아……."

더는 할 말도 없다는 듯이 준석이 기획안을 탁자에 툭, 하고 던지다시피 밀쳐냈다. 머리가 다 지끈지끈 아팠다. 나름, 젊고 톡톡 튀는 아이디어로 뭉친 직원들과 일을 하고 있다고 생각했는데, 믿는 도끼에 발등을 다 찍힌 기분이었다.

준석이 매고 있던 넥타이를 느슨하게 풀고서는 노트북을 열었다. 그러고는 딱딱한 어조로 말했다.

"지금부터 담당하신 기획들에 대한 아이디어 세 개씩 말씀하세요. 시간은 충분히 드리겠지만, 오늘까지입니다."

"네?"

직원 한 명이 시계를 확인하고 화들짝 놀라 물었다.

"왜요."

단 두 마디뿐이었는데, 그의 불편한 심기가 들어 있는 것이 노골적으로 느껴져 아무도 다른 반응을 보이지 못했다. 그들은 절실히 직감하고 있었다.

오늘 이 대표실을 퇴근이라는 이름으로 빠져나갈 수 없음을.

대표실에선 무거운 정적이 흘렀고 때때로 아이디어를 낸 직원과 준석의 대화가 이어지기도 했다.

"이번 우리 1000일 콘셉트를 '시계를 잃은 산타' 콘셉트로 잡는 건 어떻습니까? 산타가 시계를 잃어버린 탓에 좀 일찍 오게 된 거죠."

준석의 말에 사람들이 오, 하며 은근히 놀라워했다. 초가을에 찾아오는 산타라. 예상치 못한 선물을 받은 것 같은 설렘이 들기도 했다.

"그거 괜찮은 것 같습니다, 대표님."

한 시간이라도 빨리 끝내고 싶은 마음에 얼른 대답을 했지만, 정말 괜찮은 아이디어이기도 했다.

"그럼, 이번 기념 기획안은 이것을 토대로 다시 기획안을 만들어 오세요."

하지만 그 뒤로는 그렇다 할 아이디어 대신, 짙은 한숨 소리만 대표실을 채울 뿐이었다.

얼마간의 시간이 흐르고 밖에 있던 서영은 무심하게 시계를 보며 퇴근 시간이 다가오고 있음을 확인했다. 준석은 대표실 안에서 몇 시간째 회의를 하고 있었다. 언제 끝날지 모를 회의였기에 중간에 말을 해야 하나 말아야 하나 고민하고 있던 참에 멀찍이 있는 문이 열리고 직원 한 명이 나왔다.

"아휴, 힘들어."

그가 투정 아닌 투정을 피우며 빠르게 화장실로 향했다. 화장실에 갔던 그가 다시 대표실 안으로 돌아가고도 두어 시간이 넘게 흘렀다. 이제 곧 있으면 쇼핑몰 폐점 시간이 임박해오고 있다는 사실에 서영이 자리에서 천천히 일어났을 때였다.

대표실 문이 열리고 임원들이 어깨가 축 처진 채로 빠져나왔다.

"말도 안 돼. 저녁 먹고 다시 모이라니."

"그러게 말이야. 오늘 밤샐 생각인가 봐. 눈물이 다 나올 것만 같다."

속닥거리며 느린 걸음으로 사라지는 임원들을 바라보던 서영의 시선 끝이 안에 있는 준석에게로 향했다. 준석은 어깨와 뺨 사이에 휴대폰을 끼워 무언가를 말하며 바쁘게 재킷을 입고 있었다. 잠시 후, 대표실을 나온 그가 통화를 끝냈는지 휴대폰을 내려놓았다.

"어머니 전화 받고 생각났어. 오늘 선물 사러 가기로 한 거."

"그러셨던 것 같아요. 그래서 저도 지금 막 말씀드리려고 했어요."

"차 가지고 갈 테니까, 앞에서 기다리고 있어."

"네."

마무리를 짓고 회사 밖으로 나온 서영의 시선이 회사 옆 편에 있는 주차장 입구로 향했다. 익숙한 그의 고급스러운 세단이 부드럽게 미끄러져 나와 단숨에 서영의 앞으로 다가왔다. 얼른 조수석으로 올라탔다. 차 안에는 그녀가 어디를 다니든 익숙하게 배어 있는 그의 향이 은은하게 퍼져 있었다.

"어디로 가면 돼?"

"제가 주소 찍겠습니다."

서영이 얼른 내비게이션에 주소를 찍었다. 장소는 시내에 있는 대형 쇼핑몰이었다. 천천히 장소로 향하는 차 안에서 오고 가는 대화는 별로 없었다. 준석은 운전을 하는 동안에도 업무에 대해 깊은 생각을 하는 것처럼 보였고 서영은 그런 준석의 생각을 방해하고 싶지 않았다.

그들이 도착한 쇼핑몰은 평일 오후인데도 사람들로 북새통을 이르렀다.

서영이 미리 알아낸 가게는 3층에 있었다. 줄지어 있는 에스컬레이터에서 순서대로 올라타려는데, 뒤에서 성질 급한 사람이 서영의 허리춤을 확 밀어버렸다.

"어!"

그 바람에 몸이 쏠리면서 앞에 서 있는 준석의 허리에 머리를 그대로 박아버리고는 반동으로 뒤로 휘청였다. 자신의 허리에 닿은 서영이 머리가 느껴졌는지, 준석이 반사적으로 몸을 돌려 뒤로 넘어가려는 그녀의 팔을 붙잡았다.

서영의 눈길이 여전히 자신의 팔을 잡고 있는 준석의 손으로 향했다. 곧, 제 손에서 떨어져 나가버린 손이었지만, 그 잠깐의 순간에 느껴버린 그의 손은 참 듬직하면서도 따뜻했다. 완전히 맞잡는 그의 손의 감촉은 어떨까, 서영은 문득 그 생각을 하며 씁쓸하게 미소 지었다.

"조심해. 여기 너무 복잡하다."

"네……."

서영의 안내로 도착한 곳은 각종 인테리어 장식품과 아기자기한 소품들이 파는 숍이었다. 가게는 넓었고 서영의 관심을 금세 사로잡을 수 있는 귀여운 소품들로 가득 차 있었다. 자꾸만 한눈팔고 싶은 충동을 참으며 직원에게 물어 드라이플라워를 팔고 있는 공간으로 향했다.

서영은 준석의 어머니에게 어울릴 만한 것이 무엇이 있나, 꽤 신중하게 물건들을 살폈다. 그리고 한눈에 사로잡힐 만큼 기품 있어 보이는 액자 속에 담긴 꽃을 발견했다.

"이건 무슨 꽃인가요?"

"스모그트리라는 꽃입니다."

"혹시, 꽃말은 뭔지 아세요?"

"'희망찬 내일'이라는 뜻을 지니고 있습니다."

뜻마저도 마음에 들었다.

"이게 좋겠어요."

서영이 매우 흡족해하며 벽에 걸린 커다란 액자를 가리켰다. 준석도 꽤 마음에 드는 눈치였다.

"예쁘네, 그걸로 하지. 얼마죠?"

준석이 계산을 하는 동안, 그제야 서영은 은근히 부담감을 느끼고 있던 사명감을 홀가분히 떨어트린 기분으로 마음껏 주변을 구경했다. 꽃을 그다지 좋아하는 편은 아니지만, 이렇게 오랜만에 보는 꽃은 눈을 쉽게 뗄 수 없을 만큼 예뻐 보였다.

"이건 무슨 꽃이에요?"

"미스티블루라는 꽃인데, '영원한 사랑'이라는 꽃말을 가지고 있어요."

"아……."

계산을 끝낸 준석이 물건을 받아 곁으로 다가왔다.

"나 이거 차에다가 두고 올 테니까, 먹고 싶은 가게 안으로 먼저 들어가 있어."

"바쁘실 텐데, 저녁은 그냥 집에 가서 먹어도 돼요."

"밥까지는 같이 먹어줄 수 없겠다는 걸 굳이 돌려서 말하는 중인가?"

"그런 건 아니에요."

"그런 거 아니면 먹고 가."

이 시간에 저녁을 먹고 다시 회사에 들어간다는 것은 마땅한 의견이 나오지 않았다는 것이고 그 의견이 나올 때까지 밤을 새울지도 모를 일이었다.

"네, 그럼 그렇게 하겠습니다. 라멘집에 가 있을게요. 대표님 라멘 좋아하시잖아요."

주차장으로 향하는 그의 뒷모습을 멀거니 바라보던 서영이 위로 올라가는 에스컬레이터에 몸을 실었다.

위층으로 올라와 라멘집으로 들어가려던 서영의 발걸음이 문득, 반대쪽에서 걸어오고 있는 낯익은 사람들로 인해서 반사적으로 멈춰졌다.

"어? 서영 누나."

무의식중에 아는 척을 해버린 것에 대해 아차 싶었는지, 지훈은 금세 옆에 있는 제 누나의 눈치를 살폈다.

"오랜만이다."

서영은 누구에게 건네는지 모를 한마디를 무심하게 던져놓았다. 그럼에도 한참 동안 반대쪽에서 돌아오는 대답은 없었다. 서영은 마주 보고 있던 그들에게서 시선을 천천히 거둬냈다.

"그러게요, 누나. 오랜만이네요. 잘 지냈어요?"

한참 뒤에야 다가와 다정하게 묻는 지훈의 질문에 서영이 입가에 작은 미소를 걸쳤다. 시종일관 지훈의 옆에서 서영을 죽일 듯이 노려보고 있던 지윤이 그대로 그녀의 곁으로 다가왔다.

"재수 없게 아는 척하지 마. 그때, 그렇게 아는 척해달라고 할 때는 쌩깠던 계집애가 이제 와서 무슨 이유로 아는 척을 하고 지랄이세요."

힘을 꽉 쥔 서영의 어깨를 거칠게 치고 지나가던 지윤의 목소리는 얼마 가지 않아, 분노를 가득 억누르고 있는 목소리로 다시 들려왔다.

"뭐예요, 당신은?"

"당신은 누군데, 저 사람한테 그런 막말을 하는 겁니까?"

지윤의 목소리와 함께 들려오는 준석의 목소리에 화들짝 놀란 서영이 잔뜩 굳어 있던 몸을 황망하게 돌려세웠다.

"별일 아니에요, 대표님. 오래전부터 친하게 지내던 친군데……."

"내가 왜 네 친구야?"

준석에게 붙들려서도 지윤은 풀이 꺾기는커녕, 냉랭한 눈빛으로 서영을 노려보았다. 사태가 점점 심각해지고 있다는 것을 깨달은 지훈이 급하게 다가와 지윤을 이끌었다.

"정말 죄송합니다. 미안해요, 누나. 오랜만에 만났는데, 이런 상황 만들어서."

"네가 왜 미안해!"

"그만해, 누나. 우리 그만 가볼게요."

말리는 지훈과 버둥거리는 지윤이 사라지고 남은 자리에는 공기마저 미적지근한 어색한 분위기가 흘렀다.

"왜 그런 소리 듣고도 가만히 있었던 거야? 열 받게."

"죄송해요."

"최 비서한테 그 말 듣겠다고 하는 말 아니잖아."

괜한 것에 의미를 붙이지 말자고 그렇게 다독여보아도 잘 되질 않는다. 갑작스럽게 마주쳐버린 지윤과의 만남에 혼란스러우면서도 서영은 자신을 두둔하던 준석의 모습에 무용한 기대만 걸게 된다. 굳이, 자신이 아니었어도 그렇게 했을 분이었다.

Talk Talk의 설립 초창기에 진행했던 박람회에서 은근히 우리 직원들을 무시하는 상대 기업의 직원들에게도 준석은 저리 무섭게 으르렁거렸었다. 뭐든지 자기 것을 남이 함부로 대하는 것을 치 떨리게 싫어하는 분이었다.

그러니, 괜한 기대를 하지 말자며 서영은 오늘도 수십 번은 넘게 했던 그 다짐을 한 번 더 해본다.

"친구는 맞아?"

"네, 맞아요."

"저런 것도 친구라고?"

"제가 잘못한 게 있어서 화가 좀 많이 나 있어요. 풀어야죠."

준석은 방금 자신의 심기를 건드린 여자와 서영의 관계에 대해서 도통 이해를 하지 못하는 듯싶었지만, 더 이상 묻지 않았다.

"정말이에요. 친한 친구였는데……. 잠깐 서로 오해가 있어서 그런 거예요."

"네가 그렇다면 그런 거겠지, 뭐."

더는 관심이 없다는 투였다. 그가 자신의 개인적인 일에는 딱히 관심이 없다는 것을 알고 있으면서도 왜 말을 덧붙이는 쓸데없는 짓을 했는지, 이해가 가지 않았다.

"……."

"배고프다."

준석은 라멘집 입구에 설치되어 있는 발을 걷으며 먼저 안으로 들어갔다. 자리를 잡고 앉자마자 서영은 또다시 바쁘게 움직였다. 냅킨을 꺼내 젓가락과 숟가락을 세팅하고, 빈 컵에 물을 따라주었다. 준석이 물을 들이켜고 빈 잔으로 내려놓자, 서영이 다시 한 번 컵에 물을 채워주었다.

서로 원하는 것을 고르고 직원을 불렀다.

"이걸로 두 개 주세요."

"그중 하나엔 계란이랑 파 빼주세요."

준석이 주문을 하자, 서영이 뒷말을 가져다 붙였다. 준석은 삶은 계란을 싫어하고 파를 잘 먹지 않는다. 주문을 받은 직원이 가자, 준석은 언제 채워져 있는지도 몰랐던 컵을 넌지시 바라보았다.

"가끔 그런 생각이 들어."

"무슨 생각이요?"

"어쩌면, 나보다 네가 나를 더 잘 알고 있을지도 모른다는 생각. 그리고……."

플라스틱 물 컵을 든 준석이 천천히 손목을 돌렸다. 별 의미 없는 행동이었지만, 서영은 그런 준석의 행동 하나하나에도 시선을 떼지 않았다. 그러다 다음으로 들려오는 준석의 말에 서영은 오늘 하루도 헛되게 보내지 않았음을 안도하며, 작게 미소를 지어 보였다.

"그런 네가 없으면 내 생활이 많이 답답해질지도 모르겠다는 생각."

다정한 말투는 아니었지만, 그 한마디에 서영은 치열하고 외로웠던 오늘의 하루도 충분히 보상을 받았다.

준석과 식사를 끝내고 집으로 돌아온 서영은 괜찮다는 자신을 집 앞까지 데려다준 준석의 차에서 내리기 직전 받은 작은 쇼핑백을 열어 보았다. 그는 무심하게 쇼핑백을 건네주며 말했다.

'야근 수당은 이거랑 저녁밥으로 퉁 치자.'

"……."

쇼핑백에서 나온 것은 다름 아닌, 서영이 계속 바라보고 있었던 미스티블루가 담긴 작은 액자였다. 준석이 이 액자를 사준 건, 우연히 일어난 일은 아닐 터였다. 계산을 하던 그가, 자신의 위치를 살피기 위해 주변을 둘러보다가, 이 액자에 한눈을 팔던 자신을 발견했을 거라 생각하니, 귀 끝이 뜨거운 물을 부은 것처럼 달아오르는 기분이었다.

하지만 기분이 결코 싫지는 않았다. 서영은 준석이 사준 액자를 품에 소중히 끌어안고 피로함에 젖어든 노곤한 몸을 소파 깊숙이 기대어 누웠다.

반면, 서영을 내려주고 회사로 돌아가던 준석은 막히는 도로 위에 서 창문 너머를 바라보았다.

도로 위를 점령한 수십 개의 헤드라이트와 대교를 밝히는 전등들은 밤이 되었다는 것이 무색할 만큼 찬란하고 화려했다. 그 아른거리는 불빛들을 바라보며 서영과 함께 있던 순간을 무의식중에 떠올렸다. 느슨하게 감았다가 떠진 눈에는 피로함이 잔뜩 서려 있었다.

왜, 자신의 발걸음이 다시 그 숍으로 향했는지는 스스로도 잘 이해가 되지 않는 행보였다.

하지만 확실한 건, 그녀가 미스티블루라는 꽃이 담겨 있는 액자에서 눈을 떼지 못했던 모습이 자꾸만 머릿속에서 맴돌았다는 것이다. 꽃 주변을 윙윙거리며 돌아다니는 벌처럼 성가시기도 했고, 냇가에 아이를 혼자 두고 온 것처럼 마음이 걸리기도 했다. 그 성가심을 없애기 위해서 기꺼이 자처한 번거로움에 대한 후회는 없었다.

아무래도 마음에 걸리는 건 사실이었다. 자신의 바쁜 일정 때문에 그럴싸한 휴가 한 번 제대로 간 적 없는 직원인데, 저녁 시간까지 잡아먹는다는 것이. 그녀의 시간을 멋대로 잡아먹은 미안함을 덜기 위한 그 이상, 그 이하의 행동도 아니라고 단언했다.

여전히 움직일 기미를 보이지 않는 꽉 막힌 도로에 지친 준석이 몸을 의자 깊숙이 기대었을 때였다. 짤막하게 휴대폰이 울렸다.

[며칠 야근 수당은 받지 않아도 될 것 같습니다. 감사합니다, 대표님. 집에 조심히 들어가시고 내일 뵙겠습니다.]

문자를 확인한 준석은 답장을 보내지 않고 그대로 휴대폰을 조수석에 던져놓았다가 빵이 들어 있는 봉지를 발견했다. 라멘집에서 나오던 길에 보인 빵집으로 들어간 서영이 준석에게 건넸던 봉지였다. 회의하는 동안 출출할 때 먹으라는 말을 덧붙이며.

이런 면이나, 저런 면이나, 참 좋은 비서이다.

막힌 도로가 서서히 뚫리면서 차가 움직이기 시작했다. 운전을 하고 있는 그의 입가엔 어느새, 보일 듯 말 듯 한 작은 미소가 피어올라 있었다.

2

다음 날, 점심시간에 지훈이 찾아왔다.

근처 카페에서 기다리겠다는 지훈을 만나러 가는 발걸음이 자꾸만 망설여졌다. 오랜만의 만남인 데다가, 어제의 불미스러운 일에 지훈을 마주치는 것이 마음이 편하질 않았다. 하지만, 여기까지 찾아온 애를 그냥 돌려보낼 수도 없어 서영은 마음을 다잡고 카페로 향했다. 지훈은 창가 테이블에 앉아서 서영을 기다리고 있었다. 자신만큼이나 지훈의 얼굴에도 긴장감이 역력해 보였다. 카페 문을 열고 들어가자, 지훈의 얼굴이 반사적으로 문으로 향해 막 들어온 서영과 눈을 마주쳤다.

"누나."

자리에서 어정쩡하게 일어서는 지훈을 보며 서영도 어정쩡한 미소를 지어 보였다.

"잘 지냈니?"

서영의 물음에 지훈이 낮게 고개를 끄덕였다. 주문을 하고 차가 나올 때까지, 두 사람 사이엔 무거운 정적이 흘러내렸다. 차가 나오고 지훈이 서영의 어깨 너머의 DP용 냉장고를 바라보았다.

　"제가 갑자기 오는 바람에 점심도 못 먹었죠? 샌드위치라도 하나 시켜줄게요."

　"괜찮아. 배 별로 안 고파."

　"예전이나 지금이나, 입 짧은 건 여전하네요. 그러니까 이렇게 말랐죠⋯⋯."

　지훈의 걱정에도 서영은 아무 말도 하지 않고 눈앞에 있는 차로 손을 뻗었다.

　"넌? 넌 먹었니?"

　"네, 전 먹고 왔어요. 휴대폰 번호가 바뀌어서 좀 당황했는데, 그래도 회사 번호가 있어서 참 다행이었어요. 그 회사 오래 다니시네요."

　"워낙 좋은 회사라⋯⋯."

　"다행이네요."

　"⋯⋯."

　서영이 우려했던 것처럼, 어색함을 동반한 시간이 흘렀다. 한창 서로 잘 지낼 때는, 이런 순간이 단 한 번도 찾아온 적이 없었는데⋯⋯.

　"어제⋯⋯ 우리 누나가 집으로 가는 내내, 누나 욕 많이 했어요."

　"나, 오래 살겠다."

　시답지 않은 서영의 농담에 지훈이 실없이 웃어 보였다. 그 웃음 속에서 어린 날의 지훈이 얼핏 스쳐 지나갔다.

　"선생님 돌아가시고 어떻게 지냈어?"

　"바로 군대 갔다 왔어요."

"그럼 지금은? 대학생인가?"

"네. 이제 2학년이에요."

"성적은 좋고?"

"아니요."

지훈이 살짝 머쓱한 표정을 지으며 대답했다.

"그래, 너 어렸을 적부터 공부 머리는 좀 아니었지."

옛 추억이 떠올랐는지, 지훈과 서영이 동시에 실소를 터트렸다. 조금 전까지 두 사람 사이를 가로막고 있던 어색함이 조금씩 허물어지는 기분이었다.

"전 그냥, 어제 만나서 인사도 제대로 못 한 것 같아서 온 거예요."

할 말이 더 있어 보이는 지훈이 애써, 그리 말했다.

"그래, 잘 했어."

지훈과 함께 시킨 차를 마시며 소소한 대화를 나눈 후 카페를 나온 서영은 급하게 지갑에서 오만 원권 몇 장을 꺼내 건넸다.

"맛있는 거 사 먹어."

"아니요. 괜찮아요."

"친누나가 주는 용돈이라고 생각하고, 부담 없이 써."

"누나가 왜 내 친누나예요……. 누나, 나한테…… 친누나 아니잖아요."

"그래, 피 한 방울 안 섞였으니까, 친누나는 아니다. 내가 좀 오버했네. 그래도 좀 받아주라. 너 여기까지 왔는데, 맛있는 점심도 못 사준 게 마음에 걸려서 그래."

"그럼 다음에 사주세요."

"응?"

"다음에. 시간 날 때, 따로 불러서 맛있는 밥 사주세요."

"……."

"밥 사주고 싶을 때, 전화해주세요. 난 아직 누나가 알고 있는 그 번호예요."

지훈이 고르고 예쁜 치아를 보이며 환하게 웃는다. 그 웃음이 어찌나 해맑던지 마음이 자꾸만 먹먹해져왔다.

"그래, 전화할게. 조심히 가고."

"네, 들어가세요."

"그래."

서영이 먼저 돌아섰다. 뒤에 선 지훈이 자신을 바라보는 시선이 고스란히 느껴졌지만 걸음을 늦추거나 멈추지 않았다.

"누나."

하지만 얼마 가지 않아 들려오는 지훈의 목소리에 서영이 멈칫했다. 천천히 돌아보니, 지훈은 여전히 그 자리에서 한 발짝도 멀어지지 않은 채, 서 있었다.

"기다리고 있을게요. 나랑 밥 먹자는 전화든, 우리 누나를 찾는 전화든……."

"……."

"알죠? 나 원래 어렸을 때부터 기다리는 거 잘했던 거. 기다리고 있을게요. 그러니까, 언제가 되든 상관은 없으니까 꼭 해줘요, 연락."

응. 서영은 지훈에겐 들릴 듯 말 듯하게 대답을 하고서는 걸음에 더욱 속도를 높였다. 한때 가장 사랑했던 사람들이었다. 친구 지윤과 친구의 동생 지훈, 그리고 그들 남매의 엄마이자 스승.

초등학교 3학년, 엄마는 늘 집에 없었고, 집에 있는 날엔 술에 취해 잠이 들어 있었다. 제대로 된 밥을 먹어본 적이 없었다. 언제나 배는 고팠었고 그걸 참다 참다 못해 같은 반 친구 도시락을 몰래 훔쳐다가 먹었다. 그것을 담임선생님에게 들키고 말았다. 담임은 도둑질을 했다면서 한 시간 내내 벌을 세웠다. 물론, 잘못을 했다지만 그 당시에는 너무 억울해서 눈물이 멈추질 않았다. 혼이 나고 올라오던 길에 옆 반 담임이었던 스승과 눈이 마주쳤었다. 같은 반이었던 지윤의 엄마이기도 했다. 아마, 서영이 도시락을 훔쳐 먹었다는 소문이 이미 전부 나버린 상태였을 거였다.

그날 이후, 그분이 출근길에 싸온 도시락은 늘 두 개였다. 서영이의 도시락과 지윤이의 도시락.

차별 없는 똑같은 반찬이었다. 어설픈 계란말이, 소시지, 연근, 미소된장국. 한 번도 먹어보지 못한 것들도 많았다. 게맛살, 작은 게 튀김 같은 것들…… 선생님은 행여나, 서영이 자존심이라도 상할까 싶어, 매일 아침 일찍 출근해서 몰래 서랍에 도시락 통을 넣고 가시곤 했다.

서영은 그 도시락 통을 보며 매일 아침 눈시울을 붉혔었다.

"……."

그렇게 고마우셨던 분인데, 유일하게 자신을 사랑해주셨던 어른이었는데. 왜, 왜, 나는 매일 바쁘다는 핑계로 자신을 보고 싶어 했던 그분과의 만남을 매일 미뤘을까, 고마워하고 감사해하지 않고. 나를 그렇게 사랑해주던 걸 왜 늘 당연하다고 느꼈을까……. 그렇게 갑자기 가버리실 줄 알았으면, 진작에 좀 잘할걸……. 그렇게 인사도 못하고 가버리실 줄 알았으면 진작에 가서 인사라도 좀 나눌걸.

이해받지 못할 죄책감과 이제 주위에서 절대 사라지지 않을 후회들이 서영의 마음을 아프게 짓눌렀다.

지훈과 헤어지고 자리로 올라왔을 때도 서영의 마음은 여전히 슬픔의 여운이 남겨져 있었다. 서영은 오늘 스케줄을 확인하며 준석에게 차를 준비해주기 위해 자리에서 일어났다.

"아……!"

또 한 번의 빈혈로 서영이 자리에서 휘청였다.

"요즘 끼니를 잘 건너서 그런가? 점점 더 심해지는 것 같네."

빈혈과 함께 지끈거리는 이마를 손으로 짚고 한참을 자리에서 머물렀다. 잠시 후, 괜찮아진 몸을 이끌고 차 한 잔을 준비해 대표실로 들어왔다.

"어제, 그 쇼핑몰에서 본 남자 맞지?"

자리에 차를 놓아주고 있는 서영에게 준석은 눈길도 주지 않은 채, 덤덤하게 물었다.

"네?"

"지나가다 봤어. 카페에 있는 거."

"아, 네……."

"꽤 심각해 보이던데, 무슨 일이라도 있는 거야?"

"아니요, 아무 일도 없어요."

"개인적인 일이라 말하기 싫은 건 아니고?"

서류에 두고 있던 준석의 시선이 천천히 서영에게로 향했다. 서영은 아무 말 하지 않고 그저, 낮게 고개를 내젓다가 수첩을 꺼냈다.

"오늘 저녁에 비서실장님 송별회가 있는데, 참석하실 건가요?"

오늘은 비서실장의 송별회로 비서실 회식이 잡혀 있었다.

"그래야지."

"네, 알겠습니다. 필요하신 거 있으시면 말씀하세요."

서영이 나가고 나자, 정적이 흐르는 대표실엔 준석의 나지막한 한숨 소리가 새어 나왔다.

왜, 자신이 갑자기 그 말을 불쑥 꺼냈는지 이해가 가지 않았다. 하지만 그냥, 무심하게 지나치기에는 그녀의 표정이 정말 심상치 않아 보여 자꾸만 마음에 걸렸다.

아끼는 직원으로서 도울 수 있는 일이라면 도와주고 싶었다. 그러면서도 한편으로는 꽤 훈훈해 보이는 남자와는 무슨 관계인지 궁금했다.

서영은 마주 보고 있는 남자와 간혹 웃기도 했다가, 서러운 표정을 짓기도 했다. 준석이 평소에 봐왔던 서영이 무뚝뚝하고 건조하게 남자들을 대하는 것하고는 완전히 다른 느낌이었다. 그녀는 어딘가 모르게 상당히 애틋해 보였고 남자 역시, 그런 비슷한 감정으로 서영을 대하고 있었다.

"……."

두 사람의 관계가 궁금하다가도, 곧 뭔 상관인가 싶어 거두어냈다. 그럼에도 자꾸만 쓰이는 신경에 준석은 또 한 번 한숨을 내뱉어 버리고 말았다.

서영은 업무를 마무리 짓고 대표실 문을 노크했다. 안에서 들어오라는 준석의 목소리를 듣고 문을 열고 들어갔다.

"회식 자리에 먼저 가 있어. 난 마무리를 지을 게 좀 있어서."

준석이 여전히 손에서 놓지 않은 서류를 들고서는 말했다.

"제가 도울 건 없나요?"

"응, 없어. 나도 얼마 안 걸릴 거 같아."

"그럼 밖에서 기다리겠습니다."

"아니야. 그래도 명색이 비서실장 송별회인데, 최 비서까지 늦어서는 안 되지."

"그럼, 먼저 가 있도록 하겠습니다."

준석의 제안으로 먼저 회식 자리에 도착한 서영은 준석의 자리를 확보해놓은 후, 자신의 자리를 찾아 앉았다.

"최 비서, 오랜만이야."

"오셨어요?"

비서실장의 반가운 인사와 함께 비서들이 들어왔다. 대부분이 서영보다는 후배들이어서 깍듯하게 인사를 건네왔다.

"여태 너무 수고 많으셨습니다."

서영이 아쉬운 마음에 비서실장과 악수를 청했다.

"고생은 무슨……. 우리 회사 비서 중에 고생은 최 비서가 제일 많이 하지."

"이제 일 그만두시면 뭐 하실 거예요?"

"글쎄, 퇴직금 받아서 전부터 차리고 싶었던 이자카야 차려볼까, 생각 중이야."

"잘 되셨으면 좋겠어요."

"고마워."

자리를 잡고 식사가 시작되었다.

"최 비서도 한 잔 해."

비서실장이 소주병을 들고서는 술을 권했다. 평소 술을 좋아하는 편도 잘 마시는 편도 아니지만, 오늘은 날이니만큼 조금 마시고 싶기도 했다. 서영이 두 손으로 잔을 내밀자, 비서실장이 가득 채워주었다.

"웬일이야? 최 비서 잘 마시네."

한 번에 원 샷을 하고 내려놓는 서영을 보며 비서실장이 믿기 힘들다는 얼굴로 말했다.

"한 잔 더 할래?"

예전 같았으면 괜찮다고 거절을 했겠지만, 마지막인 비서실장에게 그렇게 하는 것이 조금 어려워 또다시 잔을 내밀었다.

이상하게도 오늘은 술이 조금 달게 느껴졌다. 한두 잔이 한 병이 되고, 술기운이 조금씩 올라가고 있을 때, 갑자기 식사를 하던 사람들이 일제히 자리에서 일어났다. 주변을 두리번거리니, 식당 안으로 준석이 들어오고 있었다. 서영도 얼른 자리에서 일어났다.

비틀.

고깃집의 열기 때문인지, 술기운이 평소보다 훨씬 빠른 속도로 올라오는 기분이었다.

"정말, 언제 봐도 대표님은 멋있어."

"그치? 아, 나는 본부장님 말고 대표님 모시고 싶다. 최 비서님이 부러워."

준석이 가까이 다가오는 동안, 비서들의 작은 목소리로 펼쳐지는 수다가 동굴에서 듣고 있는 것처럼, 조금 울리는 것처럼 들려왔다.

"오셨어요?"

"최 비서 많이 마셨어? 얼굴이 왜 그렇게 빨개?"

자리에 앉으려던 준석이 금방이라도 터져버릴 것 같은 서영의 얼굴을 바라보며 물었다.

"아니요. 많이는 안 마셨는데……."

붉어진 얼굴을 맨손으로 어루만졌다. 준석이 놀라 물어보는 것이 이해가 갈 정도로 뜨거웠다.

"그만 마시는 게 좋겠어."

준석이 자리에 앉으며 무심하듯 말을 흘렸다. 때마침, 서영도 그만 마시려고 했던 참이라 눈앞에서 아예 소주잔을 치워버렸다.

"와, 근데 최 비서님 술 드시고 얼굴 붉어지시니까, 귀여우세요."

본부장 비서가 서영을 보며 살갑게 말했다.

"최 비서님 남자 친구 있으시죠?"

술로 무르익은 자리는 대표인 준석이 있어도 그다지 어렵게 느껴지지 않은 모양이었다. 본부장 비서의 질문에 안에 있던 사람들의 시선이 온통 서영에게로 쏟아졌다. 그 안에는 이제 막, 비서실장에게 소주 한 잔을 받고 있는 준석도 포함되어 있었다.

"아니요, 아직 남자 친구 없어요."

"왜요? 완전 예쁘시고 직장도 좋으신데. 저 아는 대학 동창 있는데 소개해드릴까요? 이번에 대기업에서 대리급 달았는데."

머리가 살짝 어지럽고 얼굴이 더욱 뜨거워진다. 서영은 제 얼굴에 별로 효력도 없는 손부채질을 하며 고개를 내저었다.

"아니요, 전 아직 애인을 사귈 마음이 없어서요."

"왜 없어요?"

"그냥, 없어요. 다른 남자……."

서영은 하마터면 본능적으로 준석에게 향할 뻔했던 자신의 눈동자에 화들짝 놀라서는 꾹 감았다가 떴다. 세상이 빙글거렸다.

"아, 남자에 별로 관심 없어요. 네, 저 남자에 별로 관심 없어요. 아직은 일이 훨씬 좋아요. 네, 정말 그런 것 같아요……."

"최 비서님 횡설수설하시는 거 보니까, 취하신 것 같다."

본부장 비서의 말에 딱히 부정할 수가 없었다. 서영은 이대로 있다가는 감당도 되지 않을 정도로 취할 것 같았다. 바깥바람이라도 좀 쐬면 나을 것 같아, 자리에서 천천히 일어났다.

"밖에서 바람 좀 쐬고 올게요."

평소에 술을 잘 마시지 않는 탓에, 이렇게 얼마 마시지 않아도 금방 취해버리는 서영이었다. 고깃집을 빠져나오자, 답답한 마음이 서늘한 바람에 그제야, 조금 트이는 것 같았다. 주변에 있는 편의점으로 들어가 숙취해소 음료 하나를 골라 나와 파라솔 의자에 앉았다. 몸을 뒤로 발라당 기대어서 잠시, 호흡을 가다듬었다.

"아, 어지러워. 정말 왜 이렇게 어지럽지……."

누가 보아도 취한 사람처럼 혼잣말을 하던 서영은 빨리 술이 깨길 바라며 들고 있던 음료를 따기 위해 힘을 주었다.

"이게 왜, 안 뜯어……."

"이리 줘."

순식간에 손에 들고 있던 음료가 누군가의 손으로 옮겨졌다. 서영은 자꾸만 감기려고 하는 눈을 간신히 치켜뜨며 위를 올려다보았다. 자신의 음료수를 가볍게 까서 건넨 사람은 다름 아닌, 준석이었다.

"대표님?"

"비서실장이 그만두는 게 많이 아쉬웠던 모양이야."

준석이 맞은편에 앉으며 넌지시 물었다. 준석도 술이 몇 잔 들어가서인지 긴장이 살짝 풀어지고 평소보다 들떴다.

"아무래도 정도 많이 들고, 또 저 신입 때도 많이 챙겨주시고 해서……. 아, 이거 드세요."

자신이 마시려던 음료를 냉큼 준석에게로 불쑥 내밀었다. 준석이 두 개로 보이기도 했다가 세 개로 보이기도 하는 바람에 내민 곳이 하필이면 빈 공간이었다.

"응?"

서영이 고개를 내저으며 두 눈을 끔뻑였다. 준석이 없다는 것을 확인하고서는 다시 초점을 맞추듯, 눈을 감았다가 뜨기를 반복하고 있었다.

"미치겠다……."

준석이 웃음을 꾹 참으며 낮게 중얼거렸다. 준석은 서영의 술주정을 알고 있었다. 평상시 알고 있던 최 비서라는 사람이 낯설게 느껴질 만큼, 그녀는 술에 취하면 완전히 다른 사람이 되곤 했다. 조금 딱딱하고 냉정한 모습이 사라지고 자리 잡은 어리바리한 모습이 준석의 눈에는 마냥 귀여워 보였다.

물론, 처음에는 적응이 되지 않아 많이 당황하곤 했지만.

"나보단 최 비서한테 더 필요한 거 같아."

아직까지도 내밀고 있는 손을 거두어주자, 서영이 음료를 벌컥벌컥 쉬지 않고 들이마셨다.

"오늘은 뭐든 원 샷을 하려나 보네."

캬. 숙취해소 음료를 마시고 하기에는 다소 어색한 추임새까지 넣는 서영에 준석의 웃음이 더욱 짙어졌다.

"매번 느끼는 거지만, 최 비서는 술만 마시면 참 다른 사람 같아."

"네?"

서영이 고개를 갸웃하며 눈을 동그랗게 뜨고 묻는다.

"나쁜 뜻은 아니야."

대답을 해주었지만, 의미를 제대로 파악하지 못하는 모양이었다. 서영은 눈을 좌, 우로 굴리며 준석의 말을 곱씹어 보고 있었다.

"많이 취한 것 같으니, 오늘은 바로 일어나지."

"저 안 취했어요, 대표님."

"누가 봐도 지금 당신 취했어. 그것도 아주 많이."

"아니에요. 저, 정말 안 취했습니다. 믿어주세요."

손사래까지 치며 부정하던 서영의 시선이 준석의 어깨 너머로 향했다. 준석이 뒤를 돌아 서영이 바라보고 있는 것을 확인했다.

"인형 뽑기 오랜만에 보네."

"귀엽다……."

서영이 인형 하나를 사랑스럽다는 듯이 바라보며 중얼거렸다.

"갖고 싶어?"

"아니요. 딱히 그런 건 아닌데, 정말 귀여워서요. 어렸을 때 진짜 좋아하던 캐릭터거든요."

준석이 회사 자판기에서 뽑아 먹고 재킷에 넣어두었던 동전 몇 개를 들고 일어났다.

"하시려고요?"

서영이 자리에서 일어나 준석의 뒤를 좇아 인형 뽑기 기계 앞까지 다가왔다. 동전을 넣고 준석이 집게를 움직여 보았지만 근처에 닿지도 않고 실패했다.

"대표님도 못 하시는 게 있긴 있으시군요……."

낮은 서영의 중얼거림에 준석의 오기에 불이 켜졌다. 준석은 편의점으로 들어가서 지폐를 동전으로 바꿔 가지고 나왔다.

"기다려, 아직 안 끝났어."

하지만 타오르는 마음과는 달리 현실은 계속 헛집게질로 허탕을 치고 있었다. 준석이 또 한 번 편의점으로 들어가 지폐를 바꿔 왔다.

"그냥, 제가 나중에 가게 가서 사는 게 나을 것 같아요. 그만하세요, 대표님."

흥미를 잃은 듯 서영이 물러설 때쯤, 준석의 두 눈이 휘둥그레졌다.

"어, 어, 어어!"

"어? 어어어!"

아슬아슬하게 인형의 귀가 걸린 채로 입구 쪽으로 오고 있었다. 두 사람은 숨을 죽인 채, 집게에 귀가 걸려 나오고 있는 인형의 방향을 큰 눈으로 좇았다. 마침내, 인형이 입구 쪽으로 쏙, 하고 몸을 감췄다.

"와아!"

서영이 환호성을 질렀고 준석이 입구 문을 열어 인형을 꺼냈다.

"너무 감사드립니다, 대표님."

"그게 그렇게 좋아?"

"네, 너무 귀엽잖아요. 대표님도 인형 좋아하시잖아요."

틀린 말이 아니다. Talk Talk의 물건 중 유난히도 인형에 애착을 보이는 건 준석이었다.

"좋아하지, 인형."

"아, 귀여워."

팔을 이러지러 휘두르며 낮게 중얼거리는 서영을 보며 준석의 입가에도 연신 웃음꽃이 피어났다.

"네가 더 귀엽다."

서영에겐 들릴 듯 말 듯 한 혼잣말을 낮게 중얼거리며.

준석이 뽑아준 귀여운 인형을 바라보던 것을 끝으로 필름이 끊어져버린 서영의 아침은 절망으로 물들어졌다. 서영은 눈을 뜨자마자 커튼 사이로 비집고 들어오는 따가운 햇볕에 인상을 찌푸리며 다시 이불 안으로 기어 들어갔다.

"아, 미쳤어. 최서영."

기억이 나지 않는 순간은 정말 두렵다. 자신이 무언가를 실수하지 않았을까, 하며 상상하는 것들은 너무 잔인한 것들이 많아서 서영을 더욱 못되게 괴롭혔다. 혹시나 실수한 것이 없을까, 머리를 쥐어 짜냈다. 어찌 된 게, 술만 취하면 어디서 그런 용기가 나서 그따위로 행동을 하는지 당최 스스로가 이해할 수가 없었다.

이불을 걷어내자 화장대 위에 덩그러니 앉아 있는 인형이 보였다. 술에 취해 준석에게 어리바리한 모습을 보여줬다고 생각하니 창피함이 올라와 온몸이 붉게 타오르는 것 같았다.

"내가 다시 한 번 입에 술을 대면 사람이 아니다."

대충 씻고 준비를 하고 나왔다. 오늘은 황금 같은 주말이었지만, 집에 있으면 한없이 늘어지기만 할 것 같아 회사로 향했다. 다음 주에 있을 준석의 출장 일정도 확인해보고 이래저래 미리 해두면 좋을 것들이 많았다.

"오늘은 좀 쉬지 그랬어."

허전한 속에 좋을 것 같은 토마토 주스를 사 들고 엘리베이터를 기다리고 있던 서영은 뒤에서 들려오는 준석의 목소리에 화들짝 놀랐다.

"대표님, 안녕하십니까."

어제의 일 때문에 민망해서 차마 두 눈을 제대로 마주치지 못하며 황급하게 인사를 건넸다.

"어제 별일 없었어."

마침 도착한 엘리베이터 안으로 몸을 실으며 준석이 넌지시 말했다.

"아……. 죄송합니다. 제가 어제 비서실장님 마지막이라 술을 조금 조절하지 못하고 마신 것 같습니다."

"별일 없었다니까?"

준석의 목소리에 희미한 장난기가 담겨 있었다. 눈치를 살피던 서영의 눈동자와 준석의 눈동자가 공중에서 맞부딪혔다. 그가 슬쩍 미소 지었다.

"그냥, 차에서 잠들어버리는 바람에 내가 업고 데려다준 거밖엔?"

"네?"

"아무리 깨워도 안 일어나더라고, 막 신경질 부리면서."

"제가요?"

전자는 사실이지만 후자는 준석의 장난이었다. 하지만 그 장난에 홀딱 넘어가서 놀라는 서영의 모습이 웃겨서 준석은 멈출 수가 없었다.

"응, 최 비서가."

말도 안 돼……. 혼란스러운 듯 심각한 얼굴로 눈을 굴리던 서영이 크게 한숨을 내쉬었다. 하지만 도통 어제 일이 제대로 기억이 나지 않아서 그런 일을 배제할 수도 없는 노릇이었다.

도착한 엘리베이터의 문이 열리고 준석이 먼저 내렸다. 그 뒤를 서영이 힘없는 발걸음으로 따라갔다.

"정말 죄송합니다, 대표님."

"괜찮아, 그 정도쯤은."

"아닙니다. 정말, 죄송합니다. 다시는 이런 일 없도록 하겠습니다."

"그렇게 죄송해?"

준석이 가던 걸음을 멈춰 세우며 재차 되물었다.

"네, 제가 큰 실수를 한 것 같아서 정말 죄송합니다."

"그렇게 죄송하면 오늘 날 좀 적극적으로 도와주겠어?"

꼭 그 이유가 아니어도 서영에겐 언제나 그를 적극적으로 도와야 하는 사명감이 있었다. 준석은 대표실로 들어가 서류 뭉치를 가지고 다시 나왔다.

"가자."

"어디 가시는 거예요?"

"음, 작업실?"

그가 도착한 곳은 다름 아닌, 한 전문학교의 제빵 실습실이었다. 언제 주방복까지 빌린 것인지, 그가 정장에서 하얀 주방복으로 갈아 입고 나왔다. 정장을 입던 평소하고는 다소 다른 느낌이었지만 멋있는 건 여전했다.

"제가 뭘 좀 도와드릴까요?"

"아직은."

서류 뭉치를 넘겨보던 준석이 믹싱볼에 박력분과 설탕, 소금 등을 저울에 올려놓고 계량을 했다.

"근데, 갑자기 웬 빵을 만드시는 거예요?"

"이번 우리 캐릭터로 빵을 출시해볼까 해서. 어떤 빵이 맛있을까, 한번 만들어보려고."

"원래 빵 잘 만드세요?"

"응, 나 고등학교 때 동아리 활동으로 제과제빵 했거든."

정말 의외라 서영은 자신도 모르게 피식, 바람 빠지는 웃음을 지어 보이고 말았다.

"왜? 안 어울려?"

"네? 아, 조금요."

"나도 자전거 동아리에 들고 싶긴 했지만, 어머니가 빵을 진짜 좋아하셨어."

준석이 반죽 여러 개를 뭉치고 발효기에 넣어두고서는 서영이 앉아 있는 자리 옆으로 다가와 앉았다.

"마실 거라도 사 오겠습니다."

"그냥 앉아 있어."

준석은 일어서는 서영의 손목을 잡아다가 끌어 앉혔다. 그러고선 벽에 머리를 기대고 살며시 눈을 감았다. 창문을 통해 들어온 햇살 때문인지, 그의 솜털이 금빛처럼 빛나고 있었다. 그의 얼굴을 자신도 모르게 넋 놓고 바라보고 있던 서영은 발효기 기계 타이머 소리에 화들짝 놀라 얼른 시선을 거두었다. 준석이 자리에서 일어나 발효된 반죽을 가져와 작업대에 올려놓았다.

그러고선 순식간에 회사 캐릭터 하나를 만들어 오븐 팬에 올려놓았다. 일명 똥손이라고 불릴 만큼 뭐 만드는 것에는 전혀 재주가 없는 서영으로서는 준석의 능력이 너무 신기해 보이기만 했다.

"최 비서도 한번 만들어볼래?"

"아니요. 전 이런 거 해본 적 한 번도 없어서요."

"괜찮아. 시험 보는 것도 아니고, 그냥 재미 삼아서 만들어보는 건데."

"그럼, 그래볼까요?"

한번 만들어보고 싶다는 호기심에 서영이 준석에게로 다가갔다.

"반죽을 이렇게 조금만 뜯어서 손바닥에 놓고 비벼봐."

준석의 말대로 비볐다.

"그럼, 이렇게 작은 동그라미가 나오지? 이걸 엄지로 바깥쪽들을 꾹꾹 누르면 키리키리의 귀가 되는 거야."

준석의 손에는 사막 여우 캐릭터인 키리키리의 귀가 완벽하게 나왔다. 하지만 서영의 손에는 석기시대에 쓸 법한 돌칼 모양 같은 것이 나와 있었다.

그 모양에 준석도 많이 당황한 듯싶었다.

"이건 그렇게 어려운 모양이 아닌데."

"제가 이런 쪽에는 전혀 재주가 없어서, 아무래도 전……."

서영이 금세 민망해져서는 고개를 내저었다.

"그래도 기왕 손에 밀가루 묻힌 거, 하나는 완성시켜봐."

준석을 따라 만들고는 있지만, 만들면 만들수록 더욱 모양이 해괴망측해져가는 캐릭터에 서영은 좌절했다.

그리고 오븐에 넣었다가 나온 빵은 그야말로 몇 번이고 발로 짓밟은 것 같은 모양을 하고 나왔다. 그 옆에 준석이 만든 빵이 너무 완벽해서 민망한 몫이 몇 배로 다가오는 것 같았다. 준석이 서영의 빵을 보며 웃음을 참고 있었다.

"그냥, 버리겠습니다."

어째, 얼굴보다 귀가 더 크게 나온 사막 여우 빵 쪼가리를 든 서영의 손목을 준석이 가볍게 막아 세웠다. 그는 여전히 웃겨 죽겠다는 얼굴을 하고 있었다.

"왜, 왜. 버리지 마."

"……."

"모양은 이래도 분명 맛은 있을 거야."

준석이 빵을 뜯어서는 입에 가져가 음미하듯 씹었다.

"맛있네, 빵은 진짜 맛있다."

서영은 전혀 믿지 못하는 눈치였다.

"진짜야."

먹기 좋게 빵을 뜯어 건네는 준석에게 받아 속는 셈 치고 먹어보았다. 몇 번 씹던 서영의 표정이 점점 환해지기 시작했다.

"우와, 정말 맛있어요."

걸음을 옮겨 냉장고로 온 준석이 안에서 무언가를 꺼내 종이컵에 따라 돌아왔다.

"이거랑 같이 먹어."

"감사합니다, 대표님."

컵에는 새하얀 우유가 담겨 있었다. 보기에는 개떡 같아 보여도 맛은 일품인 빵을 한 입 베어 물고 우유를 마셨다. 부드럽고 고소한 맛이 입 안에서 기분 좋게 퍼졌다.

하지만 서영의 기분이 더 좋은 건, 예상치 못한 선물을 받은 듯 주말 초저녁을 준석과 함께하는 지금 이 순간 때문이었다.

제 2 부   무거운   발걸음

1

"으······."

첨예한 바늘로 콕콕, 찌르는 것 같은 고통스러운 두통에 서영은 잠시 가던 걸음을 멈춰 세웠다. 눈앞이 컴컴해질 정도로 핑, 어질하게 감도는 빈혈도 괴로웠다. 고질이 되어버린 불면증과 대충 때우는 끼니 때문에 그러려니 생각하며 관자놀이를 지그시 문질렀다.

얼마 뒤에 꽤 괜찮아진 몸을 다시 이끌어 자리로 향했다.

평소 긴장을 해도 되도록 겉으로 티를 내지 않는 성격이지만 오늘만큼은 서영도 긴장을 풀 수가 없었다. 오늘은 준석의 부(父)인 연호의 출판 기념회 행사가 잡혀 있는 날이었는데, 고위층 인사들과 유명인들도 상당히 참석하는 큰 행사였다. 참석하는 사람 중에, 준석과 면목부지한 사람들도 상당히 많았다.

그들이 다가와 준석에게 인사를 건넸을 때, 당황하는 일이 없도록 옆에서 귀띔을 주기 위해 미리 입수한 그들의 이력을 통째로 외웠다. 언제나 했던 비서의 마땅한 본분이었다.

그런데 조금 전 점심을 먹으며 다시 한 번 확인을 해봤을 때, 거짓말처럼 머리가 하얗게 백지장 상태가 되어 있었다.

"왜 이러지……."

딱히 이렇다 할 일도 없는데, 요즘 대체 어디다가 정신을 팔고 다니는지를 모르겠다. 서영은 답답한 마음에 연거푸 한숨을 내리쉬며 이력을 다시 외우기 시작했다. 퇴근이 다가오는 시간에 맞춰 근처에 드라이를 맡겨놓은 정장 숍으로 향했다.

"대표님."

받아 온 정장을 들고 대표실로 들어가자, 자리에서 서류를 보고 있던 준석이 자신의 손목에 찬 시계를 본다.

"벌써 시간이 이렇게 됐네."

몸을 가볍게 풀고는 서영이 건네는 정장을 들고 안에 작게 마련되어 있는 드레스룸으로 향했다. 그러는 동안, 서영은 준석이 다 마신 컵과 책상 위를 말끔하게 정리했다.

"최 비서."

막 대표실을 나가려던 서영은 드레스룸 안에서 자신을 나지막하게 부르는 준석에 걸음을 멈춰 세웠다.

"네, 대표님."

"이리 와서 넥타이 좀 골라줘."

서영은 들고 있던 컵을 내려놓고 천천히 그가 있는 드레스룸으로 향했다. 남성미를 한층 짙게 만들어주는 차콜 그레이 색상의 더블 브레스티드 슈트를 입고 전신 거울 앞에 서 있는 준석의 모습이 보였다. 어떤 옷을 입혀놔도 잘 어울리는 그였지만, 특히 오늘의 슈트는 그의 외모와 위엄을 더욱 빛나게 해주었다. 한참을 넋 놓고 준석을 바라보고 있던 서영은 자신의 시선을 눈치채고 넥타이가 진열되어 있는 방향으로 눈짓을 하는 준석 때문에 번뜩 정신을 차렸다.

서영은 새삼 심각하게 넥타이가 진열되어 있는 곳을 살폈다. 기념회 행사를 참여한 누구보다도 그가 빛나길 바라는 마음으로.

"표정이 꼭 수능 보고 있는 수험생 같아서 내가 다 도와줘야 할 것 같아."

준석의 말에 서영은 자신이 너무 심각했다는 것에 머쓱해하며 잔뜩 찌푸리고 있던 미간을 풀었다. 서영은 두 개의 넥타이를 꺼내 들었다.

"블루 계열이나 버건디 계열의 넥타이가 좋을 것 같아요. 이렇게 작은 도트가 들어가 있는 넥타이는 어떠세요?"

크게 포인트를 주지 않은 앙증맞은 크기로 디자인한 도트 넥타이였다.

"버건디 계열이 괜찮네."

넥타이를 가져가 매는 준석의 뒤로 향했다. 키가 상당히 차이가 나는 바람에 서영은 살포시 뒤꿈치를 들고 살짝 접혀 있는 슈트의 깃을 판판하게 펴주고선 물러섰다. 거울 앞에 서 있던 준석이 거울을 통해 그녀를 바라보고 있었다. 눈이 마주쳤는데 모른 척할 수가 없어 서영이 물었다.

"뭐 더 필요하신 거 있으세요?"

"아니, 왜? 내가 쳐다봐서 부담됐어?"

"딱히 그런 건 아닙니다."

"그냥, 문득 신기해서."

서영이 대답 대신, 눈썹을 살짝 올렸다 내리며 바라보았다.

"나도 잘 모르겠어. 정확하게 뭐가 신기한 건지."

싱거운 그의 대답에 서영이 멋쩍게 웃어 보였다. 두 사람이 나란히 대표실을 빠져나와 주차장으로 향했다.

"운전은 제가 하도록 하겠습니다."

운전석에 올라탄 서영은 자신이 준비한 스크랩 노트를 뒤에 앉아 있는 준석에게 건넸다.

"이게 뭐야?"

"이번 주 일본에서 나온 기사들입니다."

딱히 따로 지시를 내린 사항이 아니었음에도, 모든 것을 미리 준비해놓는 서영에게 준석은 새삼 또 한 번 놀랐다. 이번 Talk Talk가 유독 심혈을 기울이고 있는 도쿄 오프라인 스토어는 3층 규모에 달하는 초대형 숍이었다. 일본은 오픈일이 두 달도 넘게 남은 최초의 Talk Talk에 지속적인 관심을 보이고 있었다. 그래서 하루에도 몇 개의 관련된 기사가 쏟아져 나왔는데, 서영은 그것을 일주일 단위로 한 번도 빠짐없이 스크랩을 하여 보고를 했다.

서영이 스크랩해놓은 신문은 Talk Talk에 관련된 것뿐만이 아니라, 일본 시장에서 자리매김하고 있는 모바일 메신저 애플리케이션의 실시간 현황에 대해 적혀 있는 기사와 사전에 미리 해놓았던 시민들의 관심도 조사도 함께 스크랩되어 있었다.

준석이 스크랩을 읽는 동안, 차는 어느새 행사가 열리게 될 장소에 도착했다. 행사가 공식적으로 진행하는 시간보다 훨씬 이른 시간임에도 불구하고 장소엔 많은 사람이 자리하고 있었다.

간단하게 즐길 수 있는 다과와 잔잔하게 흐르는 클래식, 오가며 살갑게 인사하는 사람들의 틈 사이에서 준석은 자신의 존재가 유난히 눈에 띄고 있다는 사실에도 흔들림 없이 곧장, 자신의 아버지에게 향했다.

"왔구나."

연호가 반가운 얼굴로 준석을 맞이했다.

"출판 축하드립니다."

"쑥스러워. 괜한 걸로 요란 떠는 것 같아서."

마주 잡은 손등을 다정하게 어루만져주며 인자한 말투로 말했다.

"출판 축하드립니다, 의원님."

준석의 뒤에 있던 서영도 깊게 묵례를 하며 한마디 덧붙였다.

"고맙네, 최 비서. 작지만 차린 것이 있으니, 부족하지 않게 먹고 가."

서영이 대답 대신, 수줍게 미소를 지어 보였다.

"어머니는요?"

"여기서 내내, 너 기다리다가 대기실 안으로 들어갔어."

"그럼, 어머니께 먼저 인사드리고 오겠습니다."

자신을 흐뭇하게 바라보는 연호를 지나쳐 대기실로 들어가자, 의자에 앉아 물을 마시고 있던 그의 모(母)인 신 여사가 자리에서 벌떡 일어났다.

"아들!"

달갑게 다가와 준석을 품에 꼭 끌어안고 행복해하는 신 여사의 모습을 보고 있으려니, 서영은 그 모습이 좋아 보이다가도 미세한 쓸쓸함이 몰려왔다.

"요즘 밥은 꼬박꼬박 잘 먹고 있는 거야? 어째, 날이 갈수록 얼굴이 반쪽이 되어가는 것 같아서, 엄마가 너무 속상해."

신 여사가 안타까운 눈으로 준석의 볼을 어루만지며 말했다.

"최 비서, 어머니께 보고 좀 드려."

준석이 뒤에서 얌전히 서 있는 서영에게 눈짓해 보였다.

"삼시 세끼 아주 잘 챙겨 드시고 있으십니다."

"들으셨죠?"

"엄마들 마음은 다 그런가 봐요. 최 비서가 옆에서 잘 좀 챙겨줘요. 아 참, 이번 내 생일 선물을 최 비서가 직접 골라줬다고 들었어요. 어찌나 예쁘던지 거실 벽에 걸어놓고 매일 닳도록 보고 있어요."

천성이 선하고 고상한 신 여사는 준석과 함께 오랜 시간 동안 호흡을 맞춰온 어린 직원인 서영에게도 단 한 번도 말을 놓아본 적이 없었다. 신 여사는 준석에게 이런저런 안부를 묻다가, 곧 뒤에 있는 서영을 바라보며 상냥하게 웃었다.

"최 비서, 잠깐 자리 좀 비켜줄 수 있어요?"

"네, 알겠습니다."

대기실에서 나온 서영이 앞에서 할 일 없이 서성거리는 것이 머쓱하여, 뭘 도울 거라도 있을까 싶어 행사장으로 걸음을 옮기려던 때였다.

"아, 정말 싫다니까!"

대기실과 비상구 사이의 틈에서 젊은 여자의 짜증 섞인 목소리가 들려왔다.

"대체 왜 싫다는 거야! 아빠가 너 잘되라고 하는 거지, 망하라고 이러는 거야?"

"사랑 없는 결혼 같은 거, 난 관심 없어. 그리고 나 잘되라고 하는 거라니, 어렸을 때 나한테 거짓말하지 말라고 가르치시더니, 왜 거짓말은 아빠가 하는 거야?"

"입 안 다물어? 이놈의 계집애가! 여기 사람이 얼마나 많은데!"

"아무튼, 나 갈 거야. 이런 고리타분한 행사, 정말 내 스타일 아니라고!"

"그러지 말고, 아가. 그냥 잠깐 얼굴만 비치고 인사라도 하고 가! 어? 너 안 그러면 아빠가 당장에라도 그 자식 찾아간다!"

참 소란스러운 대화라고 생각하던 찰나에 소리만 들려주던 대화의 주력들이 갑자기 모습을 드러내는 바람에 서영은 화들짝 놀랐다. 본의 아니게, 자신들의 대화를 몰래 엿들은 사람으로 인식될까 봐, 서영은 최대한 자연스럽게 그들을 보지 못한 척하며 걸음을 옮겼다. 다행스럽게도 여자는 별 의심 없이 서영보다 더 빠른 걸음으로 자리를 벗어났다.

"야, 너 그 Talk Talk 대표 봤어?"

"소문보다 훨씬 더 잘생겼더라. 처음에 깜짝 놀랐잖아. 문 열고 들어오는데 강 대표밖에 안 보여서."

"그치? 그런데 난 한 기업의 대표라고 해서 되게 무뚝뚝하고 막, 남자답게 생겼을 줄 알았는데, 좀 귀여운 외모에 속하는 편인 것 같아."

"아니야, 그런데 그 귀여움 속에 묘한 남자다움이 있어. 눈빛 봐봐."

행사장에 오가는 여자들의 관심사 대부분은 젊은 CEO이자 의원의 외동아들인 준석이었다. 사람들은 준석에게 호감을 보이며 그를 찾아 두리번거리기까지 했다. 그들을 지나쳐 행사 직원들에게 다가간 서영이 자잘한 일을 이것저것 도우고 있을 때, 언제 나왔는지 준석이 지척에 다가와 있었다.

"이런 일 시키겠다고 데려온 거 아니니까, 가서 앉지."

서영은 준석을 따라서 이름이 쓰여 있는 맨 앞자리로 향했다. 준석의 기분은 별로 좋아 보이지 않았다. 노골적으로 불편한 심기를 드러내고 있는 것은 아니었지만, 서영은 미세한 직감으로 금세 느낄 수 있었다. 언제나 일정하기만 했던 숨소리와 시선 처리가 상당히 까칠해져 있었다. 팸플릿을 의미 없이 넘기는 그의 손가락을 서영은 넌지시 바라보았다.

"물이라도 가져오겠습니다."

"됐어. 복잡한데, 그냥 앉아 있어."

준석이 일어서는 서영의 손목을 잡고 끌어안았다. 괜히 그의 심기를 더 날카롭게 만든 것 같아, 서영의 마음도 불편해졌다. 준석의 한숨이 깊어졌고, 무의미하게 팸플릿을 넘기던 손가락도 멈추었다. 그러고는 허벅지 위에 놓여 있던 가운뎃손가락이 검지로 살포시 올라가서는 일정한 시간에 맞춰 움직였다. 고민하고 있던 무언가를 결정할 때 나오던 오래된 습관 같은 행동이었다.

서영은 한동안 준석의 손끝에 머물러 있는 불안하고 걱정스러운 시선을 쉽게 거두어내지 못했다.

얼마간의 시간이 흐르고 본격적으로 출판 기념회가 시작되었다. 저자의 이력과 책에 담긴 이념, 지루한 연설이 길게 늘어지고 있었지만 준석은 앉은 자리에서 흐트러짐 없이 묵묵하게 아버지의 연설을 들었다. 진행하기로 했던 모든 것들이 끝나고 이제 가벼운 다과와 술을 즐기며 사람들은 서로 인사를 주고받았다. 준석의 기분은 미열처럼 미적지근해 보였다.

"KUS 방송국 사장님이십니다."

준석의 곁으로 다가오려는 중년의 남자를 먼저 발견한 서영이 귓가에 작게 언질을 주었다.

"안녕하세요, 강 사장님. 참, 젊은 나이에 성공하셨습니다."

"감사드립니다."

"아버님께선 참 듬직한 아드님을 두셨고, 아드님께서는 참 훌륭한 아버지를 두셔서 좋겠습니다."

남자의 범람한 칭찬에도 준석은 딱히 제 감정을 쉽게 드러내지 않는 덤덤한 얼굴로 마주했다. 이런저런 이야기를 나누던 중, 또 다른 남자가 준석을 발견하고는 이쪽으로 걸어오고 있었다. 그런데 낯익은 얼굴에 비해 도통 이름이 기억나질 않았다. 준석이 고개를 살짝 움직이며 서영에게 귀띔을 구했다. 하는 수 없이 서영은 급하게 가방에서 이력을 적어놓은 수첩을 꺼내 커닝했다.

"JUM그룹 본부장님이십니다."

남자가 다가오고, 준석은 자연스럽게 그에게 안부를 묻고 받았다.

정말 왜 이러지. 예전엔 없던 건망증에 서영은 답답하면서도 짜증스러웠다. 정신 좀 바짝 차리자, 최서영.

"아드을!"

멀찍이 떨어져 있는 신 여사의 살가운 부름에 준석은 인사를 나누던 사람과 대화를 마무리 짓고 걸음을 옮겼다. 그 뒤를 서영이 착실하게 따라갔다.

"우리 아들이에요."

신 여사가 자랑스럽게 준석을 소개해주고 있는 여자는 다름 아닌, 언성을 높이며 서영의 관심을 사로잡고 잠시 부딪혔던 여자였다. 여자는 신 여사의 다정한 행동에도 영 마땅치 않은 눈길로 준석을 올려다보았다. 여자는 작은 크기의 얼굴, 어디 하나 흠잡을 곳이 없는 뚜렷하고 예쁜 이목구비와 몸매를 소유하고 있었다. 청순함과 동시에 섹시함을 지니고 있어 웬만한 모델이나 연예인 못지않은 전형적인 미인이었다.

선남선녀처럼, 누가 봐도 준석과 유리는 서로에게 잘 어울리는 색깔이었다.

"안녕하세요, 정덕수 법원장 외동딸 정유리입니다."

"네, 안녕하세요."

하지만 서로 오가는 말투에는 조금의 정다움도 없었다. 두 사람은 기본적으로 할 악수도 하지 않은 채, 서로를 무표정한 얼굴로 마주 보고 있었다.

"우리 애가 숫기가 좀 없는 편이에요."

둘 사이에 어색한 침묵이 흐르자, 보다 못한 신 여사가 사이에 끼고 나섰지만 달라지는 건 아무것도 없었다. 마침, 그들을 발견한 강 의원이 천천히 다가왔다.

"안 그래도 너한테 소개해주려던 참이었는데, 마침 인사를 나누고 있었구나."

원래 인상이 좋은 강 의원이었지만, 유난히도 호감이 서린 그의 눈빛이 유리와 대법원장을 향해 있었다.

"유리 양은 갈수록 더욱 예뻐지는 것 같아요."

"돈 많으면 가능해져요."

유리의 당돌한 대답에 대법원장이 눈치를 살피며 그녀를 푹 찔렀다.

"아, 왜요. 사실이잖아요."

"하하하!"

퉁명스레 대답하는 유리에 강 의원은 뭐가 그리도 좋은지, 호탕하게 웃었다.

"유리 양을 볼 때마다 느끼는 거지만, 참 시원시원하니 좋아요. 아참, 우리 아들 처음 보죠? 잘생겼죠?"

강 의원의 자랑스러운 말에 유리라는 여자의 입꼬리가 묘하게 올라갔다.

"네, 외모는 정말 잘생기셨네요. 능력도 좋으시잖아요."

흡족해하던 강 의원이 준석의 어깨 너머로 누군가를 발견하더니 반갑게 다가갔다.

"그럼 천천히 인사들 나눠요."

강 의원이 가고, 신 여사가 준석의 등을 몰래 콕콕 찌르고선 뒤에 서 있는 서영에게 자리를 비켜주자는 눈짓을 해 보였다. 서영은 자꾸만 떨어지지 않는 발걸음을 억지로 옮기며 언제나 곁에 머물러도 될 줄 알았던 준석의 곁에서 멀어져 갔다. 꽤 멀찍이 떨어졌지만, 서영의 시선은 여전히 준석이 서 있는 그곳에 닿아 있었다. 뒷모습을 하고 있는 터라, 준석이 어떤 표정을 짓고 있는지는 헤아려 볼 수가 없어 답답했다. 여자는 진한 붉은색이 칠해져 있는 입술에 꽉 힘을 주며 눈에 살포시 미소를 띠고 무어라 말을 하고 있었다.

"두 사람 어때 보여요?"

뒤에서 갑자기 들려오는 신 여사의 물음에 잠시 넋을 놓고 있던 서영이 깜짝 놀랐다.

"잘 어울리지 않아요?"

신 여사의 흡족해하는 목소리에 서영은 나지막하게 고개를 수그렸다.

"네, 잘 어울리십니다."

대답하고 싶지 않았지만, 대답을 할 수밖에 없었다. 그렇게 대답을 할 수밖에 없는 것이 현재 자신이 서 있는 위치였다. 직속상관의 행복과 안위를 보필해야 하는 비서.

여자가 아닌…… 직원.

자신의 자리가 아니라는 것을 알고 있으면서도, 그의 옆자리를 차지하고 있는 그녀가 조금은 야속해 보였다.

"준석이가 워낙 여자를 안 만나봐서 여자를 잘 몰라요. 그래서 유리 양한테 실수를 하진 않을지, 참 걱정이에요."

회사와 운동밖에 모르는 그의 관심 밖에 배치되어 있는 것들 중 가장 큰 것은 '여자'라고 해도 과언은 아니었다. 3년 동안 함께 일하면서, 준석은 그 흔한 스캔들이나 직원을 제외한 다른 여자하고는 차 한잔을 마시는 경우도 없었다. 그랬기에, 저렇게 지극히도 사적인 여자와 대화를 하고 있는 그를 보고 있자니, 마음이 씁쓸하고 불안했다.

어떤 표정으로, 어떤 목소리로, 어떤 대화를 나누고 있을까…….

"하지만 우리 준석이는 워낙 똑똑한 아이니까, 뭐든 잘 해낼 거예요. 그렇죠? 두 사람 볼수록 참 잘 어울려서 내가 다 기분이 좋네요."

일개 직원의 의견을 묻고자 던진 질문은 아니었지만, 확실한 건 그녀에게선 확고한 바람이 있어 보였다. 아들 준석과 유리가 여자와 남자의 관계로 발전하길 바라는.

처음부터 넘봐서는 안 될 사람이라는 것을 스스로 제일 잘 알고 있으면서도 쉽게 접어지지 않는 마음이 저려왔다. 입술 사이를 비집고 나오는 한숨만큼이나 그를 담고 있는 그녀의 눈동자엔 그리움이 더욱 짙어져가고 있었다.

사람들의 시선이 은근히 이곳에 주목되어 있다는 것은 바보가 아닌 이상, 쉽게 감지할 수 있었다. 그것도 그럴 것이 대선 출마를 곧 앞둔 의원의 미혼 아들과 법원장의 미혼 딸의 만남이었다. 그저 단순히 안부만 물어보고 헤어진다고 하기엔, 석연찮아 보이는 관계였다. 일각에서는 요즘 자주 의원과 법원장의 만남이 잦아졌다는 소문이 자자했었던 참이었다. 몇몇의 기자들은 설레발 가득한 얼굴을 하고서는 은근히 이쪽을 찍기도 했다.

그럼에도 준석과 마주 보고 서 있는 유리는 별 대수롭지 않다는 눈치였다.

"출판 수익의 70%를 불우이웃을 위해 쓰신다는 통 큰 의원님의 말씀, 정말 감동받았습니다. 역시, 돈 많은 집은 달라도 뭐가 달라요."

그녀의 말투엔 은근한 가시가 돋쳐 있었다. 이미지 관리라는 것을 할 만도 한데, 그녀는 전혀 조심성이 없어 보였다.

"하고 싶은 말이라도 따로 있는 겁니까?"

"그거 아세요? 제가 별 관심도 없는 출판 기념회에 오게 된, 아니 정확하게 말씀드리자면 끌려오게 된 이유요."

준석의 다정하지 못한 차가운 눈동자가 유리를 담았다.

"법원장 딸이라는 이유 때문이라는 거. 난, 당신 아버지가 어느 당소속인지도 관심 없어요. 당신한테는 더욱더, 관심 없고."

이 모든 상황이 탐탁지 않다는 듯, 그녀의 목소리에는 불만이 한껏 묻어 있었다. 준석은 그런 유리를 묵묵히 바라만 보고 서 있었다.

"왜요?"

묵직하게 자신을 내려다보는 그의 시선에 유리가 앙칼지게 물었다.

"어머니께서 계속 이쪽을 신경 쓰고 계시는 것 같아서요. 조금만 더 마주 보고 있다가 떨어집시다, 우리."

유리가 준석의 어깨 너머로 서 있는 신 여사와 서영을 바라보며 비소를 지어 보였다.

"부모님 눈치 보시는 거예요? 혹시, 소문이 사실인가?"

지나치게 솔직한 것인지, 아니면 남을 배려하는 것 따위는 안중에도 없는 몰상식한 인간인지, 더 지내봐야 알겠지만 준석은 아무렇지도 않게 제 아픔을 들쑤시는 유리의 첫인상이 그다지 좋게 인식될 것 같지는 않았다.

소문.

일각에서 맴돌고 있는 그 소문은 절대, 허황된 것은 아니었다. 강의원 내외의 외동아들은 친자식이 아니며, 자신의 밑에서 오래도록 일을 해오다 불의의 사고로 사망하게 된 비서실장의 아들이라는 것. 오갈 곳 없이 졸지에 고아 신세가 되어버린 그를 입양하여 어느 부모보다 더욱 지극 정성으로 키워냈다는 것.

"아니면, 하늘도 감동할 효자이실 수도 있고."

딱히 부정하지 않는 준석을 보며 유리는 좀 전의 자신의 말을 후회하는 것인지, 살짝 머쓱해하는 얼굴로 말을 덧붙였다. 심성이 그다지 고약한 사람 같지는 않았지만, 정이 갈 것 같지도 않은 사람이었다.

"아, 지루해. 안 지루하세요?"

"괜찮습니다, 전."

"네, 그래 보이네요."

유리는 지나가던 직원의 쟁반 위에 있는 샴페인 하나를 집어 들어 쭉, 들이켰다.

"한잔하실래요?"

"그것도 괜찮습니다."

준석의 대답을 끝으로 유리는 또 한 잔 샴페인을 집어 마셨다. 그러다 문득, 무언가가 떠올랐는지 얼굴 한편에서 회심의 미소가 피어올랐다. 자신의 감정을 전혀 숨길 줄 모르는 성격인 듯싶었다.

"아, 근데 강 사장님. 제가 당신의 부모님을 더욱 기쁘게 해드릴 방법을 알고 있는데."

유리의 말에 준석이 미세한 관심을 보였다.

"저랑 여기서 나가요."

그 의미의 파악을 헤아리느라, 준석의 까만 눈동자가 더욱 짙어져갈 때 유리는 얼른 입술을 떼어냈다.

"생각해봐요. 얼마나 기뻐하시겠어요. 처음 만난 사람들이 단둘이, 가볍게 따로 차라도 마시고 싶다면서 나가는 거. 부모님들 입이 귀까지 찢어지시는 게 벌써부터 눈에 아른거리지 않아요?"

그녀의 제안을 들으며 준석의 시선이 제 어머니에게로 향했다. 살짝 기대를 하는 표정으로 바라보고 있는 어머니의 얼굴을 보니, 그녀의 제안이 전혀 엉뚱한 것이 아님을 깨달았다.

"그렇게 하도록 하죠."

"아빠한테 인사하고 올게요."

"인사하고 정문 앞에서 기다리고 있어요. 차 가지고 가겠습니다."

"네."

유리가 자신의 아버지에게로 향하고 준석은 뒤에서 여태까지도 자신을 바라보고 서 있던 신 여사와 서영에게로 향했다.

"저 먼저 가봐야 할 것 같습니다."

"유리 양이랑?"

"네, 나가서 가볍게 차라도 한잔하고 가려구요."

"잘됐다. 아버지한테는 내가 대신 말해줄게. 유리 양이 기다릴 테니까, 얼른 가봐."

신 여사가 바쁘게 걸음을 옮기고, 준석의 시선이 옆에 있는 서영에게로 향했다. 서영은 입가에 잔잔한 미소를 걸치고는 평소와 같은 표정으로 준석을 올려다보고 있었다. 평소 지시를 기다리던 그 모습으로. 준석이 지갑에서 법인 카드를 꺼내 건넸다.

"택시 타고 가."

"전 괜찮습니다."

상냥한 목소리와 미소였다.

"집까지 가기에 대중교통 이용하는 거 애매하잖아. 택시 타."

서영이 한 걸음 뒤로 물러서며 다시 한 번 권하는 준석의 카드를 받지 않겠다는 강한 의지를 내보였다.

"운전 조심히 하시고, 내일 뵙겠습니다, 대표님."

허리를 숙여 공손히 인사를 건넸다.

"고집은……."

"……."

준석이 쓰게 웃으며 카드를 다시 집어넣었다. 두 사람 사이에 잠시 무거운 침묵이 가라앉았다.

"나 가볼게. 내일 회사에서 보자."

"네, 대표님."

돌아섰지만, 뒤에서 여전히 자신을 바라보고 서 있는 서영의 시선이 느껴지는 탓일까, 어째 앞으로 나아가는 발걸음이 한없이 무겁기만 했다. 무언가를 두고 온 것 같은 찝찝함에 준석이 뒤를 돌아보았다.

"……."

"……."

자신을 바라보고 있던 서영이 더욱 진하게 미소를 지으며 다시 한 번 허리를 굽혀 인사한다. 준석이 나지막하게 고개를 끄덕이고 다시 돌아섰다.

모두가 떠난 황폐한 마을에 혼자 남겨진 것처럼, 마음 한구석에 바람이 부는 것처럼 쓸쓸했다. 하지만 그곳에 남아 있을 수는 없었다. 처음부터 자신이 가야 할 곳은 정해져 있었다. 준석은 늘어지려는 발걸음에 속도를 붙이며 단숨에 그곳을 빠져나왔다.

준석이 먼저 갔다고 볼일 다 본 것처럼, 그냥 나올 수가 없었던 서영은 출판 기념회가 끝나고 마무리를 짓는 것까지 도와준 후, 늦은 시간에 그곳을 빠져나왔다. 그리고 정처 없이 걸었다. 피곤함은 마음에서 소용돌이치는 외로움과 쓸쓸함, 그리고 그리움을 절대 이기지 못했다.

나란히 대화를 주고받던 준석과 유리의 모습이 환상이 되어 아지랑이처럼 피어올랐다. 마주 보고 앉아 소소한 대화를 나누고 있을 그들을 떠올리자, 마음이 쓰라릴 정도로 갑갑해져왔다. 온몸을 휘감고 있는 갑갑함을 풀고 싶어 더 걸었다.

준석은 엄청나게 다정한 사람은 아니었지만, 그래도 소리 없이 자신을 봐주던 사람이기도 했다. 그를 이렇게 마음에 두게 된 특별하고 엄청난 이유는 없었던 것 같다. 그저, 불편하기만 했던 준석이 어느 순간부터 편안해졌고 그의 작은 미소에, 업무를 제대로 끝내고 나면 바라보는 다정한 눈빛에 마음이 설레었다. 가끔 무심하게 건네주던 선물에 기대를 품었고 위험에서부터 감싸주던 손길에 더 큰 마음을 키웠다.

욕심을 버리자. 어차피 가능성도 희박하니까 희망을 버리자.

머리가 아무리 그리 타일러보고 협박을 해봐도, 마음은 먹통이 되어 들어먹질 않았다.

이 넓은 세상에서 유일하게 자신을 믿어주었던 사람이기도 했던 사람. 물론, 그것이 상사와 직원 간의 관계였지만, 서영에게 상사 준석은 그저 곁에 머물 수 있는 것만으로도 살아가는 이유가 되었던 존재였다.

하지만 오늘, 그 존재가 멀어질지도 모른다는 불안한 예감이 몰려왔다. 그럼에도 여전히 그의 곁에 머물고 싶다는 욕심이, 그의 한 걸음 뒤에 서서, 돌아설 수도, 더 다가갈 수도 없는 자신의 처지가 한없이 초라해져왔다.

톡톡.

제대로 풀지 못한 피로가 극에 달한 듯싶었다. 마비가 된 것처럼 결리는 왼쪽 부위를 대충 주먹으로 내리치며 풀어보려 했지만, 쉽게 풀리지가 않았다. 어제 집으로 돌아와서도 바로 쉬지 않고 일본 오픈 행사 기획안과 스케줄을 다시 정리하느라, 늦게 잠이 들어버렸다.

당장 오늘까지 해야 하는 급한 일은 아니었지만, 자꾸만 생각나는 준석을 지우려면 집중할 무언가가 필요했다.

"오늘은 집에 가서 바로 자야겠다……."

PC를 켜고 부팅을 기다리며 준비실로 들어가 커피 머신을 켰다. 오늘 회의를 진행할 때 필요한 서류들을 프린트하고, 부서별로 올라온 결재 서류들을 정리할 때쯤, 익숙한 발걸음 소리가 들려왔다.

"오셨어요?"

준석이 대답 대신, 입술에 잔뜩 힘을 주며 어색한 표정을 지어 보였다. 서영은 커피 한 잔과 준석에게 보고해야 할 모든 서류들을 들고 대표실 안으로 들어왔다.

"어제 정리 도와주다 늦게 나갔다며."

책상 위에 커피와 서류들을 놓아주고 있는 서영에게 준석이 재킷을 벗으며 물었다.

"네, 아무래도 일손이 부족한 것 같아서 마무리하는 것을 조금 도왔습니다."

"나올 때 그냥 데리고 나올 걸 그랬다."

서영이 뒤처리를 할 수밖에 없는 처지를 만들어놓은 것이 마음에 걸렸는지, 준석의 얼굴은 편안해 보이지 않았다.

"별건 없었습니다. 그러니 신경 안 쓰셔도 돼요."

어제, 유리와 함께 나가 어딜 갔는지, 무슨 대화를 하고, 어떤 표정을 지었는지 궁금했다. 하지만 다행스럽게도 그 궁금증은 현실이 정해놓은 틀 밖으로 나가지 않고 그저, 서영의 주변만 빙빙 맴돌 뿐이었다.

"그럼 필요하신 거 있으시면 말씀하세요."

서영이 나가고, 의자에 앉은 준석은 뿌연 김이 모락모락 피어오르는 커피를 물끄러미 바라보았다. 어제, 그저 기념회 행사를 빠져나가고 싶은 속셈으로 괜히 던져본 말인 줄 알았는데, 유리는 정말 밖으로 나와 차를 마시자고 제안해왔다. 그러고는 부모님들의 설레발과 자신들의 관계를 정리하기 시작했다.

'강 사장님도 알다시피, 양가 부모님들은 서로 사돈 맺기를 원하세요. 제가 오빠가 있고, 의원님께는 외동아들인 강 사장님밖에 없으니까, 결국 사돈이 되는 방법은 딱 하나겠죠? 강 사장님과 나.'

아, 혹시 남자에 관심 있는데, 무례한 말을 한 것은 아니냐며 우스꽝스러운 소리도 덧붙였다. 그녀와 마주하며 내내 정색이던 준석은 어떤 미동도 보이지 않았지만.

'하지만 부모님 마음대로 되진 않을 거예요. 안타깝게도 내가 당신을 먼저 만났으면 그 화려한 외모에 반해 푹 빠졌을지도 모르겠지만, 지금 난 사랑하는 사람이 있거든요. 아주 오래전부터.'

그녀가 누굴 사랑하든 말든, 별 관심은 없었다. 그저, 준석의 관심은 그녀가 법원장의 딸, 아버지에겐 꽤 필요할 수 있는 그 법원장의 딸이라는 신분뿐이었다. 무반응의 준석을 보며 유리는 헛웃음을 쳤다.

'그런 거 전혀 상관없으시구나?'

'남 사생활에 관심을 기울일 만큼, 한가한 사람은 되질 못합니다.'

아버지가 그토록 원하시는 대선에서 꼭 당선이 되길 누구보다도 바라는 사람은 준석이었다.

고아였던 친부가 돌아가시고, 그날 법적인 조치에 의해 7살의 준석은 그대로 보육원으로 보내졌다. 퀴퀴한 냄새, 마땅치 않은 식사들, 바퀴벌레가 나올 것만 같은 곰팡이 슨 방과 귀신이 살 것 같은 재래식 화장실까지. 선생님들은 언제나 바쁘고 귀찮아서 모든 아이를 하대했고, 빼앗지 않으면 빼앗기는 열악한 환경 속에서 아이들은 억세져 있었다.

나이가 꽤 있는 형들은 언제나 그렇듯, 힘없는 어린아이들을 때려서 간식을 빼앗아 갔고 그중에는 준석도 섞여 있었다. 맛도 없는 간식인 건빵을 빼앗기고도 억울해서, 행여나 빼앗길까 싶어 냄새가 나는 화장실에서 몰래 먹다가 체한 적도 있었다.

머문 건 잠시였지만, 그곳은 지옥이었다. 빠져나오고만 싶은 지옥.

그 지옥으로 걸어 들어와 자신을 빼내준 유일한 사람은 친부의 상사였던 연호였다. 그 뒤로 준석의 마음에 새긴 강인한 것은 효가 아닌 충성이었다.

'그래서 이 사랑에도 없는 정략결혼을 기어이 저랑 하시겠다고요?'

'말씀드렸다시피, 남 사생활에는 관심을 기울일 시간이 없습니다. 제 말이 무엇을 의미하는지는 똑똑한 정유리 씨가 더 잘 알아들었을 거라고 생각합니다.'

'혼인을 해도, 내 사생활에는 관심을 두지 않겠다는 뜻인가요?'

딱히 부정하지 않는 준석을 보며 유리는 갑자기 기가 차다며 웃어 젖히기 시작했다.

'그럼 그 말은 마음은 다른 사람을, 그러니까, 당신과 혼인을 해도 다른 사람을 사랑해도 상관없다는 뜻인가요?'

'네.'

'이봐요, 강 사장님!'

'상관, 없습니다.'

'……'

'그것이 제게 필요한 정유리 씨가 원하는 일이라면요.'

대기실에서 어머니가 하신 말도 마음에 걸렸다.

대기실에서 어머니가 자신의 옷매무새를 정리해주면서 했던 말이 떠올랐다. 법원장이 이 자리에 참석했고, 그의 자제분이 함께 왔다는 것을. 대선 출마를 앞둔 연호에게 법원장은 중요한 인물이 될 것이다. 그리고 그와 사돈의 인연을 맺는다면, 연호는 이롭고 유익할 것이 많을 터였다.

준석은 인터폰을 길게 눌렀고, 금세 서영과 연락이 닿았다.

"오늘 저녁에 정유리 씨 회사 근처에 분위기 좋은 레스토랑으로 예약 좀 해줘."

"네, 알겠습니다."

서영의 목소리가 인터폰을 통해 흘러나오는 순간, 준석은 알 수 없는 여러 가지 감정들이 복잡하게 교차했다. 하지만 다른 것은 깊게 생각하지 않기로 했다. 그저, 지금 가장 중요한 것은 아버지의 대선 출마. 그리고 아버지가 좀 더 편안하고 높게 날 수 있게 단단한 도움 판을 준비하는 것. 그 도움 판의 한몫이 되어 줄 법원장의 딸 정유리를 곁에 두는 것.

그것이 전부여야 했다.

며칠 동안 준석의 퇴근길은 언제나 유리의 직장 근처 레스토랑이 도착지였다. 유리는 그런 준석의 행동에 여전히 별 감흥이 없어 보였다.

"그거 알아요?"

저녁 식사를 하다 말고 주어 없이 묻는 유리에 준석이 대답 대신 눈을 마주했다.

"강 사장님은 진짜 재미없어요."

언제나 돌려서 말하는 법을 모르고 직설적으로 말하는 타입이었다. 다른 사람이라면 기분 나빠하거나, 당황해하거나, 여러 가지 중 하나였겠지만, 준석 역시 이 만남이 재미없다는 것을 자신도 느끼고 있던 참이었기에 별 반응을 보이지 않았다.

"이 재미없는 만남을 왜, 우리는 계속해야 할까요?"

"……."

"그건, 당신은 효심을 위해서. 나는, 내 남자를 지키기 위해서. 아버지가 자꾸 협박하시거든요. 강 사장과의 만남을 꺼리고 피한다면, 네 남자 친구의 사업은 어떻게 될지 모른다고. 때려서 먼지 안 나오는 사람은 없다면서."

말을 하는 유리의 눈에는 서러움이 가득 차 있었다.

"아 참, 이번 주 주말에, 부모님들과 다 같이 식사하기로 했던 자리 있잖아요. 전, 부득이한 사정으로 거길 못 갈 것 같은데, 강 사장님이 대충 좀 둘러대주실 수 있으세요?"

부탁이 아닌 지시와 가까운 어투였다. 하지만 딱히 기분 나빠할 것은 없었다. 그 자리에 그녀가 오든 안 오든 별로 중요하지 않다. 그 자리에서 그녀를 두고 무슨 말이 오고 갈지가 중요한 것이지.

"그렇게 하도록 하죠."

준석의 까맣고 촉촉한 눈빛이 유리를 담고 있었다. 유리는 그런 준석의 두 눈을 마주 보며 다시 입술을 떼어냈다.

"저는 가끔 당신의 눈빛을 보면 흔들릴 때가 있어요. 알고는 있어요? 그냥 쳐다보는 거겠지만, 당신 눈동자는 뭔가 사람을 설레게 하는 그런 게 있다는 거."

유리의 말에 준석은 불현듯, 3년 전 일이 떠올랐다.

신입사원을 환영하는 회식 자리에서 일어났던 일이었다. 몇 잔 마시지도 않고 완전히 취해버린 서영은 자꾸만 준석의 눈을 흐리멍덩한 눈으로 바라보며 말했다.

'대표님은…… 눈알이 참……. 아, 아, 눈동자가 참 예쁘세요. 꼭 별을 가져다가 박아놓은 것처럼. 반짝반짝.'

술만 취하면 나오는 그 주정이 참, 귀여웠다.

"웃는 거 처음 보네."

유리의 말에 준석이 멈칫했다.

"나 때문에 웃는 것 같진 않고, 뭐 좋은 거 생각했었나 봐요."

딱히 무어라, 대답을 할 필요성을 느끼지 못한 준석이 그녀의 시선을 피하며 무심코 창밖을 바라보았다가 자신의 두 눈을 의심했다. 방금까지 이곳을 바라보고 있다가 기둥 뒤로 몸을 감춰버린 사람이 얼핏, 서영처럼 보였기 때문이었다.

하지만 곧, 준석은 스스로를 비웃었다. 그녀가 회사와 집과 반대 방향인 데다가 한참 떨어진 이곳에 왔을 리가 없었다. 그저, 조금 전까지 떠올리고 있던 그녀의 가시지 않은 여운이 불러온 환상이라고 칭하며 준석은 창밖에 두었던 시선을 거두었다.

한편, 준석이 더는 관심을 두지 않는 기둥 뒤에서 뜨거운 한숨 소리가 터져 나왔다.

"......"

이곳까지 오게 된 자신의 발걸음을 서영은 이해할 수도, 용서할 수도 없었다. 하지만 궁금해서 더는 견딜 수가 없었다. 그가, 그녀를 보며 어떤 표정을 짓고 어떤 모습을 보일지……. 발칙하게도 확인해 보고 싶었다.

서영이 도착한 곳은 자신이 직접 예약을 잡아준, 유리와 준석이 만나고 있는 레스토랑이었다. 그는 데이트를 하러 가는 사람처럼 들떠 보이진 않았지만, 막중하게 해내야 하는 업무처럼 충실히 만남에 응했다.

기둥 뒤에서 전면이 유리창으로 되어 있는 레스토랑 안을 조심스럽게 살펴보았다. 창가에 앉아 있는 준석과 유리를 쉽게 찾을 수 있었다. 두 사람은 식사가 다 끝난 모양인지, 디저트를 앞에 두고 대화를 주고받고 있었다.

요즘, 회사 일각에서는 대표인 준석을 두고 이런저런 소문들이 떠돌아다니고 있었다. 처음엔 여자와 단둘이 밥을 먹는 걸 봤다는 소문이었으나 이내 부풀리고 부풀려져, 그는 곧 결혼을 앞둔 남자가 되어 있었다. 하지만 모든 것이 틀린 말은 아니라는 것을 서영은 대충 직감하고 있었다.

준석은 효심이 깊은 남자였다. 대표실 한쪽 벽의 반을 차지할 크기로 된 부모님의 사진을 걸어놓고 아무리 바빠도 부모님과 관련된 일은 적극적으로 참석하며 출장 때마다 부모님을 생각해서 빈손으로 오지 않을 정도로.

준석과 유리의 만남을 부모님들이 유달리도 좋아하고 있다는 것을 안다. 그런 그가, 그녀와의 관계를 절대 쉽게 생각할 리는 없을 거였다. 매일 제시간에 끝나지 않을 정도로 업무가 넘쳐나서 늘 야근을 하며 직원들을 기죽게 했던 그가, 요즘은 누구보다도 빨리 퇴근하는 것을 봐도 그렇다. 그는 무엇보다도 소중하게 생각하는 자신의 시간을 버려가며 그녀와의 관계에 꽤, 공을 들이고 있는 거였다.

"……."

단념하고 포기해야 한다. 더는 마음을 쏟아서는 안 될 사람이다. 상사와 직원이라는 관계의 벽을 감히 넘어가려고 해서는 안 될, 넘봐서는 안 될 사람. 그럴 사람이라는 것을 머리는 아는데…….

자꾸만 눈길이, 마음이, 발걸음이, 그의 곁에 서성거리며 떨어질 생각을 하지 않는다. 오늘도 그에게서 돌아서는 걸음이 발목에 족쇄라도 묶어놓은 것처럼, 지독히도 무거웠다.

2

서영은 회사에 도착하자마자 평소보다 더욱 분주하게 이것저것 준비했다. 준석의 오전 스케줄로 이번에 새로 오픈하게 될 대형 쇼핑몰 사장과의 만남이 잡혀 있는 상태였다.

준석은 그 만남을 딱히 내켜 하지 않았지만, 지속적인 요청에 하는 수 없이 잡은 약속이었다. 잠시 후, 쇼핑몰 관계자들이 오고 서영은 그들을 회의실로 안내했다. 그러고는 쇼핑몰에서 제시한 계약서와 쇼핑몰 카탈로그를 들고 대표실로 향했다.

"전부 오셨습니다."

서영이 건넨 서류를 받아 든 준석이 대충 계약서 사항들을 살폈다.

오프라인의 관리는 번거로운 일이었다. 더군다나, 국내 같은 경우에는 해외보다 수익이 훨씬 낮은 편에다 입점하는 백화점, 쇼핑몰의 계약서에 명시되어 있는 물건 하나를 팔 때마다 몇 퍼센트씩 떼어가는 계약 조건도 내키지 않았다. 자신들이 상전이라도 되는 것처럼 멋대로 세일을 하라 마라 지시하는 것부터, 해놓은 DP들을 건드리는 것까지 대표인 준석으로서는 못마땅했던 사항이었다.

그래서 준석은 처음 제시되었던 계약서 사항에서 불필요한 조항들을 없애고 이것저것 추가 사항들을 넣은 상태였다. 그것을 받아들이지 않을 줄 알았던 쇼핑몰은 모든 계약 사항을 최대한 준석이 제시한 것에 맞춰 다시 가져온 것이다.

Talk Talk는 할당된 물건의 재고가 부족하여 못 팔 정도로 인기가 많았고, 구경을 한 번 하려면 40분 정도는 기다려야 하는 것이 기본이 될 정도였다. Talk Talk가 입점만 된다면 쇼핑몰에는 많은 인파가 몰릴 것이고, 그들은 자연스럽게 다른 가게의 매출도 올려줄 것이 분명했다.

그러다 보니, 백화점이나 쇼핑몰들은 Talk Talk와의 계약에 대해 최고의 조건을 내걸어 입점시키려 혈안이 되어 있었다. 그러기에, 자신들에게 조금 손해가 간다고 하더라도 입점만 시킬 수 있다면 계약 조건 따위를 마다할 이유가 없었다.

준석이 회의실로 들어가고 서영은 미리 준비해놓은 차들을 놓아주고 나왔다.

"하……."

피로함이 또 한 번 몰려온다. 서영은 정신을 차리려고 고개를 있는 힘껏 내저으며 제 뺨을 손으로 탁탁, 쳐보았다. 그럼에도 쉽게 깨어나지 않는 잠과 사투를 벌여야 했다. 얼마간의 시간이 흘렀을까, 회의실 문이 열리고 준석과 쇼핑몰 관계자들이 빠져나왔다.

"국내에 얼마 있지 않은 'Talk Talk' 오프라인 숍 입점 덕분에 저희 쇼핑몰이 꽤 활성화될 것 같아 기대가 큽니다. 다시 한 번 저희 쇼핑몰에 입점해주심을 감사드리겠습니다."

"그럼 앞으로 잘 부탁드리겠습니다."

"아이고! 강 대표님도 참……. 부탁은 저희가 드려야 하죠. 조만간, 저녁 식사 제대로 한번 대접해 드리겠습니다."

쇼핑몰 관계자들은 몇 번이고 감사하다는 말을 덧붙였다. 모든 조건은 Talk Talk에 유리했다. 물건의 %가 아닌 월세, DP나 세일에 대해 관여하지 않을 것. 쇼핑몰의 콘셉트에 맞춘 행사에도 Talk Talk는 이행하지 않을 것, 그 조건만 해도 이미 파격적인 조건에서의 계약이었다.

"어디 아파?"

대표실로 들어가던 준석의 시선이 서영에게로 와 닿았다.

"네?"

"안색이 안 좋아 보여서."

그의 정확한 눈썰미에 서영은 자신이 너무 흐트러져 있었던 건 아닌가 싶어, 걱정이 되었다.

"괜찮습니다. 오늘도 그 레스토랑 예약해놓을까요?"

"아니, 오늘은 됐어. 볼 서류들이 많아서 야근해야 할 것 같거든."

"차 한 잔 올려드릴까요?"

"차는 됐고 시원한 물 한 잔만."

가볍게 대답을 하고서 대표실 안으로 들어가는 준석의 모습을 보며, 서영은 자신도 모르게 안도를 했다. 오늘만큼은 그녀를 만나지 않을 거라는 안심, 오늘 야근은 혼자가 아닌 그와 함께할 거라는 작은 설렘으로.

여전히 버리지도 간직하지도 못하는 미련한 마음이었다.

한참 업무를 보고 있을 때, 내선 전화가 울렸다.

"네, 최서영입니다."

-최 비서님, 저희 콘텐츠부인데요! 혹시, 대표님께서 이번 캐릭터 시안 결재 보고서에 대해서 아직 말씀 없으신가요?

"캐릭터 시안 결재 보고서요?"

-네! 제가 저번 주에 사장님 출장 가셔서 최 비서님께 부탁드렸었는데…….

"확인하고 다시 전화드려도 될까요?"

정신없이 책상을 뒤지고 나서야, 한참 밑에 깔려 있던 보고서를 발견했다. 서영이 품에 결재 서류를 들고 의자에 풀썩 주저앉았다. 이런 적이 없었는데……. 대체, 요즘 진짜 왜 이러는지! 서영은 결재 서류로 제 머리를 탁탁, 내려치며 깊게 한숨을 내쉬었다.

서영이 급하게 서류를 들고 대표실로 향했다. 자신의 실수를 인정하고 사정을 전부 말하자, 준석이 서류를 살펴보며 말을 덧붙였다.

"요즘 정신을 어디다가 두고 다니는 거야?"

절대 나무라거나 비아냥거리는 목소리는 아니었다. 착각일지도 모르지만, 그의 목소리엔 '괜찮아?' 하고 묻는 걱정스러움이 배어 있었다.

"죄송합니다."

요즘 이따금씩 하는 실수에 따끔하게 혼이 나도 할 말이 없었다. 그럼에도 그는 화는커녕, 서영의 상태를 걱정하는 눈치였다. 그것이 서영을 더욱 미안하게 만들었다. 준석이 서랍에서 손바닥만 한 통 하나를 서영에게로 건넸다.

"이게 뭐예요?"

"종합 비타민."

"네?"

"내가 먹으려고 어제 사다 놨는데, 요즘 정신없고 비실비실한 최

86

비서한테 더 필요할 거 같아서."

"……."

"요즘 기력이 많이 없어 보여."

"괜찮습니다."

서영이 얼른 책상 위에 다시 비타민을 내려놓으려 했지만, 준석이 거절했다.

"가져가서 먹어. 줬다 뺏는 거 같은 기분 드니까. 성인이 공동으로 먹어도 되는 거니까, 안심하고 먹고."

"그럼……. 감사히 잘 먹겠습니다."

비타민을 들고 나온 서영은 자리에 앉자마자 뜯어서는 한 개를 집어 들어 입에 넣고 오도독, 오도독, 씹어 먹었다.

"……."

애매한 맛의 비타민이었지만, 어쩐지 이 한 알만으로도 힘이 나는 것 같은 착각이 들었다. 하지만 그 힘은 곧, 얼마 가지 않아 서영의 마음을 묵살해버리고 말았다.

그로부터 며칠 뒤, 서영은 회사 앞 정류장에서 내려 횡단보도를 건너기 위해 서 있었다. 오는 길에 사 온 커피를 한 모금 마시고 있을 때였다.

"대박. Talk Talk 대표 잘생겼다."

"그치? 나도 처음에 보고 깜짝 놀랐어. 능력도 있고 잘생기고, 그 정씨인가 뭔가 하는 여자는 좋겠다."

옆의 여자들의 대화는 서영이 쉽게 무시하고 넘어갈 부분이 아니었다. 자신의 대표 준석이 주제가 된 대화였기 때문이었다. 서영이 힐끔 여자들을 봤을 때, 여자들의 시선은 어딘가로 향해 있었다. 그 눈길을 따라 건물 위에 설치되어 있는 전광판으로 향했다.

"……."

그리고 그곳에서 지극히도 익숙한 얼굴을 보았다.

[특보! 한국당 대표 최고위원인 강연호 의원의 외동아들인 Talk Talk의 대표 강준석과 대법원장의 외동딸 장 씨의 약혼 소식!]

어쩔 수 없었던 일이라는 걸, 인정해야 하는데, 여전히 인정할 수 없는 일이 서영의 곁에 머물러 있었다. 아무 생각이 들지 않았다. 세상이 모두 멈춰버린 것처럼, 들리지 않고 보이지 않았다.

신호등이 바뀌었지만 서영은 건너지 못하고 여전히 그 자리에 머물러 있었다.

"……."

서영의 머리 위로 작은 빗방울 하나가 톡, 하고 떨어졌다. 하늘을 올려다보았다. 회색빛으로 물든 하늘에선 투명한 빗방울이 내리고 있었다.

"우산, 챙겨 가지고 나올걸."

서영의 말이 끝나기가 무섭게 비가 굵어지더니, 이내 시야를 압도할 정도의 폭우가 되어 쏟아지기 시작했다. 굵은 빗방울이 옷을 적시고 살결 안으로 차갑게 파고들었다. 서영은 자신의 몸을 흠뻑 적시고 있는 차가운 비를 피하려고 애쓰지 않았다. 사실, 피할 틈도 없었고 피할 곳도 없었다. 이미 적셔버린 몸을 피해봤자, 더는 달라질 것도 없었다.

예고도 없이 내린 비는 서영의 몸을 흠뻑 적시고도 심술을 부리듯 그치지 않고 내렸다. 전광판에선 더 이상 준석의 얼굴이 나오지 않았고, 차가운 빗줄기들이 몸을 적셔 점점 한기가 서리고 있었다.

서영이 이미 몇 번이고 바뀌어 깜빡이는 신호등을 서글픈 눈동자로 바라보고 있을 때였다.

갑자기 머리 위로 드리워진 그림자 하나. 점점 더 젖어가는 서영을 가려준 우산. 그리고 코끝을 간질이는 익숙한 시트러스 향.

갈 길을 잃고 헤매는 두려운 눈동자를 하고 천천히 소리가 나는 쪽으로 고개를 올려다보았다. 그곳에 서 있는 사람은, 다름 아닌.

"감기 걸리면 어쩌려고, 이러고 서 있는 거야?"

준석이었다.

"대표님……."

"대체, 무슨 생각을 그렇게 골똘히 하기에 불러도 대답도 안 하고……."

"……."

"가자 얼른."

준석과 함께 회사로 돌아온 서영은 젖은 몸 위에 담요를 덮고 따뜻한 차가 들어 있는 컵을 꽉 잡고 있었다. 준석은 재킷을 벗고 그런 서영의 곁으로 다가와 앉았다. 난방을 세게 틀어놔서 그런지, 대표실은 한층 후끈거렸다.

"약혼 보도…… 봤어요."

"최 비서한테 미리 말해줬어야 하는데, 상황이 여의치 않았어."

준석은 지나가는 길에 횡단보도 앞에서 비를 맞으며 넋을 놓고 서 있던 서영을 발견했다. 평소답지 않아 낯설게까지 느껴진 그녀는 빗속에서 금방이라도 쓰러져버릴 것처럼 위태로워 보였다.

"그런데 정말 무슨 일 있는 거야? 요 며칠, 계속 안색도 안 좋아 보이더니."

준석의 질문에 서영이 고개를 내저었다.

"아니요, 아무 일 없습니다. 그냥, 잠깐 뭘 좀 생각하느라 그랬어요."

서영의 말에도 준석은 전혀 믿지 않는 모양인지, 얼굴 가득 드리 웠던 걱정스러움은 조금도 덜어지지 않았다. 서영은 제 몸을 녹여주 는 뜨거운 차를 입가에 가져다대고 한 모금 마셨다. 몸은 따뜻해질 지 몰라도 마음만은 여전히 차가운 비를 맞고 있는 것처럼 추웠다.

"대표님."

"응."

컵을 만지작거리는 그녀의 손끝이 한없이 떨려왔다. 자꾸만 무너 지려는 기분을 가까스로 일으켜 세우며 서영은 힘겹게 입가에 미소 를 걸쳤다.

"축하드립니다."

"……"

"약혼, 축하드려요."

하지만 여전히 그에게로 향해 있는 그 눈빛은 아무 웃음기 없이 슬픔에 푹 젖어 있는 상태였다. 그녀의 눈동자는 자신을 쳐다보고 있는 준석을 절대 마주치지 않았다.

"이만 나가서 업무 보겠습니다."

"조금 더 있다 가. 차도 다 안 마시고 아직 옷도 덜 말랐잖아."

"아니에요. 나가서 마시고, 그냥 난방 틀면 됩니다."

서영이 자리에서 일어나면서 제 몸을 덮고 있는 담요를 움켜잡았 다. 준석을 보면 자꾸만 눈물이 날 것 같았다.

"이 담요는 제가 빨아서 다시 가져다드리겠습니다."

대표실에 혼자 남겨진 준석의 시선은 서영이 앉아 있던 그 자리에 여전히 머물러 있었다.

'축하드립니다. 약혼, 축하드려요.'

그녀에게 그 말을 듣는 순간, 마음이 이상하게 저릿해져왔다. 이유는 알 수 없었다. 하지만 어쩐지 그녀에게 받는 축하의 말이 준석에게 그다지, 기분 좋게 와 닿지가 않았다.

준석의 약혼 보도 이후, 서영의 하루하루는 지겹고도 괴로웠다.

꽤 익숙해졌지만, 성장하는 기업만큼이나 기하급수적으로 늘어나는 고된 업무에도 그녀를 유일하게 미소 짓게 하는 것은 준석뿐이었다. 때때로 업무를 하면서 찾아오는 회의감과 피로함, 그리고 권태로움에 몇 번이고 흔들렸던 서영이었다. 하지만, 그를 보고 있으면 빙산처럼 거대했던 모든 고단함이 입김에도 녹아버리고 마는 작은 눈송이처럼 녹아, 흔적도 없이 사라지곤 했다.

그러나 이제 그랬던 남자가 다른 여자의 남자가 된다는 현실 때문인지, 사위에 아무것도 보이지 않는 빙산에 갇힌 기분이었다.

준석을 보는 것조차도 괴로워졌다. 준석을 보는 순간, 유리와 함께하게 될 그의 결혼 생활이 저절로 떠올라 눈물이 나고 짜증도 났다. 사랑하는 남자가 다른 여자와 함께 식사를 하게 될 레스토랑을 예약하고 있는 자신의 꼴이 지독히도 한심해 보였다.

퇴근을 얼마 남겨놓지 않은 시간에 지훈에게서 연락이 왔다. 바뀐 서영의 휴대폰 번호를 몰라, 회사로 전화를 해온 지훈은 회사 앞이라며 퇴근을 하고 만나자는 약속을 하고 끊었다. 마무리를 짓고 있을 때, 대표실 문이 열리고 준석이 나왔다.

"퇴근하지."

"네."

가방을 챙겨 들고 준석과 복도를 걸어 엘리베이터를 올라탔다. 준석의 한 발짝 뒤에 선 서영은 층수를 가리키는 LCD 판을 보던 시선을 천천히 준석에게로 옮겼다. 그 순간, 엘리베이터 문에 비친 자신을 바라보고 있던 준석과 눈이 마주쳤다.

언제부터 바라보고 있었던 걸까. 자신에게 닿아 있는 그의 시선은 여전히 서영의 가슴을 설레게 했다.

다른 여자의 남자다. 이젠, 자신의 남자가 될 수 없는 사람이다. 그럼에도 쉽게 거두어지지 않은 미련한 마음이 서영은 원망스러웠다.

"괜찮으면 오늘 저녁이나 같이 하자."

"죄송합니다. 선약이 있어서요."

"그래."

"내일 뵙겠습니다."

지하 주차장으로 향하는 준석에게 예의 바르게 인사를 건네고 회사를 나오자, 지훈이 화단에 몸을 기대고 서 있다가 천천히 일으켜 세우며 서영을 반겼다.

"누나."

"연락을 해야지, 해야지 하면서도 매번 이런다."

지훈과 만난 그 이후로 서영은 한 번쯤은 꼭 먼저 연락을 해야겠다고 생각하긴 했었다. 다른 건 아니어도 지훈에게 맛있는 밥은 꼭 사주고 싶은 마음이 컸었다.

스승이 배고픈 자신의 배와 굶주렸던 사랑을 채워주었듯. 이제는 너무 멀어져버린 친구 지윤에게는 해줄 수 없는 것을, 자신을 먼저 찾아와준 지훈에게만큼은 해주고 싶었다.

"배 많이 고프지?"

"네."

지훈이 낮게 고개를 끄덕이며 어린아이처럼 환하게 웃어 보였다.

"뭐 먹고 싶어?"

"맛있는 거요."

"피자 먹을까? 너 어렸을 때, 피자 진짜 좋아했잖아."

"네, 아직도 진짜 좋아해요."

"나 피자 맛있게 하는 곳 알고 있어."

앞장서서 걷는 서영을 지훈이 천천히 뒤따랐다. 이제 초저녁만 되면 제법 컴컴해지는 하늘과 쌀쌀해진 바람을 맞으며 지훈과 나란히 걷고 있으려니, 옛 생각들이 새록새록 떠올랐다.

"생각나? 피자는 여덟 조각이고 우리는 세 사람이라서……. 매일 가위바위보를 하고 진 사람은 두 조각밖에 못 먹었던 거."

"그 두 조각밖에 못 먹었던 사람이 늘, 누나였죠. 나보다 일부러 손을 늦게 냈잖아요."

"알고 있었어?"

서영이 살짝 당황해하며 물었다.

"그렇게 티 나는데 모를 리가 없죠. 하지만 알아도 모른 척하고 싶었어요. 그냥, 그때는 피자가 먹고 싶어서. 그런데 지금은 좀 힘들어요. 알아도 모른 척하는 게."

뒷말을 내뱉을 때 짓던 지훈의 표정에 묘한 의미가 담겨 있는 것이 느껴졌다. 하지만 서영은 애써, 모른 척하며 도착한 가게 문을 열고 들어갔다. 직원의 안내를 받아 자리에 앉아 간단하게 가장 인기 있는 메뉴를 주문했다.

"학교생활은 어때? 여자 친구는 있고?"

"아니요. 없어요."

"공부도 안 하면서 여자 친구도 없어?"

"누나, 지금 나 비웃는 거예요? 누나가 몰라서 그렇지, 저 학교에서 인기 되게 많아요. 그냥, 내가 좋아하는 여자가 없으니까, 연애를 안 하는 거지. 원래 연애는 좋아하는 사람이랑 해야죠. 그래야 감정 낭비 안 하지."

"에이."

"누나도 알다시피, 난 싫은 건 잘 안 하잖아요. 지금 대학은 우리 누나가 다니라고 하도 난리를 치니까 다니는 거지만…….. 근데, 정말 지루해 죽겠어요. 이 손으로 교수님의 강의 말씀을 적어야 하는데, 계속 그림만 그리게 돼요."

서영은 주문을 기다리는 동안 앞에 앉아서 자신의 학교에서 있었던 일을 얘기하는 지훈을 바라보았다. 다부지고 어른이 되었다고 하더라도 지훈의 얼굴 곳곳에선 어린 날에 담고 있던 때 묻지 않은 순수함이 가끔 제 모습을 보였다. 마치, 각박한 사회생활에 지쳐 돌아간 고향에서 반겨주는 익숙하고 따뜻한 바람 같은 존재처럼 느껴졌다.

한참 지훈의 수다를 듣고 있자니, 문득 친구 지윤이 떠올랐다. 만약, 지금 지윤과 사이가 그렇게 틀어지지 않고 함께 있었다면 그녀에게 이 우울한 마음을 전부 털어놨을 것이다. 그렇다면 그녀는 온전히 자신의 편에 서서 함께 울어주고 화내주고 우울해 해주었을 거였다. 지금 이 순간, 자신의 편에 서서 해줄 친구의 수다가 그리워졌다.

"지윤이는?"

불쑥, 물어오는 서영의 질문에 지훈이 입가에 참을 수 없는 미소를 띠었다.

"왜?"

"그냥요, 누나가 우리 누나 안부 물어보는 게 기분 좋아서요."

"치……."

"우리 누난 여전해요. 술 좋아하는 선생님. 되게 불량 선생님이에요. 지각도 잘하거든요."

"맞아. 지윤이가 아침잠이 진짜 많지."

"아침잠이 아니라, 원래 잠이 많아요. 어디서든 머리만 대면 바로 곯아떨어지잖아요."

"맞아, 그러고 보면 수업 시간에도 잤던 것 같아. 지윤이는 머리가 좋아. 어렸을 때부터 놀 거는 다 놀면서 공부도 잘하고."

"난 어린 시절부터 그게 좀 억울했죠."

다시, 돌아가고 싶다, 그때로. 피자 하나에 행복해하던 그때로.

자신을 사랑했던 사람들과 행복했던 그때로. 그래도 누군가에겐 가장 소중했던 사람이자, 사랑받았던 그때로……. 준석을 모르던 그때로…….

"그거 생각난다. 너랑 나랑 지윤이랑 배 깔고 누워서 수학 문제 푸는데 갑자기 비 내렸을 때. 셋이서 눈 마주치더니 다 같이 뛰쳐나가서 비 맞고 놀다가 셋이서 똑같이 독감 걸렸던 거."

"아, 맞다. 기억나요! 진짜 웃겨."

대답을 하던 지훈이 갑자기 주변을 두리번거렸다.

"왜 그래?"

"아니, 누가 우리를 자꾸 쳐다보는 느낌이 들어서요. 그냥, 기분 탓인가 봐요."

지훈의 말을 듣고 주변을 살펴보았다. 그때, 멀찍이 떨어진 테이블에 있는 여자들이 지훈을 호감 있게 바라보며 키득거리고 있었다.

"저쪽에서 너 쳐다본다."

"이놈의 잘생김은 어딜 가든 피곤하다니까요."

"어머머……."

"어이없어요?"

"조금?"

"그러면서도 부정을 못 해서 더 어이없죠?"

능청스러운 지훈의 반응에 서영이 어이가 없다가도 귀여워서 웃음을 터트렸다. 주문한 피자가 나오고 두 사람은 소소한 대화를 나누며 식사를 했다.

또 만날 것을 기약하고 지훈과 헤어지고 집으로 돌아온 서영은 아무도 반겨주지 않는 깜깜한 집에서 더듬거리며 벽에 달린 스위치를 찾았다. 거실 한가득 환한 빛이 채워졌지만 혼자 남겨졌다는 극심한 외로움에는 어떤 위로도 되질 않았다.

"지금 뭐 하실까……. 유리 씨를 만났을까."

또다시 드는 그의 생각에 서영의 입술 밖으로는 깊은 한숨이 비집어 나왔다.

다음 날, 출근을 해서 한참 오후 근무를 보고 있던 중 인터폰이 울렸다.

"네, 최서영입니다."

-저희 1층 안내데스크인데요.

직원은 방문 명단에 없는 이름으로 누군가가 대표님을 찾아왔다는 말을 덧붙였다.

"성함이 어떻게 되시는데요?"

-정유리 씨요. 이분, 대표님 약혼녀 맞으시죠?

"아, 네. 맞습니다. 위로 안내해주세요."

전화를 끊고 대표실에 노크하고 들어간 서영은 유리의 방문을 준석에게 전달했다. 곧 대표실 문이 멋대로 열리고 유리가 들어왔다. 서영이 낮게 고개를 끄덕이자, 유리가 묘한 눈길로 고개를 갸웃해 보인다.

"낯이 익네요."

이러면 안 되는 것이지만 서영은 그녀의 존재가 너무 얄밉게 느껴졌다.

"전에 강 의원님 출판 기념회에서 한 번 뵌 적 있습니다."

"아……. 아, 맞다. 맞아."

"그럼, 차 준비해드리겠습니다. 커피랑 녹차, 홍차랑 주스 있는데 어떤 걸로 준비해드릴까요?"

"전 커피 주세요."

유리에게 대답을 들은 서영의 시선이 준석에게로 향했다.

"난 됐어."

두 사람이 나란히 마주 보고 앉아 있는 것을 가까이서 보고 있으려니, 숨통이 턱, 막히는 기분이었다. 서영이 서둘러 대표실을 빠져나갔다.

준비실로 들어온 서영은 잠시 하던 것을 멈추고 호흡을 가다듬었다. 두 사람이 함께 있는 모습을 보는 것은 생각보다 훨씬 버겁고 힘든 일이었다.

"보고 싶지 않아……."

자꾸만 무너지려는 마음을 간신히 가다듬으며 차를 준비해서 들어온 서영은 커피를 유리 앞에 놓아주려는 순간, 갑자기 핑 하고 도는 빈혈에 그만 몸을 휘청이고 말았다. 그 바람에 들고 있던 컵이 잔 위에서 흔들렸고 그 파동으로 인해 뜨거운 커피가 서영의 손등과 동시에 유리의 치마 밑 하얀 다리로 흘러내렸다.

"아!"

"앗!"

두 사람이 동시에 비명을 내질렀다.

"괜찮아?"

준석이 서영의 손등을 끌어당겨 확인하며 놀라 물었다.

"전 괜찮은데……. 괜찮으세요?"

놀란 서영이 제 손등이 아픈 줄도 모르고 유리에게 물었다. 앉아 있던 유리가 묘한 눈동자로 두 사람을 바라보며 고개를 끄덕였다.

"네, 전 괜찮아요."

"정말 죄송합니다. 차는 제가 바로 다시 준비해드릴게요."

"아니요, 괜찮아요. 신경 쓰지 않으셔도 돼요."

"정말……'죄송합니다."

"그만해."

서영의 손을 살피던 준석이 슬그머니 손을 놓아주며 말했다.

"괜찮다고 하잖아."

낮게 가라앉은 준석의 눈동자는 여전히 서영의 붉게 올라와 있는 손등에 향해 있었다.

"좀 데인 것 같은데, 약은 있어?"

"네, 밖에 있어요."

"찬물로 좀 식혔다가 약 발라."

"네……."

"그만 나가봐."

여전히 실수를 했다는 불안감과 미안한 마음에 서영의 얼굴은 문을 닫는 순간까지도 굳어 있었다. 유리는 자신의 다리에 살짝 튄 커피를 휴지로 톡톡, 두들겨 닦았다.

"안 그럴 줄 알았는데, 의외로 좀 섭섭하네요."

"뭐가요?"

"뜨거운 커피가 튀자마자, 사실 약혼녀인 절 먼저 걱정해주실 줄 알았거든요. 그런데 아니었네요."

"……."

유리가 갑자기 재미있는 걸 떠올린 사람처럼 키득키득 웃기 시작했다. 그녀의 이상행동에 준석의 고운 미간이 점점 일그러져갔다.

"무슨 생각한 겁니까?"

"그거 알아요? 세상엔 숨길 수 없는 세 가지가 있대요! 재채기, 가난…… 그리고."

제 다리 쪽에 있던 손가락을 공중으로 추켜올린 유리는 대표실 밖을 손짓해 보였다.

"사랑."

"……."

"저분 사랑하시죠? 강 사장님."

"그만하시죠."

"사랑하는 여자가 나한테 계속 죄송하다고 하니까, 자존심 상해서 기분도 나빴던 거잖아요."

"오늘 중요하게 할 말 있어서 여기까지 온 거 아니었습니까?"

"강 사장님은 모르실 수도 있겠지만, 눈빛 자체가 달라요. 나는 당신이 그렇게 따뜻하고 다정한 눈빛을 할 수 있는 남자라는 걸 지금 이 자리에서 처음 알았거든요. 물론, 그 눈빛이 날 향한 것은 아니지만."

준석의 질문에도 유리는 오롯이 자신의 말만 앞질러 했다.

"정유리 씨."

"근데 지금 가장 중요한 건 뭔지 아세요? 강 사장님이 끝까지 부정을 안 하고 계신다는 거예요."

이상하다. 유리의 말대로 부정의 대답이 나와야 하는 이 상황에서 준석은 스스로 무언가를 잔뜩 망설이고 있었다. 뭘 망설이고 있는 건지, 왜 망설이고 있는 건지, 깊게 헤아려보지 못한 마음엔 벌써 혼란스러움만 가득 차 있어 건드릴 엄두조차 나질 않았다.

커피가 튀었을 때, 정말 그녀에게 큰일이 난 줄 알고 가슴이 철렁했다. 아주 찰나의 순간이었지만, 함께 있던 유리의 존재는 까마득히 잊고 있을 정도였다.

"제가 온 이유는 오늘 저녁에 하는 이 뮤지컬 때문에요. 제가 뮤지컬을 좋아한다고 했더니, 어머니가 직접 사주셨어요. 재미있게 데이트하라면서. 근데 제가 오늘 선약이 있어서 못 갈 것 같아요. 버리기는 아깝고 강 사장님이라도 시간 되시면 보세요."

유리가 뮤지컬 티켓 두 장을 테이블 위에 올려놓고 자리에서 일어났다. 뮤지컬은 운명적인 사랑 이야기를 다룬 명작이었다. 신경을 쓰지 않는 이상 구하기도 힘든 티켓이었다. 어머니가 그 정도로 기대를 하고 정성을 들이고 있다는 것을 뜻했다.

어제저녁에만 해도 그랬다.

서영과 엘리베이터에서 헤어지고 나서 자꾸만 무겁게 가라앉으려는 발걸음으로 간신히 주차장에 가서 차를 끌고 나왔다. 회사 앞에서 낯이 익은 남자와 함께 마주 보고 서서는 소소한 대화를 나누며 미소 짓는 서영을 보며 준석은 마음 한구석에서 뜨거운 무언가가 치밀어 올랐다. 요즘 이상하게도 내내 기분이 안 좋아 보이던 그녀가 다른 남자와 웃는 것을 보고 있으려니, 마음이 이상했다.

무엇에 떠밀렸는지 모르겠다. 두 사람을 지켜보고 있던 준석이 충동적인 무언가에 밀려서는 운전석 문을 막, 열었을 때였다. 곁에 두었던 휴대폰이 울렸다.

'……'

어머니였다. 준석은 휴대폰과 서영을 번갈아 쳐다보다가 결국 휴대폰을 집어 들었다.

'네, 어머니.'

-아드을! 일 끝났어?

'네. 저녁 식사는 하셨어요?'

-아니, 엄마는 요즘 밥 안 먹어도 배불러. 우리 아들 약혼식 장소 보러 다니면 그렇게 행복해서 밥 같은 건 생각도 안 나.

어머니의 목소리는 세상 모든 보물을 끌어안고 있는 것처럼, 행복에 잔뜩 젖어 있었다.

'……'

-엄마가 마음에 드는 장소가 두 군데인데, 네가 어딜 마음에 들어할지 모르겠어. 사진으로 보내줄게.

준석이 뮤지컬 티켓을 들고 자리에서 일어나 대표실을 나왔을 때, 서영이 급하게 자리에서 일어났다. 시선을 살짝, 아래로 내려 보니 그녀의 손등에 밴드가 구겨져 붙어 있었다.

"뭐, 필요하신 거라도……."

습관처럼 내뱉는 그녀의 말에 반응하지 않고 준석은 손을 내밀었다.

"밴드 이리 줘. 내가 붙여줄게."

"아니요. 괜찮습니다."

"넌 뭐가 그리도 매일 괜찮아?"

아무 생각 없이 충동적으로 터져 나온 말이었기에, 준석 스스로도 놀랐다. 서영 역시, 갑작스러운 상사의 말에 다소 당황한 듯 보였다. 준석은 급하게 이 감정을 수습해야 할 것 같아서 말을 덧붙였다.

"밴드 하나쯤은 내가 붙여줄 수도 있는 거잖아."

서영이 손에 쥐고 있던 밴드를 살며시 준석에게 내밀었다. 준석이 밴드를 받아 뜯었다.

"별거 아닌 걸로 걱정 끼쳐드려서 죄송해요."

자신의 손등에 조심스럽게 밴드를 붙여주는 준석을 보며 서영이 작은 목소리로 말했다. 순간, 준석의 마음에서 또다시 무언가가 울컥 치밀어 올랐다.

"걱정 안 해."

그래서 일부러 독하게 대답했다.

"나, 네 걱정 딱히 안 한다고."

그녀에게 피어오르는 감정의 꽃을 스스로 꺾어내야 하는 고통을 감수하면서까지 거짓말을 했다. 준석이 손에 들고 있던 뮤지컬 티켓 두 장을 서영에게 내밀었다.

"생긴 푠데 내가 못 갈 것 같아서, 최 비서 아는 사람이랑 가."

"네……."

서영이 티켓을 받았다. 다시 대표실로 돌아가기 위해 등을 보인

순간, 준석은 서영이 뮤지컬을 그 남자와 함께 볼 것을 상상했다. 심사가 뒤틀리고 짜증이 났다.

'저분 사랑하시죠?'

유리의 목소리가 또다시 이명처럼 울렸다. 혼란스러운 감정은 제자리를 찾지 못하다가 결국 다가가지 말아야 할 충동 쪽으로 방향을 틀었다.

"최 비서."

부정할 수 없었던 이유를 대충 알 듯 싶기도 하다. 그냥, 있고 싶었다. 그녀와 함께 하면 편하고 하루 종일 두고 있던 긴장감이 풀렸다.

"네?"

"그 뮤지컬."

그게 좋았다. 다른 누구도 아닌 그녀와 함께 했을 때만 느끼던 그 감정을 느끼고 싶었다. 그리고 오늘 그 좋은 감정을 마지막으로 쓰려고 한다.

"그냥, 오늘 나랑 보지."

3

긴장됐다. 그러면서도 한편에선 피어나선 안 될 설렘이 피어나고 있었다. 요즘 들어 점점 더 통제하기 힘든 감정을 서영은 스스로 비웃었다.

"너 뭘 기대하는 거야, 대체……"

서영은 화장실 거울을 보며 실소했다. 대충, 옷매무시를 가다듬고 나오자, 준석이 팸플릿을 들고 자신을 기다리고 있었다.

"들어가자."

"네."

로비는 생각보다 많은 인파로 복잡했다. 준석의 뒤에서 부지런히 따라가던 서영이 맞은편에서 촬영 장비 같은 것들을 들고 거꾸로 오고 있는 남자와 부딪히려는 찰나, 자신의 어깨로 따뜻한 무언가가 감싸졌다. 준석의 팔이었다. 덕분에 남자를 가볍게 피할 수 있었다.

서영이 가만히 준석을 올려다보았다. 여전히 그의 팔에 보호받은 채로.

"조심해."

눈이 마주치자 준석이 넌지시 말했다.

"네, 감사합니다."

준석이 천천히 서영을 두른 어깨에서 제 팔을 거두었다.

홀 안으로 들어와 무대가 너무 잘 보이는 VIP석에 앉아서도 서영은 제 어깨에 남아 있는 그의 온기가 쉽게 사라지지 않고 있다는 것을 알 수 있었다.

팔도 그렇게 따뜻한데, 그의 품은 얼마나 더 따뜻할까.

"이거 끝나고 가볍게 저녁이라도 먹고 들어가자. 배고프다."

"네? 네……."

"뮤지컬은 좋아해?"

"좋아는 하는데, 잘 보지는 못하는 것 같아요."

"내가 일을 하도 많이 시켜서 여유가 없다는 거지?"

서영이 딱히 부정도 긍정도 하지 않고 조용히 미소 지었다. 그러다가 자신을 빤히 바라보고 있는 준석의 시선에 당황해서는 두 눈을 끔뻑였다.

"여기 뭐 묻은 거 같아."

준석이 서영의 눈 밑을 가리키며 말했다.

"여기요?"

"아니, 조금만 더 오른쪽."

"여, 여기요?"

"아니."

손을 뻗은 준석의 손끝이 서영의 눈 밑을 스치고 지나갔다.

"속눈썹인가?"

"아!"

서영이 쑥스러움에 얼른 준석의 손끝에서 자신의 속눈썹을 낚아챘다.

"화난 거 아니지?"

"네? 아니요. 화 안 났습니다."

"난 네가 내 손가락을 부러트리려고 그러는 줄 알았어."

당황스러움에 자신이 너무 거칠게 낚아챘나 싶어, 서영이 연신 미안해하는 표정을 지어 보였다.

"생각보다 힘이 세네. 건들면 안 되겠다."

"아······."

서영이 반응에 준석이 소리 내어 웃었다.

"뭐 먹고 싶은 거 있어?"

"저는 아무거나 다 괜찮습니다."

"넌 항상 다 괜찮구나."

"······."

그의 목소리가 어딘가 조금 쓸쓸하게 들려와서 서영은 아무 말도 할 수가 없었다. 준석이 손에 들고 있는 팸플릿을 의미 없이 만지작거리다가 다시 서영에게로 시선을 돌렸다.

"다른 사람한테도 그래?"

"네?"

"그냥 궁금해서. 다른 사람한테도 늘 넌 이렇게······. 아니다, 내가 지금 무슨 말을 하는 건지. 신경 쓰지 마."

신경 쓰지 말라는 그의 당부와는 다르게 서영은 뮤지컬을 보는 내내, 내용이 귀와 눈에 제대로 들어오지도 않을 만큼 신경이 쓰였다. 홀에서 한바탕 웃음이 쏟아져 나왔지만 서영은 웃지 못했다. 옆에 있는 준석에게 신경을 쓰느라 내용을 전혀 모르고 있었기 때문이다.

그런데 왜, 대표님도 웃지 않는 것일까.

서영은 제 시야에 들어와 있는 무표정한 준석을 보며 차마 물을 수 없는 질문을 속으로 혼자 던져보았다. 뮤지컬 관람을 끝내고 나왔을 때, 멀찍이서 비 내리는 소리가 들려왔다.

"비 오나 봐요."

건물 밖으로 나와 보니, 어둠에 잠식되어 마치, 검은 물 같은 비가 흘러내리고 있었다. 실외 주차장에 주차를 했기에 영락없이 비를 맞아야 하는 상황이었다.

"여기 계세요. 제가 편의점에 가서 우산 사 오겠습니다."

편의점 역시 밖에 있었기에 서영은 자신의 핸드백을 머리 위에 가져다 대고 막 빗속으로 뛰어들려던 참이었다.

"최 비서."

준석이 그녀를 불러 세웠다. 그러고선 자신의 트렌치코트를 벗어 머리에 쓰고 서영이 들어갈 공간을 만들었다.

"대충 이거 쓰고 가자."

"하지만……."

"얼른 가자. 배고프다."

서영이 하는 수 없이 준석의 곁으로 다가갔다.

"안쪽으로 더 들어와. 그러다가 비 맞겠다."

괜찮다고 말해야 한다. 하지만 서영은 오늘은 그러고 싶지 않았다. 준석의 말대로 안으로 더 들어가면 그와의 사이가 더욱 좁혀지며 어깨가 닿을 것이다. 닿고 싶었다. 언제나 마음속으로 품어왔던 그 바람을 한 번쯤은 이뤄보고 싶었다.

서영이 한 발짝 그에게로 다가가 섰다. 어깨가 닿고 팔이 닿았다. 이렇게 그와 가까이서 서 있어본 것은 처음이었다. 비가 와서 참 다행이라는 생각이 들었다.

심하게 요동치는 자신의 심장 소리가 비에 파묻혀 그에게 들리지 않아서.

비를 뚫고 준석과 걸었다. 자신의 느린 발걸음에 그가 맞춰 걷고 있다는 것이 느껴졌다.

또 이렇게 함께하고 있으니 욕심이 든다.

이 모습 이대로 계속 함께 걷고 싶다는 욕심이. 곁에 없다면 이 마음을 정리할 수 있을까? 눈에 보이지 않는다면 이 감정을 조금씩 지울 수 있을까?

차에 올라탔을 때, 서영은 준석이 반대쪽 어깨가 완전히 다 젖어 있는 것을 발견했다.

"감기 걸리실 것 같아요. 근처 약국에 들러서 쌍화탕이라도 한 병 드시고……."

"넌……."

그가 젖은 어깨를 무심하게 털던 것을 멈추면서까지 서영의 말을 끊었다.

"상사인 나를 걱정하는 거겠지?"

뱉어낸 말에 금세 후회가 따라붙었다. 요즘 따라 왜 이렇게 감정이 쉽게 절제가 되지 않는지 준석은 스스로를 이해할 수가 없었다.

하얀 손, 뮤지컬을 보는 동안 그녀의 가느다랗게 하얀 손이 그토록 눈에 밟혔다. 한 번만이라도 잡아보고 싶다는 극심한 욕망과 함께.

그녀에게서 돌아오는 대답은 없었다. 굉장히 어이없고 난감한 질문이었다는 것을 알기에 준석은 애써 덤덤하게 웃었다.

"내심 고마워서. 매일 부려먹기나 하는 상사를 이렇게 걱정해주는 직원이 있다는 게, 너무 고마워서."

급하게 변명하듯 말을 꺼냈지만 무슨 생각을 하는 건지, 서영에게선 마지막까지 아무 대답도 들을 수가 없었다.

뮤지컬을 보고 온 다음 날부터 서영의 마음은 더욱 복잡해졌다. 그와 함께했던 시간이 불안하면서도 즐거웠던 탓에 그의 곁에 머물고 싶다는 욕심이 더 커져버렸는지도 모른다.

그가 살며시 다가와 눈 밑을 쓸어주던 모습을 떠올렸다. 잠깐 닿았을 뿐인데, 따뜻했다. 다시 한 번 느껴보고 싶을 만큼.

그렇게 무겁고 혼란스러운 마음으로 업무를 보고 있던 그때, 멀찍이 있는 엘리베이터 문이 열리고 낮은 구두 굽 소리가 점점 가까이 들려오기 시작했다.

"최 비서!"

코너를 돌아 서영에게 반갑게 인사를 건넨 사람은 다름 아닌, 준석의 어머니 신 여사였다. 방문자 명단에 없어도 데스크에서 유일하게 올려 보내주는 사람 중 한 명이기도 했다. 물론, 다른 한 사람은 준석의 아버지 강 의원이었다. 서영이 자리에서 일어나 맞이하자, 신 여사는 사람 좋은 미소를 지었다.

"오셨어요? 그런데 어떡하죠. 대표님께서는 지금 회의 중이시라 자리에 안 계십니다."

"아, 나 여기 우리 준석이 보러 온 거 아니에요."

"그러면 무슨 일로……."

"최 비서한테 부탁 하나만 하려고."

그러면서 슬그머니 사 온 커피를 건넸다.

"뭘 이런 걸 다 사 오셨어요. 그냥 오셔도 되는데……."

"뇌물이에요, 뇌물."

그리 말하면서 신 여사는 입을 가리고 호호, 하고 웃었다.

"어떤 것이라도 말씀만 하세요. 제가 살신성인으로 돕겠습니다."

"내 생일날도 그렇고, 애 아빠 생일날도 그렇고……. 최 비서가 항상 선물 골라주는 거 알고 있어요. 애가 말해서."

서영이 흐뭇한 표정을 지으며 고개를 낮게 끄덕였다.

"늘 선물 사 오는 거 보면 센스가 좀 유난히 좋은 것 같아서, 다름이 아니라 이번 우리 준석이 약혼식 때 입을 정장을 좀 같이 골라줬으면 싶은데……. 내가 아무리 돌아다녀봐도 이게 괜찮을지 저게 괜찮을지 도통 감이 잘 안 오네요. 유리 양이랑 같이 골라보려고 했는데, 하필이면 출장을 갔다고 그러네요. 이제 약혼식도 얼마 안 남았는데."

"네, 같이 골라드리겠습니다."

"그럼, 오늘 퇴근하고 내가 여기 앞으로 데리러 올게요."

"번거롭지 않으세요? 말씀하시면 제가 그 장소로 갈 수도 있는데."

"번거롭긴! 번거로운 건 최 비서지. 이렇게 같이 가주는 것만으로도 너무 고마워서, 꼭 데리러 와야 내 마음이 편할 것 같아요. 그리고 부담 가질 거 없어요. 나도 이 근처에서 볼일 보고 있을 거니까."

신 여사를 로비까지 배웅하고 돌아오는 길에 몸을 버티고 있는 힘이 한없이 늘어졌다. 그가 다른 여자와 약혼식을 하는 것만으로도 참, 가슴 아픈 일인데…… 그곳에서 그가 입게 될 옷을 골라주는 처지라니. 그렇다고 신 여사의 부탁을 거절할 수도 없는 일이었다.

"불쌍하다, 최서영……."

스스로를 그렇게 한탄하는 서영의 목소리는 그 어느 때보다 씁쓸했다. 근무시간 내내, 어쩐지 정리되지 않은 마음이 허허로웠다.

퇴근 시간이 되어 내려가 보니, 신 여사는 회사 앞에서 차를 대기시키고 서영을 기다리고 있었다.

"최 비서!"

신 여사와 함께 향한 곳은 DP되어 있는 정장을 고르면 몸 사이즈에 맞춰 직접 제작해주는 청담동의 고급 정장 숍이었다.

"좀 있다가 준석이 바로 여기로 올 거예요. 그 전까지 얼른 옷을 골라야 해요."

신 여사는 자신이 미리 봐두었다는 정장 몇 벌을 보여주었다.

"전부 다 잘 어울리실 것 같은데요. 워낙, 슈트 핏이 좋으시고 멋있으셔서."

"사실 부모 콩깍지라고 내 눈에만 그런 줄 알았던 내 자식인데, 다른 사람들 눈에도 다 그렇게 보인다고 하니 우리 아들이 멋지긴 멋진가 봐요."

신 여사가 고른 옷 중에서는 평소 준석이 즐겨 입지 않는 종류의 옷도 포함되어 있었다.

"전 이거랑……."

그 옷들을 제외하고 서영이 한 개의 옷을 골랐다. 그러고는 DP되어 있는 정장 옷 하나를 더 꺼내 들었다. 준석이 평소 선호하는 종류의 정장이었다.

"이거 둘 중에 하나를 마음에 들어 하실 것 같습니다."

"어머, 이 옷도 너무 괜찮다. 왜 내가 진작 이 옷을 발견 못 했었지?"

서영이 새롭게 집어 든 정장을 보며 신 여사가 만족스럽게 웃었다.

"사실 이렇게까지 요란 안 떨어도 되는데, 아들이 하나다 보니까, 이렇게 사소한 것에도 엄청 신경을 써주고 싶어요. 너무 주책 같죠?"

"아닙니다. 아드님을 신경 쓰시는 어머니 모습이 정말 보기 좋으세요."

신 여사는 약혼식이 진행될 장소를 보여주고 제작할 케이크의 디자인도 보여주며 서영과 소소한 대화를 나누었다. 그렇게 한 시간가량이 조금 지났을 때, 숍 밖으로 익숙한 차 한 대가 멈춰 서고 안에서 준석이 내렸다. 그가 서둘러 안으로 들어왔다가 신 여사와 함께 나란히 앉아 있는 서영을 발견하곤 잠시 멈칫했다.

"오셨어요?"

서영이 자리에서 일어나 준석을 맞이했다.

"어……. 아직 안 갔구나."

이곳에 서영이 있는 것에 대해 준석은 많은 불편함을 느끼는 듯 보였다.

"최 비서가 오늘 시간까지 내서 이렇게 와줬는데, 저녁이라도 사주고 싶어서 기다리라고 했다."

"네, 잘하셨어요."

준석이 직원의 안내를 받아 피팅룸 안으로 들어갔다. 잠시 후, 피팅룸을 가리고 있던 커튼이 걷히고 정장을 입은 준석의 모습이 나타났다.

어색한 부분 하나 없이 완벽한 몸에 잘 맞는 슈트. 찬란한 조명 아래에서 더욱 빛나고 있는 그의 모습은 서영이 여태 봐왔던 그 어떤 날보다도 근사하고 멋있어 보였다.

아무도 볼 수 없게, 꼭꼭 숨겨버리고 싶을 만큼……. 빼앗기고 싶지 않다는 욕심이 자꾸만 몸을 위협할 만큼…….

장유리로 태어났다면 얼마나 좋았을까. 그렇다면 그의 곁에 영원히 머물 수도 있었을 텐데…….

하지만 그럴 수 없다는 현실에 아파하며 그에게 닿아 있던 서영의 시선이 힘없이 바닥으로 툭, 떨어트리어졌다.

"세상에! 우리 아들 너무 멋지다!"

신 여사가 준석을 사랑스러운 눈빛으로 바라보며 좋아했다.

"유리 양은 복 받은 거야, 어디 가서 이렇게 능력 있는데, 훤칠하고 성격까지 좋은 남자를 만날 수 있겠어? 아버지께서 이 모습을 못 보셔서 아쉬워하시니, 사진이라도 찍어서 보내드리자. 아버지가 너무 좋아하시겠다."

신난 신 여사가 사진을 찍는 동안, 여전히 갈 길 잃은 서영의 시선이 허공을 외롭게 떠돌아다녔다.

약혼식 날 입을 정장을 맞추고, 함께 식사를 하기 위해 신 여사가 예약해두었던 한식 레스토랑으로 향했다. 안내받은 룸에 들어가 앉으니 곧 식사가 나왔다.

"오늘 여러모로 수고해줘서 너무 고마워요. 많이 먹어요."

"제가 당연히 해야 할 일인데, 감사히 잘 먹겠습니다."

식사를 하는 동안 신 여사는 온통 아들의 약혼식에 관련된 이야기만 했다.

"유리 양하고 이번에 아버지 별장 한번 놀러 갔다 오는 게 어떠니?"

"스케줄 조정해보겠습니다."

"그래. 자주 봐야지 또 정이 금방 들고 하는 거야. 그렇지 않아요, 최 비서?"

서영이 제 앞에 앉아 있는 준석을 바라보았다. 그가 굳은 얼굴로 자신을 바라보고 있었다. 대답하고 싶지 않다. 자주 보지 않고 정도 들지 않았으면 싶다. 그런 욕심을 부리지 말아야지 하면서도 쉽게 되질 않았다. 그래서 대답 대신, 희미한 미소를 지어 보였다.

"최 비서는 애인 없어요?"

"네, 아직 없습니다."

"얼굴도 예쁘고 능력도 있어서 인기가 꽤 많을 것 같아요."

"과분한 칭찬이십니다."

"아니에요! 정말, 최 비서 참하니 예쁘지. 최 비서 같은 신부 얻는 남자는 분명 전생에 나라를 구했을 남자일 거예요."

신 여사와 대화를 하는 동안에도 여태 잠잠했던 준석의 휴대폰이 울렸다.

"어머, 유리 양이네?"

"잠깐, 통화 좀 하고 오겠습니다."

룸에서 나가는 준석을 서영이 하염없이 눈길로 좇았다. 문이 닫히고 그가 완전히 보이지 않고 나서야 서영의 시선이 다시 음식으로 향했다.

"우리 애가 일만 하느라, 연애에는 좀 무지해요. 여자도 잘 모르고, 최 비서가 옆에서 여자가 뭘 좋아하는지 귀띔을 좀 많이 해줘요, 응?"

"네……."

눈물을 머금으며 간신히 대답을 했다. 준석이 잠시 후 다시 돌아오고 식사를 전부 끝낸 세 사람이 레스토랑 밖으로 나왔다.

"그럼, 들어가볼게. 아들. 최 비서도 잘 들어가요."

"네. 조심히 가세요."

미리 대기하고 있던 차에 올라탄 신 여사를 먼저 보내고 준석은 자신의 차가 주차된 곳으로 방향을 틀었다.

"대표님."

뒤에서 당연히 쫓아오고 있을 줄 알았던 서영의 부름에 준석이 가던 걸음을 멈춰 세웠다.

"전 여기서 버스 타고 가겠습니다."

"그냥 내 차 타고 가. 오늘 이래저래 수고가 많았잖아."

"아닙니다. 괜찮습니다. 사실, 근처에서 친구랑 약속이 있어서요."

이렇게 말을 하지 않으면 준석은 끝까지 자신을 데려다줄 사람이다.

"그래? 그럼 어쩔 수 없고……."

"조심히 들어가세요."

고개를 숙여 인사를 건네는 서영을 빤히 바라보고 있던 준석이 입술을 떼어냈다.

"최 비서."

"네?"

"미안해."

뜬금없는 그의 사과에 서영이 고개를 갸웃했다.

"어떤 걸 말씀하시는 거예요?"

"그냥, 퇴근 시간도 잡아먹고 이래저래 번거롭게 해서."

"제 일인데요, 뭐."

예전처럼 '신경 쓰지 마세요.'라는 말을 덧붙여야 하는데, 그 말이 쉽게 나오지 않았다. 이제 더는 이 일을 하고 싶지 않은 것도 사실이었다. 그가 약혼을 하고, 결혼을 하고 아이를 낳고 행복하게 사는 것을 지켜보는 것이 너무 괴롭고 버거울 것만 같았다.

"그럼 내일 회사에서 봐."

"네."

돌아서는 준석을 향해 서영은 자신도 모르게 한 발짝 다가갔다가 멈칫했다. 더는 곁으로 다가가서는 안 된다는 것을 알기에, 다시 한 발짝 물러섰다.

다른 여자의 남자가 되는 사람을 몰래 마음에 품고 있는 자신도 용서가 되지 않았다. 이대로 그의 곁에 머무는 것은 자신의 상처를 계속 파헤치고 누군가에게는 죄를 짓고 있다는 죄책감이 무겁게 서영의 마음에 눌러앉았다. 자신의 욕심이 언제 그 본색을 드러낼지도 두려웠다.

그래서 서영은 결심할 수밖에 없었다. 더 슬퍼지기 전에, 더 많은 상처를 받기 전에, 더 절실한 욕심이 들기 전에 그의 곁을 떠나자고.

그것이 정답이라고.

집으로 돌아와 서영은 몇 번이고 망설이고 있던 손에 꽉 힘을 주어 볼펜을 잡고 사직서를 써 내려갔다. 사직서를 써 내려가는 동안, 자꾸만 북받치는 서러움에 눈시울이 붉어져 왔다.

이런 식으로 그의 곁을 떠나게 될 줄은 몰랐다. 준석이 다른 여자의 남자가 된다는 이유로 그에게서 도망가게 될 줄은 몰랐다. 서영은 닦을 엄두조차 나지 않는 많은 눈물을 쏟아내며 사직서의 빈칸을 전부 채워 내려갔다.

다음 날, 근무를 모두 끝낸 서영이 사직서를 들고 대표실 문을 노크했다.

전화를 하고 있는 준석이 들어오는 서영을 보며 살며시 미소 지었다. 잠시 기다려달라는 뜻이었다. 서영이 낮게 고개를 끄덕였다.

"네, 해당 담당자분께 내일 오전 중으로 연락 좀 달라고 전해주세요."

전화를 끊고 준석이 찌뿌드드한 몸을 가볍게 펴며 서영 쪽을 바라보았다.

"무슨 일이야?"

"정유리 씨와 식사하실 레스토랑 예약해놨습니다."

준석이 낮게 고개를 끄덕였다.

"퇴근해."

"저, 대표님."

일어서려던 준석의 걸음이 서영의 목소리로 붙잡혔다.

"이거요."

서영이 품에 넣어두었다가 꺼낸 것은 사직서였다. 그녀의 행동을 가만히 눈으로 좇고 있던 준석의 눈이 상당히 굳어졌다.

"아무래도…… 계속 일은 못 할 것 같아요."

서영은 차분하게 제 마음속에 담겨 있는 말을 꺼냈다.

"이유가 뭐야?"

솔직한 이유를 말할 수가 없었다.

"좀 쉬고 싶습니다."

서영의 대답에 준석이 사직서를 다시 그녀에게로 내밀었다.

"휴가 줄게."

"며칠 정도로 안 될 것 같아요."

"아니, 며칠 정도면 돼. 밤새도록 일하고 주말에까지 나와서 일하던 사람이 바로 최 비서야. 천성적으로 일을 하기 위해서 태어난 것처럼 타고난 몸들이 있어. 최 비서는 그쪽에 속해. 답답해서 하루도 제대로 못 쉴 사람이야."

테이블 위에 무심하게 사직서를 던지다시피 내려놓는 준석의 손길을 서영은 적적한 눈길로 좇았다.

"며칠이 부족하다면 한 달 정도 줄게."

"그만두고 싶어요."

"혹시, 다른 회사에서 더 좋은 조건으로 스카우트라도 받았어?"

그는 조금 화가 난 듯 보였다. 가뜩이나 바빠질 시기에 일 잘하고 신뢰로 가득 차 있던 직원이 예고도 없이 갑자기 그만두겠다고 나오는데 화가 나지 않을 리가 없었다. 아니, 솔직한 이야기로 그딴 이유가 아니었다.

그녀가 갑자기 제 눈앞에서 사라진다고 생각을 하면 이상했다.

"그 좋은 조건 세 배, 아니 다섯 배도 더 쳐줄 수 있으니까, 말 들어."

"그런 거 아닙니다. 정말 너무 많이 힘들어서 쉬고 싶은 거예요."

"최 비서."

"새로운 비서를 뽑으시면 인수인계까지 마무리 제대로 하고 나가겠습니다. 그쪽 면에선 절대 걱정 안 하셔도 될 만큼, 완벽하게 인수인계하겠습니다."

한 번도 자신의 의견을 제대로 표출해본 적이 없던 서영이었다. 상사인 준석 앞에서 그녀의 대답은 언제나 같은 것들이 많았다. 한 번도 말대꾸나, 준석의 심기를 건드릴 만한 말들을 한 적이 없던 최 비서였기에, 준석은 저렇게 단호하게 나오는 서영을 보며 마음이 복잡해져왔다.

"최 비서."

"그러니 제발, 사직서 수리 부탁드립니다."

자신을 말리려는 준석에게 틈조차 허락하지 않으며 서영은 간절한 마음을 담아, 사정했다.

"고작 쉬고 싶다는 이유로, 회사를 그만두는 건 너무 무책임하다는 생각 안 들어? 나랑 한두 달 일한 사람도 이렇게 무책임한 행동들은 안 해."

감정을 억지로 억누른 준석의 목소리는 그 어느 때보다도 위압감이 느껴졌다.

"죄송합니다, 대표님."

한층 까칠해진 준석의 반응에도 서영의 눈빛과 목소리는 어떤 흔들림도 없이 완고했다. 그녀는 더 이상의 변명도 하지 않고 입술을 고집스럽게 다물고 있었다.

"나한테 생각할 시간을 좀 줘."

그렇게 말을 하고 일어서버린 준석은 여전히 던져놓은 사직서로는 눈길조차 주지 않았다.

오늘 그녀가 사표를 낸 것은 정말 몸이 휘청거릴 정도로 큰 충격이었다. 충분한 예의는 갖추고 있었지만, 자신을 붙잡을 여지조차 허락하지 않겠다는 듯, 단호하고 냉랭하기까지 했다.

함께 일해온 3년 동안 한 번도 본 적 없는 표정과 들어본 적 없는 말투에 자꾸만 신경이 쓰였다. 그녀에게 무슨 일이 생긴 것이 분명했다. 그동안 준석이 알고 지냈던 서영은 겨우, 쉬고 싶다는 자잘한 이유로 사표를 낼 만큼 무책임한 사람이 아니었다.

그녀의 여건에 분명 어떤 문제나 변화가 생긴 것이 확실했다. 열

정적이고 투철한 사명감으로 똘똘 뭉쳐 일하던 그녀였다. 뭔가 이유가 있지 않고서는 그런 무책임한 행동을 할 리 없었다. 그래서 준석은 그녀를 도저히 이해할 수 없었다.

"무슨 생각을 그렇게 골똘히 해요? 사람 면전에 대고."

유리의 퉁명스러운 목소리에 그제야, 준석은 머릿속 깊숙이 자리를 차지하고 있던 서영을 거두어냈다.

"여자 생각했죠?"

뜬금없는 그녀의 물음이었지만, 서영이 남자는 아니니 준석은 굳이, 부정하지 않았다.

"좋아하는 여자예요?"

"그런 거 아닙니다."

무심하게 말을 내뱉고서는 겨우, 한 입 먹은 스테이크를 무의미하게 썰었다.

"아버지께 말씀드렸어요. 지금이라도 늦지 않았으니까, 강 사장님이랑 내 약혼 없던 걸로 치자고."

약혼식 보도 이후로 유리는 매일 저 말만 되풀이하고 있었다.

"나는 강 사장님이랑 잘 살 자신이 없어요. 이혼남이라는 치명적인 타이틀이 당신 등딱지에 척, 하니 붙을 수도 있는 문제라고요."

"그건 나중 일이니까 나중에 생각하죠."

"대체, 뭐 때문에 이렇게까지 하는 거예요? 나도, 강 사장님도 서로에 대한 마음이 먼지만큼도 없는데!"

"주변에 보는 눈이 많습니다. 목소리 낮추세요."

"결혼은 사랑하는 사람하고 해야 하는 거예요!"

준석의 경고에도 유리는 막무가내였다. 평소 같았으면 그냥 대충 넘어갔을 것이다. 하지만 오늘 서영 때문에 준석의 심기는 많이 예민해져 있었다.

"이만 일어나죠."

자리에서 일어나는 준석을 유리가 씩씩거리며 올려다보았다.

"난 사랑하는 사람에게 상처 주지 않을 거예요."

"……."

"그 상처는 내가 사랑하는 사람이 아니라, 이상하게 고집을 피우고 있는 강 사장님 몫이 될 거예요."

허벅지 위에 올려놓았던 디너 냅킨을 집어 던지고 일어난 유리는 뒤도 돌아보지 않고 준석에게서 멀어졌다.

'난 사랑하는 사람에게 상처 주지 않을 거예요.'

유리가 앙칼진 목소리로 그 말을 내뱉었을 때, 준석은 젖은 몸을 담요로 덮고서는 몸을 가느다랗게 떨고 있던 서영이 떠올랐다.

"……."

'약혼식 축하드려요.'

추위에 떨고 있는 몸만큼이나, 떨고 있던 목소리였다.

안아주고 싶었다. 그때의 자신은 어쩌면 서영을 안아주고 싶다는 생각을 했을지도 모른다. 작은 체구로 추위에 떨고 있는 그녀를, 횡단보도 앞에 서서 어딘가 모르게 잔뜩 불안감에 떨고 있던 그녀를.

하지만 안아줄 수 없었고, 안아줘서도 안 될 사람이었다.

"……."

사랑하는 사람을 어떻게 해서든 지키려고 버둥거리는 유리의 모습이 오늘따라 유난히도, 부럽게 느껴졌다.

잠에서 깨어나 맞이한 아침의 따뜻한 햇볕 줄기를 서영은 넋 놓고 바라보았다.

사표를 내고 난 후, 며칠이 너무 빠르게 지나갔다. 하지만 여전히 준석에게서는 어떤 확답도 들을 수가 없었다. 생각할 시간을 더 드려야 한다고 생각하면서도 점점 가까워지는 그의 약혼식 때문에 보채고 싶었다.

한참을 그렇게 넋 놓고 있던 서영이 이불을 걷어내고 침대에서 내려왔다.

출근을 하기 전 항상 습관처럼 커피를 마시던 서영이 전기 포트에 물을 담고 버튼을 눌렀다. 그런데 먹통이 된 듯 포트는 아무 반응을 보이지 않았다.

"이거 왜 이러지?"

안 되는 전기 포트와 씨름할 시간이 없던 서영은 급하게 주전자에 물을 채워 가스레인지 위에 올려놓았다. 포트보다 시간이 더 걸릴 듯싶어 서영은 그사이에 다이어리를 꺼내 오늘 일을 꼼꼼하게 체크했다.

"오후에 임원 회의 있으시고……."

쭉 정리를 하다가 오늘이 퇴근을 한 후, 그의 약혼식이 진행될 장소를 보러 가는 날임을 떠올렸다. 기분이 급 우울해져 연거푸 한숨만 터져 나왔다. 그의 약혼식까지 볼 자신이 없는데, 어쩌지……. 그날 무슨 핑계를 대서라도 가지 말아야겠다고 생각하며 준석의 스케줄을 다 정리하고 집을 나섰다.

회사에 도착해서 평상시 준비하던 것을 끝내고, 자리로 돌아와 한참 업무를 보고 있을 때였다.

가방 안에 넣어두었던 휴대폰이 요란스럽게 울렸다. 액정을 확인해 보니, 집주인 아주머니였다. 집을 계약하고 나서 3년 동안 살면서 거의 전화를 한 적이 없던 아주머니였다. 서영이 의아해하며 전화를 받았다.

"네, 안녕하세요. 아주머……."

-아니, 어떻게 된 거야! 서영 씨! 정말 큰일 날 뻔했어!

아주머니는 주어도 없는 말을 굉장히 흥분한 상태로 내뱉었다.

"네? 그게 무슨 말씀이세요?"

-서영 씨네 집에 불 날 뻔했어! 불! 지금 집에 자욱한 연기가 장난 아니야! 급한 마음에 도어록을 부수고 들어오기는 했지만! 가스레인지에 물 올려놓고 그냥 나가면 어째!

순간 심장이 덜컹하고 내려앉았다. 너무 놀라 숨마저 멎고 눈을 깜빡이는 것조차도 잊어버린 서영은 목이 꽉 막힌 것처럼 아무 말도 할 수가 없었다.

"많이 놀라셨죠? 정말 죄송합니다, 아주머니."

서영이 놀란 심장이 여전히 진정되지 않아 떨리는 목소리로 말했다.

-나도 나지만, 젊은 사람이 그렇게 정신없이 살면 어째……. 앞으로 신경 좀 써줘. 그러다가 여러 사람 피해보고 또, 서영 씨도 안 좋은 일 당할까 봐 무섭네. 지금 서영 씨 집이 난리 속이야. 와서 정리를 좀 해야 할 것 같은데…….

"네, 알겠습니다. 정말 죄송해요."

전화를 끊고 나서도 서영은 마음을 쉽게 추스를 수가 없었다. 집에 불이 날 뻔했다는 아찔함보다 서영을 더 혼란스럽게 하는 건, 이제야 간신히 자신이 왜 물을 올려놨는지 생각이 났다는 것이다.

"대체 정신을 어디다가 두고 다니는 거야, 최서영……."

사실 요즘 이래저래 스트레스를 너무 많이 받아서 그런지, 무언가를 자주 깜빡하는 것, 왼쪽 전체가 결리는 것과 빈혈이 나는 증상이 더욱 심해지고 있었다. 특히 오늘 같은 상황을 겪고 나니, 쉽게 넘어가서는 안 될 것 같았다.

"영양제 부족인가……."

지금도 머리가 어지럽고 아프다. 주말 내내, 푹 쉰다고 쉬었음에도 불구하고 몸이 더욱 힘들어지고 있다는 것을 깨달은 서영은 영양제라도 맞을 생각에 점심시간을 이용하여 병원에 들렀다.

몸의 상태에 대해서 정확하게 얘기해달라는 의사의 말에 서영은 요즘 자신이 자주 느끼는 증상들 몇 가지를 얘기해주었다.

무언가를 자주 깜빡하고, 두통도 심하고, 가끔은 어지럼증을 호소하며 비틀거려 넘어질 때도 있다고. 더욱 정밀한 검사를 위해 혈액검사를 해보자는 의사의 말에 서영은 별생각 없이 응했다.

"저, 죄송한데. 이 바늘 좀 빼주시겠어요?"

혈액 검사를 하고 영양제를 맞고 있던 서영은 곧 점심시간이 끝나가고 있다는 것을 느끼고는 간호사를 불렀다. 오후에는 준석이 돌아온다. 그때까지 회의 준비를 끝내놓아야 했다.

"왜요? 얼마 안 남았는데, 다 맞고 가시죠."

"시간이 없어서요. 그냥, 바늘 빼주세요."

간호사가 바늘을 빼주자, 서영이 데스크로 향했다.

"아마, 결과는 이번 주 토요일에 나올 것 같아요. 문자로 따로 말씀드릴게요."

"네."

병원에서 나온 서영은 곧장 회사로 향했다. 빠듯한 시간에 밀려서 점심을 제대로 먹지 않은 상태라 그런지, 몸은 수분기가 완전히 빠져나간 것처럼 힘이 없었다. 가볍게 샌드위치라도 사 갈까 했지만 입맛이 없어서 그냥 빈손으로 돌아왔다.

회의할 자료들을 준비해서 회의실로 가던 중 또다시 눈앞이 시커메졌다.

"으……."

품에 들고 있던 서류까지 떨어트리며 비틀거리던 서영의 팔을 누군가가 꽉 잡아 끌어당겼다.

"괜찮아?"

"어? 대표님……."

"안색이 많이 안 좋아 보여. 어디 아파?"

준석의 손이 무의식중에 그녀의 이마로 뻗었다가 닿지 못하고 떨어졌다.

"아니요. 괜찮아요."

서영이 바닥에 떨어진 자료들을 급한 손길로 집어 들었다.

"내가 할게. 가서 좀 쉬어."

"죄송합니다."

결국, 준석이 직접 자료들을 챙겨 회의실로 들어가고 나자 서영이 자리로 돌아왔다. 방금보다는 훨씬 나아졌지만, 요즘 몸에서 느껴지는 이상한 징후에 불안함을 떨어트릴 수가 없었다. 걱정 때문인지 속이 답답해진 서영이 물이라도 마실 생각에 일어나던 참이었다. 곁에 두었던 휴대폰이 짤막하게 울렸다.

[안녕하세요, 저 정유리예요.]

문자의 주인공은 전혀 예상하지 못한 의외의 사람이었다.

[네, 안녕하세요. 무슨 일이세요?]

[어머니께 들었어요. 저 대신해서 강 사장님 슈트도 봐주시고 장소 보는 것에도 수고해주셨다고. 그래서 어머니께 직접 번호 물어봤어요. 감사하다는 말 전하는 게 예의인 것 같아서요.]

[별일 아닙니다. 너무 마음에 두지 않으셔도 돼요.]

[제가 빚지고는 또 못 사는 성격이라서요. 너무 고마워서 그러는데, 저녁 식사 한 번 대접해드리고 싶은데 오늘 시간 어떠세요?]

그녀의 갑작스러운 제안이 서영에겐 그다지 달갑지 않았다. 사실, 지금 심정으로는 그녀가 조금 밉기도 하고 그녀에게 질투가 나기도 했다. 아무 죄가 없다는 것을 알면서도, 괜한 심술이었다.

[전 괜찮습니다. 신경 안 쓰셔도 돼요.]

[자꾸 거절하지 마세요. 저 너무 민망해져요.^^ 그 사람을 위해서 항상 애쓰신 분인데, 수고하셨다는 의미에서 제가 밥 한 끼 사는 건,

당연한 일이죠.]

하지만 그녀의 호의를 계속 거절하는 것 역시 마음이 편해진 않았다. 고작 밥 한 끼 먹는 시간일 뿐이다. 더군다나, 그녀 나름대로 지금 준석의 주변 사람들을 챙겨주기 위해 제안하는 저녁 식사였다. 오랫동안 일을 했던 직원에게 수고했다는 의미에서 식사 대접을 하는 회사……. 좋은 평판으로 새겨질 거였다. 지금 유리가 하는 것은 그를 위한 일종의 내조일지도 모른다. 언제나 준석의 곁에서 보위하는 것이 가장 큰 일이었던 서영은 더 이상 유리의 제안을 거절할 이유를 잃었다.

[네, 알겠습니다.]

그녀에게서는 기다렸다는 듯이 금세, 답장이 왔다.

[그럼, 레스토랑은 제가 예약해놓도록 하겠습니다, 최 비서님.^^]

오늘은 무슨 일인지, 유리에게서 먼저 저녁을 먹자는 연락이 왔다. 피곤하기도 하고 서영이 일을 그만둔다고 말을 하고 나서부터 모든 의욕이 바닥을 보이고 있는 중이라, 거절했지만 그녀는 약혼식과 관련된 할 말이 있다며 기어코 그를 불러냈다. 만나기 싫다고 노골적으로 드러낼 때는 언제고, 오늘따라 유난히 적극적인 그녀의 속은 참 헤아릴 수 없는 것이라고 생각하며 장소에 도착했다.

그리고 그곳에 앉아 있는 서영을 발견했다.

"강 대표님!"

뻔뻔할 정도로 준석을 반갑게 맞이하는 유리의 맞은편에는 난생처음 보는 남자도 함께하고 있었다.

"많이 놀랐죠?"

준석의 날카로운 시선은 유리를 책망하고 있었다. 하지만 유리는 전혀 아랑곳하지 않고 말을 이어 나갔다.

"이번에 저 대신해서 강 대표님 옷도 같이 보러 가주신 게 너무 고마워서 식사 대접 좀 하려고 불렀어요. 아, 그리고 이 애는 제 동창 진우예요. 저랑 가장 친한 친구예요."

자신의 소개에도 인사는커녕, 꼼짝하지 않고 있는 준석을 보면서도 유리의 행동엔 미동조차 없었다.

"최 비서님하고만 먹으려고 했는데……. 제가 깜빡하고 이중 약속을 잡았던 거예요. 그래서 셋이서 먹게 되었는데, 그림이 좀 썰렁한 것 같아서 강 대표님을 부른 거예요. 제 친구한테는 약혼남이라고 소개도 좀 할 겸."

유리는 이미 확신하고 있었다. 준석이 서영에게 느끼는 감정이 단순히 상사와 부하 직원 간의 사이로 느낄 수 있는 애정이 아니라는 것을. 그 상황에서 일부러 다른 낯선 남자와 자신을 불러낸 이유는 무엇일까.

그녀가 무슨 꿍꿍이속으로 계획을 세우고 있든, 준석은 참을 수 없을 정도로 화가 났다. 하지만 여기서 대놓고 화를 내는 것도 사람 입장이 참 우스워질 수밖에 없는 일이었다.

단순히 생각하면 약혼녀와 약혼녀의 친한 친구, 그리고 자신이 신뢰하고 애정을 느끼는 직원과의 단순한 저녁 자리일 뿐이다. 더군다나, 아무것도 모른 상태에서 잔뜩 긴장하고 앉아 있는 서영을 곤란하게 만들고 싶진 않았다. 그녀가 지금, 저렇게까지 긴장을 하는 이유는 자신의 눈치를 보고 있는 것이 분명했기에.

차분하게 그리 자신을 달래며 지갑을 꺼내 명함을 내밀었다.

"만나서 반갑습니다. Talk Talk의 대표 강준석입니다."

명함을 건네는 손끝에선 방금까지 몸에 배어 있던 혼란스러움은 사라지고 여유로움만이 남아 있었다. 진우가 자리에서 반쯤 일어나 명함을 받아 들었다.

"Talk Talk의 대표님을 유리의 약혼남으로 만나 뵐 수 있다니, 아직까지도 믿기지 않네요."

진우는 몸에 밴 예의로 준석을 대했다. 자리에 앉은 준석은 대각선 반향으로 맞은편에 앉아 있는 서영을 바라보았다. 그녀도 지금 본질 없는 관계로 얽매여 있는 이 자리를 매우 난감하고 유감스럽게 느끼고 있는 듯싶었다. 크지도 작지도 않지만 항상 촉촉하게 빛나고 있는 듯하던 그녀의 눈동자가 침묵이 흐르는 공기에서 길을 잃은 듯, 헤매고 있었다.

"서영 씨가 대표님 비서라고 들었는데, 맞습니까?"

진우가 굉장히 상냥한 목소리로 물어왔다.

"네, 맞습니다."

"아……."

고개를 낮게 끄덕이며 진우의 눈이 슬그머니 서영에게로 향했다. 어느 정도의 호감이 서려 있는 눈동자였다. 준석의 눈동자가 그런 진우를 응시하다 서영의 반응을 매섭게 살폈다. 그녀는 여전히 넋이 나간 채, 이 불편한 자리에서 먼지 같은 존재가 되고 싶은 모양인지, 얌전히 앉아 있을 뿐이었다.

"서영 씨, 저희 약혼식은 오시는 거죠?"

유리의 질문에 서영은 머뭇거리며 애꿎은 자신의 손톱을 뜯었다.

"서영 씨는 애인 있어요?"

불편한 유리의 질문은 계속되었다. 서영은 낮게 고개를 내저었다.

"애인 없습니다."

"그럼 좋아하는 사람은요?"

피하려고, 답지 않으려고 노력했던 시선이 서영에게로 끌리듯 닿은 순간, 자신에게 머물러 있던 그녀의 시선이 바닥으로 힘없이 떨어졌다.

"좋아하는 사람도…… 없습니다."

"아, 없으시구나."

곧이어, 주문한 음식들이 나왔다.

"제가 좀 잘라드릴까요?"

스테이크가 나오자 진우가 제 포크와 나이프를 들고 설치기 시작했다. 서영이 거절했지만, 그는 다시 한 번 제안했다.

"제가 스테이크 써는 걸 되게 좋아해서 그럽니다. 제가 썰어 드릴게요, 서영 씨."

"괜찮습니다. 제가 썰어 먹겠습니다."

"그래도 제가……."

"괜찮다고 하지 않습니까."

서영과 진우 사이에서 오가는 대화에 불쑥 끼어든 준석의 목소리는 사포처럼 까칠했다. 진우는 서영에게 내밀었던 손을 슬그머니 내리며 준석의 눈치를 살폈다. 찬물을 확 끼얹은 것처럼 분위기가 순식간에 냉랭해지자, 유리가 중재에 나섰다.

"강 대표님, 뭘 그렇게 정색을 하고 그러세요. 제 친구가 서영 씨 마음에 들어서 그러는 건데."

"언제 봤다고 마음에 들고 말고 합니까?"

어이가 없어 터져버린 실소엔 여전히 경계와 까칠함이 잔뜩 깔려 있었다.

"왜요, 처음 보자마자 반할 수도 있죠. 최 비서님 참한 외모가 남자들한테 인기 딱 많은 유형이시잖아요."

서로를 응시하고 있는 준석과 유리의 빈틈 사이에 심상치 않은 기류가 흘렀다.

　"만난 지 얼마 되지도 않아서 약혼하는 우리도 있는데, 제 친구라고 첫눈에 반하지 말라는 법도 없지 않나요?"

　"잠깐 나 좀 보죠, 정유리 씨."

　준석이 허벅지 위에 올려놓았던 디너 냅킨을 거칠게 집어 던지고선 밖으로 나가자, 유리가 두 사람에게 양해를 구하고 따라 나왔다. 레스토랑에서 나오자마자 준석은 참을 수 없는 분노를 터트렸다.

　"대체, 이게 뭐 하는 짓입니까."

　"지금 대표님 지나치게 예민한 반응인 거 아세요?"

　시종일관 여유 있는 유리의 모습과 그녀의 의중을 충분히 파악하고 있던 준석은 기가 찼다. 처음부터 정을 가지고 시작했던 사이가 아니었지만, 이렇게 막무가내의 행동에 없던 정마저 떨어질 것 같았다.

　"정유리 씨."

　"이제 제발 좀 솔직해져보는 게 어떠세요? 자기감정에 솔직해지라고요! 지금 이렇게 강 대표님 화나고 열 받는 거, 그 남자가 서영 씨한테 껄떡대서 그러는 거잖아요. 내 여자 건드리고 있으니까!"

　"그래서 지금 그거 실험해보겠다고 최 비서를 부른 겁니까?"

　유리는 딱히 부정하지 않고 여태 당당하게 마주 보고 있던 준석의 눈빛을 피했다. 서영이 누군가에겐 확실한 대답을 얻기 위한 한낱 도구로 쓰였다는 것이 화가 났다. 눈앞에 있는 유리가 괘씸해서 더 인정하고 싶지 않았다.

　"모든 것을 알고 있으면서도 이런 장난질하는 게 정유리 씨는 재밌습니까?"

"장난질이 아니에요! 난 당신도 행복해지고, 나도 행복해지는 방법을 찾은 거뿐이라고요! 이미 방법과 결과는 전부 나왔는데, 왜 자꾸 고집을 피우는 거냐고요! 강 대표님!"

"당신이야말로, 대체 왜 쓸데없는 데 시간 낭비를 하게 만들어!"

처음으로 제 감정을 전부 드러내듯 발악을 하는 준석을 보며 유리가 살짝 두려움을 느낀 듯, 멈칫했다. 하지만 이미 반쯤 이성을 잃은 준석에겐 유리의 두려움을 헤아릴 여지 따위는 없었다.

"아무리 이렇게 발버둥 쳐도 달라지는 거 없어! 그러니까!"

목대에 선명하게 올라온 퍼런 핏줄과 붉어진 눈동자는 금방이라도 준석의 모든 것을 다 폭발시켜버릴 듯, 위태로워 보였다.

"이딴 헛짓거리로 사람 열 받게 하지 말고 얌전히 있어."

달라지는 것은 정말 아무것도 없을 거였다. 그래서 겨우 힘들게, 버겁게, 체념하고 있는 마음을 자꾸만 들쑤시려는 유리가 준석은 원망스럽기만 했다.

"......"

"한 번만 더 이런 짓 하면, 너도 지금 내가 느끼는 이 엿 같은 기분을 똑같이 느끼게 만들어줄 테니까."

어쩌면 이렇게 이성이 조절되지 않을 만큼 화가 나는 건, 이런 자리를 마련한 유리 때문이 아닐지도 몰랐다. 정말로 자신이 지켜주고 싶었던 여자. 그 여자 하나 제대로 지켜주지 못한 채, 돌아서야 하는 자신의 선택에 화가 났다. 준석은 레스토랑 안으로 들어가 서영의 앞에 섰다.

"가자."

이곳에 서영이 남아 있다면 유리가 어떤 말을 할지 모른다. 그러면서도 한편으로는 자신이 없는 자리에서 진우라는 남자가 서영에게 어떻게든 껄떡거릴 것 같아 신경 쓰였다.

"집에 데려다줄게. 가자, 최 비서."

"네, 대표님……."

서영이 망설이지 않고 일어나 준석을 따라나섰다.

"죄송합니다."

차에 올라타 막 도로에 진입한 차 안에서의 정적을 깨고 서영이 먼저 입술을 떼어냈다.

"최 비서가 왜."

"가지 말아야 할 자리라는 것을 알면서도 갔습니다."

"왜?"

서영이 딱히 대답을 하지 못하고 머뭇거렸다.

"왜 가지 말아야 할 자리야? 그저, 상사 약혼녀가 식사 대접해주는 자리일 뿐인데."

"대표님의 심기를 불편하게 해드린 것 같아서."

"최 비서 때문 아니야. 정확한 이유도 없으면서 무작정 죄송하다고 하는 거지, 지금."

"……."

"네가 진짜 죄송해야 할 건, 아무 예고도 없이 갑자기 나를 떠나버리겠다는 그 다짐이야. 난 아직 최 비서를 떠나보낼 자신이 없어."

하지만 준석은 이미 알고 있었다. 그녀를 떠나보내야 한다는 것을.

곁에 두고 계속 보면 갖고 싶고 더 욕심이 나기 때문에, 그녀를 보지 않는 것이 더욱 감정을 정리하는 데 도움이 되리라는 걸.

서영을 내려주고 다시 거칠게 차를 몰았다. 하지만 차는 얼마 가지 않아 어둠에 잠겨 있는 도로 귀퉁이에 다시 세워졌다.

그러고는 핸들에 머리를 깊숙이 박고 서러움을 이기지 못하며 흐느꼈다.

이러지도 저러지도 못하고 있는 이 모든 상황에 속이 뭉그러지고 화가 나고 그녀, 서영이 너무 보고 싶어서……. 그녀를 가질 수 없다는 것이 억울하고 서러워서. 그녀를 마음껏 안아볼 수도 없이 마음만 졸이던 그 시간들조차도 이제 지워야 한다는 생각에 괴로워서.

그녀를 사랑하고 싶어서…….

하지만 한편으로는 참, 다행인 것이 이것이 짝사랑이라는 것이다. 자신만 혼자 아파하고, 혼자 괴로워하고, 혼자 돌아서면 되는 거니까……. 인정한다. 이제 정말, 인정한다. 그녀의 향한 마음이 단순히 마음이 맞고 아끼는 직원 간의 관계가 아닌, 유일한 여자로서의 애정이 있는 마음이었다는 것을.

'세상엔 숨길 수 없는 세 가지가 있어요. 재채기, 가난…… 그리고 사랑.'

숨겼다. 그것도 완벽하게 마지막 순간까지, 악착같이 숨겼다. 부디 그녀는 아무것도 모른 채, 누구의 품에서든 더욱 행복하길 가슴이 도려져 나가는 고통과 함께 바라고 바랐다. 자신이 선택한 일에 대해 감수해야 할 아픔이니까. 하지만 오늘따라 그 아픔이 너무 버거워서 준석은 견디는 것이 너무 힘겨웠다.

마치, 마음과 몸이 완전히 부서져 가루가 될 것같이.

유난히 그런 날이 있다.

아침부터 이유 모르게 자꾸만 일이 꼬여가는 것만 같은 하루.

주말이었지만, 곧 출시하게 될 신상품들에 대한 보고 때문에 잠깐의 여유를 부릴 시간도 없을 만큼 바빴다.

그래서 오늘도 어김없이 출근 준비가 한창이었다. 그러니까, 다 마신 컵을 싱크대에 가져다놓으려는 순간 미끄러져 바닥으로 깨지는 일만 없었어도, 잘만 되던 엘리베이터가 망가져 계단을 이용하는 일만 없었어도 조금 더 서둘러 나올 수 있었을 거였다.

간격 유지를 위해 조금 늦게 도착한다는 지하철 안내 방송을 듣고 있던 도중, 서영의 가방 안에서 휴대폰이 울렸다.

발신자는 병원이었다.

-최서영 환자분? 결과 나왔습니다. 오늘 병원에 방문해주시길 바랍니다.

"제가 오늘은 좀 바빠서요. 그냥 전화로 말씀해주시면 안 되나요?"

서영의 말에도 병원은 한사코 오늘 직접 방문을 하라는 말만 반복했다. 하는 수 없이 서영은 회사가 아닌 병원으로 향했다. 의사의 표정은 눈에 띄게 심각했고 몇 가지의 검사를 받길 권했다. 서영은 의사의 말을 별 대수롭지 않게 여기며 CT와 MRI 검사를 받았다.

그리고 몇 분 뒤, 그 결과물을 들고 있던 의사는 한동안 아무 말도 잇지 못하고 서영을 바라만 보고 있었다. 그 지루한 기다림에 답답함을 느낀 서영이 나지막하게 한숨을 몰아쉬며 입술을 떼어냈다.

"저, 결과에 대해서 말씀 좀 빨리 해주시겠어요? 제가 좀 바빠서요."

"아, 네……."

의사는 또 한 번 말을 아꼈다. 그러다 이내, 크게 결심이라도 한 비장한 얼굴로 말을 꺼내놓았다.

"혹시 들어보셨어요? 헌팅턴 병이라고……."

의사는 목소리는 상당히 조심스러웠다.

"아니요, 그게 무슨 병인데요?"

그렇게 대답하며 서영은 손목에 찬 시계를 바라보았다. 벌써, 오후 3시가 넘어 있었다. 마음이 다급해졌다.

"일종의 유전병이라고 할 수 있는데요……. 주로 30, 40대 이후에 나타나는 증상인데……."

"심각한 건가요?"

멍청한 질문이라고 생각했다. 그러면서 번복할 수 없는 건, 빠듯한 일정 때문이었다. 서영의 질문을 끝으로 방 안에는 무거운 정적이 흘러내렸고 의사의 진한 주름은 더욱 깊어져갔다.

"저, 선생님."

"헌팅턴 병은 근육 간의 조정 능력 상실, 인지 능력이 저하될 뿐만 아니라, 정신적인 문제가 동반되는 진행성의 신경계 퇴행성 질환입니다."

분명 의사가 대답을 해주었지만 서영은 도통 무슨 말인지 알아들을 수가 없어 고개를 갸웃해 보였다. 그런 서영의 미세한 행동을 눈치챘는지 의사가 다시 말문을 열었다.

"쉽게 말씀드리자면, 전체가 불수의근으로 변화하며 그 속도가 점진적인, 보행하는 데 어려움을 겪고 정신적으로는 기억력 감퇴로 치매가 동반될 수도 있는 병입니다. 말기에 이르면 연하(嚥下) 곤란도 발생하여 음식을 제대로 삼키기가 어려워져 결국 흡인성 폐렴이 발생하여 사망에 이르게 되는 병인데요……. 연구 결과에 따라 다르긴 하지만, 서영 씨 같은 경우에는 헌팅턴 병을 앓고 있는 환자 중에서도 보기 드문 1%의……."

의사는 더 이상 말을 잇지 못하고 깊은 한숨을 내쉬었다.

"이미 많이 진행이 된 상태라고 말씀하시고 싶으신 거죠?"

차마 입 밖으로 대답을 하지 못한 의사는 고개를 낮게 끄덕였다.

"이게 유전병이라구요?"

"네."

"대부분 이런 증상은 언제쯤 일어나나요?"

마치, 남 얘기를 하듯 지나치게 담담한 서영의 모습에 오히려 어쩔 줄 모르는 것은 의사였다.

"아까도 말씀드렸지만, 연구 결과에 따라 다릅니다. 평균적으로 30, 40대 때 많이 발병이 되는데요. 그때 발병이 될 경우에는 15년에서 20년 정도 진행이 되는데, 이전에 발견을 하게 된다면 그 진행 속도가 두세 배 정도는 더 빠릅니다."

적어도 엄마는 아니라는 소리였다.

"……"

거기까지 생각이 미치자, 서영은 헛웃음이 나왔다. 엄마가 아니라면 자신에게 그런 유전병을 줄 수 있는 또 다른 유일한 사람은 아버지였다. 얼굴도 모르는 아버지가 준 것은 지랄 맞은 유전병뿐이었다고 생각하니, 어이가 없었던 것이다.

"그럼 전 이제 어떻게 하면 되나요? 입원이라도 해야 하는 거예요?"

"유감스럽게도 현재, 헌팅턴 병을 완치시키는 치료제는 없습니다."

"……"

"……"

"그럼, 전 그냥 이대로 천천히 죽음을 맞이하면 되는 건가요? 걷지도 못하고, 모든 기억을 잃어버리면서?"

"치료제에 큰 도움이 되는 줄기세포를 찾아 연구 중이긴 하지만……"

"아직은 없다, 이거군요. 언제 나올지도 모르는 거고."

그녀의 마지막 말에 눈동자 가득 안타까운 감정이 물씬 스며들어 있는 의사는 다시 어렵게 입술을 떼어냈다.

"헌팅턴 병 같은 경우에는 병 증세가 악화가 되면서 불안 장애나 성격 장애가 흔하게 발생됩니다. 현재 헌팅턴 병을 앓고 있는 환자들의 경우에는 만성 우울증도 많은 편입니다. 그것을 조금이라도 억제시키기 위해서 심리 상담과 신경안정제 등을 함께 복용하셔야 할 것입니다."

의사의 말을 듣고 나와서도 서영이 가장 먼저 향한 곳은 회사였다.

자신의 자리로 돌아와 아무렇지 않게 평소처럼 준석의 스케줄을 체크하고 출장 준비를 하는 것 외에는 여념이 없었다. 출장 준비를 모두 끝내고 준석에게 보고를 했다. 할 일을 모두 끝내고 찾아온 공허함 속에서 은밀히 피어난 모든 현실은 무섭게 서영의 지척으로 다가와 날카로운 칼날들 들이밀었다.

"기억력 감퇴라……."

무감한 눈빛으로 제 자리를 훑었다.

"가위는 사물함 안에……."

사물함을 열어 가위를 확인했다.

"매출 현황 보고서는 왼쪽……."

그렇게 제 자리에 있는 것들을 하나하나씩 확인하고 또 한 번 확인했다. 그러다 문득, 굳게 닫혀 있는 대표실을 바라보았다.

"기억력 감퇴라……."

울컥, 하고 뜨거운 무언가가 차오르기 시작했다.

"강준석. 1982년 12월 24일……."

다른 기억은 모두 잊어버려도 좋지만, 제발 그와의 기억은 단 한 조각도 잃어버리고 싶지 않았다. 그를 이대로 다른 사람에게 보내도 좋으니까…… 제발, 내가 그를 짝사랑하는 동안 얼마나 행복했었는지를, 잊지 않았으면 싶다.

하지만 이제 그를 사랑했던 기억마저 잊어버릴 거라 생각하니, 서영은 견딜 수가 없었다.

서러운 감정들이 걷잡을 수 없이 차올라 서영의 몸 이곳저곳을 첨예하게 찌르며 괴롭혔다. 커다란 눈에 차오르는 눈물을 아무리 손등으로 닦아내도 그치지 않았다.

준석의 출장 준비를 모두 끝내고 집으로 돌아가기 위해 버스에 올라탔다. 창밖으로 빠르게 지나쳐 가는 거리를 바라보았다. 보도에 세워진 양버즘나무들, 그 나무 틈 사이로 지나가며 해맑게 웃는 사람들을 별 의미 없이 두 눈으로 담아냈다.

불수의근에 치매 증상……. 거기다가 말기가 되면 연하곤란에 흡인성 폐렴으로 사망…….

죽는다는 건 뭘까. 많이 아플까? 많이 괴로울까? 죽으면 어디로 갈까? 내가 죽고 나면, 날 알고 있던 사람들은 어떻게 지내게 될까?

대체, 왜…… 내가 이런 생각들을 하면서 두려워해야 하는 걸까……. 왜 하필, 그게 나일까…….

한참을 그렇게 달리던 버스가 처음 보는 낯선 동네에서 멈춰 섰다.

"아가씨, 어디 가는 거예요? 여긴 종점인데."

깊어지는 사념을 밀어내고 겨우 정신을 차린 뒤 버스 안을 살펴보니 안에는 자신만 덩그러니 남겨져 있었다. 서영이 자신의 목적지를 얘기하자, 기사는 반대쪽으로 가서 타라고 말해주었다.

"네, 감사합니다."

서둘러 버스에서 내린 서영은 반대쪽 정류장으로 향했다. 그곳은 인적이 드물고 주변에 상가 하나 보이지 않는 외진 동네였다. 바보 같다. 넋을 잃고 앉아서는 내려야 할 정류장마저도 놓쳐버리고…….

"정말, 최서영 너 하는 짓 바보 같다. 바보……."

그렇게 한참을 돌아 겨우 집으로 돌아온 서영은 오래도록 눌러 보지 않은 그 번호를 몇 번이고 눌렀다가 지우기를 반복했다.

"……."

그러다 곧 무언가를 결심한 듯, 문자를 넣었다.

[내일 오후 2시. 논현에 있는 S 커피숍에서 잠깐 봐요.]

문자가 가고 답장이 왔다. 짜증이 잔뜩 섞여 있는 답장이었지만, 어쨌든 보겠다는 의사가 확실한 답변이었다. 서영은 오늘 하루 종일 시달려 지쳐버린 심신을 침대에 눕혔다.

"기억력 감퇴라……."

서글픔이 잔뜩 묻어 있는 서영의 혼잣말은 공허한 집 안을 유일 하게 채우는 것이었다.

다음 날, 서영은 이것저것 준비를 하여 약속 장소로 향했다. 먼저 도착한 탓에 창가 쪽으로 자리를 앉고 미리 주문했다. 컵 단면에 묻어 있는 물방울들을 의미 없이 만지작거리고 있던 서영은 제 앞에 드리워진 그림자에 천천히 고개를 들어 올렸다.

"밖에 너무 덥다. 너는 애가 만나는 시간대를 정해도 꼭 이렇게 애 매한 시간에 잡아서 네 엄마를 고생시켜야겠니?"

몇 개월 만에 보는 딸의 얼굴이 반갑지도 않은 모양인지, 엄마는 오자마자 불평을 터트렸다. 엄마는 항상 그랬다. 떨어져 지내는 딸 과의 만남을 반겨준 적이 단 한 번도 없었다. 그랬기에 서영은 엄마의 저런 반응에 별로 서운함도 느끼지 않았다.

"뭐 좀 물어보고 싶어서."

"전화로 물어보면 될걸. 너는 애가 그렇게 융통성이 없어서 회사 생활은 잘 하니?"

"뭐 줄 것도 있고 해서."

"뭔데?"

"일단, 대답이나 잘 해줘."

"물어봐."

엄마는 지나가는 직원에게 커피를 주문하고는 팔짱을 끼고서 소파에 깊숙이 몸을 기댄 자세로 서영을 응시했다.

"내 아빠는 어떤 사람이었어?"

"갑자기 네 아빠 얘기는 왜 물어?"

엄마가 발끈하며 물었다.

"그냥…… 궁금해서. 그래도 사랑은 했으니까, 날 낳고……."

"사랑 같은 소리하고 있네, 실수야. 그 사람과 나는 실수였다고."

"……."

"그리고 넌 그 실수로 낳은 애고, 내가 정말 그 사람을 사랑했다면 헤어졌겠니? 너 낳고도 봤어. 너 안고 있는 날 보면서도 모른 척하더라. 잔인한 새끼."

말도 안 되는 소리로 사람 성가시게 만든다는 말을 덧붙이는 엄마를 보며 서영은 더 이상 아무 말도 할 수가 없었다. 사랑이 없는 남자 사이에서 낳게 된 아이. 어찌 보면 자신의 존재는 앞날이 창창했던 한 젊은 여자의 발목을 잡은 쇠고랑 같은 존재였을지도 모른다.

"이거."

서영은 여전히 불만을 터트리고 있는 엄마에게 가방에 넣어두었던 통장을 꺼내 내밀었다.

"어머, 이게 뭐야? 우리 딸?"

엄마의 얼굴에서 순식간에 불만이 사라지고 격한 미소가 떠올랐다.

"엄만 나하고 살기 싫지?"

"싫기보다는…… 남편이 있잖아. 너도 불편하지 않아?"

"여태 모았던 적금인데, 내년 12월이 만기야. 그때까지 내가 넣어줄 테니까, 아직 해지는 하지 말고."

어차피 좋은 집 사서 엄마와 같이 살려고 모아두었던 돈이었다. 이제, 필요 없어져버렸지만.

"엄마를 위해서 넣은 적금이야? 역시 우리 딸밖에 없어."

"그 돈이면, 경기도 부근으로 내려가면 집 하나 정도는 구할 수 있으니까, 이제 그만 그 집에서 나와."

"뭐?"

엄마는 벌써 네 번째 재혼을 한 상태였다. 매번 이번이 마지막 사랑이라고 외쳤던 엄마와는 다르게 그 남자들의 마지막 사랑은 엄마가 아니었다. 바람이 나거나 뼈를 부러트릴 만큼의 폭력성을 지니고 있다든가, 말도 안 되는 사업으로 돈을 뜯어가기 일쑤였다.

돈이 없는 엄마는 그럴 때마다 서영에게 손을 뻗었다. 돈을 주지 못하겠다고 하면 널 낳은 게 누군데, 싸가지가 없다며 악다구니를 쓰곤 했다. 그래서 서영은 매번 엄마에게 돈을 주곤 했다. 이번에 재혼한 남편 역시, 그 수많은 모자란 남자들과 별다를 바가 없었다.

"나오라고. 나와서 엄마 혼자 살아."

"너 갑자기 왜 그래? 네가 뭔데 나한테 이래라저래라 훈계질이야? 이깟 돈 좀 줬다고 지금 네가 굉장히 잘난 줄 아나 본데, 너 잘난 척하지 마. 나 없었으면 이 세상에 태어나지도 못했어!"

"그랬으면 더 좋았을걸."

나지막하게 혼잣말을 중얼거리는 서영에 엄마는 꽤나 충격받은 얼굴을 지었다.

"차라리…… 그랬던 게 더 나았어."

"뭐라는 거야, 정말. 아무튼, 이 돈은 네가 준 거니까, 내가 가져간다. 그리고 다시 한 번 내 인생에 이래라저래라 훈계하면 너 다시는 안 볼 줄 알아!"

"점심이나 같이 먹자."

"그이 만나야 돼. 그리고 너랑 나랑 식성 다른 거 너도 알잖아."

"……."

"이만 가본다."

엄마는 서둘러 통장을 챙겨 들고 카페를 빠져나갔다. 엄마는 단 한 번도 뒤를 돌아보지 않고 서영의 시야에서 사라졌다.

"엄마 나 죽는대……. 그래서 그런지 많이 보고 싶더라, 엄마……. 무서워서…… 너무 무서워서."

목 끝까지 차오른 서러움을 힘겹게 토해냈다.

"나 너무 무서워. 날 좀 안아줘, 엄마……."

그녀가 진짜 엄마에게 전하고 싶은 그 말이 주변을 배회하는 미적지근한 공기 속에서 서서히 사라져갔다. 카페에서 나온 서영이 갈 곳을 잃어버린 고양이처럼 거리를 배회했다.

무작정 걸었다. 걷고 싶은 방향으로.

이 방향의 끝에 무엇이 기다리고 있는지 모르지만, 그냥 걸었다.

그러다 문득, 한 헤어숍 앞에서 걸음을 멈췄다. 서영은 무작정 안으로 들어갔다.

"어서 오세요."

상냥한 디자이너의 안내를 받아 자리에 앉은 서영은 자신이 오래전부터 길러온 머리를 손으로 한 번 쓸어보았다.

"어떤 머리 하시게요?"

"짧게 잘라주세요."

"어느 정도로요?"

"보브컷으로요."

언젠가는 꼭 한 번쯤 해보고 싶은 머리였다. 하지만 매일 미루고, 또 미루던 머리이기도 했다. 이 머리를 언젠가는 해보고 싶어 했다는 생각을 잊기 전에 해보고 싶었다. 갑자기 그런 생각이 들었다. 짧아지는 머리를 넌지시 바라보며 서영은 제 기억도 그렇게 잘라지고 조각 날 것을 생각했다.

잘린 머리카락은 언젠가는 또다시 자란다만, 잘라진 내 기억은 그렇게 평생 반 토막이 되어 사라지겠지…….

속으로 중얼거리는 그 말들이 너무 서럽고 슬퍼서 서영은 또다시 눈물을 훔쳐냈다.

다음 날 아침. 평소보다 훨씬 일찍 일어난 서영은 집 뒤쪽에 있는 공원으로 향했다. 매일 침실을 오가며 창문 밖으로 보던 공원이었다. 한 번은 가봐야지, 가봐야지, 해놓고 이곳에서 3년가량을 살면서 처음 가보는 곳이기도 했다.

이른 시간이라 그런지, 사람들이 많지 않았다. 서영은 벤치 앞에서 간단한 스트레칭으로 몸을 풀고는 푸른 나뭇잎 사이에서 쟁쟁거리며 우는 매미 소리를 들으며 공원을 천천히 돌았다.

제대로 걸을 수 있을 때 많이 걸어놔야지.

서영은 땅에 내디딜 때마다 제 발바닥에 닿는 느낌을 기억하기 위해 온 신경을 기울이고 아주 천천히 걸었다. 한 걸음, 한 걸음. 뒤꿈치부터 땅에 닿고 가만히 발바닥 전체를 앞으로 밀며 나갔다. 두 다리로 이렇게 온전히 걸어 다닐 수 있다는 것이 이토록 감사한 일이 될 줄은 몰랐다.

기억하자. 네가 오롯이 너의 의지만으로 땅을 밟던 이 순간을.

언젠가는 이 순간이 견디기 버거워질 만큼 그리워지리.

아니, 어쩌면 그리워질 이 순간마저도 잊게 될지도 모르지만…….

서영은 속으로 그렇게 생각하며 걸음의 속도를 높이기 시작했다. 두 주먹을 불끈 쥐고 힘차게 바닥에 발을 내디뎠다. 그렇게 제 몸이 땀으로 흠뻑 젖을 때까지 서영은 뛰고 또 뛰었다.

언젠가는 이렇게 걷지 못할 날이 올 것이라는 두려움과 서러움을 떨어트려버리고 싶은 간절한 마음으로.

집으로 돌아와 샤워를 하기 위해 욕실로 들어온 서영은 문 앞에서 눈을 감고 고개를 오른쪽으로 돌렸다.

"샴푸, 린스, 보디워시."

눈을 뜨니, 다행히도 그 자리에 그것들이 놓여 있었다. 서영은 다시 한 번 눈을 감고 고개를 왼쪽으로 살짝 틀었다.

"샤워볼."

다행스럽게도 욕실에 있는 모든 물건은 서영이 기억하고 있는 그곳에 있어주었다. 샤워를 하고 나온 서영은 제 방으로 들어와 화장대 앞에 섰다. 젖은 머리를 수건으로 말아 올리고 유난히도 뽀얀 민

얼굴을 마주한 서영은 한참 동안 자기 자신을 뚫어져라 바라보았다.

"머리가 짧으니까 감기는 편하네."

짙고 풍성한 속눈썹, 얇은 쌍꺼풀, 높지도 낮지도 않은 콧대와 유난히도 작은 콧방울, 아랫입술이 더 두꺼운 입술과 나름 자부심을 가졌던 달걀형 얼굴. 항상 엄청난 미인도 아니지만, 못난 얼굴도 아니라고 생각했던 그 평범한 얼굴.

서영은 조심스럽게 손을 들어 올려 자신의 촉촉한 얼굴을 쓰다듬었다.

"최서영……."

낮게 불러본 자신의 이름에 서영은 대답이라도 하듯, 입가에 작은 미소를 걸쳤다.

"설마…… 이 얼굴까지 까먹을 건 아니지? 너."

윤기 없는 목소리가 미적지근한 공기에 퍼져 대답을 들을 여유도 없이 금세 사라져버렸다.

"설마, 그 이름마저 까먹는 건…… 아니지……. 너."

이번 역시 서영의 입술 밖으로는 자신 있는 대답이 아닌 깊은 한숨만 비집고 나올 뿐이었다. 대체, 뭘 어떻게 해야 할지 모르겠다. 뭘 어떻게 한다고 해서 바뀌는 것이 있는 것도 아니지만.

초점 없는 서영의 눈동자가 잠시 허공을 헤매다가 이내 벽에 걸려 있는 시계로 향했다. 서두르지 않으면 안 될 시간이었다.

서영은 머리에 두르고 있던 수건을 풀어 말리고 화장을 했다. 그러고는 일어나 장롱 앞에 섰다. 정갈하게 꽂아놓은 옷 중에 눈에 유난히도 띄는 것이 있었다. 부직포 옷 커버를 씌워놓을 만큼 아끼고 아끼던 드레스. 그 드레스를 향해 서영은 더디게 손을 뻗었다.

"……."

옷 커버를 벗기자, 밝은 개나리색의 원피스가 제 모습을 드러냈다. 서영은 잠옷을 원피스로 갈아입고는 전신 거울 앞에 서보았다. 워낙 화려하고 고운 색깔이라 그런지, 얼굴빛도 한층 화사해 보였다. 원피스를 손으로 매만져 보았다. 손에 닿는 감촉이 여전히 고급스럽고 부드러웠으며 변하지 않는 재질과 색깔은 역시나 서영의 마음에 쏙 들었다.

아까워서 오늘로 딱 두 번째 입어보는 이 원피스는 준석이 사준 원피스였다. 과거 함께 런던으로 출장을 갔다가 비행기가 연착되는 바람에 'Talk Talk' 창립 2주년 파티 참석 준비를 할 시간도 없이 딱 맞춰 귀국하게 되었었다. 창립 2주년은 호텔 수영장을 빌려 좀 자유로운 분위기에서 즐기는 파티로 주최되는데 준석이야 언제나 흐트러짐 하나 없는 세련된 정장 차림이었지만, 그때 서영은 파티를 가기에는 옷이 조금 애매했다. 위아래 정직한 검은색 정장 옷은 누가 봐도 갑갑해 보이고 고지식해 보이기까지 했던 것이다.

파티가 곧 진행될 호텔로 가는 내내, 서영은 불편하고 다 된 파티에 재를 뿌리는 것 같은 제 옷차림을 마음에 들어 하지 않아 했다. 물론, 옆에 있는 준석에게는 절대 티를 내지 않았지만.

장소에 도착해 화장실로 직행하여 거울에 비친 모습을 보니, 그 답답함은 더욱 깊어졌다. 매일 입고 다니던 검은 정장이 이렇게 보기 싫었던 것은 그때가 처음이었다. 어정쩡하게 묶은 머리라도 풀고 입술도 살짝 진하게 바르며 나름대로 한껏, 파티의 분위기에 맞게 멋을 부려봤지만 칙칙한 옷차림 때문인지 분위기는 전혀 살지 못했다.

그냥 조금만 있다가 가자 싶어 불만을 터트리며 화장실로 나온 순간 서영은 화들짝 놀랐다. 화장실 앞 공간 벽에 준석이 기대고 서 있었던 것이다. 뭐 필요한 거 있냐고 물어보는 서영에게 준석은 바닥에 두고 있던 쇼핑백을 들어 건넸다. 그 안에는, 지금 입고 있는 이 화사한 개나리 민소매 원피스가 들어 있었다.

많이 입으면 닳을까 싶어, 많이 입지도 못하고 계절마다 세탁하고 다림질까지 해서 고이고이 간직해두었던 이 원피스를 준석은 기억할까?

집 앞 편의점, 부동산, 애견숍, 도로에 심어진 양버들나무, 꽤 익숙한 거리를 두 눈에 꽉 담으며 서영은 지하철로 향했다. 이제, 몸에 습관이 배겨, 굳이 살피지 않아도 자연스러운 발걸음으로 올라탔다.

세상의 모든 것이 달라진 것 같다.

그냥, 전부 다…… 달라졌다.

누구보다 일찍 출근을 한 탓에 회사는 언제나 한산했다. 서영은 엘리베이터를 기다리며 비치는 제 상태를 살펴보았다. 평소보다 훨씬 화사하고 진한 섀도가 조금 어색해 보이긴 했지만, 그다지 나빠 보이진 않았다.

붉은 립스틱도 사놓고 너무 자극적인 색깔은 아닌가, 싶어 열어보지도 않았는데 그것 역시 나쁘지 않다. 자리에 도착한 서영의 일과는 언제나 한결같다. 그럼에도 오늘은 두세 번은 더 확인했다. 또 무언가를 깜빡하진 않았을까, 하는 걱정 때문이었다.

"대표님."

"이 원피스 입었네?"

반가운 얼굴로 원피스를 알아보는 준석에 서영이 수줍게 웃었다. 그가 이 원피스를 기억하는 것이 서영은 신기했다.

"기억하시네요?"

"그럼, 내가 처음으로 여자한테 사준 원피슨데……."

순간, 두 사람 사이에 무거운 정적이 흘렀다. 그 정적을 먼저 깬 것은 준석이었다.

"머리도 잘 어울린다."

준석의 말에 서영이 어색하게 짧아진 머리를 매만졌다.

"감사합니다."

자리로 돌아온 서영은 준석에게 커피와 전날 올라온 보고서들을 제출하고 곧바로 개발팀에 내려가 보고받은 몇몇 사항들에 대해 잘못된 점을 지적하고 올라왔다.

그러고는 직원들이 보냈을 보고서를 출력하기 위해 메일 창을 켰다. 자판 위에 손을 올려놓은 서영이 멈칫했다.

"……."

몇 년을 썼던 아이디와 비밀번호가 생각나지 않아서였다. 갑작스럽게 몰려드는 절망에 서영은 정신을 차릴 수가 없었다.

어쩌면, 이제 정말 일을 하는 능력에 한계가 왔을지도 모른다는 생각이 들었다. 불안이라는 불청객이 또다시 서영의 마음에 찾아왔다. 서영은 불안한 마음을 진정시키려 가방 안에 든 약을 꺼내 급하게 삼켰다.

헌팅턴 병에 대한 치료는 우울증과 불안 장애에 대한 적절한 상담과 항우울제, 항불안제인 벤조다이아제핀(Benzodiazepine) 계의 약물을 복용하는 것이 전부였다.

"……."

약이라고는 비타민밖에 섭취를 해본 적이 없는 서영이었다. 손에 들린 상당한 양의 약봉지를 바라보고 있으려니, 마음이 착잡해져온다. 어깨가 들썩일 정도로 한숨 소리가 짙어졌다. 약물에 의지해야 할 정도로 자기감정을 스스로 제어하지 못하게 되니 극심한 스트레스가 몰려왔다.

머리가 지끈거렸고 가만히 있어도 짜증 나고 불안했다. 서영은 옥상에 올라가 이제 제법 시원해진 공기라도 쐬면 좀 나아질까 싶어 자리에서 일어났다.

"옥상……. 옥상……."

옥상에 도착한 서영은 복도에 있는 자판기로 가서는 시원한 음료수 하나를 뽑았다. 그러고는 문을 열고 옥상 안으로 막, 한 걸음 내디뎠을 때였다.

"정말, 짜증 나 죽겠어! 완전 지가 대표라니까, 대표?"

"왜. 최 비서가 와서 또 지랄 떨었어?"

"아니, 사람이 실수를 좀 할 수도 있는 거지. 그걸 뭐 그리도 엄청나게 잘못한 일이라고 매번 그 지랄을 떨지, 진짜?"

"야, 걔 그러는 거 한두 번 봐?"

"악마 같아, 악마!"

"많이는 살겠다. 우리한테 매일 욕먹어서. 욕 많이 먹으면 오래 산다잖아."

선명하게 들려오는 험담에 서영은 들고 있던 음료수 캔을 꽉 쥐었다. 자신보다 나이도 훨씬 어린 직원들은 입에 담기도 민망한 욕들로 서영을 모독했다. 참을 수가 없었다. 아니, 더 이상 참고 싶지 않았다. 극에 닿은 스트레스와 분노는 순식간에 서영을 지배하며 이성을 마비시켰다. 서영은 꽉 쥐고 있던 음료수 캔을 쓰레기통에 거칠게 내던지고는 그들을 향해 걸어갔다.

그들은 서영이 자신들에게 가까이 다가와 있는 줄도 모르고 여전히 신나게 험담을 했다.

"아무튼, 한 번만 더 나한테 잔소리……."

"그렇게도 잔소리가 듣기 싫다면 똑바로 하면 되잖아요!"

"엄마야!"

갑작스럽게 뒤에서 들려오는 서영의 다그치는 목소리에 여직원들이 아연실색했다.

"최, 최 비서님……."

"매번, 이런 부분 조심해달라, 이런 부분은 대표님께서 민감해하신다! 그렇게 여러 번 말했는데도 그때마다 같은 실수 반복하는 당신들은, 당신들은 얼마나 잘났기에 사람을 그따위로 말하는데요!"

목에 핏대까지 세우며 몰아세우는 서영에 여직원들은 하얗게 질린 얼굴로 어쩔 줄 몰라 했다. 하지만 서영은 멈출 수 없었다.

"열심히 좀 해달라, 제대로 좀 해달라고 말한 게 잘못이에요? 그게 그렇게 뒤에서 입에 담기도 험한 말들을 들어야 할 정도로 잘못된 거냐고요!"

세상이 너무 불공평하게 느껴졌다.

"내가 뭘 그렇게도 잘못해서!"

"……."

"내가 뭘 그렇게도 잘못했다고 나한테 이러는데! 왜 전부 다! 나한테만 그러는데!"

자신은 정말 열심히 살았는데, 정말 누구보다도 치열하게 살며 자신만의 세상을 지켜왔는데, 그 세상이 한순간에 무너져 내린다는 비참함과 억울함에 흘러나오는 눈물을 참을 수가 없었다.

소중하게 품어온 사랑마저도 제대로 할 수 없게 되어버린 현실이 너무 가혹해서, 곧 죽을지도 모른다는 현실이 너무 무서워서. 서영은 그렇게 바닥에 주저앉아 한참을 울었다.

여직원들은 어쩔 줄 몰라 하며 난감함에 눈물을 글썽인 채, 그 위에서 궁싯거렸다. 한참을 그렇게 목 놓아 울던 옥상에서 화장실로 옮겨 왔지만, 격앙된 감정을 이기지 못하고 또 한바탕 눈물을 쏟아냈다.

얼마나 많은 눈물을 흘린 걸까, 멈추지 않을 것 같던 눈물이 어느 순간 멈추고 북받치는 마음이 어느 정도 가라앉았다. 너무 운 탓에 눈 주위가 잔뜩 부어오르고 따끔거렸다. 서영은 쭈그리고 앉아 있던 변기통 위에서 일어나 칸막이에서 빠져나와 세면대 앞에 섰다.

얼굴 꼴이 말이 아니었다. 휴지로 대충 닦고 정리해봤지만, 전과 전혀 다를 것이 없었다. 체념하며 그냥 화장실을 나왔다. 자리로 돌아왔을 때, 회의에 갔던 준석이 돌아왔다. 준석은 회의에서 나온 최종 방안을 서영에게 건넸다.

"복사본 해서 좀 가져다줘."

"네, 알겠습니다."

준석의 말로 최종 방안 서류를 복사하여 대표실 안으로 들어갔다. 그는 긴 회의로 인해 지칠 만도 한데, 여전히 흐트러짐 하나 없이 일에 몰두하고 있었다. 서영은 언제나 그랬듯, 각을 맞춘 상당한 서류를 준석의 옆에 살며시 놓아주었다.

"이번 JOY 쇼핑몰에 오픈하게 된 매장의 반응들을 스크랩한 파일입니다. 각종 SNS와 기사를 통해서 좀 자료를 모아봤습니다."

서영은 자신이 따로 수집해온 파일을 준석에게 건넸다.

"그래."

나가는 서영의 뒷모습을 준석은 고요한 눈길로 따라갔다. 밖으로 나온 서영의 상태는 여전히 좋지 않았다. 그대로 책상 위로 얼굴을 파묻었다. 몸을 제대로 지탱하고 있을 기력이 없었다. 몸을 엎드려 눈을 감고 있으니, 온몸이 바위에 눌린 것처럼 무거웠고 정신이 점점 혼미해졌다. 서영은 그렇게 까무룩 잠이 들어버리고 말았다.

반면, 인터폰을 눌러도 대답이 없는 서영에 준석이 대표실 문을 열고 나왔다.

"어디 갔나……."

자리에서 보이지 않아 돌아서 들어가려던 참에 시선 끝으로 그녀의 모습이 잡혔다. 보고도 의아해서 갸웃하며 제대로 확인하기 위해 책상 쪽을 살폈다. 얼핏 본 모습이 잘못 본 것이 아니라는 듯, 그녀가 책상에 엎드려 곤히 잠을 자고 있었다.

그냥 못 본 척 가려다가 마음에 걸려 다시 돌아왔다.

잠든 그녀를 조심스럽게 안아 올려서는 대표실로 들어온 준석이 구석에 있는 침대로 향했다. 침대에 눕자 편안한지 굳어졌던 얼굴이 미세하게 펴져가는 서영을 넌지시 내려다보았다.

3년 동안 일하면서 생전 이런 모습을 보이지 않다가 오죽 피곤하면 이럴까 싶기도 했고 회의가 끝나고 올라오는 길에 여사원들이 모여 속닥거린 이야기도 내내 신경이 쓰이던 참이었다. 서영이 옥상에서 개발팀 직원들과 싸우는 것을 봤다는 믿기 힘든 이야기였다.

실수 한 번 없던 그녀가 요즘 따라 잦은 실수를 하는 것을 보며 일에 슬럼프가 왔다는 것은 대충 짐작했다. 하지만 시간이 조금 지나면 괜찮아질 줄 알았다.

다른 이유가 있는 줄은 전혀 알지 못했다. 그런데 이제는 이해가 될 듯싶었다. 그녀가 그토록 사표를 내밀며 지쳤다고 말했던 이유에 대해서.

누구보다 자신의 감정을 잘 조절해오던 그녀가 아니었던가. 그런 그녀가 직원들에게 제 감정을 표현하며 울기까지 했다는 건, 단순히 그냥 넘어갈 수 없는 심각한 문제였다.

그녀가 지쳤다는 건, 여러 방면에서 정말 일어날 수도 없을 만큼 탈진이 되었다는 뜻이었다. 몇 년을 버텨왔으니 그럴 만도 했다.

"……."

그럼에도 준석은 자신의 서랍 깊숙이 집어넣은 서영의 사직서를 꺼내지 않았다. 그녀의 사표는 여전히 수리해줄 생각이 없었다.

아직, 자신에겐 그녀가 여전히 필요했다.

길고 풍성한 속눈썹을 흐트러트리며 잠들어 있는 그녀의 얼굴에서 준석은 쉽게 눈을 거둘 수가 없었다. 언제부터였을까, 평범하다면 평범한 이 얼굴이 예뻐 보이기 시작했던 건…….

준석은 자신이 인식하지 못하는 사이에 그녀의 얼굴을 보며 그리 생각했다. 조심스럽게 손을 뻗어 뺨을 매만져본다. 충동적인 행동에 놀랄 법도 한데, 손등에 닿은 느낌이 너무 부드러워 쉽게 거둘 수가 없었다.

쉽지가 않다. 그녀를 향해 자꾸만 쏟아지는 관심과 신경을 거두는 것이.

그녀를 향해 자꾸만 뻗어가려는 제 마음을 억누르는 것이 여전히 준석에겐 거대한 장벽처럼 막막하게만 느껴졌다.

오랜만에 개운한 잠을 잔 서영이 깨어났다. 주위가 지나치게 어둡다는 것을 깨달으며 몸을 일으켰다. 몸에 덮인 이불과 어둠에 익숙해진 시야에 포착된 곳은 대표실이었다. 준석을 번거롭게 했다는 사실이 미안하면서도 민망해졌다. 업무 시간에 깜빡 잠이 들어버린 자신이 어이없고 원망스럽기도 했다.

　서둘러 일어나 이불을 정리하고 있던 서영의 뒤로 대표실 문이 열리고 이질적으로 느껴질 정도의 환한 빛과 함께 준석이 들어왔다.

　"일어났어?"

　"죄송해요. 제가 그만 깜빡 잠이 들어버려서……."

　"가자."

　"네?"

　"집에 데려다줄 테니까, 가자고."

　"아닙니다, 대표님."

　"마무리 짓고 나와. 밖에서 기다리고 있을게."

　놀란 서영이 극구 사양했지만, 이미 준석은 한참 멀어져 있었다. 서영이 시간을 확인하고 놀랐다.

　"벌써 6시라니……."

　깊은 한숨이 절로 터져 나왔다. 이런 모습을 보이고 심지어 일에 지장까지 끼치고 있는 자신을 더는 이렇게 두어서는 안 되겠다는 생각이 들었다.

　회사 앞으로 나오니 준석이 차를 대기시키고 서영을 기다리고 있었다.

　"여러모로 죄송합니다."

　서영이 급하게 올라타며 말했다. 준석은 괜찮다고 말하며 희미하게 미소 지었다.

　"배, 안 고파?"

　"대표님은 배고프시죠?"

　"응, 난 좀."

"그럼, 근처 식당에서 식사하고 가실래요?"

"배가 정말 심하게 고픈가 보네."

"네?"

"평소 같으면 괜찮다고 했을 텐데. 먹고 가면 나야 좋지."

"그럼 식사하고 가세요."

서영은 그와의 끝이 가까이 다가왔음을 무의식중에 직감했을지도 모른다. 그래서 그러면 안 된다는 것을 알면서 통제되지 않는 이성 속에서 제멋대로 피어난 욕망을 표출하고 있었다. 그와 붙어 있을 기회가 된다면 그렇게 하고 싶었다.

"그러자. 할 말도 있고."

식당으로 온 두 사람은 일단, 허기진 배를 급하게 채웠다. 다 먹고 나서 후식으로 매실차를 앞에 두고 준석이 먼저 입술을 떼어냈다.

"내 약혼식 날."

서영은 아무리 단념하려고 해도 잘 되질 않는다.

"그날, 너 오지 않았으면 좋겠어."

준석의 말에 대답 대신, 서영이 씁쓸한 미소와 함께 힘없이 고개를 떨어뜨리었다.

"와봤자 뒤치다꺼리나 할 것 같고, 또 요즘 들어 많이 피곤해하는데 주말까지 나와서 일하면 나도 마음에 많이 걸릴 것 같고…… 그날은 좀 푹 쉬도록 해. 사실, 최 비서 주말에도 회사 나와서 일하느라 제대로 쉬지도 못했잖아."

잘된 일이다. 축복받아야 마땅한 그의 약혼식에서 울어버렸을지도 모르는데, 오히려 잘됐다 싶었다. 서영은 입가에 작은 미소를 걸치며 준석을 바라보았다.

"네, 그렇게 하도록 하겠습니다. 그런데 저, 대표님."

서영은 하루라도 빨리 회사를 나가고 싶었다. 그의 약혼식도 있지만, 병이 들킬세라 두려웠다. 이렇게 불안한 마음으로는 일을 제대로 할 수도 없을 것 같았다. 특히 오늘 일을 생각하면 더 큰 실수가 있기 전에 나가는 것이 정답인 듯했다.

"응?"

"저 사직서 좀 빨리 수리 부탁드릴게요."

준석은 또 그 얘기냐는 굳은 표정으로 서영을 바라보았다.

"뭐가 그렇게도 급해?"

"벌써 몇 주째 말씀이 없으십니다."

"조금만 더 생각할 시간을……."

"자꾸 이렇게 미루시면, 저도 어쩔 수가 없습니다."

"협박…… 하는 거야?"

"죄송합니다."

서영은 단호하게 그리 말하고선 더는 아무 말 하지 않겠다는 듯이 입을 굳게 다물었다. 단호하다 못해 냉정하기까지 한 자신의 반응에 준석이 흔들릴 거라 생각했다. 하지만 그는 결국.

"알았어, 네가 원하는 방향으로 더 생각해볼게."

서영이 견딜 수 있는 한계를 넘어버리게 했다.

그로부터 이틀이라는 시간이 지났다.

서영은 출근을 하자마자 사표를 손에 들고 비서실로 향했다. 일본에 급하게 잡힌 출장으로 인해, 준석이 공백이 생겼을 때 이러는 건 예의가 아니라는 것을 알면서도 서영은 이번이 기회라는 생각이 들었다.

"어? 서영아."

서영이 들어가자, 비서 윤정이 자리에서 일어났다. 윤정은 현재, 그만둔 비서실장 자리를 임시로 맡고 있었다.

"선배."

"여긴 웬일이야?"

"잠깐 드릴 말씀이 좀 있어서요. 시간 괜찮으세요?"

"그럼."

두 사람은 인적이 드문 4층 휴게실로 향했다.

"우리 서영이가 무슨 일로 날 다 찾아왔을까? 그렇게 심각한 얼굴을 하고서."

"부탁드릴 게 좀 있어서요."

"서영이 네가?"

윤정이 의외라는 듯 물었다.

"제가 사정상, 일을 그만두게 될 것 같아요."

"뭐?"

예상치 못한 말이었는지 윤정의 눈이 휘둥그레졌다.

"네, 사정이 있어서 좀 급하게 그만둬야 할 것 같아요."

"대표님께선 별말씀 없으셨는데."

"그래서 그러는데, 선배께서 이것 좀 처리해주세요."

서영이 재킷에 넣어두었던 사표를 꺼내 윤정에게 내밀었다.

"하지만······."

"부탁드릴게요."

윤정은 순간, 며칠 전 회사에서 오르락내리락했던 이야기를 떠올렸다. 여사원들과 싸우고 안색이 많이 안 좋아 보일 뿐만 아니라, 무슨 약 같은 것도 먹는다는 소문을.

"서영아, 혹시나 해서 물어보는 건데, 너 어디 아프니?"

걱정스러운 윤정의 물음에 서영이 울컥, 하고 무언가가 치밀어 올랐지만 애써 덤덤하게 대답했다.

"그냥, 너무 피곤해 몸이 많이 약해졌나 봐요. 쉬고 싶어요."

"그런데…… 지금 대표님도 안 계시는데……. 출장 가서서 한 4일 뒤쯤에 돌아오신다고 하지 않았어?"

"저 대신 대표실 좀 부탁드릴게요."

무례한 자신의 행동에 실망해도 어쩔 수 없다. 그것이 준석을 떠나는 지름길이 된다면. 그에게 자신이 이 회사를 떠나고 싶어 한다는 확고한 의지를 이런 방법으로라도 보여주고 싶었다. 그러지 않는다면, 그는 절대 자신을 보내주지 않을 것만 같았다.

"서영아, 너 이거 너무……."

"무책임한 거 알아요. 아무도 이해하지 못할 거라는 것도 알아요. 하지만…… 제가 이곳을 떠나야 할 이유가 너무 많아요. 있으면 있을수록 너무 힘들고 괴로워요."

결국 눈물을 짓는 서영을 윤정은 더는 만류할 수 없었다. 정말, 그것은 단순히 일이 힘들다고 우는 투정 같은 것이 아니었다. 감히 쉽게 말릴 수도 없는 처음 보는 서영의 서러운 눈물에 윤정마저도 눈시울이 붉어지기 시작했다.

　서영이 사표를 냈다는 소식을 접한 준석은 몇 번이고 서영에게 전화
를 걸었지만 받지 않아 속이 탔다. 귀국하자마자 그녀를 만나려던 준석
은 공항에서 받게 된 아버지의 전화에 할 수 없이 목적지를 바꿔야 했다.
약속 장소인 레스토랑에는 벌써 부모님과 약혼녀 유리가 와 있었다.

　"왔구나."

　유리는 굉장히 무료한 얼굴로 준석을 바라보고 있었다. 언제 어디
로 어떤 돌발 행동을 하여 튀게 될지 모를 유리를 불안하게 바라보
며 준석이 자리에 앉았다. 몸은 이곳에 있었지만 정신은 멀리 있는
서영에게로 향해 있었다.

　"결혼기념일 축하드려요, 의원님."

　"딱히 결혼기념일보다는 그냥 넷이서 소소하게 저녁이나 먹을까
하고 만난 거니까, 부담 가질 거 없어."

강 의원이 사람 좋은 미소를 지으며 유리에게 대답했다.

"약혼식이 이제 정말 얼마 안 남았구나."

"네."

"많이 긴장되겠어."

"뭐……. 그냥 그래요. 그렇죠? 준석 씨."

그들의 대화가 준석에겐 하나도 들려오지 않았다. 준석은 서영 생각뿐이었다. 대체, 무엇이 그토록 그녀를 이렇게까지 조급하게 굴게 했는지……. 아무리 급해도 자신과 여태 일해온 정이 있는데, 어떻게 이리 무책임하게 행동할 수가 있는지.

큰 배신감에 저절로 얼굴이 구겨졌다.

"얘, 준석아."

시야로 신 여사의 손이 휘적거리는 것을 확인하고 나서야 준석이 심오한 사념에서 빠져나왔다.

"네, 어머니."

"무슨 생각을 그렇게 깊게 하니? 회사에 무슨 일이라도 있는 거야?"

신 여사의 말을 강 의원도 쉽게 부정할 수가 없었다. 아까부터 계속 넋이 나간 얼굴로 다른 생각을 하고 있는 듯한 준석의 모습이 내내 마음에 걸렸던 참이었다.

"아니요, 아무 일 없습니다."

돌아오는 대답에도 전혀 힘이 실려 있지 않은 준석의 목소리에 강 의원의 걱정은 더욱 짙어졌다. 준석은 제 옆에 앉아 있는 유리에게 단 한 번의 눈길도 주지 않았다.

"다른 여자 생각이라도 하고 계셨나 봐요."

유리의 말에 준석의 고운 미간이 확 구겨졌다. 그 말은 준석뿐만이 아니라, 준석의 부모의 기분도 조금 언짢게 만드는 말이었다.

"장난인데, 너무 정색하신다. 준석 씨가 이래요. 이렇게 참, 진지한 사람이에요. 농담 하나를 못 건넨다니까요?"

"아무리 농담이라도, 그런 농담은 듣기가 좀 그러네요. 우리 준석이가 설마 유리 양을 두고 다른 여자를 생각하겠어요?"

신 여사가 어이가 없다는 듯이 말했지만 유리는 시종일관 여유롭기만 했다.

"그건 모르는 일이죠. 사람 일은 모르는 거잖아요."

"쓸데없는 소리 그만하죠."

정색을 하며 유리를 몰아붙이는 준석의 눈동자에는 아무 감정도 깃들어 있지 않았다. 유리가 입술을 삐죽이며 음식을 먹자, 준석의 시선이 바로 다른 곳으로 돌아가버렸다. 결혼을 곧 앞둔 예비 신랑이 신부를 바라보는 시선치고는 지나치게 냉담해 보이는 것이 강 의원의 마음에 걸렸다.

"유리 양은 갈수록 피부가 더 좋아지는 것 같네요? 어쩜 피부가 이리도 애기 같은지."

신 여사로 하여금 화제는 금세 다른 방향으로 돌아갔다.

주문한 식사가 나오고 디저트가 준비되는 동안 강 의원은 준석을 밖으로 조용히 불렀다. 흡연실로 들어온 강 의원이 입에 담배를 물자, 준석이 라이터를 켜서 불을 붙여주었다.

"기분이 어떠냐?"

"무슨 기분 물어보시는 거예요?"

"곧 약혼할 기분."

강 의원의 말에 준석은 딱히, 감정을 드러내지 않고 어색하게 웃었다.

"아직 결혼은 아니라서 제대로 실감이 안 나지?"

"네."

"약혼식이 끝나고 나면 아마 빠른 시일 내에 상견례를 하게 될 거고 결혼식을 올리게 될 거다."

"……."

강 의원이 입에 문 담배를 길게 빨아들이고는 내뱉었다. 준석은 뿌연 담배 연기가 공기 중으로 사라져가는 것을 먹먹한 시선으로 바라보았다. 그런 준석을 옆에서 가만히 바라보던 강 의원이 말문을 열었다.

"전혀 행복해 보이는 표정이 아니구나."

강 의원의 말에 연기를 바라보던 준석이 시선을 그에게로 돌렸다.

"곧 결혼을 앞둔 남자의 표정이 아니야. 생각이 나는구나. 네 아버지가 결혼을 한다고 할 때 짓던 그 행복한 표정이……. 너희 아버지는 결혼을 할 때 세상을 다 가진 사람처럼 입이 여기까지 걸쳐졌었다."

강 의원이 입꼬리를 귓불까지 손가락으로 쭉 올리며 말했다.

"당연히 너도 그런 표정을 지을 줄 알았어. 그런데 아니구나. 그래서인지 내 마음이 좋지 않다. 좋지 않아……."

준석은 아무 말도 할 수가 없었다. 여전히 머릿속에 박혀서 사라질 기미를 보이지 않는 서영의 흔적 때문에.

"결혼 5년 동안 그토록 가지고 싶어 했던 아이를 가질 수가 없었어. 김 비서는 늘, 그 모습을 안타까워해줬지. 쉬는 날에는 성당에 가서 우리 부부에게 아이가 들어설 수 있도록 기도까지 들이더구나."

강 의원이 하는 자기 아버지의 이야기에 준석의 마음이 뭉클해졌다. 이제 어렴풋이 잘 기억도 나지 않는 아버지지만, 참 좋았던 분임을 기억한다. 쉬는 날에는 귀찮을 법도 한데, 한 번도 그런 것을 티 내지 않고 놀이동산이며 수영장이며 준석을 부여잡고 즐겁게 놀아주던 아버지. 그 젊던 아버지는 늙지 않은 채, 준석의 기억 속에서 여전히 살아 계셨다.

"참 성실하고 신뢰가 깊었던 친구야. 때로는 내 술친구이기도 했고, 형제 하나 없는 내게 남동생 같은 존재이기도 했어. 그 애가 결혼을 할 때는 많이 기쁘다가도 조금 서운하기도 하더라. 결혼을 하면 마누라 때문에 나랑 술을 못 마실 생각을 하니까."

능청스러운 강 의원에 준석이 작게 실소를 터뜨렸다.

"토끼 같은 부인을 얻어 행복하게 살던 네 아버지가 아이를 낳았다며 작은 너를 보여주는데, 마치 내가 아들을 본 것처럼, 심장이 뛰고 마음이 벅차오르더라. 네 아버지는 널 낳은 것을 엄청 기뻐했지만, 내겐 그 기쁜 티를 많이 못 냈단다. 자식이 없는 내게, 그 기쁨조차도 내기가 미안했던 게지……. 하지만 널 낳았다는 기쁨도 잠시, 네 엄마가 너를 낳으면서 급성 폐 질환으로 사망하고 네 아버지가 많은 힘겨운 시간을 보냈어……. 그래도 애교 떨고 예쁜 짓 하는 너를 보면서 그가 가질 수 있는 부성애가 많이 부러웠다."

강 의원은 담배를 한 번 더 깊게 빨아들인 후, 다시 말을 이어나갔다.

"네 아버지가 돌아가시고 난 바로 결심했어. 김 비서와 함께 커가는 너를 보며 느낀 사랑과 추억을 절대 버릴 수가 없겠더라."

젊은 아버지의 옆에서 아버지만큼이나 화사하게 웃으며 팔을 뻗어 품을 만들어주셨던 분은 지금 자신의 눈앞에 있는 강 의원, 아버지였다.

"너로 인해서 우리의 삶은 많이 행복했어. 그렇게 행복한 시간을 보낸 만큼, 우리가 바라는 건 네 행복뿐이다. 우리는 네 부모니까. 사업을 하는 너로서는 법원장의 직위를 가지고 있는 장인어른이 필요할 거로 생각했어. 물론, 한편으로는 평이 좋은 정 법원장님이 내 대선에도 많은 도움이 되겠지만, 그래도 우린 네 행복이 먼저다. 난 네가 행복할 때, 어떤 표정을 짓는지 알아. 물론, 그 행복한 표정을 사춘기가 접어들면서 쉽게 볼 수 없게 되었지만. 정확하게 말하자면 네가 우리를 부모가 아닌, 키워주신 은혜를 갚아야 하는 은인으로 생각한 다음부터 그랬던 것 같구나."

강 의원이 다 피운 작은 꽁초를 쓰레기통에 버리고는 준석을 정면으로 응시하며 마주 봤다.

"아까, 유리 양이 다른 사람을 생각한다고 했을 때, 딱히 부정하지 않는 너를 보며 자꾸만 마음에 걸리더구나."

"아버지……."

강 의원이 천천히 손을 뻗어 준석의 손을 잡았다. 그 부드러웠던 손이 어느새 까칠하고 많이 투박해져 있었다.

"나는 네가 진심으로 행복해하는 모습을 보고 싶구나."

강 의원의 따뜻한 눈빛이 준석을 위로하고 있었다.

"약혼식을 한다고 보도까지 내놓고 안 하면 망신이야 당하겠지만, 뭐 그게 얼마나 가겠어. 하지만 결혼이라는 건 말이다. 준석아, 평생을 함께 살 사람이어야 한다. 무슨 일이 있어도, 후회가 되지 않을 사람. 절대 미련이 남지 않고, 평생을 등에 짊어지고 가고 싶은 사람. 그런 사람하고 해야 하는 게 결혼이란다."

식사를 끝내고 나왔을 때는 이미 사위가 전부 어둠에 잠식되어 있는 늦은 시간이었다. 준석은 휴대폰을 살펴보았다. 몇 번 전화를 했는데도 되돌아오는 전화나 문자는 한 통도 없었다.

"……."

휴대폰을 무서운 눈으로 바라보고 있을 때, 신 여사가 곁으로 다가왔다.

"아까부터 계속 휴대폰만 쳐다보던데 무슨 일이라도 있는 거니?"

"아니요, 아무 일 없습니다."

"그럼 다행이고."

강 의원이 차를 끌고 오자, 준석이 조수석 문을 열어주었다. 신 여사가 안으로 올라탔다.

"조심히 들어가세요."

"그래, 너도 조심히 들어가렴. 유리양, 우리 갈게요."

신 여사가 준석의 옆에 서 있는 유리를 향해 인사를 건넸다.

"네, 조심히 들어가세요."

두 사람이 탄 차가 사라질 때까지 바라보고 있던 준석의 시선이 다시 휴대폰으로 향했다. 여전히 아무 연락도 하지 않고 자신을 이렇게 기다리게 하는 그녀가 너무 괘씸했다. 한편으로는 믿는 도끼에 온몸이 찍힌 것 같고 자신이 왜 이렇게까지 그녀에게 매달려야 하는지 자존심도 상했다.

"가볼게요."

유리가 이제 막 도착한 자신의 차에 올라타면서 제게 관심조차 주지 않는 준석을 향해 말했다.

"조심히 들어가요."

유리가 출발하는 것은 보지도 않고 뒤에 다가온 차에 올라탄 준석이 손에 꽉 쥐고 있던 휴대폰을 신경질적으로 조수석에 던져버렸다.

"됐어."

말은 그렇게 하면서도 자꾸만 휴대폰으로 가는 눈길은 쉽게 거두어지질 않았다. 하지만 상관없을 것으로 생각했다. 그 생각이 곧, 자신을 배신할 것이라고는 전혀 생각하지도 못한 채로.

서영으로 인해 생겨버린 공백에도 정해진 공적인 생활에는 크게 달라지는 것은 없었다. 매일 아침 그 시간에 일어나 회사에 출근했고 같은 시간에 같은 커피를 마시고 보고를 받았다.

윤정은 서영보다 오래 일한 직원이라 딱히 업무적인 것에 대한 지장이나 애로 사항은 느끼지 못했다. 대형 쇼핑몰에 입점하여 오픈한 매장은 단 하루 만에 상상도 하지 못할 어마어마한 성과를 거두었고 그밖에 일들도 착착 진행되어갔다. 이번에 들어가게 될 애니메이션의 사업 기획으로 Talk Talk는 그 어느 때보다 바쁜 시기를 맞이하고 있었다.

애니메이션 투자자들과 밤새도록 술을 마시고 출근한 준석은 올라탄 엘리베이터의 고요함 속에서 무의식중에 서영을 떠올렸다. 뒤돌아보면 작고 일정한 숨소리를 내쉬며 자신을 올려다보던 그녀가 서 있을 것 같았다.

"……."

도착한 엘리베이터에서 내려 복도를 지나 비어 있는 비서 자리를 물끄러미 바라보았다. 아직 출근을 하지 않은 윤정의 부재에 준석의 기분이 참 묘해졌다. 일찍 출근해서 자신을 항상 반겨주던 서영의 모습이 또다시 준석의 머릿속에 내리박혔다.

커피를 마시고 싶어져 난생처음으로 준비실에 들어갔다가 뭘 어찌해야 할지 몰라 다시 나왔다. 밖으로 나가 커피를 사 올까, 했지만 귀찮아서 관뒀다. 피곤함에 대표실 구석에 있는 침대에 가서 몸을 눕히자, 금세 잠이 그의 정신을 장악했다. 까무룩 잠이 들었다가 깨어났을 때, 대표실 밖에서 전화를 받는 듯한 윤정의 목소리가 희미하게 들려왔다.

"······."

대표실은 여전히 환했고 그 어디에도 샌드위치는 없었다. 갑자기 힘이 확 빠지고 마음이 허전해졌다.

이 허전한 마음이 단순히 샌드위치가 없고 자신이 자는데 불이 켜져 있는 것 때문일까.

생각할수록 준석의 마음은 더욱 허허로워졌다.

뭘 하고 있을까, 이렇게 자신을 신뢰하고 믿었던 상사를 배신하고 즐겁게 지내고 있을까. 대체, 무엇 때문에 그렇게 허겁지겁 회사를 떠난 걸까. 아니, 자신의 곁을 떠난 걸까.

서영이 궁금했다. 그러다가 이내, 고개를 크게 내저으며 그녀의 생각을 떨어뜨리어 내려 했다. 그게 이상하게도 이곳 회사에서도, 혼자 있는 집에서도, 출근을 하던 차 안에서도, 잠이 드는 마지막 순간조차도, 쉽지 않은 일이었지만.

그랬다. 요즘 서영은 준석이 존재하고 있는 곳곳에서 불쑥, 불쑥 튀어나왔다. 회사, 집, 커피를 마시러 들어간 커피숍, 술집, 심지어는 씻으러 들어간 욕실에서조차······.

눈을 아무리 서류에 두고 있어도 자꾸만 드는 잡생각에 집중이 되질 않았다. 준석이 물끄러미 대표실 문을 바라보았다. 인터폰을 누르면 금방이라도 문을 열고 서영이 들어올 것만 같았다.

준석이 인터폰을 길게 눌렀다. 대표실 문이 열리고 윤정이 들어왔다. 이제 그 어디에도····· 서영은 없었다.

"뭐 필요하신 거 있으세요? 대표님."

불러놓고 한참 동안 아무 말 없이 자신을 바라보고 있는 준석에게 윤정이 조심스럽게 물었다. 준석의 눈동자가 살짝 움직임을 보였다. 윤정은 그가 자신을 쳐다본 것이 아니라, 자신의 방향을 바라보며 깊은 생각에 잠겨 있었다는 것을 깨달았다. 휴직하기 전 준석을 꽤 오래 모셨던 윤정이었기에 그 모습이 심히 낯설게 느껴졌다.

"혹시, 최 비서한테 연락 없었어?"

"서영이요?"

그가 아무 대답 하지 않고 윤정을 똑바로 응시했다.

"네, 아무 연락 없었습니다."

윤정은 어제도 넋을 놓고 구석에 밀려져 있는 서영의 명패를 바라보고 있던 준석의 모습이 내내 신경 쓰이던 참이었다.

"서영이에게 뭐 물어보실 일이라도 있으신 거예요?"

그가 고개를 낮게 내저었다. 숨 막히는 침묵이 잠시 흐르고 준석이 시선을 돌렸다.

"알았어. 나가봐."

윤정이 나가고도 복잡하게 얽힌 마음을 없애지 못한 준석이 마른 얼굴을 거칠게 문질렀다.

'뭐 필요하신 거 있으세요?'

그녀의 목소리가 귓가에서 윙윙 울린다.

'대표님.'

언제나 들어 익숙해진 목소리지만 요즘에 듣지 않으니, 금세 잊어버릴 것 같은 목소리가 되기도 했다. 그러자 잊고 싶지 않다는 충동이 몰려왔다.

그래, 잊고 싶지 않다……. 지금 당장, 딱 한 번만 다시 들으면 잊지 않을 수 있을 것 같은데.

그녀의 목소리가 듣고 싶었다. 이런 마음을 가져서는 안 된다는 것을 알면서도 제어가 되질 않았다.

'대표님.'

자신을 향해 짓던 미세한 미소조차도.

준석의 손이 잠잠하게 잠들어 있는 휴대폰을 향해 뻗어졌다.

오래된 습관은 무서웠다.

출근을 하지 않아도 습관처럼 6시에 기상한 서영은 꽤 서늘해진 아침 공기를 들이마시며 커피를 마셨다. 하늘에 반쯤 걸쳐져 있는 희미한 해를 바라보며 늘 그랬듯이 준석을 떠올렸다.

식사는 거르지 않고 잘 하고 계시는지, 뭐 불편함은 없는지, 약혼식은 잘 진행되어가고 있는지, 혹시 자신의 빈자리를 느껴주진 않을지…….

그러다 비소가 터져 나왔다. 그럴 생각을 할 자격조차 없다는 것을 깨달은 것이다. 준석에게선 일본 출장을 갔다 왔던 날로부터 2주 동안 아무 연락이 없었다. 그것은 그가 자신이 없어도 잘 지내고 있다는 증거였다.

바람이 찼다. 추워진 몸이 바들바들 떨렸다. 창문을 닫고 돌아섰을 때 갑자기 확 느껴지는 외로움에 서영은 깊은 한숨을 내쉬었다. 밥을 먹고 병에 가장 좋지 않다는 스트레스를 덜 받는 방법을 찾고 있던 서영은 길게 울리는 휴대폰으로 시선을 돌렸다.

"……."

선명하게 적혀져 있는 '대표님'이라는 세 글자에 서영의 몸이 굳어졌다. 받고 싶었지만 받아서는 안 되었다. 그의 목소리를 들으면 약해져서는 안 될 마음이 약해질 것 같았다. 책임지지 못할 행동을 충동으로 하고 싶지 않아 애써 외면했다.

"넌 기억을 잃고 있어. 단순한 욕심 때문에 다시 돌아가면 대표님한테 피해밖에 주지 않을 거야……."

그리고 더는 그에 대한 가질 수 없는 욕심으로 스스로를 아프게 만들고 싶지도 않았다. 서영은 울리는 휴대폰을 뒤집어버렸다.

그 연속된 행동이 며칠 동안 계속되었고…… 그가 찾아왔다. 인터폰에 비친 그는 마치 자신을 뚫어져라 바라보고 있는 것만 같았다.

"최 비서."

밖에 선 준석은 아무 미동도 없는 현관문을 바라보며 낮게 말했다. 자꾸 전화를 받지 않는 이유가 궁금해서 왔다. 아니, 사실 그것은 핑계일 뿐이었다. 그녀가 그만두고 나서부터 계속해서 들었던 감정들을 결국 이기지 못하고 그녀를 찾아온 것이다. 받지 않는 전화를 보며 제발 받으라고 간절하게 바라던 마음을 더는 무시할 수 없기도 했다.

여전히 현관문 너머로는 아무 소리도 들리지 않았다. 올라오기 전, 그녀의 집이 환하게 켜져 있고 안에서 움직이는 그림자를 봤다. 다시 한 번 인터폰을 눌렀다.

"안에 있는 거 다 알고 왔으니까 헛수고하지 말고 문 열어, 최 비서."

부탁에 가까운 협박을 이기지 못했는지, 현관문이 열리고 그녀가 나타났다. 평소와는 다르게 버석하게 마른 입술과 건조한 눈빛이 그를 가장 먼저 반겼다.

"배신을 한 얼굴치고는 그렇게 통쾌해 보이진 않네."

배신을 했으면 차라리 행복해 보이기라도 하든가, 오히려 안쓰러워 보일 정도로 초췌한 그녀의 얼굴에 준석은 마음이 아프면서도 화가 나서 자신도 모르게 한층 비꼬아서 말을 던져버리고 말았다. 그런 자신을 아무 말 없이 올려다보는 서영의 얼굴을 마주하고 있으려니, 무언가가 자꾸 울컥, 울컥 올라오는 기분이었다.

"날 언제까지 여기에 세워둘 거야? 이제 일도 그만뒀으니 상사도 아니다 이건가?"

"들어오세요."

집 안 공기가 차다. 외로울 만큼 뭐가 없는 휑한 집 안으로 들어서자, 서영이 식탁 의자 하나를 빼주었다.

"이쪽으로 앉으세요."

소리 없이 다가가 의자에 앉자, 서영이 투명한 유리잔에 물을 담아 건네주었다.

"드릴 게 이것밖에 없네요."

컵 안에서 피어오른 공기 방울을 멀거니 바라보던 준석이 어렵게 입술을 떼어냈다.

"돌아와. 나한테는 아직 최 비서가 필요해."

"죄송해요."

하지만 그녀는 단호했다. 단호하다 못해 얼음장처럼 딱딱하고 차갑기까지 했다. 여태 자신이 알고 지냈던 최 비서가 맞나, 싶을 정도로.

자신을 향해 웃던 미소를 보고 싶다. 이 이기적인 자신의 욕심이 준석은 한없이 한심스럽고 원망스럽기만 했다.

"고작, 죄송하다는 말 듣겠다고 여기까지 온 거 아니야."

"알고 있지만, 전 돌아가고 싶지 않아요."

"왜 이렇게 멋대로 굴어? 최 비서답지 않게."

그녀를 놓치고 싶지 않았다. 이렇게 그녀가 단호하게 나올 때마다 더욱 멀어지는 것 같아서 감정을 억제하기가 어려웠다. 그리고 무서웠다. 정말 그녀를 이대로 놓쳐버릴 것만 같아서. 정말 그녀를 이렇게 영영 보지 못할 것만 같아서.

"대체 뭘 원하는 거야. 내가 어떻게 하면 다시 돌아올래? 말만 해, 내가 전부 다……."

"저랑, 연애하실래요?"

"뭐?"

준석은 순간 자신이 잘못 들었나 싶어, 고운 미간을 찌푸리며 되물었다. 하지만 그다음으로 들려오는 서영의 대답에 자신이 잘못 들은 것이 아니라는 확신이 들었다.

"연애요. 저랑 연애 한번 하실래요?"

갑작스러운 그녀의 고백에 준석은 혼란스러워졌다.

"못하시겠죠? 그러니까, 말만 하면 뭐든 다 해주실 것처럼 말씀하지 마세요."

그냥 던져본 말일까?

아무리 생각해봐도 그런 식으로밖에 해석이 되질 않았다. 자신이 곧 약혼을 한다는 것을 알고 있고…….

저렇게 아무 감정 없는 얼굴로 사귀면 사귀는 거고 말면 마는 식의 말도 그렇고.

"그러니까 돌아가세요, 대표님."

매정하게 돌아서는 그녀를 잡아 세웠다. 이유라도 물어보고 싶었다.

"진심이야?"

그녀는 조금 전까지만 해도 잘만 떼어냈던 입술을 굳게 다물었다.

"지금 내가 묻잖아. 그 말 진심이야?"

자신이 지금 어떤 심정인지도 모르고 말한 듯한 서영에 준석은 서러움과 함께 화가 났다.

"그럼 다른 질문을 해보지. 너, 나 좋아해?"

자신을 내려다보는 그녀의 차가운 눈이 지독히도 낯설게 느껴졌다. 마음이 아프고 서러울 정도로.

"혹시 그것도 아니면 그냥, 어차피 되지도 않는 거 한번 찔러보겠다는 생각으로 한 말이야?"

서영이 손목을 비틀어 자신의 손에서 빠져나갔다. 그러고선 얼굴에 흘러내린 머리를 뒤로 쓸어 넘기고 다시 준석을 마주했다. 좀 전과는 다르게 그녀의 눈빛이 많이 흔들리고 있었다.

"저따위가 어떻게 감히, 대표님 한번 찔러보겠다고 이런 말을 하겠어요?"

그녀의 눈동자가 촉촉이 젖어가고 있었다. 자신을 바라보며 눈물 짓는 그녀에 준석의 마음이 심하게 요동치기 시작했다.

"그럼 왜 그런 말을 한 거야?"

"그냥 잠깐 정신이 나갔던 것 같아요. 신경 쓰지 마시고 그냥 가주세요."

"아니. 아무리 정신이 나갔어도 그런 실없는 소리 할 사람 아니지. 최 비서는."

"저를 너무 잘 아시네요. 대표님은."

"그러니까, 거짓말할 생각하지 말고 솔직하게 얘기해."

"지금 와서 말한다고 뭐가 달라지기는 할까요?"

눈동자만큼이나 서러움이 잠식된 목소리였다.

"너무 늦었잖아요. 이제 대표님은 저한테 아무것도 해줄 수 없어요. 어느 것 하나도 해주실 수 없다고요. 그러니까, 제발 돌아가세요. 저 지금 대표님 보는 것도 너무 힘들고 버거워요."

마지막 말을 하고서 돌아선 서영의 뺨으로 뜨거운 눈물이 흘러내렸다.

고백을 할까, 아니면 평생 짝사랑으로 숨길까, 짧은 시간에 수십 번은 왔다 갔다 했던 질문의 나침반이 결국 한곳으로 쏠려졌다. 여태 꼭꼭 숨기느라 힘들었던 짓을 지금 이 순간까지도 힘겹게 하고 싶지 않았다.

서영은 더 이상 물러설 곳이 없었다. 어차피 고백을 했다가 차여도 창피함 따위를 느낄 시간은 많지 않다고 생각했고 죽는 순간 지금 이 장면을 떠올리며 적어도 미련을 갖고 싶진 않았다.

그런데 후회한다. 이렇게 눈물을 참을 수 없을 만큼 흘릴 줄 몰랐기 때문이었다.

"죄송합니다."

서영이 급하게 자신의 침실로 뛰어가 문을 잠갔다.

"최 비서."

문 쪽으로 다가왔는지, 그의 목소리가 가깝게 들렸다. 서영은 터지려는 눈물을 가까스로 참으며 울부짖었다.

"제발, 돌아가 주세요, 대표님. 제발요."

서영의 목소리는 이제 주체할 수 없을 만큼 흐느끼고 있었다.

"서영아."

처음이었다. 항상 최 비서라는 호칭으로 부르던 그의 입술 밖으로 자신의 이름이 새어 나온 것은. 서영은 생각보다 훨씬 더 다정한 그의 부름에 또 한 번 숨을 죽여 울었다.

"난 있잖아……."

그의 목소리도 자신만큼이나 눈물이 가득 잠겨 있었다.

"제발, 그냥 가주세요! 아무 말도 하지 말고 가주세요. 저 지금 마음이 찢어질 것처럼 너무 아프니까. 제발 그렇게 해주세요."

하지만 곧 들려오는 그의 목소리는 없었다. 한참 후에야 방에서 나온 서영은 이 집 안에 자신 혼자 남겨져 있음을 깨달았다.

그에게는 자신에게 올 수 없는 사정이라는 것을 알면서도 순간, 순간 뭘 기대하고 욕심을 부린 것인지, 스스로가 원망스러워졌다.

서영은 그가 머물러 있던 자리에서 또 한 번 무너져내렸다. 지독히도 아프고 외로운 밤이었다.

서영의 눈물을 보고 난 후, 준석은 아무것에도 집중을 할 수가 없었다.

들어간 회의에서도 틈만 나면 자꾸만 서영의 생각에 깊게 빠져 쉽게 헤어 나오지 못했다. 심장이 허공에 붕 떠버려서 갈 길을 잃고 헤매듯, 형체가 불안정했다. 뚫려버린 마음에 찬바람이 몰아닥치는 것처럼, 허허롭고 씁쓸했다. 그녀가 울던 모습만 계속 생각이 났다. 그리고 자신을 용서할 수가 없었다.

서영을 찾아갔다. 하지만 그녀에게서 돌아오는 것은 언제나 거부였다.

"그만 찾아오세요. 자꾸 이러시면 저 정말 힘들어요."

"잠깐만 문 좀 열어봐."

"차라리 보지 않는 게 더 나아요. 지금 와서 저를 사랑해주실 수도 없는데, 이렇게 제대로 선을 긋지도 않으시면 대체, 저보고 어떻게 버티라고 이러시는 거예요? 이렇게 찾아오셔도 저희 관계 달라질 수 있는 게 하나도 없어요. 그러니까, 제발 돌아가세요."

"넌 지금 날 보고 있지? 날 보며 울고 있지, 너……."

손을 천천히 뻗어 그녀가 자신을 바라보고 있을 곳을 쓰다듬었다. 그러고는 문 쪽에서 가깝게 들려오는 그녀의 흐느낌에 준석은 또 한 번 숨을 죽였다.

그 쓰라린 마음을 달래기 위해 바를 찾은 준석은 안주도 없이 연거푸 양주만 들이켰다. 자신의 위치를 몇 번이고 억지로 되새김질하며 감추려고 애썼던 감정이 있었다. 그건 그녀가 없던 시간 동안 느꼈던 준석의 감정이었다.

단 한 가지.

얼굴이 보고 싶었고 목소리가 듣고 싶었고 곁에 두고 싶었다. 그것이 단순히 일을 잘하는 직원을 대하는 마음이었다면 집에서도, 거리를 걷던 순간과 잠이 드는 순간까지도 생각날 이유가 없었고, 가슴이 찢어져 나가는 것 같은 고통도 없었을 것이다.

그녀가 사라지고 느꼈다. 자신이 언제나 그녀를 곁에 두고 싶었던 이유는 직원이 아닌 그 이상의 마음이었다는 것을. 하지만 그 마음을 억누를 수밖에 없었다.

그런데 지금, 그녀의 눈물을 떠올리고 있으려니 더는 아무것도 숨기거나 감추고 싶지 않았다. 자신이 없는 곳에서 자신 때문에 혼자 울고 있을 그녀가 떠오르니 도저히 참을 수가 없었다.

얼마 가지 않아, 그는 제 몸을 제대로 가누지도 못할 만큼 잔뜩 취해 버렸다. 취하니까 감정이 더욱 복받쳐 올랐고, 그녀가 더욱 보고 싶었다.

"보고 싶다……. 너무 보고 싶다."

힘없이 술잔을 기울이며 몸을 비틀거리는 준석을 직원이 안타깝게 바라보았다.

"손님…… 너무 취하신 것 같습니다. 그만 드시는 것이 좋을 듯싶습니다. 제가 대리운전 불러드리겠습니다."

괜찮다고 손짓하며 자리에서 일어났다. 그의 곁에 있던 빈 양주병이 그의 손에 살짝 치여 바닥으로 나뒹굴어졌다. 하필이면 그걸 제대로 발견하지 못한 준석이 밟고 그대로 바닥으로 철퍼덕 자빠져버리고 말았다.

"손, 손님 괜찮으세요?"

직원이 얼른 뛰어나와 그를 부축했다. 꽤 통증이 밀려왔지만, 지금 겪고 있는 마음의 통증이 더 큰 탓인지, 별로 대수롭지 않게 느껴졌다.

"괜찮…… 습니다."

준석이 다시 힘겹게 일어나 가게 밖으로 나와 택시를 잡아탔다. 이대로 있다가는 정말 미쳐버릴 것만 같았다. 더는 아무것도 생각하고 싶지 않았다. 그저, 그녀의 눈물을 닦아주고 보고 싶을 뿐이었다. 달라지게 만들고 싶었다. 이 모든 상황을.

자신의 사랑을 위해서. 그리고 서영을 위해서.

자신의 아픔쯤은 상관없었다. 하지만 그녀가 자신 때문에 아파하는 것을 더는 지켜볼 수가 없었다. 얼마나 오랜 시간 동안 혼자 아파했을까……. 그 생각을 하니, 하루라도 빨리 그녀를 품에 안고 위로해주고 싶었다.

돌산처럼 단단하게 다짐한 줄 알았던 자신의 마음이 알고 보니, 고작 작은 조약돌에 그치지 않았다는 것. 그리고 그 결심보다 사랑이라는 힘이 더욱 크고 단단하다는 것을 준석은 서영의 굳게 닫혀 있는 현관문 앞에서 절실히 느낄 수 있었다.

혼자 아팠던 거라면 충분히 참을 수 있었지만, 자신으로 하여금 그녀를 아프게 했다는 것이 참고 있던 모든 감정의 방아쇠가 되어 당겨졌다.

"한남동……. 한남동으로 가주세요."

차오르는 눈물을 참아내며 본가에 도착했다. 준석이 늦은 시간에 몸까지 비틀거릴 정도로 취해서 오는 것은 처음이었기에 신 여사와 강 의원이 화들짝 놀라 잠옷 차림으로 뛰어나왔다.

"어머, 얘, 준석아! 무슨 술을 이렇게도 많이 마신 거니!"

"죄송합니다……. 죄송합니다, 어머니."

강 의원과 신 여사가 준석을 부축하여 거실 소파에 앉혔다. 그러고선 주방으로 급히 들어가 꿀물 한 잔을 타 와서는 준석에게 건넸다.

"회사에 무슨 안 좋은 일이라도 있었던 거야?"

"죄송합니다……."

사춘기 때도 속 한 번 안 썩여본 착하고 착한 아들이었다. 그러지 않길 바라는데도 언제나 자신들의 눈치를 살피느라 행동 하나에도 조심해하던 준석을 안타까워하던 신 여사는 금세 눈물이 핑 돌아버리고 말았다.

"얼마나 힘든 일이기에, 네가 이렇게까지……."

더는 말을 잇지 못하고 신 여사가 입을 틀어막았다.

"죄송합니다, 아버지. 어머니……. 이렇게, 곱게 저를 키워주셨는데……."

버겁게 숨을 내쉬는 준석에게 다가간 강 의원은 조용히 그의 곁에 앉아 어깨에 손을 올려 다독였다.

"이 약혼, 못 하겠습니다……. 도저히, 못 하겠습니다……."

"……."

"나 때문에 아파하고 우는 그 애를 두고…… 도저히 전 그 약혼 못 하겠습니다…… 아버지."

강 의원은 버거운 숨을 몰아쉬었지만 모든 것을 이해한다는 듯 그를 끌어안아주었다.

"죄송합니다. 정말…… 죄송합니다, 아버지. 제 사랑 지키겠다고 이렇게 이기적으로 사는 놈…… 평생, 용서하지 마세요."

그녀를 한시라도 혼자 울게 두고 싶지 않았다. 자신의 사랑을 더는 모른 척하고 하대하고 싶지도 않았다. 준석은 그날, 밤새도록 자신의 사랑을 지키기 위해 제 아버지에게 용서를 빌었다.

준석이 찾아온 것은 뉴스에서 파혼 소식을 전해 들은 그다음 날이었다. 그것도 팔에 붕대를 하고 오는 바람에 서영은 문을 안 열어줄 수가 없었다. 그는 그때 와서 앉았던 그 자리에 똑같은 자세로 앉았다. 서영이 커피 한 잔을 타서 그에게 건네주며 맞은편에 앉았다.

"대체, 팔은 어쩌시다가……."

"술 먹고 넘어졌어."

"네?"

한 번도 그런 적이 없던 준석이었기에 서영이 화들짝 놀랐다.

"안 믿기지?"

서영이 아무 말 없이 그를 적적한 눈길로 바라보았다.

"근데 생각보다 아프진 않아."

준석이 여유롭게 팔을 휘적거리며 말했지만 서영의 얼굴엔 여전히 근심이 서려 있었다.

"상사로서 걱정해주는 거야? 아니면…… 사랑하는 마음으로 걱정이 되는 거야?"

서영이 굳게 다문 입으로 준석을 지그시 응시했다.

"후자였으면 좋겠다."

잠시의 침묵이 두 사람 사이를 유영했다. 그 침묵을 먼저 깬 것은 준석이었다.

"너무 늦게 알아서 미안해. 네 마음도…… 내 마음도……."

서영이 낮게 고개를 내저었다. 꼭꼭 숨긴 사랑이었다. 누구에게도 들키지 않으려고 숨기고 또 숨긴 사랑. 그것을 준석이 눈치채지 않았다고 원망한 적은 단 한 번도 없었다.

"곁에 있을 땐 몰랐고, 네 눈물을 보기 전까지도 잘 몰랐던 내가 정말 한심하고 원망스럽더라. 네가 울먹이면서 내게 물었지? 이제 와서 달라질 수 있는 게 있냐고. 그때라도 달라지게 만들고 싶었어. 어떤 수단과 방법을 가리지 않고, 더는 내 마음 숨기고 싶지 않더라. 그렇게 하지 않으면 정말 널 평생 잃어버릴 것만 같아서, 다시는 못 볼 것만 같아서."

"대표님……."

"우는 너를 혼자 놔두고 싶지 않아. 네가 없는 곳이면 어떤 곳에도 가고 싶지 않고 내가 없는 곳이라면 널 어디에도 보내고 싶지 않아. 아무 곳에도 못 보내, 이젠."

모든 것이 꿈만 같이 몽롱해졌다. 숨을 죽이고 무거운 눈꺼풀을 힘겹게 감았다가 떴다. 살아 있다는 것을 과시하듯 새들이 무섭게 울었고 어디선가는 말간 아이들의 웃음소리가 이명처럼 들려왔다.

아직은 자신이 이 세상에 존재하고 있음이 느껴졌다. 그의 고백에 서영은 여태 그와 함께하면서 잔뜩 걸었지만 부정했던 기대들이 어쩌면 쓸데없던 것들이 아니었을지도 모른다는 생각이 들었다.

이상한 안도감이 들면서 울컥, 하고 눈물이 차올랐다.

"미안해, 오래 기다리게 해서……. 오래 아프게 만들어서 미안해."

서영의 곁으로 다가온 준석이 그녀의 볼을 부드럽게 쓰다듬었다.

"널, 많이 좋아해."

그러다 천천히 서영의 입술을 향해 내려갔다. 자신을 밀어붙이며 일렁인 그의 몸에서 좋은 비누 냄새가 난다. 서영은 그 냄새를 머릿속에 꼭꼭 되새겨놓았다.

제발, 이 냄새를 잊어버리지 말라고 간절히 바라며.

촉촉한 그의 혀가 유연하게 그녀의 입술을 벌리고 안으로 들어와 어설프게 돌아다니던 서영의 혀를 능숙하게 낚아챘다. 그러고는 천천히 그녀의 작은 입 안을 단 한 곳도 놓치고 싶지 않다는 듯, 구석구석 탐했다. 자신의 안을 탐하는 그의 것은 지나치게 부드럽고 솜털이 전부 솟아오를 만큼 간지러웠다. 그 황홀한 느낌에 자꾸만 몸에서 힘이 빠지려는 서영의 허리를 끌어안고 있는 준석의 팔에는 더욱 완강한 힘이 쥐어졌다. 하지만 준석은 그녀를 탐하는 것을 멈추지 않았다.

울컥, 눈물이 났다. 자신을 끌어안는 그의 품속에서 처음 느껴보는 따뜻함에 서영은 눈물이 가득 차올랐다. 티끌 하나 없는 그녀의 뺨으로 눈물이 미끄러져 흘렀다. 그렇게 한동안 서영은 준석의 품에 안겨 지난날의 서러움을 토해내고 그로 인해 생겨버린 외로움과 그리움을 위로받았다.

서영의 눈동자가 준석의 얼굴에 머물러 있다가 그의 작은 움직임에 냉큼 거두어졌다.

"대놓고 보지. 왜 이제 와서 부끄러운 척이야?"

"……."

"키스할 때는 그렇게 맹렬히 달려들어놓고."

"제가 언제요."

당황한 서영이 눈을 휘둥그레 뜨고 물어왔지만, 그에게선 더 이상 어떤 대답도 들을 수가 없었다. 그는 그저 입가에 보일 듯 말 듯 한 미소를 걸치고는 큼직하게 썬 스테이크를 묵묵히 먹었다. 한동안 제 입술을 탐하던 그의 입술이 떨어지던 순간, 서영에게 가장 먼저 든 생각은 아쉬움이었다.

그런 아쉬움을 아는지 모르는지, 그는 한 끼도 먹지 않았다며 대뜸 밥을 먹자고 했다. 그래서 오게 된 레스토랑에서 서영은 자꾸만 그와의 키스가 떠올라 도통 식사에 집중할 수가 없었다.

여전히 이 상황을 쉽게 믿을 수가 없었다.

"생각해보니까, 난 널 너무 오래 기다리게 했어. 기다리게 한 것 몇 배의 시간으로 보상해줄게."

말을 이어가며 준석이 테이블 위에 자신의 손을 올려놓았다. 하늘 방향을 바라보며 누워 있는 커다란 준석의 손이 서영에게로 가까이 다가왔다.

"잡아봐, 네 거야."

서영은 무릎 위에 있던 제 손을 천천히 들어 올려 살며시 그의 손바닥에 내려놓았다. 커다란 그의 손이 작고 차가운 그녀의 손을 감쌌다.

"기다리게 한 것 몇 배의 시간으로 사랑해줄게."

쉽게 놓치고 싶지 않을 만큼, 그의 손은 부드럽고 따뜻했다.

같이 더 있겠다던 준석을 서영은 회사로부터 열 번째 걸려온 전화로 돌려세웠다. 아쉬움에 발을 제대로 떼지도 못하던 준석을 배웅하고 집으로 돌아온 서영은 소파에 넋을 빼고 한참을 앉아 있었다. 준석과 갑자기 발전해버린 이 관계에 여전히 어안이 벙벙했다. 그러면서도 자꾸만 입가에 지어지는 미소에 서영은 시간 가는 줄도 몰랐다.

의원과 법원장의 자녀들이 파혼을 한다는 보도가 언론 매체를 뜨겁게 달궜지만, 순간일 뿐이었다.

사람들은 그들의 파혼에 대해 강 의원과 별로 연관을 짓지는 않았지만 Talk Talk의 이미지에는 조금의 타격이 가해져 주가는 하락했다.

사원들은 처음으로 보인 주가 하락에 근심이 가득했고 준석이 걱정되었다. 그래서 회의 때도 종종 눈치를 보곤 했지만, 준석은 주가 하락으로 반쯤 실성을 한 것인지 무엇인지, 틈만 나면 멍해지더니 혼자 웃음을 터트리곤 했다.

머릿속을 가득 채운 서영 때문에 회의 내용들이 전혀 들어오지 않았다. 그녀와의 관계를 생각하면 자꾸만 참을 수 없는 웃음이 새어 나온다. 오늘도 어김없이 한참 회의를 진행하던 소수의 임원들은 서류를 보다가 갑작스럽게 터져버린 준석의 웃음에 모두들 의아해했다.

그중, 그의 친구이자 개발팀 이사 형우의 궁금증은 참을 수 없을 만큼 깊었다.

"대표님?"

"오늘 회의는 여기까지 하죠."

결론이 나지 않는다면 평소와 같이 밤까지 지새울 각오로 들어왔던 임원들은 준석의 말에 놀라움을 감출 수 없으면서도 은근히 환영했다.

"수고하셨습니다."

임원들은 행여나, 준석의 마음이 변할세라 급하게 서류를 챙겨 들고 대표실을 빠져나갔다. 형우는 마치, 특별한 약속이라도 있는 사람처럼 서둘러 나갈 채비를 하는 준석을 의심의 눈초리로 바라보았다.

"안 가?"

"결국 대표님이 미치신 거예요?"

"무슨 소리야, 그게?"

"주가 하락. 그거 금방 다시 회복할 수 있어. 그래도 다행이잖아. 의원님한테는 별로 타격이 없던 것도."

"⋯⋯."

"아, 그래. 항간에서 네가 그 여자한테 뻥 차였다는 소문도 있긴 하지만, 뭐 그게 그렇게 중요한 거야? 겨우, 만난 지 두 달 좀 넘어⋯⋯."

"쓸데없는 소리 그만해."

형우를 나무라면서도 준석의 목소리에는 웃음기가 가득했다. 형우가 고개를 갸웃하며 준석을 탐색하듯 바라보았다.

"뭐 좋은 일이라도 있는 거야?"

형우의 질문에 준석은 딱히 부정하지 않고 여전히 입가에 짙은 미소를 걸친 채로 회의실을 나왔다. 그 뒤를 형우가 급하게 따라나섰다.

"너, 뭐 있어."

형우가 엘리베이터를 기다리고 서 있는 준석을 향해 매의 눈을 치켜떴다. 하지만 준석은 자꾸만 혼자 웃기만 할 뿐, 도통 이렇다 할 대답을 해주지 않았다. 그것도 그럴 것이, 여기서 모든 것을 얘기했다가는 형우가 쉽게 보내주지 않을 거라는 것을 준석은 잘 알고 있기 때문이었다.

형우와 대화를 나눌 시간이 없다. 회의 시간 내내, 눈앞에 아른거려서 저를 몹시도 설레게 했던 서영과 함께할 시간조차도 부족했다.

"야, 이 자식아. 너 진짜 말 안 해줄 거냐?"

"넌 말이 너무 많아."

"뭐?"

"내일 봐, 김 이사."

참다못해 언성을 높이는 형우를 보며 차에 올라탄 준석은 차를 그대로 출발시켰다. 서영의 집에 도착하기 전에 미리 봐두었던 꽃집에 들렀다. 서영은 평소에 꽃을 참 좋아했다. 대표실과 자신의 자리에 꽃을 가져다놓고 애지중지 키울 만큼.

"장미꽃 주세요."

"몇 송이 드릴까요?"

"음....... 백 송이요."

"와, 백 송이씩이나요? 이 꽃을 받으시는 분이 참 좋아하시겠어요."

단순한 발상이지만, 장미꽃 백 송이를 주면서 앞으로 100살까지 사랑하겠노라고 말해줄 생각이었다. 느끼하고 유치하기도 하지만, 사랑을 표현할 수 있는 것이라면 전부 해줄 생각이었다.

그래도 그녀가 좋아해주었으면 좋겠다. 붉은 장미를 품에 끌어안고 환하게 웃어준다면 좋겠다.

제4부 그녀의 버킷리스트

집에 혼자 남아 있던 서영은 다이어리를 펼쳐놓고 앞으로 자신이 하고 싶은 일들을 무작정 써 내려갔다.

<남산 타워 가기.>

<놀이동산 가기.>

<심야 영화 보기.>

<정해놓은 장소 없이 지하철을 타고 내리고 싶은 곳에서 내려 놀기>

<등산하기.>

<캠핑 가기.>

<한강 가서 유람선 타기.>

하고 싶은 것들은 다이어리 한 장을 가득 채우고 몇 장을 더 넘겼다. 쓰지 않은 맨 종이를 쭉 넘겼다. 그러고는 공백에 마지막 글자 하나를 써넣었다.

<전부, 꼭, 다 하기……>

마지막 문장을 적어 넣던 서영이 다시 다이어리의 맨 앞쪽으로 향했다. 그러고는 자신이 적은 글 중간마다 '대표님과 함께'라는 글을 적어보았다. 그 문장들이 다소 어색해 보였지만, 싫지 않았다.

시간은 벌써 저녁 8시를 향해 달려가고 있었다. 배가 고프진 않았지만, 맛있는 걸 먹고 싶었다. 바쁘다는 이유로 대충 끼니를 때우거나 너무 늦게 퇴근을 해서 먹을 정신도 없이 뻗어 굶기 일쑤였던 서영은 난생처음으로 야식을 시켜 먹어보기로 했다.

"치킨도 먹고 싶고, 짜장면도……. 와, 족발도 맛있겠네."

혼잣말을 중얼거리며 뭘 먹을까 고민하던 서영이 무언가를 결심하듯 낮게 중얼거리며 휴대폰을 들었다.

"네, 주문 좀 하려고 그러는데요. 양념 치킨 한 마리 가져다주세요."

집 주소를 말하고 전화를 끊었다. 그러고는 다른 번호를 찍었다.

"네, 주문 좀 하려고 그러는데요. 여기 짜장면 곱빼기로 하나 가져다주세요. 단무지 많이요."

이번에도 역시 집 주소를 말하고 끊었다. 그러고는 또 다른 번호를 찾아 찍었다.

"네. 여기 족발 중짜리 하나 가져다주세요."

뭘 먹을지 망설이는 동안 순간 스친 생각은 '다음에 먹어야지.'라는 말은 이제 자신에게 어울리지 않는 말이 되어버렸다는 생각이었다. 먹고 싶을 때 먹자. 서영이 전화를 하기 전 낮게 중얼거린 것은 그 말이었다.

그렇게 음식을 시켜놓고 준석과 함께 할 일에 대한 리스트를 다시 한 번 살펴보았다.

"저녁 식사는 하셨을라나……."

자신이 알고 있는 준석은 끼니도 잊어버린 채, 한창 회의에 열을 올리고 있을 터였다. 혼자 이렇게 맛있는 음식을 시켜 먹는다는 것이 문득, 미안해졌다. 그래서 문자로라도 식사를 챙겨 먹으라고 보내려던 찰나, 거실에 길게 울려 퍼지는 초인종 소리에 자리를 털고 일어났다.

"벌써 왔나? 요즘 배달 진짜 빠르네……. 네! 나가요!"

미리 꺼내놓은 지갑을 들고서는 현관문을 벌컥 열었다. 하지만 그곳에는 기다렸던 배달보다 더 반가운 준석이 서 있었다.

자신이 세상에서 제일 좋아하는 붉은 장미를 들고선.

준석의 시선이 천천히 서영의 밑으로 향했다. 신발장에 내디딘 그녀의 앙증맞을 정도로 작은 맨발이 보였다. 그러다 이내, 흐뭇한 미소가 완벽한 준석의 얼굴에 서서히 번져나갔다.

"나 많이 보고 싶었구나. 맨발로 뛰쳐나올 만큼?"

살짝, 미안해질 정도로.

얼굴 가득 웃음꽃을 만연하게 피워내던 준석의 시선이 지갑을 들고 있는 서영의 손끝으로 향했다. 그의 시선이 닿자, 서영은 본능적으로 지갑을 제 뒤로 숨겼다. 그러다가 금세 후회했다. 이런 어설픈 행동이 그의 호기심을 더 자극하는 행동이라는 것을 깨달은 것이다. 아니나 다를까, 준석의 까맣고 짙은 눈동자는 어정쩡하게 지갑을 숨긴 서영의 뒤쪽을 향해 있었다.

"뭔데 그렇게 다급하게 숨겨?"

"아, 아니. 저는 그러니까……."

서영은 여전히 미세한 기대감에 가득 차 있는 그의 눈빛을 마주하고 있으려니, 어쩐지 사실대로 말하는 것이 너무 미안하게 느껴졌다. 그래서 우물쭈물하며 열심히 회피한 시선 끝에서 엘리베이터 문이 열리고 헬멧을 쓴 치킨 배달원 아저씨의 모습이 보였다.

"배달 시키셨죠?"

아저씨가 지나치게 해맑은 얼굴을 하고서는 서영과 준석의 지척으로 다가와 섰다.

"네?"

"303호, 맞는데? 양념 치킨 한 마리 시키지 않으셨어요?"

"아, 네. 네, 맞아요. 얼마예요?"

"14,000원입니다."

아저씨의 말에 서영이 제 뒤에 숨겼던 지갑을 앞으로 꺼내 돈을 건넸다. 그러면서 옆에 서 있는 준석의 눈치를 살폈다. 서영의 행동들을 집요하게 따라붙으며 바라보는 그의 얼굴엔 알 수 없는 묘한 감정이 가득 깔려 있었다.

"맛있게 드십쇼!"

아저씨가 상냥한 멘트와 함께 뒤로 물러서는 순간, 또 한 번 엘리베이터 문이 열리고 이번엔 자장면 배달원이 등장했다.

"자장면 시키셨죠!"

"어이구, 치킨에 자장면까지?"

배달원이 앞으로 다가와 철가방을 내려놓고 자장면을 건네자, 준석이 옆에서 기가 찬다는 반응을 보였다. 이거 큰일이다. 이제 곧, 족발 중짜리도 등장을 할 텐데. 지금이라도 주문을 취소하는 것이……!

"족발 시키셨죠!"

족발 배달원 아저씨가 내민 푸짐해 보이는 족발 중짜리를 보며 준석이 놀라움을 감추지 못하는 얼굴로, 멋쩍게 웃는 서영을 마주했다.

배달된 음식들을 식탁에 올려놓자, 2인용의 작은 식탁이 꽉 차 있었다. 서영은 나무젓가락을 정갈하게 뜯어 아까부터 팔짱을 끼고 못마땅한 표정으로 음식들을 노려보고 있는 준석의 앞에 내려놔주었다.

"누가 오기로 했나 봐."

"아니요, 아무도 안 와요."

"그럼 내가 올 거라 예상했나?"

"그것도……."

서영이 의미 없이 젓가락 끝을 매만지며 말을 흐렸다.

"그럼, 이걸 너 혼자 다 먹으려고 시킨 거라고?"

"네……."

기어들어가는 서영의 대답에 준석이 곰곰이 무언가를 생각하더니, 입술 새로 실없는 웃음을 새어 보냈다.

"그래. 그러니까, 네가 그렇게 맨발로 뛰쳐나와 반긴 건 내가 아니라, 이 양념 치킨, 족발, 자장면이라는 거지?"

"……."

"나 지금 얘들한테 밀린 거야?"

"어, 그러니까……."

"맞네, 밀린 거. 그럼 네가 그렇게 애타게 기다렸던 얘들이랑 즐거운 밤 보내도록 해."

계속 아무 대답도 하지 못하고 미적지근한 반응을 보이는 서영을 보다 못한 준석이 말을 툭 치고 나왔다.

"네? 아, 아니, 대표님!"

준석이 옆에 벗어놓았던 재킷을 들고 일어나려는 행동을 취하자, 놀란 서영이 얼른 그를 말렸다.

"이 바보야, 이런 일로 남자 친구가 서운해하면, 애교 피우면서 거짓말도 할 줄 알아야지."

들고 있던 재킷을 제자리에 내려놓고 슬그머니 다시 앉은 준석이 투덜거렸다. 그러다 이내, 한쪽 입술 끝이 움푹 파일 정도로 웃어 보이며 말을 건네는 담백한 목소리가 서영의 귓전을 스쳤다.

"하긴 뭐, 너 자체가 나한테는 애교기는 하다만."

자기가 내뱉고도 꽤 낯간지러웠는지, 준석이 기계처럼 커다랗게 웃어 보였다.

"하, 하하! 먹자."

"……"

"아, 맞다. 먹어도 되는 거 맞지? 막, 뺏어 먹었다고 싫어하는 거 아니지?"

장난기가 다분한 목소리로 묻는 준석에 서영이 짓궂다는 말과 함께 눈을 새치름하게 떴다.

"화내는 거야? 그것마저 귀여우면 어쩌냐?"

준석의 담백한 목소리가 전한 한마디에 서영은 무장해제가 되어 미소 지었다. 그러다 준석의 어깨 너머로 보이는 장미꽃 다발을 발견하자 마음이 뭉클해져왔다.

언젠가 한번 꼭 받아보고 싶었던 선물이었는데…….

다른 사람도 아닌, 짝사랑했던 준석에게서 꼭 받아보고 싶었던 선물…….

그에게 꽃을 선물 받으면 어떤 기분일까, 혼자 그런 상상을 하면서 쓸쓸하게 미소 짓던 날들이 떠올랐다.

그리고 받았다. 난생처음으로 남자에게, 아니 누구에게서든 처음 받아보는 꽃 선물이었다.

지난날들을 생각해보면 제대로 된 연애를 해본 적이 없었다. 엄밀히 따지면 모태솔로라고 할 수 있을 정도로 서영은 딱히 기억에 남는 남자도, 추억도 없었다.

준석을 만나기 전인 대학생 때는 장학금을 놓치면 안 될 정도로 가난했던 집안 형편 때문에 남자 친구를 사귀는 건 엄두도 못 내었다. 그래도 서영을 좋아한다며 쫓아다니던 남자들이 있었다. 하지만 서영에겐 그들을 돌아볼 여유가 없었다. 등록금과 생활비를 위해 아르바이트까지 병행해야 했던 서영에 결국 남자들은 너무나 쉽게 포기해버리고 만 것이다. 너와 함께하면 사랑받지 못하는 비참한 느낌이 든다고, 지친다는 말과 함께 떠나버렸다.

회사에 입사해도 그런 남자들의 패턴은 다르지 않았다. 그들은 자신이 퍼부은 사랑에 대해 지나치게 빠르고 급하게 무언가를 원하고 바랐다. 그런 것들이 서영이 사랑을 시작도 하기 전에 덜컥 겁나게 했다.

물론, 입사하고 얼마 지나지 않아 마음이 쏠리기 시작하던 준석 때문에 남자를 돌아보지 않는 이유가 바뀌었지만.

서영은 제 앞에서 식사를 하고 있는 준석의 구석구석을 꼼꼼히 살피며 두 눈동자에 꽉꽉 채워 넣었다. 예술가 심혈을 기울여 만든 조각처럼, 준석은 어디 하나 부족함이 없는 완벽한 얼굴로 서영의 두 눈을 가득 채우고 있었다.

잊어버리고 싶지 않다.

적당한 이마 크기와 굴곡 없이 내려오는 콧날 아래로 짙은 인중과 도톰하고 붉은 입술, 보일 듯 말 듯 한 속 쌍꺼풀에 옆으로 살짝 찢어진 눈매, 검은 바다를 닮은 것 같은 짙고 깊은 유난히도 까맣고

선명한 눈동자까지.

"안 먹고 뭐 해?"

준석이 꼼짝도 하지 않고 있는 서영을 의아하게 바라보며 물었다.

"왜, 나 먹는 것만 봐도 막 배부르고 그래?"

"그건 아니에요."

서영이 장난스럽게 정색을 하며 급하게 젓가락을 집어 들었다.

"장미꽃이요, 너무 예뻐요."

자장면 한 가닥을 집어 들며 서영이 장미꽃을 곁눈질로 가리키자, 준석이 등을 돌려 탁자 위에 있는 장미꽃을 바라보았다.

"너보단 안 예뻐."

"오글거려요."

"적응하도록."

"……."

"그리고 너도 알잖아. 나 거짓말 못 하는 거."

준석이 능청맞게 대답했다. 서영은 못 말린다는 얼굴로 고개를 내저으며 큼직한 족발 한 조각을 집어 먹었다. 기대했던 것보다 맛있진 않았지만, 그래도 혼자가 아니라 그와 함께 있어서 그런지 맛있게 느껴졌다.

"집에서 쉬면서 뭐 해?"

"네? 그냥, 뭐……. 이런저런 거요."

"근데 진짜 일 그만두고 싶었던 이유가 뭐야?"

간신히 찾아온 행복이다. 돌고 돌아, 간절하게 바라왔던 순간이다. 아프다는 말로 간신히 곁으로 다가와준 행복을 깨고 싶지 않았다.

"사실, 반반이었어요."

"반반?"

"네, 대표님 약혼하는 것도 볼 수 없을 것 같고 또 정말 쉬고 싶기도 했고요. 여행도 좀 다니고, 연애도 좀 여유 있게 하다가 나중에 다시 재취업해야죠. 일 얘기 그만하고 우리 다른 얘기해요."

"그럴까? 근데, 서영아."

다정하게 제 이름을 부르는 준석의 목소리에 서영의 심장이 크게 요동쳤다. 서영은 자신의 귓전까지 울리는 듯한 커다란 심장 박동 소리가 행여나, 준석에게도 들릴세라 초조해하며 준석을 바라봤다.

"왜? 이름 부르니까, 어색해?"

"조금요."

"익숙해져야 해. 너 이제 내 비서 아니잖아. 그만뒀고."

"그러긴 했죠."

"그럼 너도 바꿔야지. 이제 내가 대표님은 아니잖아."

"그것도 그러긴 하죠……. 그런데 좀 어색할 것 같아서. 편해질 때쯤 할게요."

"해 버릇해야지 편한 거야. 하루에 세 번 정도는 호칭 바꿔서 불러. 오빠나, 준석 씨로."

"노력해볼게요."

서영의 대답이 별로 만족스럽지 않은 모양인지, 준석의 입술이 살짝 삐쭉해졌다.

"근데, 넌 날 좋아하면서 나랑 하는 거 상상 안 해봤어?"

갑작스러운 그의 돌발 질문에 화들짝 놀란 서영은 그대로 말문이 막혀버리고 말았다. 그의 붉은 잇새 사이로 새어 나온 '상상'이라는 단어가 뜻하는 무한의 의미들이 제멋대로 머릿속에서 그림을 그리기 시작했다. '상상'이라는 단어가 이리도 도발적인 단어임을 서영은 오늘 처음 느끼는 바였다.

늦은 밤, 아무도 없는 밀폐된 공간에서 자신을 담고 있는 그의 촉촉한 눈동자의 미세한 움직임의 농도가 짙고 끈적이게 느껴졌다.

"어? 대답해줘. 꼭 듣고 싶어."

그의 부드러운 독촉에 서영은 몇 번이고 입술을 달싹이다가 어렵게 꺼내놓았다.

"아니, 저는 아직 거기까지는 상상을⋯⋯."

"아직 거기까지?"

준석이 서영의 말꼬리를 붙잡고 작게 되새김질했다. 그러다 이내, 풀리지 않는 문제를 대면하고 있는 어려워하는 얼굴로 물어왔다.

"거기가 어디까진데?"

대체, 이게 무슨 상황인가 싶어 서영의 커다란 눈망울이 바쁘게 끔뻑였다.

"무슨 상상 한 거야? '넌 날 좋아하면서, 나랑 뭐 하는 거 상상 안 해봤어?'라고 물었는데."

하필이면 문장 전체의 의미를 좌지우지할 수 있는 가장 중요한 '뭐'라는 단어를 못 듣고 제멋대로 해석을 해버리다니!

"좋아하면 흔하게 할 수 있는 상상들 있잖아. 같이 영화를 본다든지, 어디를 놀러간다든지, 하는."

덧붙이는 그의 말에 서영은 자신의 엉큼함을 원망했지만 이미 엎질러 주워 담을 수 없는 물에 낙담했다. 더는 그의 앞에 느긋하게 앉아 있을 수가 없었다. 창피함이라는 폭탄이 투척되어버린 몸은 눈에 띄게 달아올라, 누가 봐도 붉어져 있을 거였다.

"저 화장실 좀!"

서영이 허둥지둥 자리에서 일어나 화장실로 달려가려 했지만, 그대로 준석의 손에 붙잡히고 말았다. 터져 나오려는 웃음을 가까스로 참고 있는 듯한 그의 모습에 서영은 더욱 참담함을 느꼈다.

"됐어, 창피해할 필요 없어."

"아, 아니에요. 정말 화장실 급해요."

"진짜?"

"네!"

준석에게 돌아서 화장실로 들어온 서영은 거울에 비친 자신을 마주했다. 당황함이 잔뜩 깔려 있던 얼굴에 금세 웃음꽃이 피어났다. 뭐가 그리도 좋은지, 얼굴 가득 번져 있는 미소는 행복이라는 감정에 푹 빠져 있어야만 보이는 미소였다. 거의 본 적이 없어 낯설게까지 느껴지는 그 표정을 한 얼굴로 조심스럽게 손을 뻗었다. 거울에 비친 자신의 얼굴을 쓰다듬었다.

"너 많이 행복해 보인다, 서영아."

행복하다. 얼굴 전체에 번져 있는 미소가 쉽게 거두어지지 않을 만큼, 지금 이 순간이 너무나 행복하다.

다음 일들은, 다른 일들은 생각하고 싶지 않을 만큼 이 행복에 겨워하는 자신의 미소를 지키고 싶다. 이 미소를 부디, 오래 간직하고 싶다.

자신의 내일이 언제 끝날지 모른다는 것, 세상에 자신이 존재하는 날이 언제 끝날지 모른다는 생각은 상상 이상으로 사람을 불안하고 다급하게 만들었다. 서영은 지루한 얼굴로 화장실 쪽을 바라보고 있다가 자신의 등장에 작게 미소 짓는 준석의 앞에 앉자마자 대뜸 말을 꺼내놓았다.

"같이 하고 싶었던 거 너무 많아요. 엄청 많아요."

준석의 말을 듣고 나서 서영이 가장 먼저 생각한 것들은 오늘 다 이어리에 적어 내려간 것들이었다. 너무 많아 공간을 가득 채우고도 몇 장이 더 넘어갔던 것들. 서영은 그중에 떠오른 것을 준석에게 말해줘야겠다고 생각하며 입술을 떼어냈다.

"어떤 게 그렇게 하고 싶은데?"

"그건 오늘 밤에 더 생각해볼게요."

"기대된다."

잊어버릴 수도 있다. 잊어버릴 수도.

서영은 자리에서 일어나 큰 달력에다가 크게 표시를 해놓았다.

"달력에 표시까지 하는 거야?"

그런 서영을 준석이 귀엽다는 듯 바라보았다.

"그래도 공식적인 첫 데이트잖아요. 매일 집 아니면 동네에서만 보다가."

아끼지 말자. 그를 바라보는 시선도, 그에게 하고 싶은 이야기들도, 그를 사랑하는 마음도 전부 아끼지 말자.

그 결심과 함께 달력을 보며 그와 약속한 시간이 얼른 다가오기만을 바랐다.

평소보다 좀 이른 시간에 퇴근을 한 준석이 서영을 데리러 왔다.

"왜 이렇게 일찍 오셨어요?"

"땡땡이쳤어."

"그러시면 안 돼요."

"괜찮아, 가끔은. 사장이잖아. 아무도 뭐라고 못해."

능청맞은 준석의 대답에 서영이 못 말린다는 얼굴로 웃었다.

"가고 싶은 곳은 정했어?"

"남산 타워요!"

"남산 타워?"

준석의 되물음에 서영이 크게 고개를 끄덕였다.

"가보고 싶었어요, 정말."

준석과 함께 남산 근처에 다가올 때쯤 서영이 하늘로 우뚝 서 있는 남산 타워를 손으로 가리켰다.

"우리 갈 때는 걸어서 가고 내려올 때는 케이블카 타요!"

"걸어서? 힘들 텐데."

"전 괜찮아요!"

아주 자신만만하게 대답했다. 그리고 그것은 10분도 되지 않아, 금세 후회가 되어 찾아왔다.

"괜찮아?"

처음 출발할 때는 호기롭게 앞서 가던 서영의 발걸음은 점점 더 뎌지더니, 결국 준석이 몇 번이고 가던 걸음을 멈춰 기다려줘야 할 만큼 뒤처지고 말았다.

"하아……. 하아, 정말 저 체력 저질이네요."

서영은 지금 속으로 N서울타워까지 걸어서 올라가자고 말했던 제 입을 때리고 싶을 만큼 후회가 막급했다. 준석이 몇 걸음 내려와서는 축 처져 있는 서영의 손을 꽉 잡았다. 숨이 금방이라도 넘어갈 것처럼 헐떡이는 자신과는 다르게 올라오기 전과 다름없는 준석을 보며 서영은 놀라지 않을 수가 없었다.

"안 힘드세요?"

"응, 난 별로 안 힘들어. 업어줄까?"

"아, 아니요! 저 보기와는 다르게 상당히 무거워요."

"그래 보여."

"무슨 뜻이에요?"

서영이 심기 불편한 얼굴로 묻자, 준석이 웃음을 참지 못하는 얼굴로 어깨를 으쓱여 보인다.

"정말 그러실 거예요?"

"장난이고 많이 힘들면 진짜 업어줄게."

상체를 살짝 수그리며 내준 준석의 커다란 등은 그 어느 곳에서도 자신을 지켜줄 수 있을 만큼 듬직해 보였다. 하지만 서영은 그런 준석의 등을 살포시 피하고는 앞서 걸어갔다.

"나중에요, 나중에……."

아직은 제 의지로 걸을 수 있는 이 걸음을 더 느끼고 싶으니까.

"지금은 더 걷고 싶어요. 나중에 제가 업어달라고 하면 그때 업어주실 수 있어요?"

"언제든."

"진짜로?"

"그럼, 당연하지. 언제든지, 어디서든. 네가 원한다면."

그런 날이 오지 않았으면 좋겠다. 그의 등을 빌리는 날이, 그에게 업힐 수밖에 없는 날이…… 절대 오지 않았으면 좋겠다. 자신의 그날을 떠올리니 서영은 또다시 우울해졌다. 그래서 얼른 화제를 바꾸기 위해 주변을 두리번거렸다.

출발했을 때는 밝았던 세상이 시퍼렇게 멍이 든 것처럼 어스름해졌다. 서영은 가던 걸음을 다시 한 번 멈추고 나무 틈 사이로 보이는 야경을 구경했다. 형형색색으로 밤을 비추고 있는 야경들을 보며 감탄했다.

"너무 예쁘다."

"그러게 예쁘네."

어디선가 제법 시원하게 불어온 바람이 올라오느라 몸을 끈적끈적하게 만들었던 땀을 식혀주었다. 두 사람은 나란히 호흡을 가다듬었다.

"올라가서 보면 더 예쁘겠죠?"

서영이 신나는 총총걸음으로 앞서 올라갔다.

"같이 가."

그런 서영을 놓칠세라, 준석이 빠른 걸음으로 따라나섰다. 얼마 가지 않아 도착한 두 사람은 중간에 포기하지 않고 끝까지 올라온 서로의 의지에 칭찬을 해주며 제대로 된 야경을 보기 위해 자리를 잡았다.

"여기서 잠깐만 기다려."

"어디 가시게요?"

"마실 거 좀 사 올게."

"제가 사 올게요!"

"왜 이래? 너 이제 내 비서 아니고 여자 친구야. 이런 걸 여자한테 시키는 못난 남자 친구 만들고 싶어서 그래?"

서영은 자신을 두고 편의점으로 향하는 준석의 뒷모습을 멀거니 바라보았다.

"지윤아! 여기 봐봐."

그때, 멀찍이서 들려오는 익숙한 이름에 서영이 반사적으로 돌아보았다. 지윤이라고 불린 사람은 어린 꼬마였다.

"참……."

지윤이 여기 있을 리가 없다는 것을 무의식중에 알고 있었으면서 뭘 기대했는지 모르겠다. 잘 지내고 있는지 모르겠다. 지윤에 대한 생각이 깊어질 때쯤, 돌아온 준석이 음료수를 까서 서영에게로 건넸다. 안 그래도 목이 타들어갈 것만 같던 갈증에 시달리고 있었기에 서영은 시원한 음료수를 쭉 들이켰다. 음료수를 마시면서 바라보게 된 하늘이 눈부시게 아름다웠다.

"와, 저기 좀 봐요. 너무 예뻐요."

서영은 연신 감탄을 하며 누군가가 보석들을 흩뿌려놓은 것처럼, 까만 밤하늘에서 찬란하게 빛나고 있는 별들을 가리켰다. 그 광경에 놀라 눈을 뗄 수 없는 건 준석도 마찬가지였다.

"보석 같지 않아요? 아니다. 보석보다 더 예쁜 것 같다."

서영이 두 팔을 공중으로 벌리더니 꽉 안는 시늉을 해 보였다.

"으챠!"

"뭐 하는 거야?"

서영의 알 수 없는 행동이 귀엽다는 듯. 준석이 웃음기가 가득 묻어난 목소리로 물었다.

"이렇게 하면 왠지 저 보석 같은 별들이 다 제 것이 될 것 같아서요."

끌어안은 자세를 취하며 서영이 배시시 웃는다. 준석이 더 눈을 쉽게 뗄 수 없을 만큼 아름다운 것은, 광활한 밤하늘에 펼쳐진 별들이 아닌, 제 지척에 있는 서영이었다.

"대표님."

"응?"

"혹시 첫 데이트가 서울타워 등산이라서 실망했어요?"

황홀하다는 기분이 들 정도로 눈부신 야경, 살결을 기분 좋게 쓰다듬는 산산한 바람, 그리고 자신의 곁에 있는 그녀…….

이제 이런 순간들을 매일 함께할 수 있다는 생각에 준석의 마음은 벌써부터 설레기 시작했다. 할 수만 있다면 지금 흘러가고 있는 시간의 끈을 부여잡기라도 하고 싶은 제 심정을 모르고 저리 말하는 서영에게 준석은 심한 서운함을 느꼈다.

"네가 보기에는 어때 보이는데? 내가 실망하는 것처럼 보여?"

서영이 준석의 눈동자를 가만히 들여다보다가 이내, 안심을 하며 조용히 고개를 내젓는다.

"나한테는 너랑 뭘 하는 게 중요한 게 아니야. 뭘 하든, 너랑 하는 게 중요한 거지."

그의 말 한마디에서 다정함이 느껴지고 그의 말 한마디에서 따뜻함이 전해져와, 불안하게 떨고 있는 마음을 위로했다.

"감동 먹었어?"

"네, 조금요."

"앞으로 많이 먹여줄게. 배 터질 정도로."

'다른 건 먹지 말아야겠다.'라는 말을 덧붙이던 서영은 속에서 자신을 밀쳐내고 있는 한 욕구에 갈등했다. 언제나 그랬듯, 지금 당장 그의 단단한 팔에 팔짱을 끼고 싶었다. 서영은 한참을 망설이다 손을 조심스럽게 뻗었다.

"그런데 대표님은 저랑 하고 싶은 거 있었어요?"

난간에 팔을 기대고 찌뿌드드한 몸을 펴고 있던 준석은 자신에게 살포시 팔짱을 끼는 서영에 즉각적으로 반응했다. 준석은 팔짱을 끼고 앞으로 쏠려 있는 서영의 손등을 다정하게 어루만져주었다. 얼굴엔 미소가 흘러넘치고 있었다.

"많지."

"그럼 내일은 대표님이 하고 싶은 거 해요."

"내가 하고 싶은 거?"

"네."

"후회 안 해?"

"뭐 하시려고요?"

"미리 말했다가 네가 숨어버리면 곤란하니까, 말 못 해줘."

뜨거운 숨결을 내뱉으며 대답하는 준석에 서영은 순간, 아찔한 상상을 했다가 얼른 떨어트리었다. 만약에 자신이 상상하는 '그것' 이라면 정말 준석의 말대로 숨어버릴지도 모른다. 아직은 너무 쑥스 럽고 부끄러운 일이기에.

"뭔, 뭔데 그러세요?"

"네가 생각하는 그거."

자꾸만 장난스럽게 말하는 준석을 서영은 감당할 수 없다는 듯 고개를 내저으며 실없이 웃었다.

"장난 그만 치세요."

"알았어. 일단 그 호칭 바꾸는 거."

준석의 호칭 집착에 서영이 또다시 고개를 내저었다.

"알았어요. 이제 정말 노력해볼게요, 준. 석. 씨."

"와, 진짜 어색하시네요, 서영 씨."

그의 별 시답지 않은 장난에도 서영이 까르르 웃었다.

"우리 내일 영화 보자. 나 너랑 무지 보고 싶었어."

"네, 다른 건? 다른 건 하고 싶은 거 없어요?"

"한강 가서 맥주 한잔도 하고 싶어."

"그것도 내일 해요. 그리고 또 없어요?"

"밤낚시도 같이 가보고 싶어."

"이번 주 주말에 갈까요? 또, 또 하고 싶은 거."

서영의 말에 준석은 잠시 말을 잇지 못하다가 뒤늦게 '왜요?'라고 묻는 서영에게 대답했다.

"그냥, 그런 기분이 들어서."

"무슨 기분이요?"

"꼭 시간을 정해놓고 그 시간 안에 모든 걸 빨리 끝내야 하는 사람처럼, 너무 급하게 굴고 있는 것 같아서."

"……."

자신의 속사정을 들켜버린 것만 같은 서영이 얼른 준석에게서 시선을 거두려던 찰나였다. 서영을 마주 보고 있던 준석이 무언가를 발견했는지, '어?' 하고 의아해하며 서영에게로 손을 뻗었다. 그러고는 손가락으로 눈 밑을 쓸고 지나갔다.

"뭐 묻었어요?"

"응."

준석이 손에 묻은 것을 바닥에 털어내고선 난간 방향으로 있던 몸을 서영에게로 틀며 가까이 다가왔다.

"난 항상 네 옆에 있어. 그러니까 서두를 필요 없어. 천천히, 하지만 오래오래 사랑하자. 우리."

차마 확답해줄 수 없는 대답에 서영은 속으로 깊은 한숨을 내쉬었다. 그 마음을 아는지 모르는지, 준석은 어느새 말간 얼굴로 서영을 바라보고 있었다.

"그건 그렇고 아까부터 묻고 싶은 말이 있었는데."

대답 대신, 서영은 느긋하게 눈을 감았다가 뜨며 저를 응시하는 준석을 마주 봤다.

"네 것으로 만들고 싶은 건, 하늘의 보석뿐인가?"

무슨 말인지 잘 몰라 그 뜻을 헤아리려 생각하던 서영에게로 준석이 다시 한 번 손을 뻗었다.

"안아달라는 말을 너무 어렵게 했나?"

준석의 손이 여린 살결을 대하는 것처럼 조심스럽고도 보드랍게 서영의 뺨을 감싸 안았다. 그의 쓰다듬은 부드러웠다. 금방이라도 스르르 잠이 들 수 있을 만큼.

"안 안아줄 거야?"

준석의 커다란 손에 감싸져 있는 서영의 얼굴에 익살스러운 웃음기가 피어났다.

"그래, 그럼. 난 내 것이 되었으면 하는 게 너뿐이니까 내가 안지, 뭐."

서영의 얼굴을 쓰다듬던 준석의 손길이 거두어지며 커다란 품을 만들었다. 서영은 망설이지 않고 그 포근할 것 같은 품으로 파고들었다. 귀에 닿은 그의 단단한 가슴팍에서는 작은 심장 소리가 고스란히 들려왔고 코끝에선 향긋한 비누 냄새가 풍겨왔다.

마음이 편안해졌다.

너무 편안한 품이라서 서영은 이대로 잠이 들어 아침을 맞이하고 싶다는 생각이 들었다. 그렇다면, 요 며칠 사이 자꾸만 꾸는 자신이 죽어가는 악몽을 꾸지 않을 것만 같았다.

서영은 더 깊숙이 그의 품 안으로 파고들었다. 준석 또한, 제 품 안으로 파고드는 서영을 꽉 채우려는 듯 더욱 끌어안아주었다.

준석과 헤어지고 집으로 돌아온 서영은 다이어리에 오늘 그와 함께 했던 일들을 생각나는 대로 적었다. 남산 타워에 가고 식사를 하고…….

그와 함께할 수 있는 시간이 앞으로 얼마나 남아 있는 걸까. 아니, 그를 기억할 수 있는 시간이 얼마나 남아 있는 걸까.

서영은 마주 보고 앉아 식사를 하는 준석을 보며 그런 생각이 떠올랐다. 어느 순간, 이렇게 마주 보고 함께 즐거워하며 식사를 하던 그가 낯설게 느껴지면 어쩌지…….

한번 시작된 걱정은 꼬리에 꼬리를 물고 서영의 머리를 복잡하고 아프게 조여 왔다.

그 사람의 존재가 머릿속에서 아예 사라져버려 잔뜩 경계를 하며 그를 대할 때, 그가 상처를 받으면 어쩌지……. 그럼, 어쩌지?

그러다 이내, 서영은 깊게 고개를 내저었다. 벌써부터 뒷일을 생각하며 스트레스받고 슬퍼하고 싶지 않았다. 서영은 지금 당장 자신이 누릴 수 있는 행복이 더 중요했고 그 행복을 유지하기 위해서는 준석이 필요했다. 모질고 이기적이라는 것을 잘 안다. 그래도 어쩔 수 없다. 가뜩이나 불행한 자신의 인생을 더욱 불행하게 만들고 싶지 않았다. 마음껏 사랑하고 싶었고 넘치게 사랑받고 싶었다. 지금 가장 충실하게 여겨야 하는 것은 그 감정뿐이라고 단언했다.

2

서영은 저녁에 올 준석에게 맛있는 음식을 해주고 싶어 대형 마트로 향했다.

"해물 찜을 먹자. 전복도 넣고, 가리비도 넣고……."

싱싱한 해산물을 몽땅 사서 들뜬 마음으로 집으로 돌아왔다. 오늘도 준석과 함께할 생각에 잔뜩 신나게 올라오던 서영의 발걸음이 문득, 현관문 앞에서 멈춰 섰다.

"……."

눈앞에 보이는 도어록의 숫자들이 머리에 한데 엉켜 정리가 되지 않는 기분이었다.

"비밀번호가……."

갑자기 떠오르지 않은 집 비밀번호에 서영의 심장이 절벽으로 곤두박질쳐졌다. 손에 들고 있던 봉지들을 패대기치고 서영은 가느다랗게 떨려오는 손길로 비밀번호를 눌렀다.

띠-띠띠-띠.

비밀번호를 누르고 문고리를 잡아당겨봤지만 열리지 않았다.

"어?"

호흡을 가다듬고 다시 한 번 머릿속에 그려진 비밀번호를 눌렀다. 다행히도 이번엔 굳게 닫혀 있던 도어록 문이 경계를 풀고 열렸다. 하지만 절망에 물들어져버린 서영의 몸은 한 걸음도 떼어내지 못하고 그대로 바닥에 주저앉아버리고 말았다.

몇 년을 들락날락했던 집의 비밀번호……. 그 비밀번호를 누르려는 순간, 머리가 백지장처럼 되었던 현상.

"무서워……."

어쩌면, 매일 이렇게 어제의 나와 이별하고…… 오늘의 나를 기억하지 못한 채, 내일을 맞이해야 할지도 모른다는 현실이 너무 무서워져버렸다. 정말 다가오지 않길 간절히 원하고 바랐던 그 불길한 검은 그림자가 어쩌면 벌써 제 지척으로 와 있을지도 모른다는 두려움에 서영은 한동안 그 자리를 벗어나지 못했다.

한참 후에야 걸음을 옮겨 집 안으로 들어온 서영은 걸려온 전화를 향해 손을 뻗었다. 속앓이에 지친 기색이 역력했던 서영의 입술 끝이 반달을 거꾸로 한 듯 예쁘게 올라갔다.

서영을 웃게 한 사람은 다름 아닌, 준석이었다. 준석은 곧 다가올 겨울을 맞이하여 쇼핑몰에서 진행하게 될 콘셉트에 대한 최종 보고서 회의 때문에 오후 내내, 연락을 하기가 힘들었다.

그 탓에 마음이 계속 허전했던 서영은 지금 걸려온 전화가 그렇게 반가울 수가 없었다.

"일 다 보셨어요?"

-집이야?

두 사람의 말이 동시에, 또 웃음이 동시에 터져 나왔다.

"네, 집이에요."

-올라갈게.

초인종은 금세 울렸다.

"네, 나가요."

서영은 옷매무시를 대충 가다듬으며 현관문으로 다가갔다. 활짝 연 현관문 앞에 보고 싶던 준석이 서 있었다.

"'누구세요.'도 안 물어보고 그렇게 벌컥벌컥 열어주면 어떡해?"

"당연히 누가 서 있을 줄 아니까요."

"내가 아니면 어쩌려고. 요즘 얼마나 세상이 흉흉한데, 조심성도 없이."

"앞으로는 꼭 '누구세요.' 물어본 다음에 '그쪽 남자 친구입니다.' 라고 들리면 열어줄게요."

서영의 대답에 그가 흐뭇하게 웃으며 손을 뻗어 자신의 품 안으로 서영을 끌어안았다.

"보고 싶었어."

그러고는 새하얗고 곧게 뻗은 서영의 목에 얼굴을 묻고 입술을 맞췄다. 서영이 간지러워 몸을 부르르 떨며 거실로 걸음을 옮겼다. 준석은 그런 서영을 여전히 품 안에 끌어안은 채, 움직일 때마다 목에 입술을 맞췄다.

"저녁 안 드셨죠?"

서영이 준석의 품에서 가까스로 빠져나와 그를 마주 보며 물었다.

"응, 아직."

넥타이가 갑갑했는지, 느슨하게 풀어 헤친 준석은 주방으로 향하는 서영의 뒤를 따라갔다.

"뭐 해주려고?"

"뭐 먹고 싶은 거 있어요?"

"말만 하면 무조건 다 해주는 거야?"

"할 수 있는 거면 무조건 다 해줄게요. 뭐 먹고 싶어요?"

"음…… 사실, 지금 너무 배가 고파서 뭘 줘도 다 맛있게 잘 먹을 수 있을 것 같긴 해."

"그럼, 참치전에 참치 김치찌개 해줄게요."

"참치전?"

"네, 너무 맛있어서 완전 반하실걸요? 쉬고 계세요. 금방 해드릴게요."

자꾸만 제 곁을 서성이는 준석을 거실로 밀어내고 마음을 잡고 다시 주방으로 돌아왔다. 휴대폰으로 참치전 레시피를 검색하고 찻장에 남아 있는 참치 캔을 꺼냈다.

"좀 도와줄까?"

소파에 앉혀놓은 준석이 그새를 못 참고 일어나 서영의 곁으로 다가왔다.

"쉬고 계세요."

"그거 내가 썰게."

서영이 들고 있는 피망을 향해 준석이 손을 뻗었다. 아무리 자신이 말을 해도 그가 듣지 않을 것으로 판단한 서영은 못 말린다는 얼굴로 피망을 내밀었다.

"그럼 좀 잘게 썰어주세요. 아주 잘게."

"응."

피망을 건네고 참치의 기름을 쫙 빼내 준비하고 다른 냄비에는 김치찌개를 끓일 준비를 했다. 준석이 서 있는 방향이 어쩐 잠잠하다. 서영이 준석의 동태를 살폈다. 상체를 깊숙이 숙이고 새삼 진지한 얼굴로 피망을 느릿느릿 썰고 있는 준석의 모습을 보고 있자니, 품 하고 웃음이 새어 나온다. 서영이 자신을 향해 웃고 있는 줄도 모르고 준석은 고도의 집중력을 보이고 있었다.

"아, 웃겨."

결국 서영이 참지 못하고 웃음을 터트려버렸다.

"뭐가?"

준석이 허리를 펴며 물었다.

"자세요. 너무 웃기고 귀여워요."

"이 자세가?"

좀 전에 했던 자세를 다시 한 번 해 보이며 준석이 물었다. 서영이 숨넘어갈 듯이 웃었다.

"의외로 웃음이 많네, 우리 서영이. 근데, 이거 정말 너무 어려워."

그가 난감한 듯, 다소 엉망으로 썰린 피망을 들어 올리며 말했다.

"제가 할게요, 그냥 가서 쉬세요."

"그래도 남자가 칼을 뽑았으면 끝장을 봐야지."

참치를 볶고 김치를 넣기 위해 냉장고 문을 열던 서영의 시선이, 이제 막 피망을 다 썰고 깊숙이 숙였던 허리를 편 준석의 시선이, 동시에 현관문으로 향했다. 초인종 소리가 들렸던 것이다.

"누구 올 사람 있었어?"

"네? 아니요, 없는데……."

서영이 인터폰으로 다가가 밖에 있는 사람을 확인했다. 얼굴이 확 굳어졌다. 밖에는 초대하지 않은 전혀 반갑지 않은 손님이 찾아와 있었다.

"누구야?"

어느새 서영의 곁으로 다가온 준석이 인터폰에 담겨 있는 사람을 확인하고 서영을 향해 물었다. 서영은 여전히 딱딱하게 굳은 얼굴로 인터폰을 노려보고 있었다.

"아는 사람 맞아?"

"네."

서영에게 던진 준석의 질문은 한참 뒤에 예기치 못한 대답으로 돌아왔다.

"저희 엄마예요."

"어머니라고?"

준석이 크게 당황하며 풀어 헤쳤던 넥타이를 다시 똑바로 맸다.

"나, 나가서 인사드려도 되는 거 맞지? 괜히, 이 시간에 너랑 같이 이 집에 있다고 해서 오해하시거나 밉보이는 거 아니지?"

"상관없어요. 저만 살짝 나갔다 오면 돼요."

준석을 혼자 두고 서영은 현관문을 열고 나갔다. 엄마는 서영이 나오자마자 잔뜩 불만스러운 얼굴로 째려보았다.

"집에 있으면서 왜 이렇게 늦게 나와? 피곤해 죽겠는데!"

바닥에 내려놓았던 짐을 들고 안으로 들어가려는 엄마를 서영이 막아 세웠다.

"뭔데, 또."

"그 사람이랑 싸웠어."

"그래서 우리 집으로 왔다고, 또?"

사늘하게 식은 눈빛으로 자신을 바라보는 서영에 엄마는 발끈했다.

"딸이 돼서 하룻밤 정도도 못 재워줘? 네 엄마, 그 남자한테 여기도 맞고 여기도 맞았어! 들어가면 또 때릴 거라고! 넌 엄마가 그 사람한테 맞았으면 좋겠니?"

엄마가 어린아이처럼 하소연하며 어깨와 옆구리를 가리켰다. 하지만 서영은 여전히 무감한 얼굴로 그런 엄마를 바라볼 뿐이었다. 화가 났다. 남자가 없으면 못 살 것처럼 굴며 자식인 자신은 언제나 뒷전인 철없는 엄마도, 그런 엄마를 이용하여 빨아먹을 때까지 빨아먹다가 무책임하게 버리는 남자도.

그러면서도 끝까지 정신 못 차리고 이렇게 살아가는, 앞으로도 계속 이렇게 살아가게 될 엄마를 보고 있으니, 속이 부글부글 끓었다.

"누굴 원망해."

"뭐?"

"누가 시집가라고 했어? 누가 가라고 해서 간 시집이냐고! 엄마가 좋아서 간 거잖아!"

"최서영!"

"그러고 오면 안쓰럽다. 우리 엄마 너무 안쓰러워 죽겠네! 하면서 내가 감싸주기라도 할 줄 알았어?"

어느새, 끊어져버린 이성은 안에 준석이 있다는 것도 망각한 채, 무자비하게 표출되었다.

"가. 그 사람 집에 가서 빌든, 같이 싸우든, 아니면 남아 있는 돈으로 찜질방을 가든 해."

"나 돈 없어."

"왜 돈이 없어. 내가 한 달에 한 번씩 용돈 보내줬잖아."

"그 사람 다 줬어. 사업하는 데 돈이 좀 부족하다고……."

"혹시나 해서 물어보는 건데, 그때 내가 줬던 그 통장 돈까지 다 준 건 아니지?"

엄마의 눈동자가 서영을 마주치지 못하고 심하게 일렁였다. 그 돈은 자신이 먹고 싶은 거, 입고 싶은 거, 하고 싶은 것을 모두 꾸역꾸역 참아 넘기면서까지 모은 소중한 돈이었다. 그 소중한 돈을 준 것은 엄마가 더 행복한 삶을 살기 바랐기 때문이었다. 그래도 엄마니까. 그래도 엄마니까…….

하지만 그런 서영의 간절한 바람을 엄마는 한순간에 짓밟아버렸다. 그것도 사랑이라는 단어를 더럽히고 있는 그 빌어먹을 남자 때문에.

"진짜 한심하다."

"뭐?"

"너무 한심해. 너무 한심하다고!"

"최서영……. 너, 어떻게 엄마한테……."

"왜 그러고 살아? 왜 그렇게밖에 못 살아! 왜!"

악다구니를 쓰며 자신을 몰아붙이는 처음 보는 서영의 모습에 엄마는 상당히 충격을 받은 얼굴이었다. 하지만 서영은 멈추지 않았다.

"그거 사랑 아니야. 사랑이라는 이름을 이용한 사기라고! 엄마, 왜 바보 천지처럼 당하고 살아."

"그런 거 아니야! 난 그 사람을 의지하고 그 사람도 나를 의지……."

"의지하지 마."

"……."

"제발, 그냥 엄마 혼자 일어나고 엄마 혼자 좀 버텨보라고!"

누군가에게 의지하는 삶은 반대로 말해 평생 누군가가 없으면 살

222

지 못하는 삶이 되는 것이다. 서영이 보는 엄마는 그랬다. 사랑을 받기 위해 발버둥 쳤고.

"그렇게 네 엄마가 싫으면, 그냥 죽으라고 해."

"……."

"무슨 일이 있어도 다신 안 올 거야. 너희 집은."

원망 가득한 말과 함께 엄마가 짐 가방을 들고 돌아섰다. 서영은 엄마를 잡지 않았다. 이제 감정이 전부 증발해버렸는지, 그 흔했던 눈물조차 나오지 않는다. 다만 격앙된 마음을 추스르려 서영은 한동안 서서 호흡을 가다듬었다.

이 모든 것을 다 들었을 안에 있는 준석은 어떤 표정을 짓고 있을까……. 지금 이 상황이 얼마나 불편할까.

그런 걱정으로 쉽게 현관문을 열 수가 없었다. 몇 번이고 문고리에 손을 올렸다가 내려놓기를 반복하던 서영이 조심스럽게 현관문을 열었다. 부엌 쪽에서 보글보글, 찌개 끓는 소리와 칼칼하고 먹음직스러운 찌개 냄새가 풍겨왔다.

"아, 뜨!"

무언가를 지지는 소리와 함께 준석의 짤막한 고함 소리가 들려온다. 서영은 허겁지겁 안쪽으로 향했다. 자신이 나가기 전까지만 해도 비워져 있던 식탁은 벌써 갖가지 반찬과 밥으로 채워져 있었다.

"앉아, 찌개 거의 다 됐어. 참치전도 다른 전이랑 별다른 거 없는 거지? 그냥 지져봤는데."

준석이 전이라고 하기엔 심하게 두꺼우면서 그마저도 반은 찢어진 참치전을 그릇에 옮겨 담으며 말했다.

"먹자."

마치, 아무것도 듣지 못한 사람처럼 아무것도 알고 있지 않은 사람처럼 대해주었다. 오히려 그것이 서영의 마음을 편하게 해주었다. 값싼 위로로 상처를 다시 파헤치거나 동정 따위로 사람을 더 비참하게 만드는 것보단. 그저 그 사람의 사정이 있구나, 말 못 할 사정이 있구나⋯⋯. 그렇게 소리 없이 이해해주는 것이 서영을 훨씬 덜 아프게 했다.

"제가 맛있게 해드리려고 했는데⋯⋯."

"사실 모양만큼이나 맛도 보장 못 해."

준석이 한 참치전을 한 입 먹었다. 생각 이상으로 맛은 없었지만, 서영은 젓가락질을 멈추지 않고 전을 먹었다. 처음이었다. 누군가가 자신만을 위해 한 요리를 먹는 것이.

자신을 유일하게 사랑해주는 사람이 해준 전은 비록, 모양도 맛도 엉망이었지만 서영에게서는 그 어느 것하고도 비교할 수 없이 가장 맛있는 전이었다.

늦은 저녁을 다 먹고 두 사람은 나란히 거실에 있는 소파에 앉았다. 하나둘씩, 잠드는 밤이라 그런지 주변이 고요했다. 준석이 팔로 어깨를 부드럽게 감싸자, 서영이 그의 품에 살포시 머리를 기대었다.

"내일 비 온대요."

"비 온대? 요즘 자주 오네."

"우산 꼭 챙기세요."

"응."

엄마를 생각하지 않으려고 애써 돌린 화제였지만, 서영의 머리에는 다시 엄마의 모습이 자리 잡았다. 그리고 그때 현관문 너머 자신의 뒤에 있었을 준석을 떠올렸다.

"왜 안 물어봐요?"

"뭘?"

"아까 있었던 일……. 우리 엄마 얘기."

"너 울 것 같아서."

"……"

"네가 많이 아파할 것 같아서."

아니라고 반박하며 우길 수 없는 말이었다. 서영에게 엄마는 언제나 자신을 외롭게 만들고 아프게 만들기만 했던 존재였다. 떠올렸을 때, 너무 밉다가도 또 보고 싶은 사람, 언제나 그리운 사람……. 그 그리움을 결국엔 지독한 외로움으로 만들어버린 사람.

엄마에 대한 빈자리를 떠올리니 서영은 견딜 수 없을 만큼 외로워졌다. 준석의 품에 기대고 있던 서영이 몸을 옆으로 돌려 그를 꽉 끌어안았다. 안고 또 안고 있어도 채워지지 않은 결핍에 서영은 조갈이 났다.

오늘 밤만큼은 혼자이고 싶지 않았다. 그가 자신의 외로움을 덜어줬으면 싶었다. 그 극심한 외로움에 밀려버린 이성이 머릿속에서 완전히 나가떨어졌을 때, 서영은 입술을 떼어냈다.

"오늘 나랑…… 같이 있어줘요."

같이 있어달라고 부탁한 서영에게 그렇게 하겠다는 대답으로 돌아온 그의 목소리는 지극히도 담담하고 담백했다.

서로의 나지막한 숨소리마저 노골적으로 들려오는 완전한 밤은 저녁을 먹던 그 시간과는 또 다른 느낌으로 두 사람 사이를 유영했다. 언제나 혼자서 외로움과 사투를 벌여야 했던 공간이었다. 하지만 오늘은 그가 있어서 그런지, 서영의 주변을 배회하던 모든 외로움이 꼭꼭 숨어버린 듯싶었다.

서영은 자신의 어깨를 끌어안고는 영화에 한참 몰입하고 있는 준석의 가슴 위로 살며시 귀를 가져다 대며 누웠다. 일정하게 뛰는 그의 심장 소리가 자장가처럼 들려와 몸이 금세 노곤해졌다.

"무슨 영화예요?"

온통 준석에게만 신경을 기울이고 있던 서영이 그제야, TV 화면을 바라보며 물었다.

"미 비포 유."

"무슨 내용이에요?"

"나도 끝까지 본 적은 없어서 잘 모르는데, 대충 알기로는 한 남자가 죽기 6개월 전에 한 여자를 통해 '사랑'이라는 최고의 선물을 받고 자신의 존재가 얼마나 가치 있었는지 알게 되는 슬프면서도 아름다운 로맨스를 다룬 영화야."

준석은 자신에게 기대어 누워 있는 서영의 머리를 부드럽게 매만져주며 말을 이어 나갔다. 준석의 말을 가만히 들으며 서영은 화면으로 시선을 옮겼다. 슬픈 내용과는 달리, 영화 속에서는 꽤 유쾌한 장면들이 많이 나왔다. 준석이 나지막하게 웃는다. 함께 있는 사람마저도 참, 기분 좋게 하는 웃음소리였다.

"죽음이 정해져 있는 사람들의 하루하루는 어떨까요?"

왜 이 질문이 입에서 한동안 머물다가 나왔는지는 알 수 없었다. 하지만 서영은 듣고 싶었다.

그가 생각하는 예고된 죽음은 어떤 것인지.

그가 생각하는 그 예고된 죽음이 자신에게 어느 정도 위로가 되지 않을까, 도움이 되지 않을까, 은근한 기대와 함께.

"그런 생각은 별로 하고 싶지 않지만……."

"……."

"만약 내 죽음이 정해져 있다면, 하루하루가 끔찍이도 소중하게 느껴지겠지. 그러면서도 너무 빠르게 지나가는 하루가 끝없이 원망스럽고. 그래도 한편으로는 그런 생각이 들어."

"무슨 생각이요?"

"갑작스러운 죽음은 인사조차 할 시간도 없는데, 그래도 예고된 죽음은 적어도 마지막 인사라도 할 수 있는 시간이 있다는 거⋯⋯."

"⋯⋯."

준석이 숨을 깊게 들이마시고선 내뱉었다. 그러고선 어렵게 입술을 떼어냈다.

"내가 처음 '죽음'을 본 건 중학교 때야. 진짜 친한 친구가 있었는데, 그 녀석이 급성 백혈병에 걸린 거야. 의사들은 가망성이 없다고 했고 난 매일 슬퍼했지. 그런데, 그 녀석이 슬퍼하는 나를 보며 그렇게 말해주는 거야. 적어도 자신은 주변의 사랑하는 사람들에게 인사할 시간이 있어서 참 다행이라고⋯⋯. 생각해보니까, 그렇더라. 뭐, 누군가가 사라진다는 건 두 번 다시는 생각하고 싶지 않을 만큼 끔찍하고 슬픈 일이지만. 모르겠다. 별로다. 이런 얘기 하는 기분."

준석의 목소리가 꽉 눌려져 있었다. 호흡을 낮게 가다듬은 준석은 여전히 서영의 머리를 쓸어 만지며 다시 화면으로 시선을 옮겼다.

'적어도 마지막 인사라도 할 수 있는 시간이 있다는 거⋯⋯.'

갑자기 울컥, 하고 무언가가 차올랐지만 서영은 준석에게 들킬세라, 억지로 참았다.

그래⋯⋯. 그래⋯⋯.

어쩐지 그 말을 듣자마자 완전한 건 아니지만 자신의 죽음이 조금이나마 위로받는 듯싶었다. 머릿속에서 좋았던 일들을 떠올렸고 마음속으로는 신나는 노래를 불러 젖혔다. 그렇게 목전까지 다가왔던 슬픔을 필사적으로 넘겨냈다.

"결말은 보지 말아요."

영화가 후반부를 훨씬 넘어가고 있을 때, 서영이 자리에서 천천히 일어나며 말했다.

덜컥 겁이 났다. 자신이 생각하는 그런 결말이 나올까 봐.

덜컥 심술이 나기도 했다. 고칠 수 없는 자신의 병과는 다르게 남자는 죽음이 아니라 영원히 사랑하는 여자와의 행복 속에서 살아갈까 봐.

단지, 영화일 뿐인데도 서영은 그저 단순한 영화로 넘길 수가 없었다.

"응?"

"결말이요……. 우리 결말은 보지 말아요. 우리 이 영화, 그만 봐요."

"내가 영화에 너무 집중하니까, 많이 심심했구나?"

"네, 그런 것 같아요."

"그래, 알았어."

준석이 리모컨으로 영화를 끄고 소파에 편안히 누웠다.

"이리로 와. 이제 너한테만 집중할게."

그러고는 옆으로 누워 소파와 자신의 사이에 서영이 들어올 수 있는 공간을 만들었다. 서영이 빈틈으로 그의 팔을 베고 누웠다. 어느 때보다 그의 몸과 바짝 밀착되어 있었다. 와이셔츠로도 감히 숨길 수 없는 단단한 근육들이 고스란히 느껴졌다. 기분이 묘했다.

자신을 담고 있는 준석의 눈은 흑석처럼 찬란하게 빛나고 있었다. 서영의 허리를 끌어안고 있던 준석의 손이 천천히 위로 올라와 그녀의 뺨에 닿았다. 그러고는 솜털을 매만지듯 간질였다.

서영이 자신도 모르게 몸을 움찔대며 소리 내어 웃었다.

"가려워요."

뺨에 있는 솜털의 결을 따라 준석의 손끝이 서영의 입술을 건드렸다. 아무것도 바르지 않았지만, 연한 분홍빛을 두르고 있는 서영의 입술이 파르르 떨렸다. 고작, 입술을 만졌을 뿐인데 떨림이라는 감정으로 금세, 팽팽해진 심장은 금방이라도 터져버릴 것 같았다. 몸 어딘가가 뜨거운 물로 데인 느낌마저 들었다.

그는 마치 자신의 손끝으로 그녀의 모든 것을 기억하겠다는 듯이 신중하고도 오래도록 얼굴 곳곳에 머물렀다. 그러다 이내, 그녀를 뜨겁고 숨이 막히도록 꽉 끌어안았다. 그에게 꽉 안긴 것이 조금 답답했지만 벗어나고 싶지는 않았다. 서영은 그의 품에 얼굴을 파묻고 그의 체취를 느꼈다.

맡아도, 맡아도 질리지 않은 상쾌하면서도 포근한 비누 냄새가 났다.

"사람의 욕심이라는 게, 참 간사해."

"뭐가요?"

"처음엔 그냥, 널 바라보는 것만으로도 만족했던 내가, 나중에는 너를 품고 싶다는 욕심이 들었고 지금은 날마다 너와 이렇게 있을 수 있었으면 하는 바람이 들어."

서영이 준석의 등을 순한 손길로 다독였다.

"평생 그런 욕심을 갖고 살았으면 좋겠어요. 나와 날마다 함께하고 싶어 하는 욕심…… 날 항상 갖고 싶어 하는 욕심……."

그녀를 바라보는 그의 눈빛엔 몇 개의 감정들이 확실히 제 모습을 드러내며 순서대로 지나쳤다.

그녀를 탐하고 싶은 격렬한 본능과 아직은 때가 아니라며 다그치는 이성.

갈등이라는 줄 위에서 위태롭게 외줄 타기를 하고 있는 그와 눈빛이 마주친 순간, 서영은 조심스럽게 눈을 감았다.

그의 입술이 천천히 아래로 내려와 그녀의 입술에 닿았다. 준석의 말랑하고 보드라운 혀가 매끄럽고 저돌적이게 서영의 입술을 벌렸다. 아무 저항 없이 입술을 벌린 서영의 안으로 들어간 준석의 혀는 사랑스럽고도 소중한 무언가를 매만지듯 서영의 안 곳곳을 부드럽게 탐닉했다.

서영의 허리를 끌어안은 그의 강인한 팔에 힘이 들어갔다. 자신의 몸으로 그녀를 더욱 밀착시킨 준석은 서영의 혀를 가볍게 휘어 감고는 더욱 적극적으로 그녀의 안으로 밀고 들어갔다.

모든 것이 전부 다 그에게 빨려 들어가는 느낌이었다. 짜릿하면서도 안정적이고 황홀하면서도 서글펐다. 서영은 더 간절한 것을 원했다. 어쩌면, 정말 느낌뿐만이 아니라 자신의 모든 것이 그의 몸속으로 빨려 들어가 버렸으면 하는 바람이 들었다. 그의 몸속으로 빨려 들어가 자신의 흔적을 지워지지 않는 문신처럼 새기고 싶었다.

어쩌면, 사람의 욕심이 간사하다는 건, 준석이 아니라 자신일지도 몰랐다. 서영은 입 안에 끈적끈적하게 모인 타액을 삼킬 새도 없이 안으로 더욱 깊이 파고드는 준석의 혀에 정신이 혼미했다. 키스 하나만으로도 사람을 이렇게 정신없게 만드는 준석이란 존재가 신기했다.

준석이 자신을 더 원하고 더 만져줬으면 싶었다. 준석의 목으로 팔을 두른 서영은 있는 힘껏 자신 쪽으로 준석을 끌어당겼다. 서영의 힘에 얼떨결에 피동적으로 몸이 앞으로 당겨진 준석의 불룩해진 앞섶이 서영의 아래에 닿았다. 어쩌면 깊은 곳 어딘가에서 잠자고 있던 그의 본능을 서영이 단 한 번의 관능적인 행동으로 깨우게 된 것일지도 몰랐다.

준석은 서영의 입 안에서 자신을 빼냈다. 순간 휑해진 느낌에 서영은 절절한 아쉬움마저 들었다.

"더는 버티기가 힘들어."

긴 호흡 끝에 돌아온 준석의 말이 무슨 뜻으로 하는 말인지 쉽게 간파가 되었기에 서영의 눈동자가 크게 요동쳤다. 자신이 실수를 했다는 까마득한 생각이 들다가도 자신의 안에 그를 완전히 품고 싶다는 욕망이 들었다. 그래서 서영은 마침, 준석에게 자신을 정말 뜨겁게 안아달라고 말하려던 참이었다.

그러니까, 그가 갑자기 소파에서 일어나버리지 않았다면 말이다.

"그만, 씻고 자는 게 좋겠어."

그는 분명 절제하고 있었다. 아직은 시간이 많다고 생각하는 사람들이 보이는 미룸이었다. 근지(斬持)가 아니라 아직은 자신을 아껴주기 위해 그가 지금의 관계에서 물러서고 있다는 것을 알면서도 서영은 서운한 마음을 감출 수가 없었다. 이건, 시간이 많지 않은 사람들이 가지고 있는 조급함이었다.

하지만 어느새 조금 해이해진 분위기를 다시 잡기는 연애 초짜인 서영에게 어려운 일이었다.

하는 수 없이 서영은 아쉬운 마음을 달래며 먼저 씻으라고 양보한 준석에게 떠밀리다시피 방으로 들어왔다. 갈아입을 옷을 찾다가 문득, 침대 이불이 헝클어져 있는 것을 발견했다. 정리를 하기 위해 이불을 들치는 순간, 그 안에 있던 쪽지들을 발견했다. 서영은 얼른 쪽지들을 쓸어 눈에 보이는 캐비닛에 옮겨놓았다.

언제까지 숨길 수 있을까.

이 슬픈 비밀을…….

하지만 지금은 들키고 싶지 않다. 그가 자신을 바라보는 눈빛이 서글프기보단 행복한 게 훨씬 좋으니까.

갈아입을 옷들을 챙겨 들고 욕실로 가기 위해 거실로 나왔다. 준석은 얼마 되지 않았지만, 자신과 함께 누워 있던 소파에 얌전히 앉아 있었다.

"불편하실 것 같아서요. 이걸로 갈아입으세요."

서영은 자신이 가진 것 중 가장 큰 옷을 가져와 준석에게 건넸다.

"어, 고마워."

"그럼, 금방 씻고 올게요."

"그래."

욕실로 들어온 서영은 뜨거운 물을 틀었다가 곧장 찬물로 바꾸었다. 이미 준석으로 인해 한층 뜨거워진 몸이었다. 좀 식힐 필요가 있다고 생각하며 서영은 차가운 물로 온몸을 씻고 나왔다. 그 뒤로 준석이 들어갔다. 소파에 가만히 앉아서, 그가 씻고 있는 소리를 듣고 있으려니 기분이 굉장히 야릇하면서도 묘했다.

같이 산다면 하루하루 이런 기분이 들겠지?

설레면서도 묘하고 하루 종일 들떠 있다가도 세상에서 가장 안전한 곳에 있는 것처럼, 편안하고 평온하고…….

매일이 이랬으면 좋겠다. 아침에 일어나 눈을 떴을 때 제일 먼저 보이는 사람이 준석이었으면 좋겠고, 잠이 와서 눈을 감는 순간 마지막으로 볼 수 있는 사람이 준석이었으면 좋겠다.

"그랬으면…… 정말, 좋겠다…….."

혼잣말로 낮게 중얼거리던 서영은 욕실 문이 열리는 소리와 함께 멈췄다.

"혹시, 이거 말고 다른 옷은 없어?"

그때, 그가 모습을 보이지 않은 채, 멀리서 소리쳤다.

"그게 제일 큰 옷인데, 왜요? 많이 불편하세요?"

"어…… 좀. 그림도 좀 이상한 거 같고."

"그런데 어쩌죠? 다른 옷은 없는데. 얼마나 불편한데요. 이리 와 보세요."

"웃으면 안 돼."

"네."

단박에 대답했지만 서영은 준석을 보자마자 웃음을 빵 터트려버리고 말았다.

"웃지 말랬잖아."

그가 귀여울 정도로 구겨진 얼굴을 하고선 퉁명스럽게 말했다.

"아, 죄송해요."

얼른 웃음기를 감췄지만 서영은 자꾸만 새어 나오려는 웃음을 도통 막아낼 수가 없었다. 그것도 그럴 것이, 자신이 가지고 있는 가장 큰 옷, 즉 준석이 지금 입고 있는 것은 하필이면 헬로키티 캐릭터가 대문짝만 하게 붙어 있는 티셔츠였다. 거기다가 듬직하고 딱 부러진 준석의 어깨는 꽉 끼어 불편해 보였다.

"진짜 다른 옷 없어?"

"사진 한 장 찍어도 돼요?"

서영이 휴대폰을 들고 일어나자, 준석이 발을 동동 굴리며 냉큼 그것을 뺏기 위해 서영에게로 다가왔다.

"안 돼, 이건 안 돼."

"한 장만요. 네? 딱 한 장만."

"안 돼, 절대 안 돼!"

뺏으려는 준석과 뺏기지 않으려는 서영이 거실에서 어린아이들처럼 뛰어다녔다. 미꾸라지처럼 잡힐 듯 잡히지 않는 서영에 준석이 안 되겠다 싶었는지 허리를 뒤에서 끌어안아 올려서는 소파에 눕혔다.

"웃지 말라고 했는데 웃은 벌이다."

준석이 소파에 눕힌 서영의 몸 이곳저곳을 간질였다.

"아, 아 간지러워요! 간지럽다구요!"

모두가 잠든 깊어가는 밤에 유일하게 잠들지 않은 건, 두 사람의 청량한 웃음소리였다.

어두컴컴했던 방 안이 어느덧 옅은 오렌지 빛깔을 띠고 있었다. 새의 지저귐 소리가 이명처럼 들려왔다. 잠에서 깨어난 서영은 조용히 눈을 떴다. 옆에서는 여전히 준석이 세상모르게 잠들어 있었다.

어제의 하루가 꿈만 같았다. 깨고 싶지 않을 만큼.

오늘 밤에는 잠시 숨었던 외로움들이 다시 고개를 빠끔히 쳐들고 저의 곁에 머물 생각을 하니 서영은 진절머리가 났다. 서영은 가만히 손을 뻗어 수수한 머릿결을 감싸고 있는 그의 이마에서부터 굴곡하나 없는 콧대를 쭉 쓸어 턱 끝에서 멈췄다. 머리가 기억을 못 한다면 제발 이 손만이라도 그를 기억해달라는 간절한 바람과 함께.

준석과 한 이불을 덮고 있는 이 시간이 더할 나위 없이 행복했고 다시 눈만 감으면 바로 잠들 수 있을 만큼 여전히 피곤했지만, 서영은 모든 것을 떨쳐내고 침실을 빠져나왔다. 그에게 맛있는 아침을 해주고 싶어서였다.

하지만 그 바람은 곧, 주방으로 와서 산산조각 나고 말았다.

"……"

주방으로 들어온 서영은 순간, 왜 자신이 여기에 나와 있는지 몰라 어리둥절했다. 그러고 보니, 목이 좀 마른 것 같기도 했다.

"아, 물 마셔야지."

냉장고 문을 열고 물을 찾아 마셨다. 다시 침실로 돌아온 서영은 침대 위에서 살짝 꿈틀거리는 준석의 모습에 또 한 번 낙담했다. 그를 보니 생각났다. 그에게 맛있는 아침을 해주기 위해서 자신이 주방에 나갔다는 것을.

요즘따라 단기 기억상실 증세가 더 심해지고 있었다. 조금 전에 하려던 것도 돌아서면 잊어버리고 또 잊어버리고…….

서영이 자고 있는 준석을 물끄러미 바라보며 슬픔에 젖어 있을 때, 그가 일어났다.

"왜 그러고 있어? 이리 와."

잠에 잔뜩 잠긴 목소리로 준석이 두 팔을 벌리며 말했다. 서영은 지금 자신이 앓고 있는 이 슬픔을 들킬세라 한 발짝 뒤로 물러서며 애써 밝은 목소리로 말했다.

"조금 더 자요. 전 아침밥 할게요."

그가 말릴 새도 없이 방을 빠져나왔다. 이번엔 마음속으로 계속 아침밥을 반복한 탓에 잊어버리진 않았지만, 여전히 불안함 속에서 헤매는 감정에 서영의 마음은 무거웠다.

오늘의 나는 얼마나 많은 것들을 잊어버리고, 내일의 나는 또 얼마나 많은 것들을 기억해내지 못하게 될까…….

"이번 주 주말에 놀러갈까?"

준석이 서영을 품에 안고 아직 잠이 덜 깬 목소리로 말했다.

"주말에요?"

"응, 시간 여유가 좀 있어서."

"전 좋아요."

"가고 싶은 곳 생각해놔."

"네."

서영이 근처에 있는 휴대폰을 가져와 스케줄 기능을 켰다.

"뭐 해?"

"여행 가는 거요. 처음 가는 거니까, 표시해두려고요."

전날과 그날 여행 가는 것을 표시해두고 알람까지 켰다. 이렇게 하지 않으면 잊어버리게 될지도 모를 기억이었다.

"너무 기대돼요, 대표님."

"안 되겠네."

"네? 뭐가요?"

"자, 따라 해봐. 오빠."

"네?"

"따라 해보라니까. 오빠."

"안 어울려요."

"그럼, 준석 씨."

"다음에요……."

"해 버릇해야지. 안 어울리고 쑥스럽다고 매일 미루면, 언제 해줄 건데?"

준석의 투정에 서영이 졌다는 듯 미소 지었다. 맞는 말이다. 자신은 더 이상 미룰 수 있는 처지가 아니라는 것을 알면서도 이렇게 습관적으로 미루고 있었다.

"준석 씨."

그 한마디에 환하게 웃는 준석을 마주 보며 서영은 온몸으로 느낄 수 있었다. 이 슬픈 비밀을 곧, 들키게 될 것이라고…….

　남들은 한 번쯤은 가본 그 흔한 가평 한 번 가본 적이 없는 서영은 주말에 준석과 여행할 곳을 가평으로 정했다. 포털사이트를 돌아다니면서 꽤 괜찮은 펜션을 예약하고, 다이어리에 옮겨 적고 짐을 쌌다. 출장 때문에 다른 지역이나 해외를 많이 가보긴 했지만 여행의 개념은 아니었다. 그래서인지, 서영은 유난히도 들떠 있었다. 그 들뜨고 설레는 기분이 짐을 싸는 내내 곧, '여행'을 떠나게 될 자신을 잊지 않게 했다.

　여행 당일, 준석을 만나 가평으로 출발하기 전 장을 보기 위해 대형 마트로 향했다.

　"목살 구워 먹자, 소시지도."

　준석이 고기를 보며 반짝이는 눈빛으로 말했다.

　"목살 좋아해요?"

　"엄청 좋아해. 구워 먹는 목살도, 찌개에 들어가 있는 목살도."

평소의 빈틈없어 보이는 정장이 아닌 편안한 옷차림을 입은 준석의 모습이 서영은 마냥 사랑스럽게 느껴졌다.

"내가 맛있게 구워줄게요. 파프리카를 구워 먹으면 그렇게 맛있대요."

"파인애플은 구워 먹어봤어?"

"아니요."

"그것도 그렇게 맛있대."

"살까요?"

"응, 사자."

서로 먹고 싶다는 걸 전부 담고 보니, 커다란 카트가 꽉 차 있었다.

"이거 하루 동안 우리 둘이 다 먹을 수 있을까요?"

카트를 끌고 계산대로 향하는 준석에게 조용히 팔을 두르며 걱정스레 말했다.

"새삼스럽게, 다 먹을 수 있으면서."

대답과 함께 준석의 촉촉한 입술이 아래로 내려와 서영의 이마에 가볍게 닿았다 떨어졌다.

"어! 누가 보면 어쩌려고요!"

부끄러움에 준석의 어깨를 톡톡 치며 나무랐지만, 서영 역시 싫지만은 않았다.

"이렇게 주말 아침에 장 보니까, 우리 꼭 부부 같다."

"그러게요. 진짜 부부 같다."

준석이 무언가를 말하려는 눈치였지만, 그냥 서영의 손을 꽉 잡고 손등에 입을 맞추는 걸로 대신했다.

두 사람은 계산한 물건들을 차에 싣고 한층 설레는 마음으로 가평으로 향했다. 새하얀 구름을 품은 하늘은 잘 연마된 녹옥빛을 두르고 있어 서영의 마음이 설렘이라는 감정으로 포화 상태에 이르게 만들었다. 서영이 창문을 열었다. 피부에 닿을 때 딱 기분이 좋을 정도의 온도의 바람이 불어왔다. 서영은 저도 모르게 콧노래를 불렀다.

"그렇게 좋아?"

서영이 대답 대신 힘차게 고개를 끄덕였다.

"뭐가 그렇게도 좋아?"

서영만큼이나 준석도 오랜만의 여행이 꽤 신나 보였다.

"고기 먹는 거?"

"에이."

원하는 대답이 아니었는지, 준석이 실망스럽다는 반응을 보이며 고운 미간을 찌푸렸다. 그 모습이 귀여워서 서영은 더욱 장난을 쳤다.

"아! 수영하는 거?"

"그럴 거야?"

"다 좋아요, 다. 하지만 그중에서 당연히 좋은 건."

서영이 손가락 하나를 뻗어 준석의 어깨를 콕 찔렀다.

"이 사람이랑 밤새도록 웃고 떠들 생각하니까, 너무 좋아요. 준석 씨도 그렇죠?"

"아니, 난 목살 먹을 생각을 하니까 그게 제일 좋은데?"

"아무튼, 너무 짓궂다!"

두 사람의 끊이지 않은 웃음이 가득 찬 자동차가 예약해놓은 펜션의 주차장 앞에서 멈춰 섰다. 방 키를 받고 방으로 들어온 준석은 짐을 내려놓자마자 침대로 가서 누웠다.

"좀 쉬었다가 하자."

부지런을 떨며 짐을 푸는 서영을 준석이 가만히 불렀다.

"그럴까요?"

서두를 필요가 없다고 생각한 서영은 이미 자신의 자리를 만들어 놓은 준석의 옆으로 다가가 누웠다. 그가 제 품으로 들어오는 서영을 포근히 끌어안아주었다. 서영은 자신의 이마에 닿아 있는 준석의 턱의 살결이 기분 좋아 일부러 이마를 살짝 움직여 보기도 했다.

"뭐 해?"

많이 피곤했는지, 준석이 노곤함이 잔뜩 잠겨 있는 목소리로 물었다.

"좋아서요."

"별게 다 좋다고 하고……. 나한테 아주 푹 빠져버렸구만, 최서영……."

쏟아지는 잠을 견디지 못하겠는지, 준석의 호흡이 차차 작아지기 시작했다. 서영이 살짝 고개를 치켜들어 준석을 바라보았다. 준석은 어느새 까무룩 잠이 들어버린 상태였다. 그 와중에도 자신의 허리에 두른 팔에는 힘이 빠지지 않았다는 걸 느낄 수 있었다. 서영은 언제나 준석의 품에 안겼을 때 그랬듯이, 그의 안쪽으로 코를 박고 숨을 깊게 들이마셨다. 그에게서만 나는 냄새. 그 냄새에 오늘도 묘한 안정감 속에서 미소를 지을 수 있었다.

잠깐만 자고 일어난다는 걸, 두 사람이 일어났을 때는 이미 주위가 오렌지빛으로 물들어갈 때였다. 출출해진 두 사람은 테라스로 가서는 사 온 음식들을 먹을 준비를 했다.

"주인아저씨 부를까요?"

근데 예기치 못한 문제가 생겼다. 숯에 불을 붙일 수 있을 거라고 당당하게 장담하며 큰소리치던 준석이 벌써 20분째 헛부채질만 하고 있었던 것이다.

"잠깐만, 조금만 더 하면 붙을 것 같아."

준석의 말과는 다르게 숯에는 전혀 불이 붙어질 기미를 보이지 않고 있었다.

"배 많이 고프지?"

그가 여전히 별로 의미 없어 보이는 부채질을 하며 물었다. 서영은 괜찮다며 대답을 했지만, 거짓말을 전혀 하지 못하는 몸에서 꼬르륵, 하는 원초적인 소리가 나오고 말았다.

"내가 볼 땐, 아무래도 숯에 문제가 좀 있는 것 같아. 조금만 더 해보면 금방 붙을 거는 같은데, 둘 다 하도 배가 고프니까 빨리 먹는 게 좋겠지? 내가 가서 아저씨 불러올게."

잠시 뒤, 준석이 주인아저씨와 함께 돌아왔다. 여태 혼자 낑낑거린 것이 민망할 만큼, 주인아저씨는 1분도 걸리지 않은 시간에 숯에 불을 붙여주었다. 그것도 준석이 문제가 있을 거라고 했던 그 숯에 아주 활활. 제대로 된 화력으로.

"뭐 필요하신 거 있으시면 또 말씀하시고요. 좋은 시간 보내세요."

아저씨가 나가고 준석은 한동안 아무 말 없이 고기를 굽는 것에 집중했다. 서영 앞에서 뭐든 멋있는 모습을 보여주려고 했다가 괜히 망신만 당했다고 느꼈는지, 꽤 의기소침해진 모습이었다.

"저기 봐요. 저기도 아저씨가 숯에 불 붙여주고 계시네요."

반대쪽에 있는 테라스에도 주인아저씨가 불 붙여주고 계셨다.

"숯 붙이는 거 진짜 어려운가 보다. 그러니까, 다들 저렇게 전문가한테 손길을 권하지. 그래도 우리는 아까 막 피어나려고 하던 참에,

내가 너무 배고파서 급하게 붙여야 하니까 아저씨를 부른 건데, 저기는 아예 붙이지도 못한 것 같아요. 남자가 두 명이나 있는데도."

서영의 능청스러움이 준석의 마음에 위로가 되었는지, 그제야 살포시 미소를 지어 보인다. 남자는 나이가 먹을수록, 그리고 자기 여자 앞에서는 한없이 어린애가 된다더니, 서영은 준석을 통해 그 말의 의미를 절실히 느낄 수 있었다. 그래도 그 모습이 어찌나 귀여운지, 자꾸만 웃음이 새어 나왔다. 뜨거운 숯 앞에서도 싫은 티 하나 내지 않고 고기를 굽고 있는 준석의 모습을 눈으로 보고 흘려보내는 것이 아깝다고 생각한 서영이 휴대폰을 집어 들었다.

"사진 찍을게요."

목장갑을 낀 준석이 해사하게 웃으며 귀엽게 V 자를 그렸다. 준석이 정성으로 구운 고기와 각종 채소, 소시지를 들고 서영의 맞은편에 앉았다.

"와, 진짜 맛있겠다."

서영이 노릇노릇 잘도 익은 목살 한 점을 집어 들며 환호성을 내질렀다.

"뜨거워. 조심히 먹어."

호호, 불어 한 입 먹은 서영은 입 안에서 퍼지는 고소함과 쫄깃함에 황홀한 미소를 지었다.

"오늘 중 제일 신나 보인다."

"너무 맛있어요."

"많이 먹어."

"네. 아 참, 나 이런 거 진짜 해보고 싶었는데!"

"뭐?"

서영이 부지런히 쌈을 하나 싸더니 준석에게 내밀었다. 준석이 함박웃음을 지으며 얼른 입을 벌렸다.

"맛있죠?"

"완전. 나도 하나 싸서 줄게."

준석이 상추에 깻잎 하나를 포개 넣고는 이것저것 넣어서는 예쁜 모양으로 쌌을 때였다.

"저……."

"응?"

"몰래 넣으신 것 같은데 다 봤어요. 고추냉이는 빼주세요……."

"근데 우리……."

"네."

"고추냉이 왜 산 거지?"

뜬금없이 자리를 차지하고 있는 와사비에 두 사람이 동시에 어이없어 하다가 웃음을 터트렸다.

"있잖아요."

1차로 구워 온 고기를 다 먹고 2차로 고기를 굽고 있던 준석의 시선이 가만히 서영에게로 향했다.

"지금 나한테 있어선, 대표님이랑 보내는 시간이 가장 소중하고…… 절대 잊고 싶지 않은…… 시간이에요."

"잊어버리지 않으면 되지."

그의 단순한 대답에 서영이 화사하게 웃어 보였다.

"꼭 알아줘요. 내가…… 너무 소중하게 간직하고 싶었던 시간이었다는 걸."

배를 채우고 나서 도란도란 대화를 나누던 두 사람은 제법 쌀쌀해진 바람을 견디지 못하고 안으로 들어왔다.

"고기 냄새가 너무 많이 뱄어요."

서영이 자신의 옷을 킁킁거리며 불만 서린 목소리로 중얼거렸다.

"그러게."

"좀 씻고 올게요."

"같이 씻을까?"

쉽게 거절할 수 없을 정도의 달콤한 목소리였다. 서영은 잠시, 그렇게 해도 상관없다고 생각하다가도 일순간 몰아치는 쑥스러움에 고개를 내저었다.

"금방 씻고 나올게요."

여행이라는 게 좋긴 좋다. 그 설레고 들뜬 감정이 너무 커서 걱정과 근심이 어느 정도 밀려나 있는 듯싶다. 서영은 내일 또다시 느끼게 될 두려움과 외로움을 오늘만큼은 잊어버리고 오롯이 준석에게만 집중을 하겠다고 결의했다.

서영이 씻고 나오자, 뒷정리를 끝낸 준석이 바로 욕실 안으로 들어갔다. 물줄기가 바닥으로 떨어지며 간간이 들려오는 그의 씻는 소리가 이전과 다르게 묘한 긴장감을 만들었다. 전과는 다른 장소와 분위기를 탓하며 서영은 자꾸만 긴장감에 두근거리는 심장을 잠재우려 자리에서 일어났다. 창밖을 보니, 형형색색의 보석을 잘게 깨서는 흩트려놓은 것처럼, 수많은 별이 작지만 찬란하게 빛나고 있었다.

물줄기 소리가 끊어지고 곧, 드라이어 소리가 들려오고 욕실 문이 열렸다.

"뭐 보고 있었어?"

"별이요."

그의 발걸음 소리가 점점 가까워지고 있음이 느껴졌다.

"별?"

"네, 진짜 많고 예쁘네요. 서울에서는 흔히 볼 수 없……."

뒤에서 갑자기 자신을 부드럽게 끌어안는 준석 때문에 잠시 느슨 해졌던 서영의 심장이 다시 거세게 박동하기 시작했다.

"그러게 별들이 진짜 많네."

자신의 귓가를 스치는 준석의 뜨겁고도 은밀한 입김에 서영은 몸이 달뜨는 기분이었다. 온 신경이 준석에게로 기울여진 서영은 자꾸만 감 탄사가 흘러나올 만큼 아름다운 별들이 박혀 있는 하늘에 더는 집중할 수가 없었다. 자신의 등에 밀착되어 있는 그의 심장 소리가 고스란히 전 해져 몸 구석구석에 스며들며 불을 지르듯 뜨겁게 만들었다.

"아까 그랬지?"

"……."

"너한테 있어서, 가장 소중하고 절대 잊고 싶지 않은 시간은 나와 함께 보내는 시간이라고."

"……."

"그 시간은 잊어버려도 돼."

너무 덤덤하게 들려오는 준석의 말에 서영은 의아함과 놀라움을 감추지 못하고 그의 품에서 나와 마주 봤다.

"그게 무슨 말이에요? 잊어버려도 된다니요?"

"추억이야 다시 만들면 되잖아. 진짜 잊어버리지 말아야 할 건 따 로 있어."

마주 본 준석은 어린아이를 달래듯, 부드러운 손길로 서영의 머 리를 쓸어 넘겨주었다.

"그 시간을 함께 보내면서 네가 사랑하는 사람. 그리고 널 사랑하는 사람."

머리를 쓸어 넘겨주던 따뜻한 손길이 조심스럽게 그녀의 뺨을 어루만졌다.

"나만 잊지 않으면 돼."

사위가 조용한 가운데 들려오는 준석의 숨소리는 여린 깃털로 몸을 간질이는 것처럼, 서영의 몸을 자극했다. 자신의 뺨을 어루만지고 있는 준석의 손등에 가만히 손을 올리고는 아래로 내렸다. 서영이 이끄는 대로 움직인 그의 손이 그녀의 허리를 감쌌다.

긴장했는지 미세하게 떠는 서영의 손이 그의 뺨을 감싸다 살포시 입술을 쓸었다. 도톰하고 촉촉한 입술이 손끝에 닿자, 그날의 황홀함이 떠올랐다. 다시 한 번 그의 뜨거운 입술로 사랑을 느끼고 싶었다.

"키스해주세요."

"……."

"절대, 잊지 못할 키스."

준석은 제 입술에 머물러 있던 서영의 손을 그러쥐고는 천천히 아래로 내려가 입술을 포갰다. 아무것도 바르지 않았음에도 불구하고 촉촉한 그녀의 입술은 지독히도 달콤했다. 능숙하게 서영의 입술을 벌린 준석의 혀가 부드럽지만 강하게 안을 밀고 들어왔다. 그를 기다리고 있던 서영의 혀가 쉽게 준석의 혀에 붙잡혔다.

서영의 입 안에 머문 준석의 혀는 어린아이를 달래듯 부드럽다가도 때때론, 집요하게 쫓아다니며 못살게 굴기도 했다. 끈적끈적한 소리가 나며 엉키는 타액이 금세 작은 입 안을 가득 채웠다.

거침없이 몰아붙이는 준석에 서영은 숨이 목 끝까지 차올랐다. 하지만 그를 밀어낼 수도 없었고, 밀어내고 싶지도 않았다. 그로 인해, 몽롱해진 머릿속에는 그의 모든 것을 더욱 깊이 원한다는 욕망 말고는 다른 것이 차지할 틈이 존재하지 않았다. 온몸이 뜨거워지는 기분이었다.

서영이 준석의 목을 두 팔로 끌어안았다. 두 사람의 몸은 바람이 통과할 여유도 없이 바짝 밀착되었다. 서로의 심장과 심장이 닿았고 서로를 향해 격렬하게 뛰는 심장 소리가 고스란히 느꼈다. 방향을 바꾸며 정신없이 키스를 하던 서영의 몸이 어느새, 테라스 창문에 바짝 붙어 서게 되었다. 준석이 창문에 한쪽 손을 지탱하고 다른 한 손으로 그녀의 머리를 받쳐 자신 쪽으로 더욱 끌어당겼다.

한참을 그렇게 제 안에서 머물러 있던 그의 입술이 떨어져 나갈 때, 서영에게 든 생각은 여전한 아쉬움이었다. 서영은 아직 풀지 않은 팔로 준석의 목을 꽉 끌어안았다.

그가 자신을 더 많이 어루만져줬으면 싶었다. 자신의 몸에 그의 흔적을 남기고, 그의 몸에 자신의 흔적을 남기고 싶었다. 다른 흔적들은 감히 남길 수 없을 만큼, 빈틈없이 빽빽하게, 그의 온몸에 자신의 흔적을 남기고 싶었다.

마음속 깊은 곳에서부터 끓어오르는 욕심을 차마, 입 밖으로 꺼내지 못하고 되새김질을 하고 있을 때였다. 준석이 자신을 끌어안고 있는 서영을 조심히 제 몸에서 떼어냈다.

"오늘은······."

그러고는 아직 가시지 못한 욕정에 여실히 떨고 있는 그녀의 턱을 살포시 어루만지며 담백한 목소리로 속삭였다.

"이 정도로 못 끝내겠는데."

행여나, 그가 오늘도 그날처럼 피어오르는 감정을 애써 꾹꾹 눌러 담을까 봐, 은근히 안달을 하고 있던 서영의 입가에 회심의 미소가 번졌다. 서영의 두 발이 바닥에서 떨어졌다. 준석의 품에 들린 서영은 얼마 가지 않아 푹신한 침대에 눕혀졌다. 그 위로 준석이 다가오자, 그제야 서영은 그와 하게 될 은밀한 행위에 대해 실감이 났다. 긴장이라는 감정이 순식간에 뜨거운 피를 타고 몸 구석구석을 침투하며 몸을 마비시켰다.

뻣뻣하게 굳어진 몸과 눈에 띄게 부자연스러워진 표정의 서영을 보며 준석이 나지막하게 웃었다.

"긴장돼?"

"아……."

그가 마치 긴장을 풀어주려는 것처럼 귓불을 간지럽게 어루만졌다. 그래도 여전히 굳어 있는 서영의 팔을 조심스럽게 끌어다가 제 심장 위에 올려놓았다. 서영의 손바닥에서는 마치, 금방이라도 살결을 찢고 나올 것처럼 거세게 뛰는 그의 심장이 느껴졌다.

"느껴져? 나도 지금, 너 때문에 이렇게 뛰고 있어."

그의 심장 소리를 듣고 있으니, 알 수 없는 묘한 감정들이 들었다. 오직 자신을 향해 거침없이 뛰는 심장 소리를 손바닥뿐만이 아니라, 온몸으로 느끼고 싶었다. 아무것도 걸치지 않은 맨살결의 등에서도, 같은 심장의 위치에서도…….

굳어 있던 얼굴에서 살며시 미소가 어리자, 준석이 다시 한 번 그녀의 입술을 탐했다. 그러다 이내, 목으로 내려와 여린 살결에 제 흔적을 남겼다. 서영은 제 몸을 야릇하게 물고 빨며 흔적을 남기는 준석의 애무에 금세 정신이 혼미해졌다. 그의 손길이 서영의 티셔츠 안으로 들어와 그녀의 속옷 안에 봉긋 숨겨져 있는 가슴을 그러쥐었다.

살결에 직접 닿은 것도 아니고 브래지어 위를 움켜잡았음에도 불구하고 서영은 심장이 터질 것같이 흥분되었다. 준석은 브래지어를 풀지 않고 안으로 파고들어 딱딱하게 선 돌기를 손끝으로 살살 문질렀다. 아래가 아릿하게 뜨겁고 민망할 정도로 축축해졌다는 것이 느껴졌다.

"아……."

더는 참을 수 없는 신음이 서영의 입술 사이를 비집고 터져 나왔다. 한참을 가슴에서 지분거리던 준석은 여전히 그녀의 몸에 입술로 흔적을 남기면서 손을 뻗어 그녀의 발끝에서부터 안쪽까지 은밀하게 쓰다듬었다. 부드러운 깃털로 쓰다듬는 것처럼 간지러워 몸을 떨었다. 기분 좋은 떨림이었다.

안쪽을 손끝으로 은밀하게 쓰다듬던 준석의 손길이 천천히 그녀의 팬티 위로 향했다. 그러고는 애태우듯 제대로 만져주지 않고 그 위에서 연하게 원을 그리며 만져줄 듯 말 듯했다. 그런 행위가 서영을 더욱 자극했다.

아래가 더욱 뜨거워지고 이젠 감당이 되지 않을 만큼 축축이 젖어 있다는 것이 고스란히 느껴져 너무 창피했다. 서영이 자신의 두 손으로 얼굴을 감싸 쥐었다. 그런 서영의 모습이 준석의 눈에는 미칠 듯이 사랑스럽게 보였다.

"너, 너무 창피해요!"

서영이 무엇을 말하고 싶어 하는지, 너무 쉽게 알아차린 준석이 얼굴을 감싼 그녀의 손등 위에 가볍게 입을 맞췄다. 행동과 목소리 하나, 하나에서 그의 사랑이 절실하게 느껴졌다.

"난 좋은데. 네가 내게 이렇게 반응을 한다는 게."

준석이 서영의 얼굴을 감싸고 있는 손을 내렸다. 마주친 그의 얼굴은 평소보다 훨씬 더 관능적이었다.

"감추지 마. 네가 날 간절하게 원하는 모습."

"……."

"전부 보고 싶어. 네가 내게 반응하는 것들."

그가 팬티 안에 숨겨져 있던 클리토리스를 단숨에 찾아 지그시 눌렀다. 그러자 서영이 부르르 몸을 떨며 허리를 뒤로 살짝 젖혔다.

"아흐……."

그녀의 입술 사이로 달뜬 신음이 흘러나왔다. 짜릿한 감각이 온 피부의 신경들을 관통했다. 그 축축함이 은근히 불쾌해져 벗어버리고 싶었다. 아니, 더 솔직하게 말하자면 그의 부드러운 손길을 직접 느끼고 싶었다.

그런 서영의 마음을 알았는지, 준석이 그녀의 옷들을 천천히 벗겨냈다. 그의 손길에 의해 살결에 쓸리듯 벗겨지는 옷들의 감촉이 야하게 느껴졌다. 서영의 몸은 그만큼 그에게 격하게 반응했고 뜨겁게 달아올라 있었다. 마지막으로 그의 손에 의해 팬티가 벗겨졌다.

시원한 바람이 뜨겁고 축축이 젖어 있는 그곳으로 밀고 들어왔다. 그 여유로움을 느끼던 서영의 시선이 옷을 벗겨준 후, 아무 행동도 취하지 않는 그에게로 향했다.

도자기로 빚어놓은 듯한 새하얗고 굴곡 없는 조각상 같은 그녀의 몸매가 너무 아름다워서 숨이 다 막힐 것 같았다. 준석은 어느 한 군데 사랑스럽지 않은 곳이 없다고 여기며 그녀의 몸을 소중한 것을 대하듯 조심스럽게 어루만졌다. 목에서 어깨까지 내려오는 고른 곡선과 지나치게 부드러워 금방 미끄러져버리고 마는 가녀린 허리선, 흥분을 감출 수 없게 만드는 탄력 있고 앙증맞은 엉덩이.

그녀의 모든 것이 준석을 미치게 하고 있었다.

엉덩이에서 배회하던 준석의 손가락이 앞으로 다가와 그대로 그녀의 안으로 들어갔다. 뜨겁게 달아올라 있던 안이 차가운 준석의 손가락으로 식혀지는 기분이었다. 그의 손가락은 그녀의 깊숙한 곳까지 밀고 들어왔다. 안에서 힘을 가하며 돌아가는 손가락에 서영은 눈조차 제대로 뜰 수가 없을 것 같았다.

온몸 구석구석을 자극하는 짜릿함에 일자로 선 발끝이 미세하게 떨려왔다.

눈에 드러난 그녀의 유두를 입 안 가득 물었다. 이로 그녀의 유두를 잘근잘근 씹기도 하고 혀끝으로 그녀의 돌기를 핥기도 하며 자극했다. 그의 작은 몸짓 하나에도 몸은 즉각적으로 반응했다. 그 정도로 몸은 민감하고 예민해져 있었다. 살갗이 불에 탄 것처럼 뜨거웠고 추운 곳에 머물러 있는 것처럼 솜털들이 곤두섰다.

"하아! 아……."

그녀의 입술 사이로 터져 나오는 신음은 이제 더 이상의 조심성도 없이 커져가고 있었다. 붉게 물든 서영의 얼굴엔 욕정이 가득 차 있었다. 야한 얼굴로 몸부림치는 그녀를 보며 준석은 제 아래가 아릿할 정도로 팽팽해지고 있다는 것을 느꼈다. 이제는 두 손가락이 들어가고도 넉넉할 정도로 그녀의 아래는 벌어져 있었고 그를 받아들일 준비가 충분히 되어 있었다.

"나, 벗는다."

준석이 티셔츠를 위로 끌어 올려 벗었다. 호리호리하게 뻗은 사지의 틈에는 정교하게 근육이 자리를 잡고 있었다. 과하지도, 부족하지도 않은 섹시한 몸매였다. 그가 바지 버클을 풀자, 딱딱하게 부풀어 오른 거대하고 검붉은 페니스가 모습을 드러냈다. 남자의 것을 처음 보는 서영으로서는 그 큼직한 것에 크게 당황하여 두 눈을 깜빡였다.

"왜?"

느긋하게 물어오는 그에 서영은 아무 대답도 하지 못하고 고개를 어색하게 내저었다.

"아플 거 같아?"

그가 그녀를 위에서 끌어안아주며 다정하게 물었다. 서영이 낮게 고개를 끄덕였다.

"걱정 마. 금방 기분 좋게 해줄게. 오빠, 믿지?"

서영이 다시 한 번 고개를 끄덕였다.

"옳지. 예쁘다, 우리 서영이."

그 페니스는 애액이 흘러나와 미끈하고 제법 부드러워진 서영의 동굴 안으로 향했다. 성난 귀두를 반 정도 집어넣었을 뿐인데, 서영은 찢어질 것 같은 고통을 느끼며 버거워했다. 자신의 모든 것을 다 파괴하는 기분이었다. 너무 아팠다. 조금 전, 준석이 말한 달콤한 유혹이 전부 거짓말처럼 느껴져 배신감이 들 정도로 아팠다.

"아……. 아파요. 너무 아파요!"

발악을 하며 몸을 비틀었지만, 자신의 안에 들어간 준석의 것은 빠져나오지 않았다.

"서영아."

"아파요. 너무 아파요."

"서영아, 날 봐봐."

그는 여전히 그녀의 안에 들어가 있는 상태로 그녀에게 바짝 다가가 허리를 숙였다. 그러고는 커다란 손으로 얼굴을 부드럽게 감쌌다. 어느새, 눈물까지 글썽이며 아픔을 호소하는 서영이 간신히 준석을 마주했다. 그의 까만 눈동자가 오롯이 자신만을 담고 있었다.

"네가 너무 아파서 멈추고 싶다면, 멈출게."

"……."

"하지만 확실히 말해주고 싶어. 조금만 참으면 아픔은 사라지고 금방 기분이 좋아질 거야. 내가 그렇게 해줄 거야."

은근하게 느낄 수 있는 건, 지금 준석과 미미한 대화를 나누는 동안 자신의 안에 들어와 있는 그의 것이 더욱 커지고 있다는 것이었다. 그럼에도 아까보다 훨씬 덜 아프게 느껴졌다. 자신의 안을 꽉 채운 것 같은 따뜻함이 들었다.

"어떻게 할까? 그만 뺄까?"

그의 몸이 밑으로 향할 때, 서영은 제 몸에 있는 모든 용기를 쥐어짜 그의 어깨를 꽉 잡아 끌어당겼다. 안에서 살짝 빠져 있던 그의 것이 그녀의 안으로 더욱 들어왔다.

"아니요."

서영은 자신이 대답을 하면서도, 이렇게 스스로가 대담한 사람이었나, 새삼 깨달았다. 하지만 그를 느끼고 싶은 절절한 마음과 쾌감의 절정에 달아올라버린 몸을 감히 무시할 수가 없었다.

준석이 짙은 미소를 지어 보였다. 그러고는 반쯤 넣었던 페니스를 깊게 끝까지 집어넣었다.

"아흐으!"

여태 농도 짙은 신음만 뱉어내던 서영의 입 밖으로 째지는 비명이 터져 나왔다. 그곳이 아예 찢겨 나가는 듯, 서영은 몸이 무너져 내리는 고통을 느꼈다. 하지만 준석이 느끼는 것은 달랐다. 자신의 것을 꽉 무는 듯한 안정감과 따뜻함이 동시에 몰려왔다. 평생 그녀의 것에서 빼지 않고 박아두고 싶다는 욕심이 들 정도였다.

준석이 천천히 허리를 움직이며 더욱 거칠고 깊숙이 서영의 안으로 파고들었다.

서영은 그곳이 불에 타는 것 같은 고통을 느꼈다. 아무리 고함을 질러보고, 온 힘을 다해 이불을 잡고, 고개를 내저어봐도 아래서 느껴지는 고통은 사라질 기미를 보이지 않았다. 준석은 서영의 허리를 두 팔로 단단히 잡고 제 쪽으로 잡아당기며 천천히 움직이던 허리에 더욱 속도를 가했다.

"아하! 하! 하!"

두 사람의 살결이 맞닿으며 나는 질척이는 소리가 음탕하게 방 안을 가득 채웠다. 준석이 허리를 튕길 때마다 서영의 신음이 거침 없이 입술 밖으로 터져 나오고 있었다.

"아하……. 하!"

준석의 다른 한 손은 여전히 허리를 잡고 그녀의 몸을 자신 쪽으로 최대한 밀착을 시킨 자세였다. 그 순간에도 허리의 움직임은 단한 번도 쉬지 않았고 오히려 더 밀어붙이고 있었다. 온몸이 그의 장단에 맞춰 흔들렸다.

서영은 점차 시간이 갈수록 자신의 몸을 파괴하는 듯한 고통은 몰려오지 않았다. 어느 정도 적응이 된 그 안은 준석의 커다란 페니스를 품에 안고 쾌락이라는 감정으로 서영을 집어 던졌다. 가슴이 벅차게 차오를 정도로 서영은 황홀했다.

세포 하나하나가 찌릿찌릿한 기분에 춤을 추는 듯싶었다.

그의 말대로 정말 기분이 좋아졌다. 한참을 허리를 두르던 그가 상체를 내리고 다가와 그녀와 입술을 포개었다. 그녀의 입에서 맴돌던 신음은 더 이상 밖으로 표출되지 못하고 입 안에서 감돌았다. 쾌락이라는 감정으로 완벽하게 포위당한 머릿속은 아무 생각도 들지 않았다.

절정은 계속되었다. 폭우처럼 제게 몰아치는 준석을 서영은 있는 힘껏 받아들였다.

서영은 제 안에 그를 완벽하게 품고 있었다. 그럼에도 자꾸만 드는 결핍이라는 갈증이 서영의 마음을 불안하게 만들었다. 서영은 두 팔로 그의 어깨를 꽉 감싸고 하늘에 떠 있는 두 다리로 그의 허리를 감싸서 힘껏 끌어당겼다.

그러자 그와 자신의 심장이 맞닿았다. 힘차게 내달리는 그의 심장 소리를 고스란히 느끼며 꼭 하고 싶은 말이 있었다.

"사랑해요."

그리고 꼭 그에게서 듣고 싶었던 말.

"나도."

"……."

"나도 사랑해, 서영아."

멈췄다고 생각했던 눈물이 다시 한 번 서영의 뺨을 적시며 뜨겁게 흘러내리고 있었다.

점점 깊어가는 밤만큼, 서로를 간절하게 원하고, 서로를 원 없이 끌어안고 싶은 그들의 욕심과 바람도 점점 깊어가고 있었다.

여행에서 돌아온 다음 날 서영은 가까운 사진관으로 향했다. 그러고는 휴대폰으로 가평에서 찍은 사진들을 인화했다. 사진 대부분은 서영이 찍은 준석의 모습들이었다. 서영을 위해 정성껏 고기를 구워주고 있던 모습, 다음 날 오전에 일어나 체크아웃을 하고 간 아침고 요수목원에 형형색색으로 피어난 꽃들 사이에서 찍은 익살스러운 모습, 휴게소에서 우동을 먹고 있는 모습…….

언젠가는 서영에게서 지워지게 될 이 기억들을 사진으로나마 남겨놓고 싶었다. 서영은 집으로 돌아와 종이를 잘라 사진을 붙이고 그 밑의 여유 공간에 사진 속 상황에 대해서 생각나는 대로 적어나가기 시작했다.

<날 위해서 고기를 구워주고 있는 준석.>

<집으로 돌아가기 위해 짐을 싸고 있는 준석.>

<펜션 앞 돌계단에서의 준석.>

<어울리지 않게 큰 개를 무서워하는 중인, 준석.>

사진 몇 장은 정확히 어떤 상황인지 기억이 나질 않아 차마 적을 수가 없었다. 서영이 한 사진에 시선을 고정했다. 하트 모양의 꽃으로 만들어진 포토존에 들어가서 둘이 찍은 사진이었다. 준석이 서영의 어깨에 손을 올리고 귀에 무언가를 속삭이고 있었다.

그가 그때 서영에게 속삭여 주던 말은 '사랑해.'였다. 그 포토존에 들어가 사진을 찍으려던 찰나, '사랑해.'라는 말을 하면 영원히 두 사람이 이루어진다는 글귀를 봤다는 그는, 우린 영원히 사랑할 수 있겠다고 말하며 좋아했다.

다행히도 잊지 않은 그날 일을 떠올리며 서영은 볼펜을 꽉 힘주어 잡고서는 천천히 글자를 적어나갔다.

<그가 나를 사랑해주던 순간.>

컬러 종이끈을 거실 벽 끝에서부터 끝에까지 고정한 후, 앙증맞은 나무집게로 사진들 하나하나를 꽂아 장식했다. 거실이 그의 사진

으로 가득 찼다.

"꼭 같이 있는 거 같네……."

사진 한 장, 한 장을 손끝으로 애틋하게 쓰다듬으며 서영은 나지막하게 중얼거렸다.

"좀 스토커 같나?"

우습게 소리를 내뱉으며 실없이 웃던 서영은 이걸 꾸미겠다고 아침부터 부지런히 움직인 피곤한 몸을 소파에 깊숙이 기대앉았다.

"보고 싶다."

어제 여행에서 돌아와 새벽까지 함께 있다가 뒤늦게 돌아갔으니 엄밀히 따지면 헤어진 지 하루도 되지 않은 상태였다. 그런데도 오래도록 보지 못했던 것처럼, 견딜 수 없는 그리움이 몰려왔다. 그와 함께하지 않았던 지난날들을 어떻게 버텼는지, 생각조차 하고 싶지 않을 정도였다.

서영은 한동안 그렇게 준석에겐 들리지 않을 혼잣말을 숨처럼 뱉어내다 까무룩 잠이 들었다.

다음 날 서영은 아침 일찍부터 한 통의 전화를 받았다. 심리 치료를 받는 병원의 의사는 이전에 서영의 병을 진단해주었던 의사의 지인이었다. 개인 병원이었는데, 오늘 상담 예약을 확인하기 위해 걸려온 통화였다.

씻고 준비를 하고 나왔다. 길을 나선 서영은 가뜩이나 우중충한 기분이 금방이라도 비를 쏟아부을 것처럼 회색빛으로 물든 하늘을 보며 더욱 깊어져갔다. 손바닥에 쓰여 있는 병원 덕분에 까먹지 않고 병원에 무사히 도착했다.

"오셨어요? 차 좀 준비해드릴게요."

의사는 밝은 미소를 지어 보였다. 잠시 뒤, 간호사가 가져온 김이 모락모락 피어오르고 있는 따뜻한 녹차를 마셨다.

"회사는 그만두셨다고 들었는데, 그럼 앞으로 무언가를 하실 계획은 있으신가요?"

참 차분하면서도 다정한 말투였다. 사무적이지 않고 마치, 오래도록 알고 지냈던 친근감까지 드는 의사에 말투에 서영은 새삼 웃음을 터트렸다. 그러고 보니, 평일 오후에 카페에서 만나서 수다를 떨 만한 친한 사람 하나 없다. 아니, 있었는데…… 없어졌다고 하는 것이 더 맞는 말일지도 몰랐다.

지윤.

문득 지윤이 떠올랐다. 더는 되돌릴 수 없는 너무 먼 관계가 되어버렸다는 생각에 갑자기 울컥, 하고 감정이 치밀어 올라버린 서영의 눈가가 금세 붉고 촉촉해져왔다.

"잘 모르겠어요."

목이 꽉 메고 코끝이 시큰해져온다. 서영이 얼른 손등을 들어 눈물을 훔쳐내 보지만, 쉴 새 없이 떨어지는 눈물은 서영의 온몸을 다시 적시는 듯했다. 그런 서영을 의사는 가만히 바라봐주었다.

"갑자기 예전 일이 떠올라요."

슬픔에 젖은 서영의 목소리가 나지막하게 흘러나왔다.

"무슨 일이요?"

벌써 3년이나 지난 일이었다. 그때, 서영은 준석과 함께 상하이로 출장을 가 있는 상태였다. 10박 11일이라는 꽤 긴 출장 기간이었다. 직접 건물을 건축하여 오픈을 하게 될 계획에 따라, 건물부터 인테리어 업체들을 직접 만나러 다니느라 꽤 바쁜 일정이었다. 그때, 지윤과 지훈의 어머니이자 서영의 오래된 스승이 갑작스러운 교통사고로 돌아가셨다. 죽기 전 잠깐 돌아온 정신으로 그녀는 지윤 남매와 서영을 찾았다고 한다. 지윤은 울부짖으며 서영에게 전화를 걸었다. 엄마의 임종을 함께 지켜달라는 부탁이었다. 친엄마에게 받지 못한 보살핌을 참, 지극정성으로 해주던 스승이었기에 갑작스러운 그녀의 죽음은 서영에게도 큰 충격이고 슬픔이었다.

하지만 갈 수 있는 여의치 못한 사정으로 서영은 지윤의 부탁을 미루고 말았다.

그리고 3일 뒤, 준석의 허락을 받고 도착을 했을 때는 이미 지윤의 마음은 싸늘하게 돌아선 상태였다. 지윤은 은혜도 모르는 싸가지 없는 년이라며, 두 번 다시는 자신의 눈앞에 알짱거리지 말라고 서영을 내쫓아버렸다. 서영은 몰래, 숨죽여 울며 그녀의 죽음을 애도해야 했다.

그때 생각을 하니, 어느새 차올라버린 눈시울에 서영은 당황해하며 얼른 손등으로 눈물을 훔쳐냈다.

"친한 친구가 있었어요. 하루 종일 붙어 다닐 정도로……. 참, 그때 당시에는 화장실까지 같이 가고 그랬어요."

서영은 옆에 놓여 있는 휴지를 집어 들어 눈물을 닦고 잠시 호흡을 가다듬었다. 그러다 다시 버겁게 입술을 떼어냈다.

"내 어린 시절의 추억엔 항상 그 친구가 존재했어요. 그런데 한순간의 잘못된 선택으로 전 그 친구를 잃었고 지금은 연락도 못 해요……. 후회해요. 이렇게 아프고, 이렇게 괴로운데, 누구 하나 마음 놓고 말할 사람이 없는 게……. 누구 한 명에게도 제대로 된 위로를 받을 수 없는 게……. 누구 하나 내 눈물을 바라봐줄 수가 없는 게. 내가 그 친구에게 상처를 줬다는 게……. 너무 후회돼요."

서영은 서러움이 북받쳐 더 크게 울었다.

"차 한 잔 마시는 거 어떠세요?"

의사가 불안에 떨고 있는 서영의 손을 지그시 잡아주며 말했다. 의사에 말대로 서영은 잠시 내려놓고 있던 녹차를 들어 목을 축였다.

"제가 평소에 즐겨듣는 음악 하나 틀어드릴게요. 드뷔시의 '달빛'이라는 음악이에요."

의사가 창가 쪽으로 가서는 CD 하나를 집어 들어 작동시켰다. 잔잔하고 감미로운 음이 서영의 주변을 채웠다.

"밖에 비가 오네요."

의사의 말에 창가로 시선을 던졌다. 창문에 노크를 하듯, 비가 내리고 있었다. 조용히 눈을 감았다. 불안에 소용돌이치던 마음에 살짝 안정감이 찾아오는 기분이었다. 노래가 끝나고 서영이 다시 눈을 떴다. 초조한 빛이 역력했던 눈은 어느새 평정심을 찾아가고 있었다.

"그 친구와 그 친구에게 사과를 하고 싶은 건가요?"

"기회가…… 된다면요."

"다시 연락해보는 건 어떠세요? 의외로 서영 씨를 기다리고 있을지도 몰라요."

"그럴 리가 없을걸요……. 절대, 없을 거예요."

"그 친구도 용기가 나지 않아서 그런 거일 수도 있어요."

"아닐 거예요……. 날…… 절대 기다려줄 리가 없어요."

확신에 찬 목소리였지만, 서영은 한편으로는 의사가 만들어놓은 희망의 끈을 놓을 수가 없었다. 의사와 더 많은 대화를 나누다가 보니, 화제는 어느새 준석에게로 향해져 있었다.

"사실, 사랑하는 사람이 있어요. 그 사람이 저를 사랑하고 있다는 것도 알고 있지만, 어쩐지 그 사람에겐 말하고 싶지 않아요. 내가 기억을 점점 잊고 있다는 거, 그래서 점점 그 사람이 내게서 사라질지도 모른다는 것."

"……."

"그럼 그 사람이 너무 많이 슬퍼할 거예요. 그 사람이 저를 슬픈 눈으로 바라보는 것을 제가 마주할 수가 없어요. 그 사람이 나 때문에 아픈 게 싫어요. 이 병 때문에 점점 추해질 저를 보여주고 싶지 않아요. 예쁜 모습만 보여주고 싶고 그 모습만 기억해줬으면 좋겠어요. 그래서 전 영원히 비밀로 할 거예요. 그 사람한테만큼은……."

준석을 떠올리니 잠시 잠잠했던 눈물과 서글픔이 다시 한 번 서영을 찾아왔다.

"언젠가는 떠나야겠죠? 그 사람 곁을……. 언젠가는 들켜버리고 말 비밀이니까. 그 비밀을 들키기 전에, 그 사람을 떠나는 게 맞는 거겠죠?"

자신을 향해 환하게 웃는 준석의 모습이 떠오른다. 자신을 위해 고기를 구워주고 자신을 꼭 끌어안고 잠들어 있는 준석의 모습도 떠오른다. 사실 모든 장면들이 선명하고 완벽하게 떠오르지 않는다. 안개 속에 가두어진 것처럼 아주 희미해져버린 기억이 마지막 발악을 하듯, 간신히 아주 필사적으로 저를 비추고 있을 뿐이었다.

"떠나실 수 있으신가요?"

의사의 물음에 서영은 마음이 저릿해져왔다.

"아니요, 사실 떠나고 싶지 않아요. 정말, 마음 같아서는 평생을 그 사람 옆에서 딱 달라붙어서 살고 싶어요. 결혼도 하고……. 매일 같이 아침도 먹고, 장도 보고, 주말에는 밤늦게까지 영화를 보고, 같이 청소도 하고……. 예쁜 아이도 낳고……. 그렇게 옆에 딱 달라붙어서 살고 싶어요."

서영은 터져 나오려는 눈물을 가까스로 틀어막으며 말을 이어나갔다.

"그런데, 그건 그냥 나 혼자 행복해하자고 부리는 욕심이니까. 난 그렇게 끝까지 행복하다가 가버리면 그만인데, 남은 그 사람이 감당해야 하는 슬픔은 누렸던 행복보다 더 크니까. 근데 그걸 알면서도 쉽게 포기가 안 돼요. 지금 너무 행복해서……. 머리는 다 아는 걸, 마음이 따라주질 않아요. 난 너무 나빠요. 이기적이고 못됐어요. 그 사람이 나중에 나 때문에 불행해질 걸 알면서도 지 행복만 찾겠다고 이렇게 구는 난, 너무 못나고 못됐어요!"

격해진 감정은 급기야 자신을 질책하고 자학하기 시작했다. 서영은 자신의 가슴을 꽉 쥔 주먹으로 퍽퍽 내려쳤다.

"서영 씨 잘못이 아니에요."

의사가 급하게 말리며 서영을 끌어안아주었다.

"미칠 것 같아요. 정말, 하루하루가 피가 말라 죽을 것 같아요. 이렇게 있다가는 정말, 죽어버릴 것 같아요."

마음 한구석이 깊게 베인 것처럼 쓰라리고 고통스러웠다. 어떤 약으로도 치료할 수 없는 상처는 시간이 지날수록 더욱 심하게 곪아가고 있었다.

"그 사람을 잊고 싶지 않아요. 그 사람을 잃어버리고 싶지 않아요."

그 고통스러움을 감당하기엔 너무 여린 서영의 구슬픈 울부짖음은 오래도록 멈추지 않았다.

온 세상을 한순간에 흠뻑 전부 적셔버린 비처럼.

"어려운 일이겠지만, 서영 씨 같은 경우에는 주변 사람들의 도움이 많이 필요합니다."

"네……."

의사와 더 많은 대화를 하고 다음 예약 날짜를 잡고 나왔다.

'다시 연락해보는 건 어떠세요? 의외로 서영 씨를 기다리고 있을지도 몰라요.'

휴대폰을 집어 들었다.

"용기가 안 난다……. 도저히."

다시 내려놓았다. 잘 지내고 있는지 궁금했다. 그러면서도 자신이 그걸 궁금해할 자격이 있나 싶어 포기했다. 많은 추억이 순식간에 그리움으로 바뀌어 서영의 머리를 스쳐 지나갔다. 그리움에 밀리고 밀려 자꾸만 불안하고 초조해지기도 했다.

선생님도 보고 싶었다. 정말 보고 싶었다. 지금이라도 찾아뵙고 사죄를 드려야 하는 것이 마땅하다고 생각했다. 한참을 망설이던 서영이 지훈의 번호를 눌렀다. 신호는 얼마 가지 않아, 지훈의 목소리로 바뀌었다.

-어, 누나!

자신을 반겨주는 밝은 지훈의 목소리에 서영은 자꾸만 뒤로 숨으려는 용기를 끌어당겼다.

"지훈아."

-심심해서 전화한 거예요?

"아니, 뭐……."

-무슨 일 있어요?

"선생님 뵙고 싶어……."

휴대폰 너머로 잠시의 침묵이 흘렀다.

"보러 가도 될까?"

-기뻐할 거 같은데. 우리 엄마가.

침묵 뒤로 들려온 지훈의 목소리는 생각보다 긍정적이었다.

-언제 갈까요?

"언제가 시간이 돼?"

-난 아무 때나 괜찮아요.

"그럼, 내일…… 가자."

더 이상 미루고 싶지 않았다. 매일 미루며 산 인생을 후회하고 있으니까, 더는 후회하고 싶지 않았다.

-내일 연락할게요.

제5부   시간아, 멈춰라

준석이 없는 집은 이곳저곳에서 외로움이 느껴질 정도로 휑했다. 예전에 그가 한 번도 온 적이 없었을 때는 어떤 느낌이었는지 기억조차 제대로 나질 않을 정도로 적응이 되지 않았다. 침실을 정리하고 거실로 나와 눈에 보이는 지저분한 것들을 치우고 늦은 점심을 먹었다.

혼자 먹으려니, 별로 입맛에도 맞지 않아 억지로 먹고 있던 참에 휴대폰이 울렸다. 준석인 줄 알고 냉큼 뛰어갔던 서영은 액정에 보이는 '지훈'이란 글자에 의아해하며 전화를 받았다.

"어. 지훈아."

-누나 어디예요?

"나? 나 집이지."

-아직도 집이에요? 난, 지금 약속 장소에 나와 있는데.

"어?"

기억에 없는 이야기에 서영이 당황해서 되물었다.

-알았어요. 더 기다려줄 테니까, 천천히 나와요.

그러고 보니, 어제 지훈과 했던 약속이 떠올랐다.

"미안해. 서둘러 준비한다고 준비했는데……. 근데 우리 어디서 만나기로 했지?"

지훈에게 약속 장소를 듣고는 손바닥에 적고 서둘러 준비를 하고 나섰다. 지훈은 한 시간이나 기다리고 나서야 전화를 걸어왔던 상태였다. 미안한 마음에 서영은 걸음을 더욱 재촉했다. 약속 장소는 서영의 집에서 얼마 떨어지지 않은 카페 앞이었다.

"누나!"

약속 장소로 향하자, 멀찍이서 지훈의 목소리가 들려왔다. 지훈이는 앉아 있던 차에서 내려 서영에게로 다가왔다.

"지훈아, 미안해. 너무 많이 기다렸지?"

"아니요. 괜찮아요."

"정말, 미안해."

"근데 손바닥에 그건 뭐예요?"

말을 하며 머리카락을 귀 뒤로 넘기던 서영이 지훈의 질문에 손바닥을 힐끔거리다 얼른 뒤로 감추었다.

"별거 아니야."

"그럼 출발할까요?"

"그래."

지훈을 따라 차에 올라탄 서영은 안전벨트를 맸다.

"근데 우리 어디 가는 거야?"

"……"

막 시동을 걸려던 지훈이 대답을 기다리고 있는 서영을 바라보았다. 지훈의 눈동자는 혼란과 당황스러움이 가득 차 있었다.

"왜 그래?"

"오늘 우리 엄마한테 가기로 했잖아요."

"아. 아, 맞다."

또 이제야 생각났다. 서영은 미칠 것만 같았다.

"무슨 일 있는 거예요?"

심히 당황하며 허둥거리는 서영을 지훈은 불안하게 바라보았다.

"어? 아니. 아무 일 없어. 그냥 요즘 일 그만두고 이것저것 하려다 보니, 정신이 좀 없네. 미안해."

"미안해할 거까진 없구요……."

지훈이 알고 있는 서영은 아무리 정신이 없어도 함께 한 약속을 저렇게 쉽게 잊어버릴 사람은 아니었다. 더군다나, 오늘은 돌아가신 엄마를 모신 납골당에 가기로 한, 쉽게 잊힐 수도 없는 약속이었다. 시동을 걸고 출발하는 지훈의 시선이 불안함을 고스란히 내비치고 있는 그녀의 손으로 향했다.

손바닥에 뭐라고 쓰여 있는 것 같은데 잘 보이지 않는다.

"밥은 먹었어?"

"네? 네."

갑작스럽게 온 서영의 관심에 지훈이 얼른 손바닥에서 시선을 거두고는 대답했다.

"누나는요?"

"나도 먹었어……."

짤막한 대화가 오고 가며 경기 인근에 있는 납골당에 도착했다.

납골당 특유의 정적이 무섭게 깔려 있었다. 자갈이 깔려 있는 주차장에 차를 세우고 두 사람은 납골당 안에서 파는 꽃다발을 샀다. 지훈은 익숙한 길인 듯, 막힘없이 유골이 있는 곳으로 향했다. 귀에 들려오는 건 두 사람의 발걸음 소리가 전부였다.

"여기예요."

지훈이 멈춰 선 곳엔 항상, 서영에게 웃어주던 그 미소를 그대로 간직하고 있는 스승의 사진과 유골함이 있었다. 인자함과 따뜻한 미소를 보고 있자, 서영은 울컥하고 눈물이 차올랐다.

"선생님…… 저 왔어요. 늦게 와서 죄송합니다……. 정말, 죄송합니다. 그렇게 저를 아껴주셨는데……."

진작 찾아뵙지 않은 자신의 용서받지 못할 행동에 죄책감을 느끼며 서영은 한동안 스승의 앞에서 사죄의 눈물을 흘렸다.

"마셔요, 누나."

차에 올라탄 지훈은 여전히 눈에 눈물이 그렁거리고 있는 서영에게 편의점에서 사 온 따뜻한 커피를 건넸다.

"고마워."

"누나."

"응?"

"정말 아무 일 없는 거죠?"

지훈의 시선이 자신의 손으로 향해 있다는 것이 느껴졌다.

"어. 아무 일 없어……. 정말, 아무 일 없어."

"사실, 누나가 일을 갑자기 그만둔 것도 좀 마음에 걸렸고……. 오늘 일도 그렇고……."

"일을 그만둔 건, 힘들고 나만의 시간을 좀 가지려고 그런 거구.

오늘은 정말 이래저래 너무 정신이 없어서 그랬어."

"그럼 다행이구요."

말은 그렇게 하면서도 여전히 지훈의 시선은 서영의 손바닥을 불안정하게 바라보았다.

"배 안 고파? 뭐라도 먹고 갈래?"

집 앞에 멈춰 선 차에서 내리며 지훈의 배웅을 받던 서영이 근처에 있는 음식점들을 가리키며 말했다.

"저 아르바이트 새로 시작해서요. 바로 아르바이트 가야 할 것 같아요."

"아르바이트?"

"네. 미술학원에서 아르바이트 시작하기로 했어요. 데스크에서 시간표 작성이나 수업 준비 도와주는 일 같은 거요."

"학교 다니면서 힘들겠다."

"아니요. 할 만해요."

"그럼, 샌드위치라도 하나 사서 가면서 먹어."

"괜찮아요."

"내가 마음에 걸려서 그래."

서영과 지훈은 카페 안으로 들어가 샌드위치를 사서 나왔다.

"고마워요. 누나 맛있게 잘⋯⋯."

말을 이어가던 지훈은 서영의 어깨 너머로 이쪽을 매섭게 바라보며 걸어오고 있는 준석을 발견했다. 일전에 쇼핑몰에서 서영과 함께 있었던 남자인 것을 기억한 지훈이 서영과 준석을 번갈아 쳐다보았다. 자신의 어깨 너머를 보며 표정이 굳어가고 있는 지훈을 의아해하며 서영이 뒤를 돌아보았다.

"어? 대표님⋯⋯."

"전화 왜 안 받아?"

"아, 죄송해요. 무음으로 해놔서 몰랐어요."

준석이 앞에 서 있는 지훈을 응시했다. 아마, 서영과 지훈의 관계에 대해 무언의 눈빛으로 묻는 듯싶었다.

"아, 제 친구 동생이에요. 민지훈이라고⋯⋯. 지훈아, 이분은 누나가 다니던 회사⋯⋯."

"만나서 반갑습니다. 서영이 남자 친구 강준석입니다."

불쑥, 서영의 말을 가로막고는 지훈에게로 손을 뻗었다. 서영에게 남자 친구가 있는 줄 몰랐던 지훈은 당황스럽고 놀란 마음으로 두 사람을 바라보았다. 서영의 얼굴이 살짝 난감함에 물들어가고 있었다.

"⋯⋯."

자신의 앞으로 밀어진 준석의 손을 멀거니 내려다보던 지훈이 천천히 그의 손을 맞잡았다. 지훈은 준석의 경계 어린 눈빛과 은근히 가해지는 손아귀에 자신의 존재를 그다지 반기지 않고 있다는 것을 절절히 느꼈다. 눈초리는 매섭게 찢어져 있었고 그 눈빛은 야수의 그것처럼 몹시 사나웠다.

"우연히 만난 거야, 아니면 어디라도 갔다 오는 거야?"

지훈과 가벼운 악수를 청한 준석이 옆에 서 있는 서영에게 넌지시 물었다.

"네? 아, 그게⋯⋯."

"저희 어머니 납골당 다녀오는 길입니다. 누나한테는 스승이셨어요."

지훈이 되새겨주며 대신 말해주었다. 그래도 여전히 자신을 향해 고정되어 있는 그의 견제는 거두어지지 않았다.

"누나, 저 가볼게요."

"어. 그래, 지훈아. 또 연락하고."

"네."

돌아서는 마음이 씁쓸했다. 자꾸만 비집고 나오려는 한숨을 뒤로 하고 지훈은 서영과 준석에게서 멀어져갔다.

"언제까지 그러고 서 있을 생각이야?"

멀어져가는 지훈을 바라보고 있던 서영이 뒤에서 떨떠름해하는 준석의 목소리에 그제야 시선을 돌렸다.

"오늘 회사 일찍 끝나셨네요."

"응……. 친구 동생이랑 참 친한가 봐."

"네?"

"예전에도 한 번 만났잖아. 회사 앞까지 찾아와서."

"아……."

서영은 기억을 쥐어짜내며 지금 준석이 한 말을 떠올리려고 했다. 하지만 떠오를 듯 말 듯, 서영의 애간장만 태울 뿐이었다. 떠오르지 않은 기억에 또 한 번 심장이 덜컹, 하고 내려앉는다. 서영은 그 무거움에 부서지고 싶지 않아, 짐짓 해맑게 웃으며 화제를 돌렸다.

"설마 지훈이한테 질투하는 건 아니시죠?"

"맞아."

"네?"

"질투하는 거 맞다고."

"대표님……."

"나 이제 네 대표 아니라니까, 너 일 그만뒀잖아. 그 호칭을 좀 바꾸는 게 어때?"

"지훈이는 정말 친했던 제 친구 동생이에요. 어렸을 적부터 같이 했던……. 생각하시는 그런 사이 아니에요."

"그래서 더 경계를 늦출 수 없는 거야."

"……."

"어렸을 적부터 함께 지냈던 친한 동생 사이라, 더 많이 의지하고 더 많이 믿게 되니까. 나이는 어려도 남자는 남자야. 쟤가 널 바라보는 눈빛이 매우 마음에 안 들어."

새삼 심각한 준석에 서영이 풉, 하고 웃음을 터트려버렸다.

"왜 웃어?"

"질투하시는 모습이 귀여우셔서요."

"이게? 참, 넌 귀여울 것도 없다."

예기치 못한 말이었지만 기분이 나쁘진 않았는지, 준석의 입가에 슬그머니 웃음꽃이 피었다. 그 틈을 타서 서영은 살갑게 물었다.

"식사 아직 안 하셨죠?"

"응. 너랑 같이 먹으려고."

팔짱을 끼고 나란히 걸으며 음식점을 향해 걸어갔다. 식사를 다 끝내고 두 사람은 편안하게 쉴 겸 서영의 집으로 향했다.

"이번 캐릭터 페어 박람회 때문에 영국 출장을 조금 갔다 와야 할 것 같아."

어쩔 수 없다는 것을 알면서도 서영은 출장으로 인해 준석과 며칠 떨어져 있어야 할 생각을 하니 아쉬운 마음이 자꾸만 밖으로 드러났다.

"많이 아쉬워?"

철없어 보일까 봐, 최대한 행동을 조심하려고 했지만 요즘따라 감정을 조절하는 게 너무 힘들어졌다.

"제가 이렇게 많이 아쉬워하면 출장 가실 때 마음 편하지 않으실 거 알면서도 이러네요……."

이상하다.

요즘엔 정말 스스로도 이해를 하지 못할 정도로 감정을 참고 싶지가 않았다. 모든 감정을 밖으로 고스란히 드러내고 싶었다.

힘들면 힘들다.

좋으면 좋다.

싫으면 싫다.

화가 나면 화가 난다.

아쉬우면 아쉽다.

원하면 원한다.

예전에는 어떻게든 꼭꼭 숨기려고 했던 그 감정들을 이제 숨길 수가 없었다.

몸이 아픈 것. 그거 하나만 숨기기에도 마음은 너무 벅찼다.

"왜. 난 이렇게 아쉬워해주는 게 더 좋은데."

"정말요?"

"그럼. 아마, 네가 아쉬워하지 않았으면 더 걱정했을지도 몰라."

"무슨 걱정이요?"

"나랑 며칠을 떨어져 있는데도 아쉬운 기색이 하나 없네? 난 이렇게 아쉬운데……."

"……."

"그러면서 걱정하겠지. 이런, 난 이제 막 불타오르기 시작했는데, 넌 벌써 나에 대한 마음이 식은 건 아닌가? 하고."

"그런 이유 때문이라면 절대 걱정 안 하셔도 되겠어요. 저 지금 눈물 나오려는 거 억지로 참고 있거든요."

서영의 능청스러움에 준석이 귀엽다는 말을 덧붙이며 그녀의 볼을 부드럽게 쓰다듬어주었다. 그 감촉이 너무 좋아서 서영은 살포시 눈을 감고 그의 쓰다듬을 느꼈다.

"나도 많이 아쉬워. 사실, 요즘엔 일이고 뭐고 다 때려치우고 하루 종일 너랑 같이 있고 싶어."

"저도 마음 같아서는 요즘, 일이고 뭐고 아무것도 하지 마시고 저랑 하루 종일 놀아달라고 말하고 싶어요."

"그럼, 그럴까. 그냥?"

준석이 희미한 미소를 지으며 마치 서영을 어루만져주듯 따뜻한 눈빛으로 바라보았다.

"근데, 저걸 보시고도 제가 마음이 식진 않았을까, 하고 걱정하시는 거예요?"

서영은 거실 벽에 자신이 정성껏 붙였던 사진을 가리켰다. 그러자 준석이 서영을 흐뭇하게 바라보았다.

"저거 보면 확신해. 너, 날 좋아해도 너무 좋아해."

식탁 의자에 앉아 있던 준석이 자리에서 일어나 사진이 있는 거실로 향했다. 그러고는 서영의 정성이 깃든 사진 한 장, 한 장을 들여다보며 그날의 일을 추억했다.

"절대 잊어버리지 않겠다."

준석은 사진 밑에 써져 있는 글들을 확인하며 말했다. 서영은 뒤에서부터 준석을 끌어안고선 그의 듬직한 등에 얼굴을 파묻었다.

"네. 꼭 잊지 않길 바라는 마음으로 쓴 글들이거든요."

"그래. 잊지 말자. 내가 너와 함께한 시간. 네가 나와 함께한 시간.

하나도 잊지 말자."

준석은 제 허리에 둘러진 서영의 손등을 매만지는 부드러운 손길만큼이나 부드러운 목소리로 말했다. 그때 준석의 휴대폰이 울렸다.

"잠깐만. 어."

준석이 받은 전화 너머로는 밝고 상냥한 여자의 목소리가 들려왔다. 서영의 눈꼬리가 살짝 뾰족해졌다.

"그래. 수고했어."

"누구예요?"

전화를 끊자마자 독촉하듯 물었다.

"이 비서."

"이 비서님이요?"

"응."

"아……. 이번 출장 이 비서님이랑 같이 가시는 거예요?"

서영이 준석과 함께 일하던 때엔 출장에 거의 동반을 했었다.

아무리 공적인 자리라 해도 서영에겐 준석이 이 비서의 옆자리에 앉고, 아침에 호텔 라운지에서 마주 보고 앉아 식사를 하고, 하루 종일 붙어 있다는 건, 반갑지 않은 일이었다.

"아니, 이 비서 말고 형우랑 같이 가기로 했어. 그 외 힘쓸 수 있는 남자 직원들이랑. 아무래도 박람회이니만큼, 준비해야 할 것도 많고 여러 면으로 개발팀에게 더 도움이 될 것 같은 자리라서."

"아, 그렇구나."

서영이 저도 모르게 안도의 한숨을 내쉬다가 슬쩍, 준석의 눈치를 살폈다. 그가 이미 모든 것을 꿰뚫은 듯싶었다. 자신이 이 비서와의 출장 여부를 물어보고 나중에 대답을 들은 후, 안도하는 이유까지.

서영은 멋쩍은 표정을 지어 보였다.

"이러는 거 프로답지 않죠?"

"프로다울 필요가 없지."

그가 몸을 돌려 앞에서 서영을 마주 보며 말했다.

"여자 친구니까, 당연한 거지. 나였어도 별로 내키지 않았을 거야. 네가 그저 일일 뿐이라고 해도 다른 남자와 단둘이 해외로 출장을 간다고 한다면."

"한다면?"

"당장 그 회사 때려치우라고 으름장 늘어놓았을걸."

서영이 마주 보고 있던 준석의 품에 와락 파고들었다.

"보고 싶을 거야. 그래도 참고 빨리 갔다 올게."

자신만큼이나 아쉬움이 배어든 준석의 목소리가 나른하게 귓가를 울렸다. 그러다 곧, 촉촉한 그의 입술이 목덜미에 닿았다.

"음……."

서영은 자신도 모르게 낮은 신음을 내뱉었다. 그의 입술이 천천히 위로 올라와 그녀의 입술에 닿아 부드럽게 안을 벌리고 들어왔다. 그의 혀는 금세 그녀의 혀를 낚아채 보드랍게 쓰다듬어주다가도 집요하게 쫓아다니며 못살게 굴기도 했다. 서영이 자꾸만 다리의 힘이 풀리는 기분이 들 때쯤, 몸이 공중으로 붕 떠졌다. 준석은 가볍게 들어 올린 서영을 침실로 데려가 침대 위에 살포시 눕혔다. 그러고선 그녀의 위로 올라와 다시 입을 맞추었다. 서영이 팔을 뻗어 그의 목을 꽉 끌어안았다. 한동안 입을 맞추던 준석이 몸을 일으켜 그녀의 티셔츠를 벗기자, 서영의 뽀얀 살결이 드러났다. 브래지어를 꽉 채우고 탐스러울 정도로 굴곡져 봉긋 솟아오른 가슴을 향해 준석의 손이 뻗어졌다. 준석이 브래지어 위로 손을 올려 힘을 주어 그녀의 가슴을 감쌌다.

"읏!"

맨살결에 완전히 그의 손길이 닿은 것도 아닌데, 서영의 몸이 즉각적으로 반응을 일으켰다. 가슴을 움켜쥔 그의 손에 힘이 들어갔다. 쥐었다 펴기를 반복하며 그녀의 신경에 자극을 가했다. 그러고선 브래지어를 벗기지 않고 손가락을 집어넣어 그녀의 유두를 쓱쓱 문질렀다.

언제나 그렇듯, 그는 서두르지 않고 성급하게 굴지 않았다.

"흐음."

그녀의 여린 신음에 반응하듯, 준석은 손톱을 세워 그녀의 유두를 긁기도 하고 검지와 엄지를 이용하여 살살 비틀어 유린하기도 했다. 유두를 만지며 서영의 흥분을 이끄는 그의 손길은 집요했다. 머리에서 종이 울리고 발끝은 번개를 맞은 것처럼 찌릿했다. 그의 키스로 인해, 이미 한차례 젖어 있던 아래는 자신의 유두를 만지는 그의 집요한 손길로 점점 더 젖어가고 있었다. 깊숙이 입을 맞춰오던 준석이 고개를 뒤로 빼며 그녀에게서 입술을 떼어냈다. 그러고서는 브래지어를 풀어 한껏 부풀어 오른 그녀의 가슴을 해방시켜주었다.

"흐읏!"

하지만 서영의 연분홍빛이 감도는 가슴은 브래지어에서 해방이 되자마자 그의 입 속으로 빨려 들어가 갇혔다. 그는 거침없이 그녀의 유두를 빨았다. 가끔은 이를 추켜들어 깨물기도 했고 혀끝으로 가운데를 집요하게 핥기도 했다. 아래가 찌릿찌릿하고 등이 멋대로 뒤로 휘었다. 휘어지는 서영의 몸을 두 손으로 받친 준석은 자신 쪽으로 그녀를 맹렬히 끌어당기며 입술로 유두를 지분거렸다.

너의 몸이라면, 어느 곳 하나 빼놓지 않고 사랑을 해주겠다는 듯,

그는 오래도록 그녀의 몸에 키스를 하며 애무해주었다.

한 손으로는 클리토리스를 어루만지던 그의 손가락만으로도 몇 번의 절정을 느끼듯 서영이 몸을 부르르 떨었다. 준석이 제 바지를 벗고 팽팽하게 부풀어 오른 자신의 것을 서영의 안 깊숙이 넣었다. 서영의 입술 사이로 달뜬 신음이 새어 나왔다. 자신을 온몸으로 받아들이느라, 한층 몸이 휘어진 서영의 얼굴을 준석이 부드럽게 쓰다듬어주었다.

그러곤 상체를 기울여 그녀의 볼에 가볍게 입을 맞추며 속삭였다.

'사랑한다고.

나는, 너를 많이 사랑한다고.'

다음 날, 그와 조금이라도 더 있고 싶은 마음에, 괜찮다는 그의 말을 뒤로하고 공항까지 배웅했다.

준석의 출장은 4박 5일로 평소에 가는 해외 출장보다는 훨씬 짧은 일정이었지만, 혼자서 기다려야 하는 서영으로서는 끝이 보이지 않는 길고 긴 여정처럼 느껴졌다. 급격하게 몰려드는 외로움은 자꾸만 극단적인 우울증을 동반하며 서영을 괴롭혔다.

입맛도 없고 아무것도 하고 싶지 않았다. 틈틈이 그가 출장을 갔다는 것을 까먹어 휴대폰을 열었다가 적혀 있는 것을 확인하고 다시 닫았다.

그녀의 하루는 그의 사진을 보거나 연락을 기다리는 것이 전부였다. 그의 연락이 오면 걷잡을 수 없는 설렘으로 흥분되었다가, 연락을 끊으면 금세 다시 우울해져 그렇게 하루 종일 누워 있었다. 그러다 오늘은 얼마나 병이 진행되었는지 큰 병원을 찾았다. 서영에게 병의 증상을 얘기해주었던 의사는 여전히 착잡한 눈길로 서영을 바라보았다. CT를 찍고 MRI를 찍었다. 그 밖의 다른 검사도 했다.

"단기기억을 잊는 거 말고는 다른 증상은 안 보이시나요?"

"네."

"지금 기억이 나는 장면이나 모습이 있어요?"

"딱, 지금 기억에 남는 장면은…… 사랑했던 사람이 다른 여자와 약혼을 한다는 소식을 들었을 때요."

"……."

"그때 모습이 기억이 나요."

의사는 서영의 슬픈 사연에 근심이 가득했다.

"이 병원에 처음 왔을 때도 기억나세요?"

"네. 기억나요."

"병에 대한 결과를 들었을 때는요?"

"그때도 어렴풋이 기억나요……."

"그리고 또 뭐 기억나는 건 없나요?"

"그다음은…… 부분부분 기억이 나요. 그 사람이 제 앞에서 웃고 있어요. 그런데 왜 웃는지, 어디서 웃고 있는진 기억이 안 나요. 아! 그 사람이랑 장도 보고 있어요. 어딜 가는지는 모르겠는데, 둘 다 신났네요……."

"서영 씨는 다른 환자들에 비해 조금 특별한 케이스인 것 같아요. 순행성과 단기 기억상실이 같이 진행되는 것 같긴 한데, 다른 환자들에 비해서 기억하시는 범위가 조금은 넓다는 거죠. '단기'라고 하더라도 그 전부를 잊어버리지 않고 부분, 부분을 기억하고 있다는 것 또한 특이하고……. 다행스럽게도 아직, 다른 유전병들은 진행되지 않고 있고요."

아프다는 것은 불행이었지만, 번져가는 병의 속도가 아주 더디다는 말은 참으로 다행이었다.

"이 병과 관련된 줄기세포를 찾는 연구는 계속 진행되고 있습니다. 저는 그 세포가 금방 나올 거라고 믿어요. 그러니까, 그때까지, 우리 절대 희망을 놓지 말아요, 서영 씨."

"네, 선생님……."

병실을 빠져나와 엘리베이터를 타기 위해 기다렸다. 의사가 말한 희망이라는 끈은 과연 튼튼한 걸까……. 그 걱정에 깊게 한숨을 내쉬며 엘리베이터로 막 몸을 실었을 때였다.

"지훈아!"

멀찍이서 어렴풋이 들려오는 누군가의 부름에 서영이 밖을 살폈다.

"잘못 들은 건가?"

주변에서 지훈이를 찾아봤지만 보이지 않았다. 서영이 병원에서 천천히 나와 버스 정류장으로 향할 때, 어두컴컴했던 하늘에서 비가 내리기 시작했다.

"젠장……."

예고도 없이 내리는 비가 유행인가 보다……. 조금씩 내리던 비가 시야를 압도할 만큼 많은 양으로 내렸다. 서영도 급하게 피한다고 피했지만, 이미 몸은 비에 흠뻑 젖어버린 후였다. 쌀쌀한 날씨에 비까지 맞으니, 몸이 으슬으슬 떨려오는 것 같았다. 버스가 도착하고 젖은 상태 그대로 몸을 실었다. 창문을 폭격한 비가 여전히 그칠 기미 없이 내리고 있었다.

일전에 겪었던 좌절 때문에 비를 피하지도 못하고 서 있을 때, 어디서 나타났는지 우산과 함께 곁으로 온 준석이 떠올랐다.

"보고 싶다……."

보고 싶고 만지고 싶다. 보고 싶고 안기고 싶다.

그가 정말 보고 싶다.

　이번 런던에서 진행되는 캐릭터 박람회의 가장 중요한 시안은 바로 2017년부터 브라이튼에 새로 건설을 시작한다는 테마파크의 캐릭터 단독 숍 입점이었다. 테마파크의 대표 캐릭터와 나란히 하며 진행되는 연극, 애니메이션, 각종 공연과 적극적인 홍보 등으로 캐릭터 사업을 하고 있는 기업이라면 누구든 탐내는 기회였다.

　캐릭터 박람회답게 전시장은 각종 피규어부터 시작해서 대형 인형, 손가방, 쿠션, 액자 등 충동적인 구매 욕구를 불러일으키는 아기자기한 것들로 가득 차 있었다.

　그중, 참가 기업들도 유난히 의식하고 관심을 보이는 캐릭터 기업이 있었다. 국내의 369개의 캐릭터 기업뿐만이 아니라, 전 세계 몇만 개의 캐릭터 기업 중에서 당당히 10위 안으로 서류를 통과한 고작, 창립 5년밖에 안 된 짧은 역사에도 무섭게 치고 올라온 Talk Talk였다.

"그 홍홍이 밑으로 좀 더 내려봐."

하지만 막상, 'Talk Talk'라고 쓰여 있는 명찰을 목에 두르고 있는 사람들은 그들을 신경 쓸 겨를이 없었다.

"여기요?"

"아니! 왼쪽 밑!"

남자의 지시에 거의 10m가량으로 쌓아 올린 캐릭터 나무 맨 꼭대기에 매달린 또 다른 남자가 인형의 위치를 바꿨다. 생각을 하는 듯 보이는 말괄량이같이 생긴 여자아이의 인형이었다.

"오, 오케이! 그 정도 위치. 나머지 마무리 좀 잘 해주고! 자, 자! 다들 조금만 서두르자! 곧, 대표님 오신다!"

힘찬 목소리로 자신의 기업 전시장을 돌아다니며 지시하는 남자에 직원들은 열의를 다했다.

"어? 대표님 오신다!"

누군가의 외침에 일을 하던 직원들의 시선이 모두 한쪽으로 쏠아졌다. 군더더기 없는 발걸음과 서양인 남자들 사이에서도 전혀 눌리지 않은 신체 조건의 준석은 오히려 동양 특유의 묘한 분위기로 주변 서양 여자들의 눈길을 끌었다. 사람들은 캐릭터에 대한 호감만큼 그에게도 금세, 관심들을 보이기 시작했다.

"준비는 다 됐어?"

하나, 준석의 관심은 오롯이 최종 점검 상태뿐이었다. 준석은 위치 선정과 캐릭터의 이력, 홍보가 실려 있는 팸플릿, 애니메이션 영상, 인형 탈을 쓰고 홍보하게 될 직원의 동선 등을 꼼꼼하게 체크했다.

"영상에 이상 없나 마지막으로 체크 좀 잘 하고 동선 잊어버리지 마세요."

"네."

"다들 수고했어요. 마지막까지 최선을 다해서 좋은 결과 얻도록 하죠."

"네!"

직원들을 잠시 뒤로하고 전시장을 빠져나온 준석은 안에서와는 다르게 걱정스러운 얼굴을 하고서는 휴대폰을 꺼냈다. 서영이 오늘 하루 종일 도통 연락이 되질 않았다. 걱정이 되어 다시 한 번 전화를 걸어봤지만 여전히 신호만 갈 뿐, 그녀의 고운 목소리를 들을 수가 없었다.

"준석아."

아무 소식이 없는 휴대폰을 착잡하게 바라보던 준석의 뒤로 형우가 다가왔다.

"어."

"저녁 먹으러 가야지. 다들 난리 났어. 런던 야경을 전부 볼 수 있는 호텔 스카이라운지에서 저녁 먹을 생각들 하니까, 다들 엄청 좋은가 봐."

"먼저 가 있어."

"너는?"

"난 잠깐 들를 곳이 좀 있어서. 맛있게 먹고 있어."

준석이 형우의 어깨를 가볍게 치고는 서둘러 전시장을 빠져나갔다. 렌트한 개인차에 올라탄 준석은 전시장에서 조금 떨어져 있는 시내로 향했다. 개인차를 렌트할 때, 우연치 않게 들어가게 된 작은 수공예 액세서리점을 가기 위해서였다. 미리 봐둔 거리를 떠올리며 액세서리점에 도착한 준석은 차를 세워두고 안으로 들어갔다. 낡은 문이 듣기 싫은 쇳소리를 내며 그가 들어오자 책을 보고 있던 직원이 자리에서 일어나며 상냥하게 미소 지었다.

찬란하게 제 빛을 발하는 수많은 펜던트 중 유난히 준석의 눈에 띈 것은 별자리를 본떠서 만든 펜던트였다. 준석은 오래전부터 알고 있었던 서영의 생일을 떠올리며 펜던트를 가리켰다.

이번 출장을 떠나면서 유난히도 마음에 걸렸던 서영이었다. 불안함과 초조한 눈빛으로 자신을 끝까지 배웅해주던 그녀의 모습은 한국에 당장 돌아가고 싶을 만큼 여전히 마음에 걸렸다. 그래서 이번 출장 선물로 특별한 것을 해주고 싶었다.

"I'm trying to find a gift.(선물을 좀 하려고요.)"

"To whom?(누구에게?)"

"Lover.(애인.)"

"What is her star sign?(그녀의 별자리가 무엇인가요?)"

"Aries.(양자리입니다.)"

직원이 양자리 펜던트를 꺼내 주었다. 준석은 재킷 안주머니에 호텔 근처 보석방에서 산 작은 다이아몬드 박스를 꺼냈다. 이전에 액세서리점에 왔을 때, 한 남자가 루비를 들고 와 펜던트의 큐빅과 바꾸는 것을 봤던 준석이었다.

"This could be changed?(이걸로 바꿀 수 있을까요?)"

작은 박스 안에는 앙증맞은 다이아몬드 한 조각이 반짝반짝 아름답게 빛나고 있었다.

"A beautiful Diamond!(아름다운 다이아몬드!)"

"She was more beautiful.(그녀가 더 예뻐요.)"

능청맞은 준석의 대답에 직원이 까르르 웃어 보였다.

"She is Born April?(그녀가 4월에 태어났나요?)"

"Yes."

"Romantic. I envy her.(낭만적이군요. 난 그녀가 부러워요.)"

직원이 사람 좋은 따뜻한 미소를 지으며 다정하게 말했다. 준석은 서영도 반지를 받고 좋아할 생각 하니, 벌써부터 설렘 얼굴 가득 퍼지는 미소를 감출 수가 없었다.

"How long does it take?(얼마나 걸리나요?)"

"When do you want it?(언제까지를 원하는데요?)"

"1.5day.(1.5일 정도.)"

애매한 시간을 제시했지만, 직원은 전혀 개의치 않다는 얼굴로 흔쾌히 고개를 끄덕였다.

"Ok, That's enough. She will be pleased.(충분합니다. 그녀가 기뻐할 거예요.)"

"Thank you. I'll see you then.(고마워요. 그럼 그때 보겠습니다.)"

가게를 나온 준석은 밤바다의 그것처럼 까맣게 물들어 있는 하늘의 다이아몬드 조각처럼 총총히 박혀 있는 별을 올려다보았다.

무슨 행동을 해도 전부 서영밖에 생각이 안 난다. 그녀가 웃는 모습, 즐거워하는 모습, 아쉬워하는 모습, 제 품에 안겨 자는 모습, 먹는 모습……

밥을 먹어도, 직원들과 회의를 할 때도, 숨을 쉬어도, 잠을 자는 순간까지 머릿속 한가운데를 차지한 서영은 한순간도 사라지질 않았다.

한국으로 돌아가면 다이아몬드가 박혀 있는 반지를 걸어주고 경치 좋은 레스토랑에서 밥을 먹고 집으로 돌아와 영화를 보며 밤새도록 끌어안고 함께 보낼 예정이다.

그 생각으로 준석은 이 지겹고 긴 영국에서의 밤을 위로했다.

"보고 싶다."

그녀를 볼 수 없는 어제의 밤보다 오늘의 밤이 더욱 고달프게 느껴졌다. 그런 준석의 마음을 아는지 모르는지, 서영에게선 여전히 아무런 연락이 없었다.

괜찮을 줄 알았는데, 감기 몸살이 잠복을 하고 있던 모양이다. 비를 맞은 휴대폰이 먹통이 되어 다음 날 센터로 찾아가 고쳤다. 준석에게서 걸려온 전화를 확인하고 우울한 마음을 그의 달콤한 목소리로 달랬다. 그리고 다시 집으로 돌아와 늦은 점심을 먹고 하루 종일 침대에서 의미 없이 뒹굴다가 잠이 들었는데, 새벽부터 움직일 수조차 없이 온몸이 아팠다.

땀으로 흠뻑 젖은 몸은 비를 맞은 그날과 별다를 바가 없었다. 아무리 이불을 덮고 있어도 몸이 한겨울의 거리에 내던져진 것처럼 추웠고 머리는 무거운 무언가로 가격을 당한 것처럼 고통스럽게 아팠다.

하얗고 버석하게 메마른 입술 밖으로 새어 나오는, 낮은 신음에 가까운 불안정한 호흡과 매가리 없이 자꾸만 축축 처지는 몸에 눈조차 제대로 뜰 수가 없었다.

창문을 가린 커튼으로 인해, 방 안은 밤과 낮이 구분되지 않을 정도로 캄캄했고 정신을 잃었다가 다시 깨어나기를 몇 번이나 반복했더니 시간 개념조차 사라져버렸다. 이러다 자신이 사라져버리면 어쩌나 하는 조바심이 서렸다.

누군가가 온몸을 짓누르는 것처럼 한 발짝도 움직일 수가 없는데, 아까부터 휴대폰이 계속해서 울려온다. 서영은 오늘따라 유난히도 멀게 느껴지는 화장대를 버거운 숨소리를 토해내며 바라보았다.

누구지?

지금 몇 시지……. 오늘 대체, 무슨 요일이지?

이 모든 생각이 입 밖으로 나오지 못하고 띵한 머릿속에서 맴돌았다. 어금니를 깨물고 온 힘을 다해 몸을 일으켰다. 전화가 한 번 끊기고는 다시 울리기 시작했다. 말을 듣지 않은 몸에 질책을 퍼부으며 간신히 침대 밖으로 발을 내려놓았다. 그리고 몸을 일으키는 순간, 빈혈이 일면서 작은 바람에도 날아가버리고 마는 종잇장처럼 그대로 바닥에 주저앉아버리고 말았다.

"아……."

가녀린 신음이 방 안을 가득 채우고 있는 어둠 속으로 금세 스며들어 사라졌다.

아파. 너무 아파……. 몸을 움직일 수가 없어.

그가 와줬으면, 이렇게 쓰러져가는 자신을 좀 일으켜주었으면, 외로움과 추위 속에서 떨고 있는 자신을 좀 끌어안아주었으면.

휴대폰이 또 한 번 울렸다. 서영은 바닥을 엉금엉금 기었다. 또 한 번 휴대폰이 끊겼지만, 서영은 마지막 힘까지 쥐어짜며 화장대 위에 있는 휴대폰을 집어 들었다. 거칠어진 숨을 가다듬었다. 안개가 짙게 깔려 있는 것처럼 눈앞이 흐릿하다. 퉁퉁 붓고 시린 눈으로 액정을 들여다보았다.

시간이 얼마나 흘렀는지, 자신이 얼마나 이 상태로 누워 있었는지에 대해 생각할 겨를은 없었다. 그저, 액정에 적혀 있는 준석의 이름으로 찍힌 부재중 통화의 버튼 하나를 가까스로 누른 후, 서영은 또 한 번 정신을 잃고 말았다.

끝이 보이지 않는 어두컴컴한 공간에 갇힌 서영은 처절하게 몸부림을 치며 주변을 더듬거렸지만, 아무것도 잡히지 않았다.

거기 누구 없어요?

아무리 울부짖어도 아무도 제 곁으로 다가와주지 않았다. 어둠 속에서 서영이 느낀 건 절망뿐이었다. 무언가를 찾겠다거나, 누군가를 만나겠다는 의지대로 될 수 있는 건 하나도 없었다.

제발, 나 좀 여기서 꺼내줘요! 준석 씨, 나 좀 제발 여기서 꺼내줘요!

어디로 가는지, 누구에게 가는지조차도 모르는 발걸음을 그렇게 어둠 속으로 내디디고 또 내디뎠다. 벗어나고 싶다. 달아나고 싶다. 이 절망감에서 도망치고 싶다. 하지만 다리는 쉽게 움직여주지 않았고 자신의 몸이 점점 밑으로 잠겨갔다. 자신의 몸이 어둠에 점점 잠식되어 그 형체를 잃어가고 있었다.

그때였다. 어디선가 이명처럼 들려오는 목소리.

"서영아……."

어둠 속에서 자신을 잡아 이끄는 익숙하고도 담백한 목소리.

"서영아. 서영아."

손끝에서 느껴지는 미세한 따뜻함. 그토록 그리웠던 이 손길의 감촉.

"서영아, 정신 좀 들어?"

서영을 감싸고 있던 어둠이 점점 걷히고 한 줄기의 빛이 눈 위로 서렸다. 눈을 제대로 다 뜨지 않은 상태라 아직은 분별할 수 없는 형체들만이 가득 있지만 서영은 확실히 알 수 있었다.

제 앞에, 준석이 있다는 것을.

다시는 볼 수 없을 줄 알았던 준석을 마주 보자, 서영은 자신도 모르게 안도의 한숨을 내쉬었다. 그와 동시에 서영의 관자놀이를 뜨거운 눈물이 적셨다.

"이제 괜찮아."

준석이 다정한 말투로 눈물을 닦아주었다.

보고 싶었어요. 악몽에서 시달리고 있을 때, 가장 먼저 보고 싶었던 사람이 당신이에요.

아직은 기력이 없어 나오지 못하는 말을 마음속으로 속삭였다. 그런 서영의 마음을 알았는지, 준석이 이마에 가볍게 입을 맞추며 따뜻한 눈빛으로 말했다.

"보고 싶었어."

"……."

"너 이렇게 아픈데, 늦게 와서 미안해. 이제 아무 걱정 마. 내가 네 곁에 계속 있어줄게."

그가 사경을 헤매다가 돌아온 서영의 젖은 머리카락을 애틋하게 쓰다듬어주었다. 서영이 다른 손 하나를 뻗자, 그가 그 손을 꼬옥 잡아주었다.

오래도록 느끼고 싶은 그 감촉을 느끼며 서영은 오랜만에 편안한 잠에 빠져들었다.

곤히 잠들어 있는 서영을 바라보는 준석의 눈빛엔 수심이 가득 차 있었다. 박람회 행사가 끝난 그날 저녁 급하게 귀국을 했다. 원래 예정된 귀국일보다 하루를 앞당겨서 한 것이다. 아무래도 전화를 받지 않는 서영이 걱정돼서였다. 한국에 도착해서도 몇 번이고 서영에게 전화를 걸어봤지만 그녀는 받지 않았다. 그러고 나서 한참 후, 걸려온 그녀의 전화에는 금방이라도 멈춰버릴 것 같은 버거운 신음만 들려올 뿐이었다.

급한 마음에 다른 건 생각하지도 않고 업체를 불러 서영의 집 문을 뜯고 들어갔다. 그리고 그곳에서 정신을 잃고 바닥에 쓰러져 있는 서영을 발견했다.

빛 하나 들어오지 않던 그 어두운 방에서 혼자 끙끙 앓고 있었을 서영을 생각하니, 뜨겁고도 무거운 돌덩이가 마음을 짓이기는 기분이었다. 어쩔 수 없는 상황이었지만, 그녀를 혼자 둔 것에 대한 미안함도 몰려왔다. 준석은 제 재킷 안쪽 주머니에 있는 반지 케이스를 매만졌다. 그는 세상모르게 잠들어 있는 서영을 애처롭게 바라보며 그녀가 잠에서 깨어날 때까지, 곁을 지켰다.

한참 뒤에야 잠에서 깨어난 서영은 충분한 안정을 취해야 한다는 간호사의 말을 들으며 소독솜으로 바늘을 뺀 팔을 지그시 눌렀다.

"혹시 복용하고 있는 약 있으세요? 약 처방해서 가져가셔야 하거든요."

서영은 요즘 자신이 자주 복용하고 있는 신경안정제를 얘기했다.

"네. 알겠습니다."

간호사가 나가고 서영은 아직 멈추지 않은 피를 꾹 눌렀다. 며칠을 아무것도 못 먹었더니, 몸에 아무 기운이 없었다. 눈꺼풀을 감았다가 뜨는 것조차도 버겁게 느껴지던 참에 멀찍이서 자신을 향해 걸어오는 준석을 발견했다.

참 웃기는 일이다.

숨을 쉬는 것조차도 힘들어하던 자신이 그를 보자마자 어디서 힘이 났는지, 입꼬리가 위로 바짝 올라가서는 해맑게 웃고 있었다.

"약 처방 받고 왔어. 이제 집에 가자."

준석의 부축을 받으며 응급실에서 나온 서영은 오랜만에 느껴보는 바깥공기에 기분이 좋아졌다.

"가는 길에 죽 사자."

"네."

조수석에 올라탄 서영의 벨트를 매주고, 뒷좌석에 있는 담요를 집어 무릎을 덮어주었다. 그녀를 대하는 그의 손길 하나, 하나가 조심스러웠다. 집으로 가는 길에 있는 죽집에 들러 죽을 샀다.

그와 함께 들어온 집은 으슬으슬 몸이 떨릴 만큼 한기가 느껴졌다.

"보일러를 좀 켤까?"

"네."

보일러를 켠 준석이 제 팔을 문지르며 서 있는 서영을 부축해서는 식탁 의자에 앉혔다.

"조금만 기다려. 죽 금방 줄게."

사 온 죽을 사기그릇에 옮겨 담은 준석은 식탁 의자에 가만히 앉아 자신을 바라보고 있는 서영에게로 가져왔다.

"뜨거우니까, 조심히 먹어."

숟가락 들 힘도 없고 입맛도 없었지만, 앞에서 지켜보고 있는 준석에게 약한 모습을 보이고 싶지 않아 억지로 들었다.

한 입, 또 한 입.

버석한 입술 사이로 하얗고 뜨거운 죽이 들어갈 때마다 미동하는 그의 눈동자가 고스란히 느껴졌다. 여전히 수심이 가득 차 있는 눈동자였다.

고작, 감기 몸살일 뿐인데도, 그는 땅이 꺼지기라도 한 것처럼 근심이 가득해 보였다. 그런 그가 자신의 병을 알게 된다면, 어떻게 될까. 그의 세상은 어떻게 되는 걸까. 전부 무너져 내려 흔적도 없이 산산조각 나버릴지도 몰랐다.

거기까지 생각에 미치자, 심장이 가시밭에 내동댕이쳐진 것처럼 아프고 쓰려왔다.

"너, 죽 더 먹어야 돼. 처방해온 약 독하다고 했어."

숟가락을 내려놓으려는 서영에게 준석이 죽 그릇을 더욱 가까이 밀어주며 말했다. 서영이 억지로 다시 죽을 떠서 먹었다. 반쯤 먹었을 때, 더는 먹을 수가 없을 것 같아 숟가락을 내려놓았다.

"더 먹으면 좋은데. 더 이상은 못 먹겠어?"

"네."

"알았어. 잠깐만."

서영이 먹는 내내, 앞에 앉아 있어주던 준석이 자리에서 일어나 물과 약을 가지고 돌아왔다.

"혹시나 해서 물어보는 건데……."

"……."

"아직도 그 약 먹고 있어?"

"무슨 약이요?"

"신경안정제……."

상당히 조심스러운 그의 질문에 서영은 애써 밝은 얼굴로 고개를 내저었다.

"아니요, 안 먹어요."

자신이 신경안정제를 먹는 것에 대해 그가 어떻게 알았는지 궁금했지만 서영은 묻지 않았다. 그저, 다른 이야기를 하고 싶었다. 그와는 언제나 밝고 좋은 이야기만 하고 들려주고 싶었다.

"오늘 회사 생활은 좀 어땠어요?"

"어?"

"아, 그러고 보니까, 지금 회사에 계셔야 할 시간 아니에요?"

"오늘 주말이라 괜찮아."

"아. 오늘 주말이에요? 아, 난 또······."

서영은 앞에 놓은 약을 입에 털어 놓고 물을 쭉 들이켰다.

"으, 쓰다. 약을 잘못 삼켰나? 목에서 걸린 것처럼, 쓴맛이 계속 올라오네요."

물을 더 마시기 위해 일어난 서영을 준석이 다시 앉혔다.

"내가 가져다줄게."

빈 컵을 들고 일어나 냉장고에서 물통을 꺼내 컵을 채우는 준석의 뒷모습을 멀거니 바라보던 서영이 참지 못하고 달려가 꽉 끌어안았다.

"우리 얼마나 떨어져 있었어요?"

어제 그를 만났다고 해도 기억엔 없었다.

"많이 보고 싶었어?"

"네, 너무 많이······."

길을 잃고 헤매다가 만난 아이처럼 서영은 한동안 준석의 등에 얼굴을 박고 낮게 칭얼거렸다.

"오늘 안 가실 거죠? 나, 이렇게나 아픈데······. 혼자 두고 가시는 거 아니죠?"

"응, 내가 또 그렇게 의리 없는 놈은 아니지."

준석이 뒤를 돌아 마주한 서영의 볼을 부드럽게 감싸주며 말했다.

"같이 있어줄게."

한참 동안 서로의 체온을 느끼듯 끌어안고 있던 두 사람은 씻기 위해 나란히 욕실로 들어가 양치질을 했다.

"세수시켜줄까?"

"네."

서영의 목에 수건을 두르고 아기를 다루듯 아주 살살 클렌징 폼을 묻히더니 물로 닦아내주었다.

"하나도 안 닦이겠어요. 간지럽기만 해요."

자신이 들어도 참, 기분 좋은 목소리였다.

"그럼 눈 꽉 감아. 눈에 거품 들어가면 안 되니까."

"네."

좀 전보다 훨씬 나아진 손길로 준석은 서영의 얼굴을 깔끔하게 닦아주었다.

"전 그런 거 해보고 싶었어요."

"뭐?"

"남자들 여기 면도해주는 거."

"그게 해보고 싶어?"

"네."

"그럼 잠깐 기다려봐. 차에서 면도 크림 가져올게."

"같이 가요."

서영이 준석의 팔짱을 꽉 꼈다.

"아니야. 혼자 금방 갔다 올게."

"같이 가고 싶어요."

단순히 좋아서 따라가겠다는 모습이 아니었다. 준석이 지금 바라보고 있는 서영은 당장에라도 자신을 놓아버리면 금방이라도 잃어버릴 것처럼 불안해하는 모습이었다. 그 모습이 준석의 눈에 위태로이 보였다.

"그래, 그럼 같이 갔다 오자."

"번거롭죠?"

"아니. 안 번거로워."

"괜히 내가 해보고 싶다고 해서……. 그냥 다음에 할까요?"

"네가 번거롭지?"

"아주, 조금?"

언제 불안해했냐는 듯, 서영이 한쪽 눈을 찡긋 감으며 엄지와 검지로 미세한 틈을 만들었다.

"그래. 그럼 난 아무래도 상관없으니까."

두 사람은 마저 씻고 노곤함에 늘어지는 몸을 이끌고 침대에 누웠다.

"불 끌게."

"네."

순식간에 찾아온 어둠 속에서 일순간 드는 불안감에 서영의 눈동자가 커졌다.

"피곤하지?"

하지만 그 불안감은 곧 제 곁으로 다가와 저를 감싸는 준석의 손길에 금세 사라졌다. 준석의 팔베개를 베고 점점 익숙해지는 어둠 속에서 아무것도 없는 천장을 바라보며 서영은 아쉬운 목소리로 중얼거렸다.

"어렸을 때, 천장에 별 스티커 되게 붙여보고 싶었는데."

"내일 사서 붙일까?"

"내일도 나랑 같이 있어주는 거예요?"

"당연하지. 주말인데."

"하루 종일?"

"응. 하루 종일. 또 평일 되면 이렇게 붙어 있기 어려우니까. 내일 뭐 하고 싶어? 하고 싶은 거 다 말해봐."

준석의 뒷말은 서영에게 들리지 않았다. 그저, 평일이 되면 붙어 있을 수 있는 시간이 단축된다는 것에만 신경이 기울여질 뿐이었다.

서영은 마치, 벌써부터 준석과 떨어진 사람처럼 극심한 외로움을 느끼며 그의 품 안으로 파고들었다. 준석은 그런 서영의 머리카락을 부드럽게 만져주었다.

"끔찍한 꿈을 꿨던 것 같아요. 잊을 수가 없어요."

"⋯⋯."

"자꾸 누군가가 나를 막 잡아당기는 느낌. 내가 사라지는 느낌을 받았어요. 그런데, 그 와중에도 너무 보고 싶었더라고요."

"이제 내가 옆에 있으니까, 그런 꿈 같은 건 안 꿀 거야. 걱정하지 마."

서영이 대답 대신, 그의 안에서 숨을 크게 한 번 들이쉬었다. 그의 냄새. 언제나 맡아도 좋은 그의 냄새가 코끝을 간질였다.

"빨리 내일이 왔으면 좋겠어요. 천장에 별도 달고⋯⋯. 맛있는 것도 먹고⋯⋯. 얼굴도 보고⋯⋯."

독한 감기약 때문인가, 서영은 자신도 모르는 사이에 준석의 따뜻한 품에서 그대로 까무룩 잠이 들고 말았다.

제 앞을 가로막고 있던 어둠에서부터 서서히 깨어난 서영의 눈에 가장 먼저 들어온 것은, 곁에 누워 새근새근 잠들어 있는 준석의 모습이었다.

다행이다. 그가 누구인지를 알아볼 수 있어서⋯⋯.

그가 이 시간에 왜, 여기 있는지는 몰라도, 그가 왜 여기에 있어도 되는지는 알고 있어서.

그렇게 시간이 흐르고 잠시 후, 준석이 잠에서 깼다.

"잘 잤어?"

잠에 푹 잠겼음에도 담백하고 부드러운 목소리였다.

"네. 잘 잤어요."

"몸은 좀 어때?"

준석이 서영의 이마에 손을 올려 온도를 체크했다.

"열은 많이 내린 것 같다."

내가 아팠나?

"네. 이제 괜찮은 것 같아요."

서영은 생각나지 않은 일에 대충 얼버무리며 잠시 떨어져 있던 준석의 품 안으로 다시 파고들었다.

"오늘 별 사러 가야지."

"별이요?"

"어제, 네가 천장에 별 붙이고 싶다고 그랬잖아."

"아……."

기억이 없다.

"얼른 씻고 나갈 준비 하자."

"조금만 더 있다가요."

일어서려는 준석을 서영이 끌어당겨 안았다.

"그럴까, 그럼?"

이불 안에서 나올 생각 없이 소소한 대화를 나누며 꼼지락대던 두 사람은 한참 뒤에야 이불을 걷고 나와 간단하게 아침을 먹고 외출 준비를 했다.

"우리 걸어가요. 걷기에 너무 좋은 날씨에요."

서영은 한산한 일요일 오전의 거리에서 여유롭게 준석의 팔짱을 끼고 걷는 이 순간이 너무 행복했다.

"그런데 우리 지금 어디 가는 거예요?"

해맑게 물어보는 서영의 대답에 준석의 얼굴이 묘하게 굳어졌다. 그러다 이내, 아무렇지 않다는 듯 부드럽게 미소 지으며 입술을 떼어냈다.

"내가 네 방에 가장 큰 별을 달아 줄게."

"별이요? 아, 내 천장에 별."

"응."

"내가 천장에 별 붙이고 싶어 하는 건, 어떻게 아시고……. 어렸을 적부터 붙이고 싶어 했거든요."

별 스티커를 사러 문방구에 갈 줄 알았던 서영은 자신의 손을 이끌고 조명가게 안으로 들어가는 준석을 얼떨결에 따라갔다. 화려하고 눈부신 조명들에 서영은 눈이 다 시려왔다.

"어서 오세요."

주인아저씨의 인사에 준석이 가볍게 묵례를 하고선 주변을 살폈다.

"뭐 찾는 거 있으세요?"

"별 모양 조명이요."

"아, 이쪽으로 오세요."

두 사람은 주인아저씨를 따라 2층으로 향했다. 1층에 있는 조명들과는 비교도 되지 않을 정도 형형색색의 다채로운 조명들이 두 사람을 향해 빛나고 있었다. 모양이 예쁜 조명들에 혼이 빼앗기듯, 서영은 정신없이 조명들을 구경했다. 나무를 연상케 하는 조명, 북유럽의 느낌이 나는 모던한 조명, 독특한 디자인의 조명들……

"서영아, 이리 와봐."

준석의 부름에 서영이 안쪽으로 향해 걸음을 옮겼다.

"이거 어때?"

천장을 가리키는 준석의 방향을 따라 고개를 위로 올렸다. 여러 개의 금빛을 두른 별을 겹쳐서 만든 디자인의 조명이었다.

"예뻐요……"

"마음에 들어?"

"네. 너무 예뻐요, 진짜."

"그럼 이걸로 사자."

물건을 주문하고 설치를 할 날짜까지 신청한 후, 두 사람은 조명 가게를 빠져나왔다. 그러고는 마치 약속이라도 한 듯, 정처 없이 걸었다. 단숨에 찾아온 가을의 서늘한 바람에 떨어진 메마른 양버즘나무 잎사귀를 밟으며 걸었다. 두 사람의 주변을 채우는 것은 메마른 잎사귀가 밟히는 소리와 서로의 숨소리뿐이었다.

한참을 그렇게 정처 없이 걷던 두 사람의 시야로 활기찬 시내가 나오고 대형 마트가 눈에 들어왔다.

"재료들 사다가, 점심에 직접 요리해 먹을까요?"

서영의 제의에 준석이 동감하듯 고개를 끄덕였다.

마트는 여태 서영과 준석이 있었던 공간과 다르게 사람들로 북새통을 이루었다. 카트를 끌고 다니는 것조차도 애를 써야 할 지경이었다.

"뭐 해 먹고 싶어?"

"음……. 떡볶이도 먹고 싶고, 어묵탕도 먹고 싶고……. 아! 그 옥수수 콘으로 마요네즈 넣어서 한 그것도 먹고 싶어요!"

사람들 틈 사이를 비집고 다니며 재료를 산 두 사람은 계산을 끝내고 나왔다. 차를 가지고 오지 않은 탓에 밖으로 향하던 준석과 서영에게로 아이스크림을 손에 든 한 남자아이가 앞도 안 보고 무법자처럼 뛰어왔다. 서영과 대화를 나누느라 아이를 발견하지 못했던 준석은 제 바지에 닿는 차가운 이물질에 그제야, 아래를 내려다보았다. 아이가 들고 있던 아이스크림이 묵사발이 되어 준석의 바지를 끈적끈적하게 적시고 있었다.

"어머, 어떡해! 죄송합니다! 너 정말 애가 왜 그러니! 왜! 엄마가 이런 데서 뛰어다니지 말라고 그랬지!"

"으아앙!"

아이의 엄마가 급하게 뛰어와 아이를 잡고 때리는 바람에 인상조차 찌푸릴 수 없는 상황이었다.

"아, 저는 괜찮습니다."

"정말 죄송합니다! 제가 세탁비라도……."

"세탁비도 괜찮아요."

"얼른 죄송하다고 사과드려!"

눈물이 그렁그렁 차 있는 눈을 하고서는 슬픔에 젖은 목소리로 사과를 하는 아이에게 준석은 상냥하게 미소 지으며 다음에는 조심히 다녀야 한다고 대답해주었다.

"나 잠깐 화장실 좀 다녀올게."

모자가 가고 준석은 바지에 덩어리로 묻어 있는 아이스크림을 난감하게 내려다보았다.

"네. 여기서 기다릴게요."

"그래. 금방 갔다 올게."

바지에 묻은 아이스크림을 씻고 물에 젖은 바지를 핸드 드라이기에 가까이 가져다 대고 살짝 말린 준석은 여전히 찜찜한 마음으로 화장실을 나섰다. 집으로 빨리 돌아가 옷을 갈아입고 싶었다.

"가자, 서영……. 어? 어디 갔지?"

물건은 고스란히 그 자리에 있는데 서영이 보이질 않았다.

"화장실 갔나?"

주변을 둘러보았지만 보이지 않는 서영의 흔적에 준석은 혼잣말을 중얼거렸다. 그렇게 그녀를 기다린 지 15분 남짓 정도 되었을 때, 준석은 휴대폰을 들어 서영에게 전화를 걸었다. 신호는 몇 번 가지 않아, 그녀의 고운 목소리로 바뀌었다.

-네.

"나 나왔는데, 지금 어디야?"

-전 지금 어디 좀 들렀다가 집에 가는 길이에요. 어딜 나오셨는데요? 혹시 지금 저 보러 오시는 거예요?

"……."

무슨, 소리를 하는 거지?

준석은 조금 전까지만 해도 자신과 같은 공간에 존재했던 서영이 마치, 다른 공간에 있었던 사람처럼 하는 말에 의아하고 혼란스러웠다. 하지만 준석은 이 모든 상황을 그렇게 심각하게 받아들일 필요는 없다고 생각하며 주변을 두리번거렸다. 어디선가, 그녀가 몰래 숨어서 자신에게 장난을 치고 있는 듯했기 때문이었다. 그러지 않고서야, 지금 겪고 있는 이 상황은 절대 이해할 수가 없는 상황이었다.

"우리 방금까지만 해도 같이 요리해 먹기로 해서 장 보고 있었잖아. 장난 그만 치고 빨리 나와."

휴대폰 너머의 공기가 순식간에 달라졌음을 느꼈다. 갑자기 드리운 무거운 정적에 준석은 알 수 없는 불안감을 느꼈다.

-맞아요. 장난이에요, 장난.

서영의 대답에 준석은 여전히 마트 안쪽을 살폈다. 모르는 사람들로 여전히 북새통을 이루는 낯선 공간. 그 공간에서 익숙한 서영의 모습은 여전히 보이지 않았다.

"대체, 어디에 있는 거야? 그만하고 나와. 보고 싶어."

-밖인데……. 저, 지금 밖에 있는데…….

"밖으로 나간 거야? 벌써?"

바닥에 있던 짐 봉투를 들고 서영이 있다는 밖으로 향했다. 전면이 유리창으로 되어 있는 문에 가까워지자, 밖에서 서성거리고 있는 서영의 모습이 보였다.

"나, 너……."

준석은 더 이상 말을 잇지 않고 제 시야에 들어와 있는 서영을 바라보았다. 그녀는 위태로워 보일 정도로 불안에 떨며 주변을 살피고 또 살피고 있었다. 숨었다가 나타나는 장난을 치는 보통의 모습과는 지나치게 다른 모습이었다.

귀여운 인형에 한눈이 팔려 사람이 바글바글한 놀이공원에서 엄마의 손을 놓쳐버리기라도 한 아이처럼.

아무도 없는 낯선 곳에 혼자 떨어진 사람처럼. 그녀의 얼굴엔 두려움과 아픔, 공포의 감정들이 뒤섞여 있었다.

반쯤 정신이 나간 상태로 무언가를 찾듯 주변을 두리번거리던 그녀의 시선과 그녀를 바라보고 있던 준석의 시선이 맞닿았다.

-저, 여기 있어요.

여전히 불안감이 가시지 않고 잔뜩 서려 있는 목소리. 그리고 겨우 웃어 보이는 얼굴.

마음이 이상하다.

준석은 방금 자신이 그녀에게서 느낀 그 극심한 위태로움을 쉽게 무시할 수가 없었다.

제
6
부

그
녀
의

비
밀

1

도저히 업무에 집중을 할 수가 없었다.

아직까지도 여운이 가시지 않은 어제의 감정에 준석의 정신 상태는 혼란스러움으로 무참히도 흔들리고 있었다. 그녀로 인해서 민감해진 신경들은 어제 밤새도록 준석을 괴롭히며 잠까지 설치게 했다. 곰곰이 어제의 서영을 떠올리며 느낀 것이 하나 있었다. 요즘, 서영을 보면 사소한 일을 자주 깜빡이고 있다는 것.

예전에는 자신도 잘 기억하지 못하는 일들까지 꼼꼼히 챙겨주던 그녀라, 조금 의아하긴 했지만 그리 심각하게 여기진 않았다. 서영과 연애를 시작하고부터 그녀를 생각하느라, 자신 역시 종종 무언가를 깜빡하는 일이 파다했기 때문이었다.

하지만, 근래의 그녀를 보면 단순한 건망증이라고 하기엔, 마음에 걸리는 것이 한둘이 아니었다. 출장을 가기 며칠 전의 일도 그렇고,

출장을 다녀온 자신에게 회사생활을 물어보는 것도 마음에 걸렸다. 아파서 정신이 없어 그랬겠거니, 했지만 마트에서 있었던 일은 정말 가볍게 넘길 만한 일이 아니었다.

불안과 공포 속에서 떨고 있던 그녀의 모습이 아직도 잊히지가 않는다. 그건 길을 전혀 모르는 어린아이가 부모의 손을 놓치고서는 혼자 남겨졌을 때 보이는 증상과 비슷했다. 마트에서 집으로 돌아와 요리를 하는 내내, 멈칫하고 넣었던 소금을 넣고 또 넣었던 그녀.

"내가 너무 예민한가……."

그러다가도 혹시, 그녀가 요 며칠 아파서 보이는 일시적인 증상에다 정말 단순한 건망증일 뿐인데, 너무 과민반응을 보이는 건 아닌가 싶기도 했다. 그녀의 생각에 머릿속은 걱정으로 포화 상태에 이르러 금방이라도 터져버릴 것같이 지끈거렸다.

단순히 넘어가기엔 마음이 편하질 못하고, 심각하게 여기기에는 아무리 생각해봐도 단순한 건망증 이외의 그럴 만한 정확한 사유가 없어서 답답했다. 그렇게 업무에 집중도 하지 못하고 한참 방황을 하고 있었다. 노크 소리와 함께 윤정이 안으로 들어왔다.

"저, 사장님."

"응."

"민지훈 씨라는 분이 찾아왔는데요."

"민지훈?"

일전에 서영과 저녁을 먹으러 갔다가 우연치 않게 부딪히게 된 남자임을 떠올린 준석이 고개를 낮게 끄덕였다.

"올라오라고 해."

잠시 뒤, 윤정의 안내를 받으며 지훈이 들어왔다.

"차는 뭐로 준비해드릴까요?"

"전 괜찮습니다."

"대표님은요?"

"나도 괜찮아."

윤정이 나가고 정적이 흘렀다. 어색한 공기를 타고 지훈에게 닿은 준석의 눈빛은 위압감이 들 정도로 사납고 매서웠다.

"앉아요."

자리에서 일어난 준석이 멀뚱히 서 있는 지훈에게 소파를 가리켰다.

"죄송합니다. 이렇게 약속도 없이 무작정 찾아와서."

그때는 어두워서 잘 몰랐는데, 이렇게 밝은 곳에서 보니 지훈은 꽤 앳된 외모를 소유하고 있었다. 때 묻지 않은 순수함과 훈훈함이 묻어나 있었다.

"괜찮습니다. 어차피 곧 점심이라서요."

친절하게 대하고 싶지 않았지만, 서영의 지인이라는 타이틀을 소유하고 있기에 친절하게 대하는 것이 예의라는 생각이 들어 준석은 억지로 웃으며 입술을 떼어냈다.

"점심은 먹었습니까?"

"학교 수업 때문에 바로 가봐야 돼서요."

"아……. 그런데 무슨 일로."

"서영 누나가 걱정돼서요."

"서영이요?"

조금 전까지 하고 있던 서영에 대한 근심이 몸집을 더욱 크게 부풀리며 준석에게로 다가왔다.

"무슨 걱정을 말하는 겁니까?"

"며칠 전에 교수님이 맹장이 터지셔서 병원에 입원하셨는데, 교수님들이랑 친구들이랑 병문안을 갔다가 누나를 봤어요……."

"병원이요?"

되물어볼 수밖에 없는 그 장소에 준석의 심장이 철컹, 하고 내려앉았다.

"대학 병원이었어요……. 처음에는 누구 병문안 왔나 싶었는데, 거기가 입원실이 있는 층수가 아니었거든요. 전 저랑 같이 가신 교수님께서 병원에서 근무하시는 친구를 만나시겠다고 인사도 드릴 겸 같이 가자고 해서 따라간 건데……. 신경과 진료를 받는 층수였어요. 표정을 보니까, 심상치가 않아 보여서요. 반쯤 혼이 나가 있는 듯한 표정……."

그때 봤던 서영의 표정이 떠올랐는지 지훈의 얼굴이 더욱 심각하게 일그러졌다. 걱정과 초조함이 기습해왔다. 지훈은 아랫입술을 잘근잘근 씹으며 무언가를 잠시 망설이는 눈치였다.

"민지훈 씨."

"사실…… 요즘 누나를 만날 때 좀 이상하다는 느낌을 받아요."

자신만 그렇게 느낀 것이 아니라는 사실에 준석은 더욱 격렬한 불안감을 느꼈다. 그녀에겐 아무 일도 일어나지 않았는데, 스스로가 너무 과민반응을 보인 것이길 바랐다. 정말, 차라리 그러기를 간절히 바라고 있었다. 하지만 점점 확신으로 물든 지훈의 눈동자를 마주할 때마다 그 바람이 서서히 멀어져가고 있다는 것이 느껴졌다.

"무슨 느낌을 말하는 거예요?"

"누나가 그런 사람이 아닌데……. 대표님도 서영 누나랑 오래 일해봐서 아실 거예요. 뭐 하나 대충하는 법이 없다는 것, 누군가와 가볍게 만나 차 한잔을 하자는 약속만 잡아도 10분은 더 일찍 나와서 기다려야 직성에 풀리는 사람이라는 거. 누나가 고등학교 때 수학여행을 갔어요. 첫날 제가 오는 길에 감귤 초콜릿을 사다달라고 말했는데, 제 친누나는 까먹어서 못 사 온 그 초콜릿을 서영 누나가 사다줬어요. 누나는 그런 작은 것까지도 잘 기억하고 있던 사람이에요. 그랬던 누나가 약속을 까먹고 있었어요. 그것도 저희 엄마 납골당에 가는 날, 한참 늦게 나와서 어딜 가는 거냐고 물어보더라고요……. 누나가 아무리 정신이 없어도 저희 엄마 납골당에 가는 것을 잊어버릴 리가 절대 없어요."

전부 인정하는 부분이었다. 자신이 느끼고 있는 것을 똑같이 느끼고 있는 지훈의 모습에 준석은 영혼이 빠져나가버린 기분이 들었다.

"저희 잠깐 마주친 날 있잖아요. 그날도 어딜 갔다 왔냐는 대표님의 말에 누나의 눈동자가 심하게 일렁이고 있었어요. 사실, 망설일 거 없잖아요. 저희 엄마 납골당에 다녀온 것에 대해서는……. 확실한 건 아니지만, 제 생각엔, 그때 누나가 잊어버렸던 것 같아요. 저와 함께 갔다 온 납골당을……."

"……."

"그런데 더 이상했던 건…… 누나가 손바닥에 써놓은 글자예요."

"손바닥에 글자를 써놨다고요?"

"확실히 봤어요. 손바닥에 제 이름과 저랑 만나기로 했던 장소가 쓰여 있는 걸요."

"그렇다면 서영이가 지금 무언가를 잊어버리는 것이 병원에 간 것과 연관이 있다는 뜻입니까?"

참, 멍청한 질문이라는 것을 안다. 그러면서도 지훈이 아니라고 확신이 찬 목소리로 말해주길 원했기에 준석은 물었다. 병원에 갈 만큼의 아픔과 서영은 전혀 연관성이 없다고 누군가가 그렇게 장담

해주길, 그래서 자신의 이 아릿할 정도로 불안한 마음을 잠재워주길 빌어 보았다. 하지만 지훈의 입술 밖으로는 대답이 아닌 깊은 한숨 소리만 흘러나올 뿐이었다.

"그 병원 어딥니까. 제가 직접 의사를 만나서 얘기를 좀 들어보겠습니다."

지훈이 서영을 만났던 그 병원 이름을 전해주었다.

"아무 일도 없을 겁니다."

"……."

"서영이한테 아무 일도 없을 거예요."

희망적인 말로 지훈과 자신의 초조한 마음을 달래주었다. 그럼에도 전혀 진정되지 않는 마음은 결국, 업무 시간 내내 준석을 아무것도 못 하게 만들었다. 준석은 병원에 내일 이른 오후 진료를 예약하고 퇴근을 하자마자 곧장, 서영의 집으로 향했다.

"일찍 퇴근하셨네요?"

밝은 미소와 함께 자신을 반기는 서영을 보며 차마, 물어볼 수가 없었다. 물어보는 순간 저렇게 화사한 미소가 거두어지고 어떻게 일그러질지 모를 그녀의 모습을 마주 보고 있을 자신이 없었다.

"응. 하루 종일 뭐 했어?"

"그냥, 뭐……. 식사 준비 다 되었어요!"

대충 말을 흘려보내며 제 시선을 급하게 피해서 주방으로 들어가는 서영의 뒷모습을 착잡하게 바라보았다.

아니지?

아무것도 아니지, 서영아…….

지금, 너한테 아무 일도 없는 거지?

"거기서 뭐 하세요?"

준석은 자꾸만 가라앉으려는 무거운 몸을 끌고 서영이 차려놓은 식탁으로 가 앉았다.

"몸은 좀 어때?"

"훨씬 괜찮아졌어요."

천천히 손을 뻗어 서영의 이마를 짚어보았다. 열은 많이 내려가 있는 상태였다.

"다행이네……."

"걱정 많이 했어요?"

준석이 대답 대신 낮게 고개를 끄덕였다.

"아프지 마."

"……."

항상 웃게 해주고만 싶다. 항상 행복해하는 모습만 보고 싶다.

"아프지 마, 서영아."

아직 확실한 것도 아닌데, 자꾸만 감정이 멋대로 요동치는 것이 싫었다. 그래서 억지로 꾹꾹 그 감정을 짓누르며 애써 평정심을 찾아 말했다. 나쁜 쪽으로 더 많이 기울여지려는 생각에 스스로를 질책하고 나무라기도 했다.

"네."

온화한 미소를 지으며 대답하는 그녀의 모습에도 준석은 어수선한 마음을 종잡을 수 없었다. 눈에 담고 있는 것조차도 아까울 정도로 소중한 사람이다. 이런 사람이 아프고 고통스러워하는 걸 아무것도 해주지 못하고 곁에서 바라보기만 해야 하는 것은 상상만으로도 잔혹한 것이었다.

"우리 내일 좋은 데 가서 저녁 먹자."

"내일이요?"

"응. 맛있는 음식이 있고 멋진 배경이 있는……."

"좋아요. 몇 시까지 갈까요?"

"집 앞에 7시까지 나와 있어, 내가 데리러 올게."

서영이 자리에 일어나 거실에 걸려 있는 달력으로 향했다. 그러고는 다음 날 날짜 밑에 시간과 약속을 적어놓았다. 저건 비서 생활을 하면서 길든 습관 때문에 적는 것으로 대수롭지 않게 생각하고 있었는데, 어쩌면 잊어버리는 것을 방지하기 위해서 적어놓는 것일지도 모른다는 생각이 들었다. 준석의 눈동자는 근심과 두려움에 일렁이고 있었다.

"일 그만두고 만나자는 사람들이 은근히 많아서……. 행여나, 약속을 이중으로 잡진 않을까 걱정돼서 적은 거예요."

달력에 적힌 글자에서 눈을 떼지 못하고 있는 준석을 보며 서영이 해명을 덧붙였다.

"그래."

서영이 달력을 쭉 살폈다. 그러고 보니 자신과 함께한 데이트들이 달력에 고스란히 적혀 있었다.

"오랜만에 데이트할 생각 하니까, 설레고 신나요."

"나도 그래."

한번, 확인을 해보고 싶었다. 자신의 생각대로, 지훈의 말대로, 그녀의 기억 속에 어떤 문제가 생겼는지…….

하지만 무서워서 그럴 수가 없었다. 정말, 그녀가 기억을 해내지 못할까 봐. 알아야 하지만 그것을 그녀에게서 직접 확인받는 것이 너무 두려웠다.

"회사에서 뭐 안 좋은 일 있었어요?"

"아니."

"안색이 안 좋아 보이세요……."

"아닌데. 나 진짜 괜찮은데."

준석이 얼굴에 잔뜩 힘을 주어 웃었다. 그런 준석을 마주 보고 있던 서영이 무언가를 망설이더니, 조심스럽게 입술을 떼어냈다.

"오늘…… 우리 집에서 자고 가시면 안 되시죠? 사실, 어제 심한 악몽을 꿔서……."

"안 될 게 뭐가 있어."

"……."

"자고 갈게."

"욕조에 따뜻한 물 좀 담아놓을게요."

함께한다는 것이 꽤 설레었는지 서영이 일어나서 욕실로 향해 달려갔다. 서영의 뒷모습을 말없이 적적한 눈길로 좇던 준석이 불현 듯, 그녀의 옆자리에 있던 다이어리로 시선을 돌렸다.

"……."

조심스럽게 손을 뻗어 다이어리를 펼쳐 들었다. 그녀의 작은 메모들이 준석의 눈길을 사로잡았다.

<요즘 이상하다. 예전엔 이렇게까지 느껴지지 않았던 외로움이 너무 절실하게 느껴진다. 혼자 있고 싶지 않다……. 그 사람이 매일 함께해준다면 참, 좋을 텐데……>

<보고 싶다. 준석 씨가 너무 많이 보고 싶다.>

<잊지 말자. 전부 다. 아무것도 잊지 말자, 서영아.>

<지금은 새벽 3시 37분. 악몽 때문에 잠에서 깨어났다. 흠뻑 젖어

버린 나의 몸. 지금 내가 추운 건, 다 낫지 않은 감기 몸살 때문일까, 아니면 외로움 때문일까……>

그녀를 괴롭혔던 지독한 외로움이 고스란히 느껴지는 탓에 준석은 더는 종이를 넘겨 볼 수가 없었다. 준석은 다이어리를 그대로 닫아야 했다.

다음 날. 예약해놓은 시간에 맞춰 지훈이 서영을 봤다는 병원을 들렀다. 신경과. 그 달갑지 않은 글자가 준석의 눈을 콕콕 찌르는 느낌이었다. 손바닥에서 땀이 나올 정도로 긴장이 되었다. 이렇게 극심하게 긴장을 하는 것은 처음이었다. Talk Talk를 창립할 당시 처음 투자자들을 만나는 자리에서도 이렇게까지 긴장을 하지는 않았다. 몸은 뻣뻣해졌고 머리는 하얗게 질려가고 있었다.

"강준석 환자분."

간호사의 안내를 받으며 준석이 진료실 안으로 들어갔다. 의사는 코끝까지 내려온 안경을 추켜올리며 막 의자에 앉는 준석을 마주했다.

"어디가 불편하셔서 오셨습니까?"

"제가 딱히 불편해서 온 건 아니구요……. 혹시, 선생님께서 진료하시는 환자 중에 최서영이라는 사람이 있습니까?"

제발, 없다고 말해주길.

그런 환자는 이 병원에 한 번도 온 적이 없다고 말해주길…….

"아……. 최서영 씨……. 그분 보호자세요?"

하지만, 그렇게 준석의 간절한 바람은 완전히 박살 나고 말았다. 이루 말할 수 없는 참담함에 눌려버린 심장이 비명을 내지르고 있었다. 의사는 너무나 익숙한 이름이라는 듯, 바로 아는 척을 해 보였다.

"최서영 씨는 제 담당 환자는 아닙니다. 박 교수 담당인데, 조금 특이한 케이스라 저희끼리 많은 회의를 하곤 하죠. 지세한 이야기를 듣고 싶으시다면 담당 의사에게 한번 가보시겠어요?"

의사는 간호사를 불러 준석을 박 교수에게 안내해주라고 말했다. 준석은 시간이 지날수록 더욱 짙어지는 긴장에 입술이 바싹바싹 말라가고 있었다. 안내를 해준 간호사가 간단하게 박 교수에게 상황을 전달했다.

"아, 안녕하세요."

박 교수가 자리에서 일어나 준석에게 악수를 청해왔다. 준석이 상체를 살짝 수그려 정중하게 의사의 인사를 받았다.

"최서영 씨 보호자시라구요."

"네……."

"정확하게 관계가 어떻게 되죠?"

"곧, 결혼할 사이입니다."

"아……."

의사는 살짝 아쉬워하는 얼굴로 준석을 바라보았다.

"가족이 아닌 이상 환자의 상태를 자세히 말씀드릴 수는 없습니다. 환자분과 함께 다시 찾아오시는 것이 좋으실 듯싶습니다."

"많이…… 아픈 겁니까?"

금방이라도 부서져 사라져버릴 것처럼, 준석의 모습은 애처로우면서도 위태로워 보였다.

"별일 아닌 거죠?"

"……."

미세한 바람에도 무참히 흔들리는 갈대처럼, 치솟아 오른 두려움에 준석의 몸은 무참히 흔들리고 있었다.

"선생님, 제발, 제발……. 별거 아니라고 대답해주세요. 그냥, 치료 몇 번 하면 다 나을 병이라고……. 그러니, 너무 걱정 안 해도 된다고. 제발 그렇게 말씀해주세요. 제발……."

사정했다. 눈물로 호소했다. 뜯기고 찢긴 심장에 피가 흘러넘치는 것 같은 고통 속에서 울부짖었다. 묵묵부답인 채로 자신을 안타깝게만 쳐다보고 있는 의사의 모습에 수십 번은 더 좌절했다.

"죄송합니다. 좋은 말씀 못 드릴 것 같습니다. 사실, 환자의 상태를 인증되지 않은 보호자에게 말을 해주는 건 안 되지만, 지금 환자분의 상태는 조금 심각한 편이십니다. 헌팅턴 병이라고 해서……."

박 교수는 진정하지 못하고 거친 호흡을 내뱉고 있는 준석에게 병에 대해 설명해주었다.

"그 병을 앓고 있는 환자 중에서는 증상이 나쁘지는 않지만, 현재 서영 씨 같은 경우에는 단기 기억상실 병세를 보이고 있습니다. 단기기억 중에서도 특이하게 주기적이지 않다는 거예요."

"주기적이지 않다는 건……."

"기억들이 자기 멋대로 사라진다는 거죠. 어느 정도의 시간 차이나 장면들을 두고 없어지는 반면, 서영 씨 같은 경우에는 기억하는 부분을 잘 파악하지 못하고 있어요. 사람의 인체라는 건, 참 신비합니다. 다 그런 것 같아도 0.001%의 다른 형태로 병이 진행되는 경우도 있어요. 서영 씨 같은 경우가 그런 경우라고 할 수 있습니다. 이 환자분은 정말 특이한 게, 단기 기억상실을 걸려도 충격을 받은 건 잊지 않는다는 거예요."

박 교수는 여전히 이해가 가지 않고 의아하다는 표정으로 고개를 갸웃해 보였다.

"그것 외에는 다른 증상은 아직 없습니다. 며칠 전에 오셔서 정밀

검사를 한번 받아보셨거든요. 그렇다고 안심해서는 안 돼요. 이 병이라는 게 언제 잠복을 했다가 튀어나올지 몰라서요."

"……."

"단기뿐만이 아니라, 장기 기억을 잃을 수도 있고……. 근육 마비로 보행과 생활에 불편함이 생길 수도 있고……. 그러다 말기가 되면 연하곤란으로……."

박 교수는 더 이상 말을 이어갈 수가 없었다. 눈앞에서 무너지지 않으려고 아무리 애를 써도 잘 안 되는 듯, 안간힘을 쓰고 있는 준석 때문이었다. 목 주변이 움푹 파이고, 관자놀이에 붉고 푸른 핏줄이 선명하게 도져 있었다. 허벅지 위에 놓인 채 꽉 쥐고 있는 주먹은 금방이라도 터져버릴 것 같았다.

"그래도 다행입니다. 매일 환자분 혼자 오셔서 걱정을 많이 했는데, 곁에 누군가가 있다는 것이 참, 다행스러운 일입니다."

믿을 수가 없었다. 믿고 싶지 않았다.

"아닙니다. 우리 서영이가 그럴 리가 없습니다. 오진 아닙니까?"

굳게 다문 의사의 모습에 준석은 또 한 번 무너지는 것 같았다.

"다른 병원 가서 다시 확인해봐야 할 것 같습니다. 그럴 리가 없어요."

의사의 진단을 부정하며 진료실에서 나와 넋을 잃고 걸어가던 준석은 결국 얼마 가지 못해 바닥에 주저앉아버리고 말았다.

"어머, 총각 괜찮아요?"

세상 모든 것이 불공평하고 원망스러워졌다.

왜 하필 그 수많은 사람 중에 서영인지…….

얼마나 많은 시간을 돌고 돌아서 만난 소중한 사람인데…….

혼자 얼마나 힘들었을까, 혼자 얼마나 무서웠을까…….

꺼져버린 하늘엔 어떤 희망의 빛도 보이지 않았다.

"으……."

심장이 뜯어져 나가는 것처럼 고한이 엄습해왔다. 준석은 제 심장 부근을 쥐어짰다. 그럼에도 나아지지 않은 고통에 준석은 한동안 자리에서 일어날 수가 없었다.

얼마 후에 여전히 진정이 되지 않은 몸을 간신히 일으켰다. 눈물이 차올라 뿌예진 탓에 시야가 잘 보이지 않았다. 준석은 몇 번이고 비틀거리며 넘어지려는 몸을 벽에 기대며 간신히 걸었다. 미안했다. 아무것도 알아주지 못했던 것이 미안했고, 자신이 그녀에게 너무 무심한 건 아니었나 싶어 스스로가 용서되지 않을 만큼 괘씸하기도 했다.

병원에서 내려와 차에 올라타서도 준석은 치밀어 오르는 감정으로 완전히 정복당해 괴로워했다. 끝끝내 회사로는 돌아가지 못했다. 마르지 않으려는 눈물을 가까스로 참아내며 서영과 만나기로 한 약속 장소로 향했다.

그녀는 벌써 나와 있었다. 기억을 해낸 것인지, 아니면 어제 달력에 써놓은 것을 발견한 것인지는 알 수 없었다. 서영이 주변을 두리번거리다가 창문 너머로 준석을 발견하고 화사하게 미소 지으며 손짓해 보였다.

그 모습이 눈부시게 아름다웠다. 그래서 자꾸만 눈물이 났다.

"무슨 일 있어요?"

서영이 조수석에 올라타자마자 걱정스럽게 준석을 향해 물었다.

"안구건조증이래."

"안구건조증이요?"

"응."

급하게 변명을 하며 서영의 시선을 피했다. 그녀를 마주 보고 있으면 감정이 더욱 북받쳐 올라와 감당이 되지 않을 것 같았다.

"많이 아파요? 오늘 저녁 먹을 수 있겠어요?"

"그럼. 먹을 수 있지."

짐짓 더 밝고 씩씩하게 대답했다. 켜져 있는 조명으로 인해 빛나는 건물들이 만들어낸 아름다운 전경을 바라보며 두 사람은 주문했던 식사를 했다. 하지만 준석은 틈만 나면 목이 메어버리는 바람에 식사조차 제대로 할 수가 없었다. 그러다 서영의 그릇이 벌써 다 비워져 있는 것을 발견했다.

"부족하면 뭐라도 더 먹을래?"

"아니요. 새로운 거 하나 시켜서 먹기엔 너무 배불러요."

"그럼, 이거 더 먹어."

준석이 자신의 스테이크를 반으로 썰어서 서영에게로 내밀었다.

"왜 이렇게 못 드세요? 정말 무슨 일 있는 건 아니시죠?"

아픈 와중에도 자신을 걱정해주고 있는 서영의 모습에 준석은 또다시 뜨거운 무언가가 울컥, 하고 치밀어 올랐다.

"잠깐만."

결국, 못 참고 황급하게 자리에서 일어나 화장실로 뛰어 들어왔다. 칸막이를 밀고 들어가 쓰러져버리듯 주저앉아버린 준석의 얼굴은 이미 눈물로 범벅이 된 상태였다. 아무것도 수긍할 수가 없었다. 그녀가 아프다는 것도 아픈 그녀를 위해 해줄 수 있는 것이 아무것도 없다는 것도.

준석은 한참 동안 서영에게 돌아가지 못했다.

서영은 피곤했는지, 차에 올라타자마자 까무룩 잠이 들어버렸다.

창백하게 질린 얼굴과 여전히 눈 근처에 맺혀 있는 눈물을 보자 준석의 가슴은 더욱 쓰라려왔다. 오피스텔에 도착한 준석은 행여나 잠이 든 서영이 깰까 싶어, 조심스럽게 그녀를 안아 올렸다. 지나치게 가벼운 그녀의 몸에 준석은 괜스레 마음이 뭉클했다. 집으로 올라온 준석은 품에 안겨 있던 그녀를 침대 위에 내려놓고 이불을 덮어주었다.

이러면 안 되는데……

서영을 볼 때마다 자꾸만 감정이 북받쳐 올라와버린다. 또다시 울컥하고 치밀어 오르는 슬픔에 터질 것 같은 눈물을 가까스로 참으며 침실을 빠져나왔다. 그녀를 침실로 데리고 가면서 대충 던져놓았던 핸드백이 보였다. 그 안에서 삐죽이 튀어나와 있는 다이어리를 향해 준석이 손을 뻗었다.

"……"

<오늘의 나는, 어제의 나를 기억하지 못하고……>

<무섭다. 언젠가는 완전히 잊히게 되어버릴 내가, 그 사람이……>

<괜찮을까? 나, 이대로 가도 정말 괜찮은 걸까? 계속 그 사람을 이렇게 곁에 두고 사랑해도 괜찮은 걸까?>

서영이 적어놓은 메모들을 살피며 준석은 차오르는 눈물을 손등으로 거칠게 닦아냈다. 속이 뭉그러지는 것 같았다. 차라리, 서영이 아니라 자신이 아팠으면. 그 고통을, 그 아픔을 전부 가져올 수만 있다면……

종이를 넘길 때마다, 가늘 수 없는 비통에 울부짖었다. 버킷리스트로 보이는 메모들을 손끝으로 애틋하게 어루만졌다.

<놀이동산 가기>

<정해놓은 장소 없이 지하철을 타고 내리고 싶은 곳에서 내려 데이트하기.>

\<등산하기.\>

\<캠핑 가기.\>

\<스튜디오 가서 같이 사진 찍기.\>

\<함께 첫눈 맞아보기.\>

\<3박 4일로 해외여행 함께 가기.\>

\<스카이다이빙 해보기.\>

\<한강 가서 유람선 타기.\>

\<+추가. 지윤이와 꼭 화해하기.\>

시간이 지날수록 깊어져가는 새벽만큼이나, 준석의 슬픔도 더욱 깊어져가고 있었다.

서영이 아프다는 것을 알고 나서부터 준석의 일과는 달라져 있었다. 밤새도록 뒤척이다가 일어나 새벽이라는 것도 인식하지 못하고 서영에게 전화를 걸었다. 졸림에 허우적거리는 목소리를 듣고 나서야 살짝 안심을 하며 다시 침대에 눕곤 하지만 여전히 편안한 잠은 이루지 못했다. 나중에는 그녀를 혼자 둘 수가 없어 아예 캐리어에 짐을 싸 들고 들어갔다.

캐리어를 보고 놀라는 서영을 품에 끌어안고 준석은 눈물을 삼켰다.

"집에서 물이 떨어져."

"네?"

"부실 공사인가 봐. 집에서 막 물이 떨어져서 못 지내겠어. 며칠만 신세질게."

준석의 품에서 나온 서영이 말간 얼굴로 그를 올려다보았다.

"그래서 공사 중인 거예요?"

"응."

눈물이 들킬까 봐, 준석이 급하게 캐리어를 정리하는 척하며 대답했다.

"며칠 있어도 되지?"

"네."

그녀의 짧은 대답에 아무 대답도 해주지 못하고 캐리어를 정리하는 손을 더 급하게 움직였다.

"있잖아요."

그런 준석을 향해 서영이 가까이 다가왔다.

"사실, 좋아요. 하루 종일 같이 있고 싶었거든요."

살포시 미소 지은 얼굴로 준석을 바라보던 서영의 얼굴이 금세 심각해졌다.

"안구건조증이 점점 더 심해지나 봐."

준석이 급하게 손등으로 눈을 비비며 말했다.

"약 잘 먹고 있어요?"

"응. 당연하지. 내 걱정은 하지 마……."

"저녁은요?"

"생각 없어."

"그래도 먹어야죠."

"안 먹을래. 그냥 이렇게 있자. 이렇게 같이 있자……."

함께 나란히 누워 서로의 체온과 숨결을 느꼈다. 자신보다 먼저 잠든 서영을 매만지며 준석의 눈시울은 또다시 금세 붉어졌다. 그 어떤 것도 인정을 할 수가 없었다. 준석이 그녀를 꽉 끌어안았다. 그리고 말도 안 되게 간절히 바라보았다. 이렇게 꽉 잡고 끌어안고 있으니, 그녀의 기억이 어디에도 가지 않기를.

그녀가 어디로도 사라지지 않기를…….

인정하고 싶지 않고 믿고 싶지도 않았지만, 날이 갈수록 그녀의 증상은 더욱 심해져가고 있었다. 저녁을 먹고 거실 소파에서 서류를 보고 있을 때, 그녀가 갑자기 방에서 거실로 나오더니 한참을 헤매고 있었다. 그녀의 행동을 먹먹하게 바라보고 있던 준석이 어렵게 입술을 떼어냈다.

"왜 그래?"

물어보면 그녀가 어색한 미소를 지어 보인다.

"아, 물 좀 마시려고요."

지금 방금 지어낸 것 같은 부자연스러운 말과 함께 다급히 냉장고로 가서 물을 마시곤 했다. 그뿐만이 아니었다. 함께 장을 보러 가는 길엔 종종 어디 가느냐고 묻기도 했고, 장을 보고 와서 현관문 앞에 선 그녀는 난감한 얼굴로 도어록을 바라보기도 했다. 생각을 하다가 번호를 눌렀지만 틀린 것이었다.

"내가 열게."

번호를 누르는 준석의 손가락을 바라보는 서영의 눈이 절망으로 물들곤 했다. 회사에서 근무라도 하고 있으면 준석의 불안함은 더욱 증폭되곤 했다.

또 무언가를 잊어버리고 절망하며 울고 있지는 않을까, 혼자 거실을 뱅뱅 돌며 어쩔 줄 모르는 건 아닐까, 두렵고 외로워하고 있는 건 아닐까.

하루 종일 서영 생각뿐이었고 틈만 나면 그녀에게 연락을 하곤 했다. 어떤 내용인지 전혀 생각도 나지 않는 회의가 끝나고, 나오는 길에 준석은 서영에게 전화를 걸었다.

-네. 전화 받았습니다, 준석 씨이.

장난이 섞인 서영의 목소리에 준석이 힘없이 미소 지었다.

"뭐 하고 있어?"

-지금, 빨래 널고 잠깐 쉬고 있어요. 준석 씨는 안 바빠요?

"난 지금 회의하고 막 나왔어. 점심 뭐 먹을 거야?"

-가볍게, 국수 삶아 먹으려고요.

"맛있겠다. 같이 먹고 싶다."

-그러니까요. 내가 또 국수를 그렇게 맛있게 끓여요.

"점심에 잠깐 갈까?"

-고작 점심시간은 한 시간인데, 벅차지 않겠어요?

"괜찮아. 보고 싶으니까, 갈래."

-그래요. 그럼.

"12시 30분까지 갈 테니까, 내 거까지 같이 해줘."

-알겠어요. 조심히 와요.

임원들과 인사를 나누느라, 뒤늦게 따라 나온 형우가 준석의 곁에 찰싹 달라붙었다.

"너 연애하지?"

감출 이유가 없다고 생각한 준석이 조금의 망설임도 없이 대답했다.

"응, 연애해."

"와, 진짜?"

"응, 진짜. 왜."

"어쩐지, 하루 종일 딴생각에 휴대폰만 만지고 있더라. 와, 놀라운데? 천하의 강준석도 연애를 하면 일을 내팽개치는구나! 그렇게도 좋냐? 응? 행복해?"

형우가 장난스럽게 준석의 옆구리를 콕콕 찌르며 물었다. 당당하게 대답하고 싶었다. 행복하다고.

난 지금, 그녀와 함께여서 행복하다고…….

하지만 그 말이 눈물에 억눌러져 터져 나오질 않았다.

"먼저 올라가라. 나 화장실 좀 들렀다 갈게."

형우를 보내고 급히 화장실 칸막이를 찾아 들어갔다. 그리고 또다시 감당 안 될 정도로 눈물을 흘렸다. 찢어질 것처럼 아픈 마음을 부여잡고, 그 아픔을 견디지 못한 채 벽에 기대어 무너지며 울었다.

서영만큼이나, 준석에게도 벅차고 아픈 나날이 지나가고 있었다.

"불꽃놀이 축제 가고 싶어요."

국수를 다 먹고 설거지를 하려고 고무장갑을 야무지게 끼고 있던 준석의 뒤에서 서영이 넌지시 말했다.

"불꽃놀이?"

준석이 돌아서 묻자, 서영이 쪼르르 다가와 휴대폰을 들이밀었다. 불꽃놀이가 검색어에 1위로 떠 있었다.

"네. 불꽃놀이요. 불꽃놀이 가고 싶어요."

"그래. 오늘 가자."

그녀가 하고 싶다는 것은 웬만하면 다 들어줄 생각이었기에 대수롭지 않게 대답을 했다.

"퇴근하고 데리러 올게."

설렘 가득한 얼굴로 그녀가 달력으로 가서 크게 표시를 했다. 그 모습에 또 울컥, 무언가가 차올라 황급히 고개를 돌려 설거지를 했다.

"회사 들어가보셔야 되는데, 그냥 설거지 제가 할게요."

다 적은 모양인지, 어느새 그녀가 준석의 곁으로 바짝 다가와 있었다.

"아니야. 괜찮아. 여유 있어. 지금 할 일 없어?"

"네? 네. 설거지하려고 했는데, 준석 씨가 하고 있으니까……."

"그럼, 나 뒤에서 안아줘."

눈물을 거두고 장난스럽게 허리를 살며시 흔들며 말하자, 서영이 못 말린다는 듯한 표정을 지으며 뒤에서 허리를 꽉 끌어안아주었다.

"설거지 끝날 때까지 절대 떨어지면 안 돼."

"네."

그녀가 대답과 함께 준석의 등으로 귓가를 가져다 댔다.

"이렇게 눈을 감고 집중하면 준석 씨의 심장 소리가 다 들리는 것 같아요……."

이전엔 그녀와 함께 있는 순간이 세상에서 가장 행복한 순간이었다. 하지만 요즘은 그녀와 함께 있는 시간이 너무 힘겹고 슬프기만 했다. 준석은 자꾸만 처지려는 자신의 기분을 올리기 위해 짐짓 밝은 목소리로 말문을 열었다.

"나도 불꽃축제 한 번도 가본 적 없어."

"정말요?"

"응. 처음이야. 그래서 되게 기대돼."

"엄청 예쁠 것 같아요."

"아무리 예뻐도 너만 할까."

오랜만에 쳐보는 농담이었다. 그걸 아는지 모르는지, 서영은 까르르 웃어 보였다.

"느끼해요!"

"앞으로 더 할 텐데, 웬만하면 빨리 적응하는 게, 네 속이 편할걸?"

서영은 치잇…… 하고 핀잔했지만 결코 싫지 않다는 표정이었다.

"예전에 기억나? 우리 창립 기념일 4주년 파티 했을 때, 3차로 여의도 한강 가서 맥주 마셨잖아."

요즘엔 일부러 종종 오래된 기억들을 되묻곤 했다. 다행스럽게도 서영의 머릿속에 오래된 기억들은 선명하게 살아 있었다.

"네. 기억나요. 그때, 준석 씨가 3차까지 가는 거 보고 직원들이 엄청 많이 놀랐었는데."

"왜?"

"원래 회식 같은 것도 잘 참여 안 하셨던 분이셨잖아요."

"맞아. 그랬지. 그런데, 그날은 나도 뭐가 그리도 신이 났는지, 갔었어. 그러는 너도 의외였어. 원래 그런 회식 자리 안 좋아하잖아."

"전……."

"……."

"준석 씨가 갔으니까, 간 거죠. 잠깐이라도 더 같이 있고 싶어서."

조금만 더 빨리 알았다면, 그래서 그녀와 함께했던 시간이 더 많았다면. 그녀가 머릿속에 오래도록 간직할 수 있는 추억을 더 많이 만들어주었다면…….

자꾸만 몰려오는 후회와 통탄에 준석은 또다시 목이 메어왔다. 붉어지는 눈시울을 의아하게 바라보는 서영에게 준석이 능청스럽게 대답했다.

"이놈의 안구건조증이 쉽게 호전되지를 않네."

"병원은 가봤어요?"

"응, 가봤어."

"뭐라고 그래요?"

"괜찮대. 이 정도는……."

"그래도 준석 씨 아픈 건 싫으니까, 다 나을 때까지 병원 꼬박, 꼬박, 다니세요."

"응, 그럴게."

준석이 설거지를 끝내고 고무장갑을 뺐다.

"회사 돌아가기 싫다."

"요즘 점점 어리광이 늘어나는 것 같아요."

"어리광?"

그녀의 단어 선택에 준석이 소리 내어 웃었다. 그러고선 뺨에 가볍게 입을 맞추고 물러섰다.

"금방 다시 올게."

여의도에 도착했을 때, 서영과 준석은 동시에 똑같이 놀라서는 입을 다물 수가 없었다. 불꽃축제를 볼 수 있다는 명당자리들은 걸음을 옮기기조차 쉽지 않을 정도로 인파로 들어차 있었다. 준석이 서영의 손을 힘껏 잡았다. 그러고는 천천히 앞으로 나아갔다. 인파를 뚫고 나가 주변을 두리번거리니 꽤 괜찮은 자리를 발견했다.

"저기서 보자."

"네."

나무 옆에 있는 작은 바위로 향했다. 준석이 서영을 가볍게 들어 올려 바위에 앉혔다. 그러고는 미리 가져온 담요로 다리를 덮어주었다.

"안 추워?"

"네. 괜찮아요."

"잠깐 기다리고 있어. 내가 가서 따뜻한 거 사 올게. 배는 안 고파?"

"배는 안 고픈데, 입이 좀 심심해요."

"그래. 입 심심하지 않게 뭐 좀 사 올게."

병에 대해 너무 쉽게 생각했다. 무지하고 방자했다. 준석은 서영을 그렇게 혼자 두고 편의점으로 가는 동안에도 신중하게 판단하지 못했던 자신을 원망했다. 사람은 너무 많았고 편의점을 찾기는 힘들었다. 헤매고 또 헤매다가 간신히 편의점을 찾아 주전부리할 것들을 사서 돌아왔을 땐 생각보다 많은 시간이 흘러가 있었고.

"서영아……. 서영아?"

그녀는 자리에 없었다. 들고 있던 봉투가 바닥에 힘없이 떨어졌다. 준석은 혹시 자신이 위치 파악을 잘못한 건 아닌가 싶어 주변의 바위를 찾아봤지만 보이지 않았다. 이 자리가 맞다. 이 나무, 이 바위, 눈앞에 바로 보이는 이 조형물까지…….

"서영아. 서영아!"

주변을 산란하게 살폈다. 낯익은 사람들이 바글거리는 틈 사이를 비집고 달리면서 서영을 찾았다. 전화를 걸어봤지만 받지 않았다. 속이 타들어갈 것만 같았다. 급한 대로 경찰서에 전화를 해서 모든 상황을 전달했다. 인상착의와 서영의 사진까지 전송해주었다.

그러고는 다시 그녀를 찾기 위해 달렸다.

"서영아!"

어느새, 와이셔츠가 땀으로 흠뻑 적셔졌다. 칠흑처럼 까만 밤하늘에 보석을 으깨놓은 것처럼 휘황찬란한 불꽃들이 터지며 세상을 밝혔다. 사람들은 행복에 겨워 함박웃음을 지으며 즐거워했다. 그 속에서 준석은 절망감에 무너져가고 있었다. 숨이 목 끝까지 차올랐지만 준석은 멈추지 않았다.

"서영아……."

아무리 불러도, 아무리 찾아도 그녀가 보이질 않았다. 그 어디에서도 그녀의 흔적을 찾을 수가 없었다. 마트 앞에 있던 서영의 모습이 주마등처럼 스쳐 지나갔다. 어디선가 이 많고 낯선 사람들 사이에서 길을 잃고 두려워하고 있을 그녀를 떠올리니 가슴이 미어졌다.

제발, 제발 눈앞에 나타나달라고……. 제발, 그녀를 자신의 눈앞에 데리고 와달라고…….

믿지도 않던 신을 붙잡고 속으로 간절하게 애원했다. 준석의 얼굴이 눈물과 땀으로 범벅이 되고 축제가 막바지로 치달을 때쯤, 휴대폰이 울렸다. 경찰서였다.

"여보세요!"

-아까 신고하신 분이시죠? 말씀하신 일행분. 최서영 씨를 찾았습니다.

경찰이 보호하고 있다는 경찰서를 향해 달려갔다. 문을 열고 들어서는 순간, 의자에 얌전히 앉아 있지만, 혼이 나가 있는 서영이 보였다. 모든 것이 전부 자신의 탓 같았다. 그녀의 안전을 더욱 깊게 배려하지 않은 것, 그녀를 그렇게 혼자 두지 않겠다고 해놓고는 혼자 둔 것.

겁에 질린 그녀의 모습에 준석은 스스로가 용서가 되지 않았다.

"서영아."

넋이 나가 있던 그녀의 초췌한 눈동자가 천천히 준석에게로 와 닿았다. 그를 보는 순간, 안심한 모양인지 꾸역꾸역 참고 있던 눈물을 왈칵, 터트려버렸다. 차마 소리도 제대로 내지 못하고 입을 틀어막으며 우는 그녀에게로 다가간 준석이 한쪽 무릎을 꿇고 앉아서는 그녀를 끌어안았다. 서영 역시 많이 놀란 상태인지 심장이 거칠게 뛰고 있었다.

"미안해. 내가 미안해……. 널 혼자 두고 가서 미안해."

눈물이 범벅인 그녀의 뺨을 부드럽게 감싸 쥐며 말했다.

"나 때문에……."

서영 역시 놀란 얼굴로 땀범벅이 되어 있는 준석의 뺨을 애틋하게 어루만졌다.

"나 때문에……. 나 때문에 당신이……."

차마 말을 다 잇지 못한 채, 그녀가 눈물을 쏟아냈다.

"아니야, 너 때문이 아니야."

서영을 밖으로 데리고 나온 준석은 근처의 카페로 향했다. 따뜻한 음료를 한 잔 마시고 나니 조금 진정이 되는 모양인지, 서영의 얼굴을 차지하고 있던 근심이 살짝 사라졌다.

그녀의 상태를 듣고 많은 생각이 스쳐 지나갔다. 그중 가장 먼저 든 생각은 그녀를 혼자 둘 수 없다는 것이었다. 너무나 긴 세월을 혼자 보낸 사람이다. 열병이 났을 때도 누구 하나 의지하지 못하고 혼자서 끙끙거리며 모든 것을 감내해야 했던 외로운 사람.

더는 혼자서 아픔과 외로움 속에서 바동거리는 그녀를 방치하고 싶지 않았다. 아픔을 덜어줄 수는 없지만, 외로움은 덜어주고 싶었다.

사랑하기 때문에 함께하고 싶다.

사랑하기 때문에 더는 망설이고 싶지 않았다.

어렵게 품에 안은 제 사랑을 끝까지 책임지고 지켜내고 싶었다. 그녀와 함께할 수 있는 모든 시간을 더는 아낄 수도 미룰 수도 없었다.

준석은 재킷 깊숙이 간직하고 있던 반지 케이스를 꺼내 들었다.

"서영아."

그녀의 청아한 눈빛이 준석을 따뜻하게 담아냈다. 준석은 케이스에서 반지를 꺼내고는 자신의 손바닥을 서영에게로 내밀었다. 서영이 휘둥그레진 눈으로 준석을 바라보며 손을 조심스럽게 내밀었다. 그녀의 네 번째 손가락에 준석이 반짝반짝 빛나는 반지를 끼워주었다.

제발 절제를 좀 하자고, 제발 좀 버텨내라고, 아무리 아우성을 쳐봐도 어느새, 눈 가득 눈물이 차올라 있었다. 그리고 그 눈물은 그만, 자신이 잡고 있던 서영의 손등 위로 또르르, 떨어져버리고 말았다.

"준석 씨……."

"서영아……."

그의 목울대가 눈물에 젖어 가느다랗게 떨려왔다. 서영의 눈가도 촉촉하게 젖어가고 있었다.

"……."

"우리 결혼하자."

그녀의 비밀을 알아버린 그의 지독히도 슬픈 고백이었다. 서영이 제 손에 끼워져 있는 반지를 애틋하게 어루만졌다. 그러다 곧, 천천히 빼서는 그에게 되돌려주었다.

"죄송해요."

"서영아……."

"못해요. 결혼……. 그래서 이 반지는 받을 수가 없을 것 같아요."

'안 해요. 결혼'이 아닌, '못해요. 결혼'이라는 그 말이, 그 말이 지니고 있는 의미가 너무 애통해서 준석은 눈물이 미어졌다.

"하자, 결혼. 난 언제든 네 곁에 있고 싶어."

준석의 간곡한 부탁에도 서영은 고개를 내저으며 거절의 의사를 밝혔다.

"그래도 못해요."

"서영아."

"죄송해요. 식사도 다 했는데, 우리 그만 일어나요."

더는 난감한 상황을 만들고 싶지 않았던 모양인지 서영이 서둘러 일어났다. 준석이 서영을 붙잡아 세웠다.

"네 곁엔 내가 있어야 돼."

의미심장한 준석의 말에 서영이 그대로 굳어서는 크게 낙담했다. 그녀는 믿을 수 없다는 듯 숨소리마저 멈춘 상태에서 준석을 올려다보았다.

"서영아……."

"혹시……."

놀란 그녀의 눈엔 투명한 눈물들이 가득 들어차 있었다.

"곁에 있게 해줘. 널 혼자 두고 싶지 않아."

"죄송해요."

서영이 단호하게 거절을 하며 급하게 카페를 힘겹게 빠져나왔다. 그 뒤를 준석이 단박에 따라 나갔다. 복층으로 되어 있는 계단을 밟고 내려가다가 발이 어긋나면서 몸이 휘청거렸다. 뒤에 있던 준석이 다급하게 그녀를 부축했다.

"서영아."

"무서워요……."

"……."

"다 아신 거죠? 다 눈치채버리신 거죠?"

아무 말도 하지 못하고 저를 바라보고 있는 준석에 서영은 크게 낙심했다.

"난, 난 너무 무섭다구요! 끝까지 비밀로 할 수 없는 일이라는 것을 알고 있었지만, 그래도……. 그래도……."

눈물에 젖은 그녀의 목소리는 한동안 말을 잇지 못했다. 지금 이 순간을 그녀가 얼마나 힘겨워하는지, 그녀를 붙잡고 있는 손끝에서 절실하게 느껴졌다.

"당신이 이렇게 알아버린 게 너무 두렵고 무서워요. 이렇게 아픈 나에게 언젠가는 지쳐서 떠나가버리면 난, 난 어떡해요……."

울부짖는 그녀를 그대로 품 안으로 끌어안았다. 온몸이 으스러지도록, 절대 놓치지 않겠다는 듯이 그녀를 더욱 꽉 끌어안았다. 그녀 앞에서 약한 모습을 보이고 싶지 않아 악착같이 참고 참았던 눈물이 쏟아져 나왔다.

"안 떠나. 무슨 일이 있어도 안 떠나."

꽉 안은 두 사람의 심장이 서로를 완전히 느낄 수 있을 정도로 닿았다.

"너 없이 내가……. 너 없이, 내가 어떻게 살아가……."

오롯이 자신을 향해서만 뛰는 준석의 심장을 고스란히 느끼며 서영은 한동안 그의 품에서 눈물을 흘렸다.

서영은 그날 일을 기억하지 못했다. 그리고 준석의 하루는 그날 이후 더욱 불규칙하고 불안정해졌다. 회사에서는 업무가 전혀 눈에 들어오지 않았고 그녀가 조금만 연락이 되지 않아도 불안해 미칠 지경이었다. 급기야, 전화를 받지 않는 그녀가 걱정되어 회사를 뛰쳐나와 버렸다. 15분 뒤에 진행하게 될 회의를 어떻게 하냐며 놀라서 따라 나오는 이 비서의 목소리도 준석의 발걸음을 붙잡을 수는 없었다.

어디서 길을 잃어버린 건 아닐까……. 그래서 혼자 두려움에 떨고 있지는 않을까. 무슨 사고라도 난 건 아닐까…….

이런 불길한 생각들을 하면 안 된다는 걸 알면서도 그 불안한 마음은 자꾸 그런 쪽으로만 준석을 떠밀고 있었다. 정신없이 차를 몰아 서영의 오피스텔 앞에 대충 주차하고는 내달려갔다. 더디게 내려오는 엘리베이터를 애타게 기다리다 타고 올라간 준석은 그녀의 집 앞까지 단숨에 뛰어가 초인종을 눌렀다.

"서영아! 서영아!"

안에서는 대답이 없었다. 순간, 심장이 벼랑 끝으로 추락하는 기분이 들었다. 준석이 주먹을 쥐고 현관문을 두들겼다.

"서영아! 최서영!"

안에서 급하게 뛰어오는 소리가 들렸다. 그리고 곧, 현관문이 급하게 열리고는 서영이 모습을 드러냈다.

"어? 준석……."

그녀에게 아무 일도 일어나지 않았다는 것을 두 눈으로 확인했지만, 한껏 증폭되어버린 감정은 쉽게 가라앉혀지지 않았다. 준석은 서영을 품 안으로 끌어안고 눈물 섞인 숨을 몰아쉬었다.

"왜, 전화 안 받아. 왜."

"죄송해요……. 진동으로 해놔서 잘 몰랐어요……."

"걱정했어……. 연락이 안 돼서……."

"괜찮아요. 저 아무 일도 없어요."

서영이 여전히 진정되지 않는 준석을 다독여주었다. 잠시 후, 어느 정도 진정이 된 준석이 안으로 들어가 소파에 앉자 서영이 물 한 잔을 건넸다.

"전화 안 받았다고 지금 회사에서 오신 거예요?"

아무 대답 없이 버석하게 마른 입술을 물로 축였다.

"아무리 전화를 안 받아도 그렇지…… 회사를 막 무작정 그렇게 나오시면 어떡해요……."

걱정스럽게 묻는 서영에 준석이 어색하게 웃어 보였다.

아무것도 못하겠어. 네 생각에 아무것도, 네 걱정에 정말 아무것도 못하겠어. 제대로 잠을 잘 수도, 중요한 업무를 볼 수도, 네가 눈앞에 없으면 제대로 숨을 쉴 수조차 없어.

하지만 그 말을 입 밖으로 꺼낼 수가 없었다. 그녀에게 더 많은 걱정을 얹어주고 싶지는 않았다.

"회사로 들어가볼게. 혹시, 오늘 어디 나가?"

"아니요. 아무 곳도 안 나가요."

"그래. 어디 나가지 말고 집에 있어. 내가 끝나자마자 올게."

"네……."

발걸음이 떨어지질 않았다. 자석처럼 자꾸만 다시 돌아가고 싶은 충동에 준석은 자신을 배웅하는 서영에게로 몇 번이고 걸음을 돌렸다가 바로잡기를 반복했다. 눈에 보이지 않는 순간, 불안감은 또다시 준석을 엄습해왔다. 그 뒤로도 온종일 서영의 걱정으로만 준석의 하루가 지나가고 있었다.

준석이 가고 집에 혼자 남은 서영은 다이어리를 훑어보았다.

"……."

그가 결혼하자며 프러포즈를 했다는 메모가 적혀 있었다. 하지만 그것을 거절했고 그가 자신의 아픔을 전부 알아버렸다는 메모도 적혀 있었다.

헌팅턴 병……. 그것이 서영, 자신이 앓고 있는 병이었다.

다이어리에 적혀져 있는 메모는 보기만 해도 행복한 내용이 꽤 적혀 있었다. 그와 함께 심야 영화를 보고, 그와 함께 산책로를 걷고, 야경 좋은 레스토랑에 가서 식사도 하고……. 그곳에서 무슨 대화를 하고 무엇을 봤는지는 잘 기억이 나지 않는다.

다만, 그와 함께 무언가를 했다는 것만으로도 서영이 이 글을 보며 웃는 이유가 되었다.

이 글들로 인해, 그와의 관계가 계속 유지가 된다고 해도 과언은 아니었다. 이미 서영의 머릿속에는 그가 자신에게 고백을 했던 장면은 전부 삭제된 후였다.

한참 그것을 보고 있던 서영의 귓전으로 휴대폰이 울렸다. 준석이었다.

"네, 준석 씨."

-끝나고 바로 갈게. 뭐 먹고 싶은 건 없어?

"딱히 없어요. 아직은……. 좀 있다가 생각나면 연락해도 돼요?"

-그럼. 언제든지, 망설이지 말고 무조건 해.

"네……. 7시쯤 오시는 거죠?"

-더 빨리 갈게.

"더 빨리 오신다구요?"

준석은 일이 많은 사람이었다. 그래서 정시에도 제대로 퇴근을 못 하곤 했었다. 그런데 보통의 퇴근 시간보다 일찍 온다는 이유가 자신 때문이라는 게 서영은 마음에 걸렸다.

"그러실 필요 없어요……. 업무 다 보시고……."

-보고 싶다.

"……."

얼핏, 조금 전 그가 자신의 문 앞에 서 있던 모습이 떠올랐다. 지금 자신이 앉아 있는 소파에 앉아 물을 마시며 초조함에 떨고 있던 모습도 떠올랐다.

-또, 보고 싶어.

"저도 보고 싶어요."

-그냥, 지금 갈까?

"아니요! 일 다 끝나고 오셔야죠. 그러셔야 제 마음이 편해요."

준석을 달래고 전화를 끊은 서영은 한동안 그 자리에 앉아 다이어리를 더 살폈다. 머릿속에서는 거의 사라져버려 형태를 잃어가고 있는 그 기억을 다이어리에 적혀 있는 글로 상상을 하며.

2

여전히 믿을 수 없고, 믿고 싶지 않았지만 요 근래에 더욱 증상이 심해 보이는 서영의 모습에 준석은 모든 것을 인정해야만 했다.

정말, 그녀의 머릿속에 잡혀 있는 모든 기억이 조금씩 사라져가고 있다는 것을.

서영의 기억은 매일 조금씩 사라져버렸다. 어제 했던 대화를 떠올리지 못했고 항상 약속을 잊어버렸다.

준석은 서영의 병을 조금이라도 호전시킬 수 있다면 모든 방법을 동원했다. 자신이 다니던 대학교의 교수님을 찾아갔다. 인맥이 넓은 교수님께서는 그쪽 방면으로 알고 있는 사람들에게 최대한 많은 정보를 알려주겠다는 약속을 했다.

준석은 유학 시절 친하게 지내던 친구들에게도 연락을 취했다. 그래도 국내보다는 국외에서 더 좋고 많은 연구 결과가 나오진 않았을까, 하는 기대감 때문이었다. 서영이 검사를 받은 대학 병원을 제외한 다른 대학 병원에도 다니며 알아보았다.

하지만 그렇게 크게 달라지는 건 아무것도 없었다.

회사에 앉아 있었지만 여전히 준석의 모든 신경은 집에 있는 서영에게로 쏠려 있었다. 산더미처럼 쌓여 있는 서류로 도저히 손이 뻗어지질 않았다. 깊은 한숨과 함께 재킷에서 요즘 항상 가지고 다니는 서영의 버킷리스트를 적은 종이를 꺼내 들었다.

"등산 가기, 놀이동산……. 캠핑, 캠핑……."

종이를 다시 재킷에 집어넣고 대표실을 빠져나오자, 자신의 자리를 지키고 있던 윤정이 놀라 자리에서 벌떡 일어났다.

"뭐 필요한 거 있으세요?"

"오후 스케줄 없지?"

"네. 오늘은 딱히 없으십니다."

"올라오는 보고서들 책상 위에 올려놔. 내일 확인할게."

윤정은 무언가 잔뜩 망설이는 얼굴로 준석을 바라보았다. 준석은 윤정이 무슨 말을 하고 싶어 하고 어떤 걱정을 하고 있는지 알고 있었다.

"내일은 전부 다 확인할게. 정말."

"네, 알겠습니다."

회사를 빠져나온 준석은 곧장 마트로 향했다. 고기와 야채, 소시지와 각종 음식들, 가볍게 마실 수 있는 샴페인을 사서 집으로 돌아와 창고로 가서는 오래도록 쓰지 않았던 캠핑용 텐트를 찾았다. 어디론가 떠나기에는 너무 늦었고 또 불안했다. 창고에서 텐트를 꺼내온 준석은 널찍한 테라스에 그것을 꼼꼼히 설치했다. 간이 의자와 부탄가스까지 준비하고 나니 제법 그럴싸해 보였다.

그러고는 서영을 데리러 갔다.

"우리 캠핑 가자."

"캠핑이요?"

"응."

얼떨떨해하는 서영을 이끌고 다시 집으로 돌아왔다. 서영은 테라스에 한껏 캠핑 분위기를 내며 캠핑 도구들이 차려져 있는 것을 보며 감탄했다.

"와, 진짜 캠핑 온 것 같아요!"

"배고프지? 고기도 구워 먹고 소시지도 구워 먹자."

간이 의자에 앉는 서영의 어깨에 담요를 덮어주며 다정하게 말했다.

"서울에 별이 이렇게 많은 줄 몰랐어요."

서영이 준석에게 팔짱을 끼고 어깨에 살포시 기대며 넌지시 하늘을 올려다보며 말했다. 그녀가 미소 짓고 있다. 준석이 세상에서 가장 보고 싶었고 가장 좋아하는 그녀의 모습이다.

"아, 좋다. 너무 좋아요."

"나도, 나도 이렇게 너랑 같이 있으니까, 너무 좋다."

"……."

"오래, 오래, 같이 있자. 이렇게…… 꼭 붙어서. 오래오래."

앞으로도 계속 그녀가 이 미소만을 간직했으면 싶다. 준석의 하루는 매일 수천 번은 더 무너졌지만 늘 굳건하게 다시 일어나야 했다. 그녀의 미소를 지켜주기 위해. 그녀에게 더한 행복을 전해주기 위해.

자신과 함께하는 시간이 너무 행복해서 감히, 다른 곳으로 갈 수 있는 엄두조차 나지 못하게. 아무 곳으로도 떠날 수 없게. 자신의 곁에 오래오래 머물 수 있도록.

"이렇게 별을 보고 있으니까, 갑자기 어렸을 때가 생각나요."

"어렸을 때?"

"친한 친구가 있었는데, 그 친구랑 별 본다고 밤늦게 뒷동산 올라가서 보다가 길 잃어버려서 경찰까지 온 적 있거든요."

"진짜?"

"네. 여러 사람한테 민폐 끼쳤죠. 근데 그때는 어려서 철이 없어서 그런지, 둘이서 킥킥거리면서 내려왔어요. 그래도 별똥별 보고 소원 빌었다면서."

"그 친구하고는 요즘도 연락해?"

서영이 씁쓸한 미소를 지으며 고개를 내저었다.

"오래됐어요. 연락 안 하고 지낸 지."

"……."

"제가 화나게 했거든요. 그 애를…… 만나서 사과를 해야 하는데, 그래야 하는데……. 그러기에는 너무 늦어버린 거 같아요."

"그 친구 보고 싶어?"

준석에게 두었던 서영의 시선이 다시 밤하늘을 비추고 있는 별들에게로 향했다.

"네. 요즘엔 더 보고 싶네요."

쌀쌀한 공기 중으로 흐트러지는 그녀의 목소리는 지독히도 쓸쓸하게 느껴졌다. 한동안 그 자리에서 수다를 떨던 두 사람이 대충 정리를 하고 안으로 들어왔다. 고기 굽는 연기로 뒤덮인 몸을 씻고 나오니, 먼저 씻고 나와 있던 준석이 손에 서류를 들고 소파에 깊숙이 기대어 잠들어 있었다.

서영이 젖은 머리를 수건으로 말리며 준석에게로 다가갔다.

"……."

그러고는 그의 잘생긴 얼굴을 지그시 바라보았다. 어쩜, 언제나 봐도 이렇게 멋있는데 질리지도 않다니……. 보는 것만으로도 부족해 느끼고 싶다는 충동이 서영의 등을 떠밀 때쯤, 자고 있는 줄 알았던 준석의 입가가 실룩거렸다.

"어? 안 자는 거예요?"

"그렇게 뜨겁게 쳐다보고 있는데, 어떻게 잘 수 있겠어."

준석이 피로함에 살짝 충혈된 눈을 반쯤 뜨고서는 서영을 넌지시 바라보았다. 제법 미적지근한 공기가 두 사람 주변을 유영했다. 준석의 입술이 천천히 서영의 입술 위로 포개졌다. 보디클렌저 향이 지극히도 자극적이게 느껴졌다. 촉촉하고 매끄러운 혀가 서영의 입술을 벌리고 자연스럽게 안으로 들어와 제 흔적을 남겼다. 머리의 방향을 바꾸어가며 두 사람의 키스는 더욱 짙어졌다.

그의 손이 천천히 서영의 옷 안으로 밀고 들어왔다.

한 번 닿은 그의 손끝에 서영의 유두가 예민하게 곤두섰다. 준석은 서영의 가슴을 깃털로 만지는 것처럼 간질였다. 짜릿하면서도 은근히 애가 탔다. 그 마음을 알았는지, 준석의 손이 그녀의 가슴을 감싸 쥐었다.

"흐……."

서영의 티셔츠를 벗기고 속옷까지 풀어내자 속옷에 가려져 있던 그녀의 뽀얗고 풍만한, 그리고 선 분홍빛을 지니고 있는 유두가 준석에게 드러났다.

눈을 감는 순간에는 볼 수가 없어 안타깝다고 느껴질 정도로, 그녀의 가슴은 예쁘다 못해 아름다웠다. 준석은 서두르지 않고 천천히 그녀의 가슴으로 손을 뻗어 직접 그 살결의 촉감을 음미했다. 두 손에서 차고 넘치는 그녀의 가슴을 어루만지다가, 손가락을 세워 유두를 문지르고 긁었다. 그러고는 상체를 기울여 그녀의 유두로 입술을 가져갔다.

"음!"

도톰하고 촉촉한 혀는 주변을 맴돌기도 했고 유두를 핥기도 했다가 이로 자근자근 깨물며 자극하기도 했다. 그의 타액이 묻어 있는 차가운 감촉이 서영을 더욱 아찔하게 만들었다. 전에도 느꼈던 것이지만, 자신을 탐하는 준석은 평소보다 훨씬 더 섹시했다. 준석이 그녀의 두 다리를 벌리고서는 팬티를 옆으로 살짝 밀쳐냈다.

여태 한 애무 때문인지 그녀의 아래는 상당히 젖어 있어 준석의 손가락 하나쯤은 아무 저항 없이 그대로 받아들이고 있었다. 안 깊숙이 들어간 그의 굵고 긴 손가락은 서영의 내벽에서 부드럽지만 강하게 영역을 표시했다. 서영의 허리가 온몸으로 넘나드는 쾌락에 활처럼 휘어졌다.

"아!"

얇고 붉은 입술로는 여린 신음이 흘러나왔다.

그의 것이 서영의 안으로 깊숙이 들어왔다. 차갑고 휑하기만 했던 그곳이 그로 인해 가득 채워지면서 온전히 따뜻해졌고 안정감을 되찾아갔다. 때로는 적응되지 않는 아릿한 고통이 몰려오기도 하지만, 그것보다 더 많은 쾌락이 서영을 지배했다.

시간이 지날수록 더욱 격렬해지는 그와 맞닿은 몸이 불에 타버릴 것처럼 뜨거워졌다. 거침없이 들어왔다가 빠지는 그의 집요한 움직임에 서영은 척추까지 저릿해져오는 쾌감에 빠졌다. 준석은 수축해가려는 서영의 은밀한 곳을 벌리고 누르며 위아래로 강하게 움직였다. 몇 번이고 그렇게 준석은 서영에게 들어왔다.

곳곳에 제 흔적을 깊게 새겨서는 절대로 잊을 수 없게 만들어버리겠다는 듯이.

"서영아."

어느새, 땀에 흠뻑 젖어버린 그가 낮은 목소리로 다정하게 그녀의 이름을 불렀다. 새하얘진 머릿속에 아무것도 생각할 겨를이 없던 서영이 대답 대신, 자신의 위에 있는 그를 마주 보았다. 눈물인지, 땀인지 알 수 없는 것들이 그의 얼굴을 적셔가고 있었다. 그가 힘없이 그녀의 몸 위로 누웠다.

"내게서 멀어지지 마."

공중에 손을 뻗어 조심스럽게 그의 등을 다독였다.

"늘 마음속 깊이 기억해줘. 내가……."

"……."

"널 사랑하고 있다는 거."

어느새, 숨을 쉬는 것조차 버거울 정도로 그는 감정에 격해져 있었다.

오늘도 어김없이 서영에게 가기 위해 급하게 퇴근 준비를 하던 준석이었으나, 노크를 하고 들어와 말을 전달하는 윤정에 의해 다시 자리에 앉아야 했다. 잠시 후, 다시 노크 소리가 들려오고 안으로 윤정의 안내를 받으며 지훈이 들어왔다. 지훈이 단숨에 준석과의 거리를 좁혀왔다.

"안녕하세요, 대표님."

상기된 표정엔 자신만큼이나 서영을 걱정하는 마음이 묻어나 있었다. 그가 이 며칠 동안 서영 때문에 얼마나 걱정을 했는지가 고스란히 느껴졌다.

"계속 기다렸는데, 연락을 안 주셔서요. 걱정돼서 왔어요. 서영 누나 괜찮은 거죠?"

"일단, 앉아요."

지훈과 준석이 서로 마주 보고 앉았다. 지훈은 이 무거운 침묵에 긴장이 되었는지 입술을 잘근잘근 씹었다. 준석 역시, 지금 이 상황이 긴장되는 건 마찬가지였다. 무슨 말을 어디서부터 어떻게 꺼내야 할지 막막했다.

"서영 누나한테 정말, 무슨 일이라도 있는 거예요?"

지훈은 조심스럽게 되물었다. 한편으로는 아무 일도 일어나지 않았다는 말을 듣고 싶어 하는 바람이 역력하기도 했다. 서영의 병은 감춘다고 감출 수 있는 것이 아니다. 준석은 마음이 뭉개지는 고통과 함께 의사에게 들었던 말들을 전부 지훈에게 들려주었다. 말을 전해 들은 지훈은 큰 충격을 받은 얼굴로 호흡마저 불안정해져갔다.

"그럴 리가……. 확실한 거 맞아요?"

준석이 대답 대신 낮게 고개를 끄덕였다. 지훈의 숨이 그대로 멈춰버렸다.

"의사는 주변에서 서영이가 최대한 스트레스를 받지 않게 해달라고 부탁했어요."

"지금 서영 누나는 좀 어때요?"

"그래도 밥도 잘 먹고……."

더는 말을 잇지 못한 준석의 입술 밖으로는 깊은 한숨만이 터져 나왔다. 곁에서 지켜보는 서영의 상태는 늘 위태롭고 조마조마했다. 본인은 자신의 곁에 있어주는 준석에게 애써 티를 내지 않으려 무던히도 노력을 하고 있지만, 그 노력하는 모습이 오히려 준석을 더욱 안타깝고 힘들게 만들었다.

"정말 나을 방법이 없는 거예요?"

준석이 의사에게 그랬던 것처럼, 지훈 역시 점점 절망과 눈물에 젖어가고 있었다.

"아니, 왜……. 왜 하필 서영 누나가……."

"그래서 혹시나 해서 물어보는 건데, 지훈 씨 친누나 이름이 뭡니까?"

"지윤이요, 민지윤."

"많이 보고 싶어 합니다. 그러면서도 아직 용기가 없어서 연락도 못 하고 있어요."

준석의 말에도 지훈은 여전히 진정시키지 못한 놀란 마음에 아무 미동도 보이지 않았다. 한동안 자리에서 일어나지 못했다. 준석은 그런 지훈을 충분히 이해해주고 기다려주었다. 얼마간의 시간이 흐른 후, 어느 정도 진정이 된 지훈을 보내고 오늘도 어김없이 준석의 발걸음은 서영의 집으로 향했다.

준석의 회사에서 나와 집 근처에 도착할 때까지도 그 충격의 여운이 가시질 않았다. 지훈은 그만 다리에 힘이 풀려버려 그대로 바닥에 주저앉아버렸다.

"말도 안 돼……."

아무리 부정을 해도 바뀌는 것이 없다는 것은 충분히 알고 있다. 그럼에도 지훈은 서영에게 그런 일이 일어났을 리가 없다고 속으로 수십 번은 부정했다. 서영은 지훈에게 누구보다도 특별한 애정을 가지고 있는 사람이었다. 살아온 삶과 추억의 절반을 공존한 사람. 단순히 친누나의 친구라고 하기엔 더욱 가까운 가족 같은 사람이었다.

왜 하필이면 그 지랄 맞은 병이 그녀를 찾아온 걸까……. 운명이 너무 가혹하다 생각했다.

그녀의 불행을 막을 힘은 없지만, 그녀의 불행에 아주 작은 희망을 쥐여줄 수는 있을지도 몰랐다.

집에 도착하니, 문틈 사이로 빛줄기가 쏟아졌다. 문을 열고 들어가니 김치찌개 냄새가 코끝을 스치고 지나갔다. 주방 안에서는 분주하게 움직이는 지윤의 소리가 들려왔다.

"왔어? 밥 먹어."

"누나."

"손 씻고 와."

밥을 차려놓은 식탁 앞에 앉은 지윤이 숟가락을 집어 들어 자신이 끓인 김치찌개를 맛보았다.

"내가 끓였지만, 너무 맛있다."

본격적으로 밥을 먹으려던 지윤은 여전히 앞에서 사라지지 않는 지훈의 그림자를 의아하게 올려다보았다.

"왜 그러고 서 있어? 얼른 손 씻고 와서 밥 먹으라니까."

"누나······."

"정말 왜 저래? 뭐야. 무슨 사고라도 쳤어?"

"서영 누나한테······ 가주라."

지윤의 숟가락이 공중에서 멈칫했다. 날카로운 눈빛이 지훈을 향해 쏘았다.

"너, 내가 걔 얘기 하지 말라고 그랬지?"

"누나."

"넌 걔가 밉지도 않아? 우리 엄마를 생각하라고! 그렇게 싸가지 없는 계집애를 왜 자꾸 감싸고돌아! 너는!"

"누나……."

길길이 날뛰는 지윤을 마주하며 지훈의 눈시울이 점점 붉어지기 시작했다.

"앞으로 한 번만 더 개 얘기 해봐! 아주, 그냥! 너도 가만 안 둘 줄 알아!"

"누나아……."

그러다 결국 서 있던 자리에서 무너지는 지훈에 지윤의 얼굴이 불길하게 굳어졌다.

"왜 그래, 너?"

"누나…… 서영 누나 아프대……."

"뭐?"

"서영 누나가…… 많이 아프대."

'그러든지 말든지.'라고 말하며 넘어가고 싶었다. 하지만 제 눈앞에서 슬픔에 몸부림치고 있는 동생을 보며 지윤은 차마 그럴 수가 없었다. 단순한 감기라든지, 장염 같은 아픔이 저렇게 슬퍼할 정도는 아니지 않겠는가.

"서영 누나, 지금 기억을 잃고 있대. 헌팅턴 병이라고……. 기억도 잃고, 근육이 굳어서 걸음도 잘 못 걷고, 말기에는 연하곤란으로 음식도 제대로 못 삼킨대……."

"거짓말. 그렇게 독한 계집애가 그딴 병에 걸릴 리가 없잖아."

"유전병이래……. 고칠 수도 없는 유전병."

"무슨 상관인데, 그게 나랑 무슨 상관인데……. 너도 신경 쓰지 말고 손 닦고 와서 밥이나 먹어."

지윤이 퉁명스럽게 말을 하고는 다시 밥을 먹기 시작했다. 그런데 목이 메어 밥이 도저히 넘어가질 않았다.

미웠다. 정말 미운 친구였다. 하지만 미워하는 그 마음속 깊은 곳에는 여전히 서영에 대한 애정이 남아 있었던 지윤이었다. 겉으로는 항상 꼴도 보기 싫다며 모진 말만 했지만, 그건 극심한 서운함에 나온 마음에도 없는 소리였다. 언젠가는 다시 관계를 회복하고 사이좋던 예전처럼 지낼 수 있는 날이 올 것으로 생각했다.

앞으로 살게 될 긴 세월 중에 당연히 그런 날은 올 거라고 단언했다.

"거지 같은 계집애……. 거지 같은 계집애……."

끝까지 못된 계집애다. 마음대로 원망도 할 수 없게 아파버리면 어쩌라고. 끝까지 제멋대로고 이기적인 계집애다. 어느새, 숟가락을 꽉 쥐고 있는 지윤의 손등 위로 뜨거운 눈물이 흘러넘치고 있었다.

다음 날.

밥을 먹을 때도, 청소를 하려고 해도, 지윤은 자꾸만 지훈의 말이 떠올랐다.

"못됐다, 너……."

들고 있던 걸레를 내려놓고 황급히 집을 빠져나온 지윤이 향한 곳은 지훈이 직접 알려준 서영의 집 앞이었다. 서영의 소식을 듣고 충동적으로 이곳까지 달려왔지만, 막상 서영에게 선뜻 다가갈 용기가 나지 않는 건 지윤도 마찬가지였다.

오피스텔 로비까지 들어갔다가 돌아서기를 몇 번이고 반복했다. 엘리베이터 층수까지 눌렀다가 다시 내려서 밖으로 뛰어나왔다.

오래도록 함께하지 못했던 시간이 서로 간의 관계를 이렇게까지 멀게 만들 줄은 몰랐다. 세상에서 제일 친하고 가깝다고 생각했던 서영이 이렇게 어려워질 줄은 정말 몰랐다. 끝내 용기를 내지 못하고 지윤이 돌아선 순간이었다.

"지윤이야?"

"……."

저의 발목을 잡는 익숙한 목소리가 들려왔다.

"지윤이 맞지?"

꼼짝하지 못하는 지윤에게로 다가오는 발걸음 소리가 다급해 보였다. 그리고 이내, 시야로 서영의 모습이 나타났다. 마주친 서영의 눈시울은 잔뜩 붉어져 있었다.

"지윤아……."

"너 보러 온 거 아니야. 우연히 지나가던 길이었어."

순간적으로 내민 쓸데없는 핑계에 지윤은 금세 후회했다.

"잘 지냈어?"

자신의 핑계에도 서영은 아랑곳하지 않고 지윤의 손을 붙잡으며 울먹였다. 지윤이 서영의 손에서 제 손을 차갑게 빼냈다.

"그런 거 다정하게 물어볼 사이 아니잖아. 우리."

또 마음에도 없는 소리를 하고 있었다.

"점심은 먹었어?"

하지만 이번만큼은 서영이 잡는 손을 매몰차게 뿌리칠 수가 없었다. 기분 탓인지, 예전엔 따뜻하게만 느껴졌던 서영의 손이 오늘따라 지나치게 차갑게 식어 있었다.

"너 손이 왜 이렇게 차?"

"……."

"손이 왜 이렇게 차냐구!"

간신히 참고 있던 눈물이 쏟아져 금방 두 뺨을 적셔버리고 말았다.

"나 너 아직도 이해 못 해. 용서 못 한다고."

"미안해. 정말, 미안해, 지윤아."

"너 아프다며."

지윤의 질문에 서영이 눈시울을 붉히며 바라보았다. 그리고 낮게 고개를 끄덕였다.

"응, 좀 아파."

"못됐어……."

"미안해……."

"끝까지 너 이해 안 하고 싶은데, 끝까지 너 미워하고 싶은데, 왜 아프고 지랄이야. 괜히 나 나쁜 사람 된 것처럼 왜 아프고 지랄이냐고."

"……."

"독할 거면 끝까지 독하게 굴든가. 이게 뭐야! 이게 뭐냐고오!"

원망스럽게 쏘아붙이던 지윤이 바닥에 털썩 주저앉았다. 서영이 함께 지윤과 주저앉으며 눈물을 쏟아냈다. 뒤에서 두 사람의 모습을 지켜보고 있던 준석이 조용히 물러섰다.

한참을 서로 부둥켜안고 울던 서영과 지윤이 간신히 몸을 추스르며 근처에 있는 카페로 향했다. 서영은 고개를 푹 숙인 채, 여전히 눈물을 훔치고 있는 지윤을 바라보았다.

"지윤아."

"왜……."

"난 어쩌면 오늘 너랑 화해한 이 순간도 잊어버리게 될지도 몰라."

지윤이 참지 못하고 또 한 번 왈칵, 하고 눈물을 터뜨렸다.

"그래서 난 내일 또 똑같이 너한테 미안하다는 말을 되풀이할 수도 있어. 그래서 사실, 난 오히려 마음이 더 편해. 너하고 선생님한테 큰 죄 지었는데 평생, 사과를 할 수 있을 것 같아서."

"그만해……. 그만해."

뺨에 눈물이 범벅이 된 지윤이 앞에 앉아 있는 서영의 손을 꽉 잡았다.

"지윤아, 이제 와서 이런 말 하는 거 정말 염치없는 거 알지만……. 우리 앞으로 재미있는 얘기 하고 재미있는 추억 만들자. 어차피 다 잊어버릴지도 모르지만……. 그렇게 하자."

지윤이 고개를 있는 힘껏 끄덕였다. 그럴 때마다 그녀의 고인 눈물들이 테이블로 툭툭, 떨어졌다.

한편, 두 사람만의 시간을 만들어주기 위해 다시 서영의 집으로 돌아가던 준석은 한 통의 전화를 받았다. 유학 시절 알고 지냈던 친구에게서 걸려온 전화였다. 그 친구는 자신의 지인 중 한 명이 하버드의대 연구팀에 있는데, 이번 유도만능줄기세포를 이용해 헌팅턴 병을 동물 대상으로 한 연구에 큰 성과를 얻었다는 연구 결과를 들었다고 했다.

동물로 한 임상실험을 통해 몇 번이고 성공을 했고 연구에 곧 좋은 소식을 기대해도 될 것 같다는 말도 덧붙였다.

어느 정도의 희망이 보이는 친구의 말에 조만간 미국으로 가서 그 연구진을 만날 수 있냐고 물었다. 친구는 별 어려움이 없을 것이라 말해주었다.

-이곳엔 생각보다 헌팅턴 병을 가진 환자들이 많더라고. 그래서 그런지, 그들을 위한 환경이 잘 마련되어 있어. 이곳의 환자들은 자연과 함께 어우러지면서 정신적인 스트레스도 훨씬 덜 받아. 여긴 근육 이완을 돕기 위한 치료와 프로그램도 탄탄해. 아무래도 한국보다는 이곳에서의 생활이 환자들에겐 훨씬 좋을 듯싶어. 무엇보다도

이곳의 의료가 더 발달되었다 보니까, 병원을 통해서 환자의 상태를 더욱 치밀하고 나은 방향으로 잡을 기회가 많고.

준석이 뒤를 돌아보았다. 지윤과 마주 보고 있는 서영이 화사하게 미소 짓고 있었다.

절대 버리지 않을 것이다. 아무리 보잘것없고 작은 것이라고 할지라도, 그녀에 대한 작은 희망이 있다면.

절대, 절대…… 버리지 않을 것이다.

업무를 끝낸 준석이 큰 거울 앞에 섰다. 자신의 매무시를 가다듬고 우울하게 처진 입꼬리를 억지로 살포시 올려보았다. 좀 우중충한 것 같아 넥타이를 밝은 색으로 바꾸고 대표실에서 나오자, 볼일을 보고 있던 윤정이 자리에서 일어났다.

"수고하셨습니다, 대표님. 말씀하신 레스토랑은 6시, 유람선은 7시 30분 걸로 예약해드렸습니다."

"내일 봐요."

짧막한 인사를 건네고 복도를 지나 엘리베이터에 올라탔다. 불현듯, 예전에 서영과 함께했던 순간이 떠올랐다. 자신의 한 걸음 뒤에 서서는 몰래 올려다보던 그녀의 모습을. 자신의 어깨에 묻어 있는 먼지를 떼어주고 바쁘게 보고를 했던 모습도.

조금도 버릴 수 없는 그 소중한 기억들을 혼자만 기억하고 간직해야 한다는 생각에 준석의 마음이 또다시 미어졌다. 로비에 도착한 엘리베이터가 문이 열리고 몇 발짝 내딛지 않은 준석의 발걸음이 멈춰 섰다.

"서영아."

그의 부름에 로비에 있는 의자에 앉아서 지윤과 대화를 나누고 있던 서영이 고개를 돌려 그를 마주 봤다.

"오늘도 많이 힘드셨죠?"

"안 추워? 목도리라도 좀 하고 나오지."

준석이 서영의 코트를 닫아주며 말했다.

"전 괜찮아요."

두 사람을 바라보던 지윤이 닭살이라며 몸서리를 쳤다. 그날 이후, 방학을 맞이한 지윤의 일과는 매일 서영을 보러 오는 것이 되었다. 지윤은 한 시간에 한 번씩 걱정을 하고 있을 준석에게 사진과 함께 문자를 보내주었다. 지윤이 보내주는 사진 속의 서영은 뭐가 그리도 즐거운지 환하게 웃는 얼굴이었다. 회사 때문에 낮에는 함께할 수 없는 준석으로서는 그런 지윤의 존재가 든든하기만 했다.

"저녁 같이 먹으러 가요."

"아니에요. 전 같은 동료 선생님들이랑 약속이 있어서요."

준석의 제안에 지윤이 거절을 하며 물러섰다. 옆에 있던 서영이 아쉬운 듯, 지윤에게 팔짱을 끼웠다.

"같이 먹으러 가면 안 돼?"

"미안. 저번에도 빠져서 오늘은 빠지기가 좀 그래. 선생님 한 분이 또 곧 결혼하시거든……. 대신, 다음엔 꼭 같이 갈게. 오늘은 준석 씨하고 맛있게 먹어."

"알았어……."

지윤이 준석에게 가볍게 묵례를 하고 돌아섰다. 서영은 지윤의 모습이 시야에서 완전히 사라지고 나서야, 준석에게 시선을 돌렸다.

"배고프지?"

"네."

서영이 고개를 크게 끄덕이자, 준석이 그녀의 작고 여린 손을 꽉 잡았다.

"얼른 밥 먹으러 가자."

윤정이 예약한 레스토랑에 도착한 준석과 서영은 가장 명당인 자리로 안내를 받았다. 해는 일찌감치 잠자리에 들어, 고작 6시가 조금 넘었을 뿐인데 세상은 암흑으로 물들어져 있었다. 그 속에서 휘황찬란하게 빛나는 야경을 바라보는 서영의 눈이 반짝였다.

"진짜 예쁘다. 제 눈이 너무 황홀해져요."

"여기 음식도 맛있대."

"정말요? 기대된다."

서영이 입고 있던 재킷을 벗어 의자에 걸쳐놓았다.

"저 잠깐 화장실 좀 다녀올게요."

맞은편에 앉아 있던 준석이 반사적으로 자리에서 일어났다.

"같이 갈까?"

"……"

준석은 서영의 표정을 보며 아차, 싶었다. 그녀가 언제 어떻게 기억을 잊어버릴지 몰라 걱정이 되어 나온 과잉보호가 그녀가 가지고 있는 여자로서의 자존감을 무너트린 듯싶었다.

"나도 마침 화장실이 가고 싶어서. 그래서 그런 거야."

급하게 말을 덧붙였지만, 서영의 미적지근한 표정엔 아무런 반응이 없었다. 화장실로 들어온 준석은 손을 닦으면서도 그녀의 표정이 자꾸만 떠올라 자책의 한숨을 내쉬었다.

"강준석……."

다시는 그런 실수를 하지 말아야지 하는 굳은 결심과 서영에 대한 미안한 마음에 세 머리를 퍽퍽 내리고 있던 준석의 곁으로 진한 향수 냄새가 훅, 풍겨 왔다. 볼일을 보고 손을 씻던 남자는 거울을 통해 힐끔, 준석을 바라보더니 곧 휘둥그레진 눈으로 성큼 다가왔다.

"혹시, Talk Talk 강 대표님 아니십니까?"

처음 보는 얼굴에 준석이 무반응을 보이자, 남자는 급하게 재킷 안에서 지갑을 꺼내 명함을 내밀었다.

"전 KK인터넷 뉴스 고지한 기자라고 합니다!"

얽히면 성가신 일만 발생할 것 같아서 대충 명함을 받고 나오려 했다. 하지만 기자는 눈빛 가득 호기심이라는 쓸데없는 감정을 심어놓고 준석을 붙잡았다.

"파혼하고 나서도 법원장님 따님과 계속 연락은 하고 계시나요? 아직 공식적으로 밝히시지 않으셨는데, 그분과 파혼을 하게 된 정확한 이유는 무엇이지요?"

아직 초임인 듯싶었다. 이렇게 예의도, 겁도 없이 달려드는 것을 보면 말이다. 준석은 제 팔을 잡고 있는 남자의 손을 거칠게 뿌리쳤다. 그런 준석의 행동에 그제야, 남자는 흠칫 놀라며 나불거리던 입을 다물었다.

불쾌한 티를 내고 화장실에서 나오자, 막 안으로 들어가고 있는 서영의 뒷모습이 보였다.

"서영아."

문을 대신 열어주며 함께 자리로 돌아와서도 준석은 찜찜함에 주변을 둘러보았다. 자신의 방향을 호시탐탐 바라보며 동행인과 대화를 나누는 남자의 모습에 준석은 진심으로 짜증을 느꼈다.

"왜 그래요?"

준석이 제대로 식사를 하지 못하고 주변에 신경을 분산시키고 있자, 서영이 걱정스럽게 되물었다.

"어? 아니야. 아무것도. 고기 맛은 어때?"

"너무 맛있어요. 부드럽고 담백하니."

"더 먹을래?"

"아니요. 저 살쪘어요. 다 준석 씨 때문이에요."

서영이 입을 삐죽이며 투덜거리자, 준석이 입술에 슬그머니 미소를 걸쳤다.

"왜? 왜 나 때문이야?"

"맨날 부족하지 않냐면서 많이 먹게 했잖아요."

귀여운 서영의 불만에 준석이 소리 내어 웃었다.

"어디 살이 쪘다고."

"팔도 굵어진 것 같고, 뱃살도 나온 것 같고."

"볼 때는 모르겠는데. 만져봐야 하는 건가?"

장난기 가득한 얼굴로 준석이 허리춤으로 손을 내밀자 서영이 화들짝 놀라서 물러선다.

"절대 안 돼요. 절대."

뱃살을 사수하며 발버둥 치는 서영을 사랑스럽게 바라보다가도 준석의 신경은 문득, 문득, 남자에게로 향했다. 남자는 여전히 준석을 의식하고 있었고 온몸에서 느껴지는 직감으로 그 의식에서 자꾸만 불길한 느낌을 떨어트릴 수가 없었다.

저녁을 먹고 나와 한강 유람선에 올라탔다. 서영이 잔뜩 기대한 얼굴로 유람선이 출발하기만을 기다리고 있었다. 난간에 찰싹 붙어서는 대교를 바라보고 있던 서영이 대뜸 입술을 떼어냈다.

"너무 예쁘다. 저 배경으로 사진 한 장 찍어드릴까요?"

서영의 목소리와 턱이 달달 떨리고 있었다. 곧, 겨울이 나가오고 있고, 가뜩이나 찬바람이 강 쪽이다 보니 더욱 춥게 느껴졌다.

"너 춥지?"

"아니요. 괜찮아요."

"너 지금 턱 엄청 떨고 있어. 잠깐 기다려. 내가 안에 들어가서 매점에서 담요라도……. 아니다. 같이 들어갔다 오자."

또 그녀를 잃어버릴까 싶어서 손을 붙잡고 안에 있는 매점으로 들어왔다. 따뜻한 음료를 손에 쥐여주고 커다란 담요를 펼쳐 그녀의 몸을 꼭꼭 감싸주었다. 그러고는 다시 밖으로 나오자, 유람선이 출발할 모양인지 크게 신호를 외쳤다.

"와, 출발한다. 너무 신기해요."

강을 유유히 가르며 출발하는 유람선 위에서 연신 주변을 구경하느라 바쁜 서영을 뒤에서 꼭 끌어안았다.

"훨씬 낫다."

그녀의 작은 중얼거림에 응답하듯, 준석이 뺨에 살포시 입을 맞추었다.

"이게 뭐라고 한 번도 안 타봤는지……. 별것도 아닌 일인데, 안 해본 것들이 너무 많아요."

"이제 다 해보자. 나랑 같이."

"네. 별것도 아닌 것도 다 해보고, 남들이 쉽게 하지 못하는 것도 다 해봐요."

"그래. 뭐 하고 싶은 거 있어?"

"우주여행."

"응?"

"장난이에요."

순간 당황해서 보인 준석의 반응이 재미있던 모양인지, 서영이 자꾸만 웃음을 참지 못했다. 하지만 이상하게도 준석은 웃음이 나오질 않았다. 이렇게 웃고 있는 예쁜 그녀의 모습을 내일이라도 당장 못 볼 것 같아서 오히려 불안하게만 느껴졌다. 서영은 따뜻한 음료가 한 모금 마시고 싶어 병뚜껑으로 손을 가져다 댔지만, 확 미끄러져 잘 열리지 않았다.

"이게, 왜……."

"이리 줘."

준석이 병을 가져다 가볍게 뚜껑을 따서는 다시 서영에게로 건넸다.

"익숙한 이 장면. 기억나시죠? 비서실장님 송별회 때……."

"응. 기억나."

"다행이에요. 아직 거기까지는 제 기억이 사라지지 않아서."

준석은 전부 기억하고 있었다. 그날, 서영이 입었던 옷과 신었던 신발, 자신을 바라보며 짓던 표정과 함께 나누었던 대화까지 전부.

"제 기억이 사라져도 너무 슬퍼하지 마세요."

"안 슬퍼해. 네 기억은 사라져도, 넌 나한테서 사라지지 않을 거잖아."

애써 미소를 짓는 준석을 향해 서영도 나지막하게 고개를 끄덕이며 웃어주었다. 어두운 밤하늘에 떠 있는 영롱한 달빛이 서로의 체온을 느끼며 붙어 있는 두 사람을 비추었다.

잊기에는 너무 아름다운 밤이었다.

상담을 받으러 온 병원 안에서 의사 선생님의 온화한 눈빛이 앞에 앉아 있는 서영과 지윤에게로 향했다.

"제 친구예요, 선생님."

서영이 자랑스럽게 지윤에게 팔짱을 끼며 말했다.

"서영 씨, 얼굴이 훨씬 환해 보여서 좋아요."

"사실, 요즘에 기분이 너무 좋아요. 친구하고 있을 때도, 남자 친구하고 있을 때도, 너무 행복해서 제가 어떤 사람인지도 잘 생각이 나질 않아요."

"훨씬 좋아 보여요. 앞으로도 계속 이렇게 친구도 만나고 남자 친구도 만나면서 기분 전환 많이 하도록 해요."

"네."

간단한 상담을 끝내고 나온 두 사람이 엘리베이터 앞에 섰다.

"지윤아, 고마워. 집하고 먼데, 나 때문에 여기까지 와주고."

"고작, 일로 고맙다는 말 하지 마. 배 많이 고프지?"

"아니. 난 배는 안 고픈데, 입이 좀 심심……."

지윤이 문득, 서영의 어깨 너머로 사람이 빠르게 사라진 것을 보았다. 마치, 몰래 쫓아다니다가 자신과 눈이 마주쳐서 숨어버린 것 같은 느낌에 기분이 이상했다.

"왜 그래?"

말간 얼굴로 물어오는 서영에 지윤이 고개를 내저었다. 괜히 민감해진 신경이 만든 오해라고 생각했다. 생각해보면 누가 뭐하러 우리 두 사람을 쫓아다니겠나. 싶었다.

"아니야. 입 심심한데, 뭐 먹으러 갈까? 웬만하면 살 안 찌는 거 먹고 싶은데……."

"바보. 먹는데 살 안 찌는 게 어딨냐? 다 살찌지."

도착한 엘리베이터에 올라타면서도 지윤은 자꾸만 조금 전 일에 잔뜩 신경이 쓰였다. 병원에서 가까운 레스토랑에 들어간 두 사람은 가장 인기 있는 메뉴를 시켰다. 음식은 얼마 있지 않아, 두 사람 앞에 먹음직스럽게 펼쳐졌다.

"맛있는 거 먹으니까, 준석 씨 생각난다."

"아주 푹 빠지셨구만? 하긴, 모태솔로 최서영의 첫 남자 친구이니, 얼마나 좋으시겠어."

"나 모태솔로 아니야……."

"인간적으로 한두 달, 감정도 없이 그냥 사귄 남자 친구는 빼자. 그런 남자들은 기억하고 싶지도 않잖아."

"……"

쓸쓸하게 웃는 서영의 모습에 지윤이 크게 한탄했다. 가뜩이나 기억을 잊고 있어 불안해하는 친구를 배려하지 않고 함부로 나불거린 것 같은 죄책감에 지윤의 마음이 무거워졌다.

"미안. 내가 말실수했지?"

"아니야. 잊고 싶은 기억은 잊는 게 좋은 거지……. 다만, 좋은 기억은 조금만 더디게 잊었으면 좋겠어. 조금만 더디게……. 그래도 난 지금 되게 행복해."

"……"

"내 곁에 사랑하는 사람들이 함께 있어줘서."

지윤은 아무 위로도 하지 못하고 적적한 시선으로 서영을 바라볼 뿐이었다. 서영이 그런 표정 짓지 말라고 타박을 해 보이고선 크게 웃었다. 하지만 그 웃음이 그녀의 얼굴에서 사라진 건, 바로 다음 날 아침이었다.

어제도 역시 자신의 집에서 잠을 잔 준석과 함께 마주 보고 앉아 아침을 먹고 있었다. 그때, 준석의 휴대폰이 불길할 정도로 요란하게 울렸다.

"어, 이 비서. 뉴스? 아직 안 봤는데, 왜."

뭐? 하며 표정이 사납게 굳어진 준석이 급하게 자리에서 일어나 방으로 향했다. 꽤 심각한 그의 표정에 걱정이 되어 급하게 휴대폰을 들어 뉴스를 확인한 서영의 손이 가느다랗게 떨려왔다.

'Talk Talk 대표, 강준석의 숨겨진 여자'라는 자극적인 제목과 함께 뜬 기사에는 이런 내용이 적혀 있었다.

강준석이 장유리와 파혼을 하게 된 것은 연애를 하고 있었던 여자가 있었고, 그 여자는 오래전부터 함께해오던 직원이다. 현재, 여자는 회사를 그만둔 상태이지만 그 이유를 대충 짐작해볼 수 있는 것은 그녀의 정신적 질환 때문인 듯싶었다. 결론적으로, 강준석은 애인을 두고 약혼을 했지만, 애인의 정신적 질환으로 파혼을 하고 다시 돌아간 듯싶다. 이 일로 하여금, Talk Talk에 악영향을 끼치게 될지는 두고 봐야 할 일이라는 것이다.

기사에는 서영이 병원에서 나오는 사진과 준석과 레스토랑에서 함께 식사를 하고 있는 사진들이 게재되어 있었다. 자신 때문에 준석이 피해를 보고 난감한 미로에 갇혔다고 생각하니, 심장이 낭떠러지로 곤두박질쳐지는 것 같았다. 머리가 지그시 아파졌고 온몸이 덜덜 떨려왔다.

준석이 통화를 끝내고 방에서 재킷을 들고 급하게 빠져나왔다.

"나, 지금 바로 출근……."

하지만 미동도 없이 휴대폰만 바라보고 있는 서영을 발견하고선 걸음을 멈췄다.

"서영아……."

"정신질환은…… 아닌데."

초점을 잃고 방황하던 서영이 간신히 준석을 바라보았을 때는 이미 눈시울이 잔뜩 붉어져 있는 상태였다.

"미안해요. 괜히 나 때문에, 이런 내용으로 오르락내리락하게 해서."

"네 잘못이 아니야. 네 잘못이 아니야."

크게 부정하며 준석이 서영을 안아주었다. 그럼에도 서영은 진정하지도 인정하지도 않은 듯싶었다. 보도가 된 날 이후부터 서영은 준석과 함께 밖에 나가는 것을 꺼렸다. 행여나, 나가게 되더라도 얼굴을 철저하게 가렸고 준석에게서 떨어져 걷기도 했다. 기억은 잊어버려도 잠재적인 본능은 잊어버리지 않는 모양인지, 괜찮다는 준석에게도 서영은 고집스러웠다.

서영은 가끔 끔찍한 악몽을 꾸며 울부짖기도 했다. 급기야, 병원 가는 것까지 거부하는 모습에 안쓰러워 준석이 하루하루 더욱 힘들어져갈 때쯤 지윤이 그를 조용히 불렀다.

"혹시, 서영이 무슨 일 있어요?"

"왜요?"

"사실, 대표님이 일하시는데 신경 쓰실까 봐, 말씀 안 드리려고 했는데……. 요즘 서영이가 많이 우울해 보여서요. 근심 걱정도 많아 보이고. 돌아다니는 걸 그렇게 좋아하더니, 요즘은 그렇지도 않고 병원도 안 가려고 하고……. 그러다가 이걸 봤는데."

지윤이 서영의 다이어리를 일부분 펼쳐 내밀었다.

<꼭꼭 숨어버리고 싶다. 아무도 없는 곳에, 아무도 찾지 못하는 곳에, 아주 꼭꼭. 그 사람과……>

서영이 그날 이후, 얼마나 심적으로 힘들어하고 있는지가 여실히 느껴지는 글이었다. 마음속에서 갈등하고 있던 무언가를 결심했다. 준석은 그녀와 좀 더 자유로운 곳에 가서 편안하게 지내고 싶었다.

아무래도 유명 인사다 보니, 보는 눈과 하는 말이 많은 한국이 아닌 조금이라도 더 자유롭게 서영이 지낼 수 있는 곳. 그런 곳이 필요했다. 그리고 이제 그곳으로 서영과 함께 떠나기로 했다. 어려운 결정이었지만, 고민 속의 결론은 항상 단 한 가지뿐이었다.

그래서 망설임 없이 미국에 살고 있는 친구에게로 전화했다.

-어, 준석아. 결심한 거야? 여기로 오기로?

"공기 좋고, 사람도 별로 없고. 그런 곳 어디 없어?"

-펠란. 난 그곳을 추천해. 한국인도 500명 안쪽으로 거주하고 있고, 마을이 아주 조용하면서도 공기가 참 좋아.

"그쪽 매물 시세 좀 알아봐줄 수 있어?"

-당연하지. 조만간 연락할게.

"고마워."

서영을 위한 삶.

아주 미미하게라도 서영에게 도움이 되는 일이라면 모든 것을 포기하더라도 그것을 선택할 것이다. 그것은 영원히 후회하지 않고 자신이 살아갈 수 있는 삶이기도 했다.

3

신 여사는 새벽같이 일어나 가사도우미와 함께 시장으로 향했다. 싱싱한 해산물과 육류, 각종 채소를 사서 집으로 돌아오니, 어느덧 오전이 훌쩍 지나가고 있었다.

"우리 조금만 서둘러서 준비하도록 해요."

신 여사가 아침부터 이렇게 분주하게 움직이는 데는 그만한 이유가 있었다. 주말을 맞이하여 준석이 자신의 여자 친구와 함께 본가에 오겠다는 연락을 취해왔다. 준석이 혼자 온다고 했어도 이렇게 분주했을 텐데, 여자 친구와 함께 온다는 말에 그 정성을 두 배로 쏟아부었다. 집 안 가득 먹음직스러운 음식 냄새로 채워져갔다.

"음식은 거의 다 되어가?"

강 의원이 주방으로 빠끔히 고개를 들이밀며 물었다.

"거의 다 되어가요. 준석이는 어디래요?"

"곧, 출발한대."

"이거 간 좀 봐줘요. 옛날부터 준석이가 당신 입맛이랑 똑같았잖아요."

잡채를 받아먹은 강 의원이 엄지를 척 추켜들었다.

"준석이도 아주 좋아하겠어."

말하지 않아도 두 사람은 알고 있었다. 준석이 자신들에게 소개해 주는 여자 친구의 존재가 그다지 가볍지 않다는 것을. 파혼을 하게 된 이유를 가진 사람일 것이고 결혼을 전제로 소개를 해주려 하고 있다는 것을 알고 있었다.

"그런데 뉴스를 봐서 그런지……."

"쓰읍! 준석이 앞에서 절대 쓸데없는 소리 하지 마. 준석이한테 아무 말도 못 들었잖아. 들어봐야지. 그럴 만한 충분한 사정이 있었을 테니까. 더군다나, 정신질환이라는 것은 오보라잖아."

"하긴……. 그 신문사에 소송 건 거 우리 준석이가 잘한 일이에요. 그런데 오래전부터 함께 일한 직원이라니, 누굴까요?"

"그러니까, 나도 그게 굉장히 궁금해. 우리가 잘 알고 있는 직원인가?"

"아후, 아무 생각도 안 날 정도로 괜히 긴장되는 것 같아요."

"나도, 나도 긴장되네."

평소 잘 긴장하지 않던 강직한 강 의원이 잔뜩 긴장한 얼굴로 말했다. 마주 보고 있던 두 사람의 눈빛이 일순간 씁쓸해졌다. 동시에 서로가 머릿속으로 누굴 떠올렸는지 알 수 있을 것 같았다.

"김 비서도 같이 있었으면 참, 좋았을걸……."

씁쓸한 강 의원의 낮은 혼잣말이 오늘따라 지극히도 안타깝게 들려왔다.

반면, 본가를 가기 위해 준석과 나란히 차에 올라탄 서영의 얼굴엔 근심과 초조함이 가득했다. 준석이 서영의 안전벨트를 매주며 다정하게 물었다.

"우리 부모님 뵙는 거 긴장돼?"

"자신 없어요⋯⋯."

처음 부모님을 뵈러 가자는 말에 서영은 누구라도 자신을 반겨줄 부모는 없을 거라며 거절을 했다. 하지만 준석은 그런 서영을 설득했다.

"괜찮을 거라고 말했잖아. 걱정하지 마."

친구에게서 전화를 받은 지 벌써 한 달이라는 시간이 흘러갔다. 그 시간 동안 준석은 이미 모든 결정과 준비를 끝낸 상태였다. 오늘 본가에 가는 이유는 모두가 알고 있는 단순한 소개 때문은 아니었다.

"많이 놀라시겠죠? 최 비서가 올 줄은 생각도 못 하셨을 테니까."

"⋯⋯."

"아픈 최 비서가 올 거라고는 더 생각 못 하시겠죠."

"놀라시긴 해도 분명히 기뻐하실 거야. 내가 사랑하는 사람을 만났고 그 사랑하는 사람이 누구보다 착한 너를 보시면서."

준석의 위로에도 서영의 눈은 여전히 불안함에 빠져 허우적거리고 있었다. 그런 서영을 보는 것이 많이 안타깝고 마음이 아팠지만 준석은 크게 결심을 하며 차를 천천히 출발시켰다.

본가에 도착한 차가 멈추자 서영이 잔뜩 긴장한 얼굴로 자택을 올려다보았다.

"긴장을 해서 그런지, 안 까먹었어요. 속으로 계속 중얼거리고 있었거든요. 어떻게 인사를 해야 할지, 어떤 미소를 지어야 할지⋯⋯."

"편하게 해도 돼. 뭐든지 이해해주실 분들이야."

겉으로는 티를 내지 않았지만 긴장한 건 준석도 마찬가지였다. 물론 다른 이유에서이지만…….

"제 옷차림 어때요?"

"예뻐."

"머리랑 화장은요?"

"너무 예뻐."

준석의 말에 서영이 입술을 삐죽였다.

"응? 왜? 왜 그런 표정 지어."

삐죽이는 모습마저도 사랑스럽다는 듯, 준석이 웃음을 참지 못하며 손등으로 서영의 뺨을 쓰다듬었다.

"무조건 예쁘다고만 하니까요……. 솔직하게 말해줘야죠. 그래도 어른들 처음 뵙는 자리인데……."

"정말 다 예뻐서 그래."

옷매무시를 다듬어주며 준석이 서영을 달랬다.

"다른 건 다 됐고……. 잠깐이라도 기억이 온전했으면 좋겠네요."

"올라가자."

걱정하는 서영을 준석이 안타까워하며 이끌었다. 아름답게 가꾸어진 정원은 곳곳마다 강 의원과 신 여사의 정성스러운 손길이 묻어나 보였다. 현관문을 앞에 두고 서영은 호흡을 길게 내뱉으며 가다듬었다. 문을 열고 들어가자, 기다렸던 강 의원과 신 여사가 득달같이 달려 나왔다.

"왔니?"

반갑게 달려 나오던 두 사람의 걸음이 멈칫했다. 전혀 예상하지 못했던 서영의 등장에 당황함이 역력했다. 보도된 뉴스에선 서영의 얼굴이 철저하게 모자이크 처리가 되어 있었기에 두 사람이 놀랄 수 밖에 없었다.

"안녕하세요."

서영이 그런 두 사람의 눈치를 살피며 공손하게 인사를 건넸다.

"어, 어서 오렴."

"배고프지? 일단, 안으로 들어가자."

넷이서 나란히 앉은 주방 안에는 무거운 정적과 어색함이 감돌았다. 그 정적을 가장 먼저 깬 것은 준석이었다.

"많이 놀라셨죠? 진작 소개해드린다는 게, 상황이 여의치 않아 이제야 소개해드립니다. 저와 곧 결혼하게 될 사람입니다."

"최 비서야, 우리가 누구보다도 잘 아는 사람이지."

신 여사는 겉으로는 반가워하면서도 은근히 아쉬워했다. 만족해하던 유리하고 파혼까지 하면서 데리고 온 여자가 최 비서라는 것에 적지 않게 실망을 한 듯싶었다.

"자네는 최 비서가 뭔가? 이제 일도 그만뒀고 준석이 여자 친구인데, 그 호칭부터 바꿔야겠네."

강 의원의 말에 신 여사가 낮게 고개를 끄덕였다.

"네, 그래야겠네요."

"그래. 두 사람, 언제나 붙어 있어서 그런지, 어색하지도 않고 아주 잘 어울리는구나."

강 의원의 따뜻한 말 한마디에 그제야 서영과 준석이 약간의 긴장감을 풀고 서로를 마주 보며 작게 미소 지었다.

"음식이 식겠구나. 일단, 먹으면서 천천히 대화를 나누도록 하자."

식사를 끝내고 담배를 피우러 테라스로 향하는 강 의원을 준석이 조용히 따라갔다. 강 의원의 담배에 불을 붙여준 준석은 그의 맞은편에 앉았다.

"식사하는 내내, 요즘 애들 말로 눈에서 아주 꿀이 떨어지더구나. 참, 좋아 보여."

강 의원의 듣기 좋은 핀잔에도 준석은 마음껏 웃을 수가 없었다. 그런 준석의 모습에 강 의원은 금세 눈치를 차렸다.

"할 말이라도 있는 거야?"

"어떤 말을 먼저 전해드려야 할지 많은 고민을 했습니다."

가라앉은 준석의 목소리에 심상치 않은 기운을 받은 강 의원이 잔뜩 긴장한 채로 경청했다.

"혹시 그 기사 때문에 그러는 거냐? 그건 이미 오보라고……."

"정신질환이 오보이지만, 병원을 다니는 건 오보가 아닙니다."

강 의원의 얼굴이 굳어졌다.

"저 사람이 좀 많이 아픕니다."

앞으로 준석이가 행복한 길을 걷기만을 바랐던 강 의원은 충격을 받고 그대로 몸이 굳어졌다.

"그, 그게 무슨 말이냐? 어디가 뭘 얼마나 아프기에……."

"헌팅턴 병이라는 유전병인데……."

피를 토하는 심정으로 강 의원에게 서영의 병을 전부 얘기했다. 강 의원은 받은 충격이 컸던 모양인지 몸을 잠시 휘청이기까지 했다.

"아버지……."

"그런데 왜 그런 것을 하나도 눈치채지 못한 거지?"

강 의원이 테라스 창문 너머로 거실에서 신 여사와 후식으로 먹을 과일을 차리고 있는 서영을 바라보며 참담한 목소리로 물었다.

"아마, 중간중간 단기기억은 잊게 되더라도, 장기기억 속에 부모님들을 기억하고 있으니 대충 상황에 맞춰 행동하고 있는 것 같습니다."

"일을 할 때, 그렇게 눈치가 빠르고 똑 부러진 비서더니……. 아픈 순간까지도 제 본능을 발휘하는구나. 그래, 그래서 앞으로 어떻게 할 생각이냐."

"저 사람이 아파서 모든 기억을 잊는다고 해도……. 심지어, 저를 잊어버린다고 해도. 제가 모든 것을 기억하고 있는 한, 변하는 건 아무것도 없습니다. 제가 저 사람을 사랑하고, 저 사람이 저를 사랑한다는 것에 대해서는……. 그래서 전 저 사람과 평생을 살겠다는 저의 오래된 결심을 절대 물릴 생각이 없습니다."

"……."

"서영이를 위해 더 많은 것을 해주고 싶습니다. 해줄 수 있는 것이라면 뭐든지 전부 다 해줄 생각입니다. 한국에서도 물론, 치료가 되겠지만 좀 더 전문적이고 체계적인 치료를 위해서는 해외로 나가야 할 것 같습니다."

마음 같아서는 다른 여자를 사랑하면 안 되냐고 묻고 싶었다. 자식이 보다 행복한 삶을 살길 바라는 것이 부모의 마음이기에, 하지만 강 의원은 뼈저리게 느끼고 있었다. 감히 그 어떤 것도 서영을 향한 절대적인 준석의 사랑은 막지 못한다는 것을.

그의 두 눈엔, 그의 마음엔, 그의 머릿속엔 이미 서영을 제외하곤 아무것도 차지할 수 없다는 것을.

"해외로 나가면 회사는 어쩌하고?"

"일단, 전 대주주로 빠지고 전문 CEO를 영입해서 회사를 경영해 나갈 생각입니다. 아버지께서 대선 출마 하실 때 필요하신 자금들은 제가 알아서 다 준비하고 가도록 하겠습니다."

"나까지 신경 쓸 필요 없다."

"아닙니다. 전부 다 제 마음이 편하자고 하는 일입니다……."

감정이 북받쳐버린 준석의 손이 가느다랗게 떨려오고 있었다. 강 의원은 그런 준석의 손등을 흔들리지 않게 한동안 꽉 쥐여주었다.

"네가 행복하다면 그걸로 됐다. 네가 행복하면 돼……. 혹시나, 어려운 일이 생기거나 우리의 도움의 필요하다면 언제든지 말해라. 언제든지……. 우린 널 기다리고 있으마."

본가에 갔다 온 뒤로 준석은 본격적으로 자신의 계획을 실행했다. 전문 경영 CEO를 영입하고 주식을 매도했다. 미국에서 서영과 함께 지내게 될 주택도 마련하고 다니게 될 병원에 대해서도 꼼꼼하게 알아보았다. 최대한 밖으로 새어 나가지 않게 진행을 했음에도 매체에선 하이에나처럼 달려들어 앞다투어 준석의 상황을 보도하기 바빴다.

일각에서는 아무리 전문 CEO를 영입하더라도 Talk Talk의 설립자인 준석이 없다면 휘청할 것이 분명하다는 분석을 내놓은 프로그램을 방영하기도 했다.

하지만 준석의 다짐은 흔들리지 않았다. 회사를 위한 준비도 탄탄히 해놓고 서영을 위한 준비도 탄탄히 해놓았기 때문에 두려울 것이 없었다. 아니, 솔직하게 얘기하자면 이제 회사는 어떻게 되든 별로 상관이 없었다. 오롯이, 준석의 모든 관심과 신경은 서영에게만 기울어져 있었다.

그날 저녁, 서영의 집으로 지윤과 지훈이 찾아왔다. 할 말이 많은지, 소파에 앉아 도란도란 대화를 나누고 있는 세 사람을 보며 준석은 어설프게 저녁 식사를 준비했다. 사실, 신 여사가 보내준 음식을 데우는 정도뿐이었다. 한참 대화를 나누던 서영이 주방에 혼자 있는 준석이 마음에 걸렸는지, 쪼르르 달려왔다.

"제가 한다니까요……."

"가서 놀아. 괜찮아."

"그냥, 우리 시켜 먹어요."

"맛없을까 봐 불안해서 그러는 거지?"

"조금?"

서영이 장난스럽게 대답했다.

"걱정 마. 맛은 확실히 장담하니까."

얼마 되지 않아 거하게 저녁상이 차려졌다.

"보고 있지? 이거 다 내 남자 친구가 차린 거야."

서영이 신이 나서는 자랑했다.

"좋겠다, 계집애야."

"그럼, 당연히 좋지."

"못 말려, 정말……."

"지훈아, 너도 많이 먹어."

서영의 다정한 말에 지훈이 낮게 고개를 끄덕였다. 네 사람은 도란도란 대화를 나누며 식사를 했다. 거실에 옹기종기 모여서 후식을 먹으며 오래된 추억 이야기에 시간 가는 줄 모르고 웃고 떠들었다. 그것이 고단했는지, 서영은 지윤과 지훈을 배웅도 해주지 못하고 까무룩 잠이 들어버렸다. 준석이 서영을 대신하여 두 사람을 배웅해주었다.

"두 사람에게 할 말이 있습니다."

"……."

준석은 앞으로 자신과 서영의 계획을 두 사람에게 전부 말해주었다. 두 사람의 표정이 아쉬움과 안도로 뒤섞였다.

"그래서 요즘 그렇게 회사가 시끄러웠던 거군요. 뉴스에서 봤어요. Talk Talk."

"곧, 안정을 찾아갈 겁니다."

"떠나기 전까지 매일 놀러 와도 되죠?"

"그럼요."

"다행이에요. 서영이를 사랑한 게, 대표님이라서. 참…… 다행이에요."

지윤과 함께 돌아서 가던 지훈이 별안간 다시 준석에게로 달려왔다.

"서영 누나 오늘 보니까, 진짜 많이 행복해 보였어요. 누나를 그렇게 행복하게 해주셔서 감사드립니다. 그런 의미에서 우리 서영 누나 끝까지 행복하게 해주세요. 꼭이요."

"걱정 말아요. 끝까지 책임지겠습니다. 우리 서영이 행복."

두 사람을 끝까지 배웅하고 올라온 준석은 뒷마무리를 짓고 욕실로 가서 샤워를 했다. 서영을 한순간이라도 혼자 두는 것이 불안한 탓에 준석은 매일 그녀의 집 또는 자신의 집으로 그녀를 데리고 가 날마다 함께했다. 소파에 누워 어느 정도 처리해야 할 서류들을 보고 있을 때, 굳게 닫혀 있던 침실 문이 열리고 서영이 나왔다.

"뭐 필요한 거 있어?"

누워 있던 준석이 반사적으로 일어나 그녀에게로 다가갔다. 그녀가 놀란 얼굴로 준석을 올려다보았다. 그러고는 그녀에게서 절대 듣고 싶지 않던 그 말이 터져 나와버렸다.

"대표님……."

그녀의 기억이 조금씩 더 멀어져가고 있었다. 괜찮아. 괜찮아. 준석이 속으로 그렇게 자신을 타일렀다.

괜찮아. 괜찮아…….

서영의 눈이 거실에 있는 준석의 사진으로 향했다.

"……."

그 사진들을 두 눈에 꽉꽉 담아내다가 혼란스럽게 뒤엉켜버린 기억에 머리가 아파오는지 작은 신음을 내며 비틀거렸다.

"들어가서 쉬자."

서영을 부축하며 침실로 들어온 준석이 나란히 누워서는 불안해하는 서영을 꼭 안아주었다.

"어떻게 된 거예요?"

"어디서부터 얘기해줄까?"

"음……. 저 사진들이 왜 붙어 있는지, 아니 저 사진 속의 대표님이 뭘 하고 계시는지, 그것부터요."

"그래. 처음부터 다 얘기해줄게."

이야기로 밤을 지새우고 매일 이런 것이 반복된다고 해도 상관없다. 그녀만 곁에 이렇게 머물러준다면. 이렇게 곁에서 고르게 숨을 쉬고 살아만 준다면…….

모든 준비는 일사천리로 끝이 났다. 이제 서영과 함께 떠나기만 하면 되는 일이었다. 그렇다. 이젠 떠나기만 하면 되는 거였는데, 준석의 모든 계획이 한순간에 틀어져버리고 말았다. 준석이 매일 지우고 없애던 회사에 대한 보도 기사를 접한 서영의 얼굴은 절망과 분노로 일그러져 있었다.

"이 기사가 다 사실이에요?"

기사에는 '젊은 유망 CEO가 자신이 설립한 회사를 왜, 떠나야 하는가.' 하는 제목과 함께 현재 사태에 대해 적혀 있었다. 그곳엔 그가 떠나면 Talk Talk의 경영이 안전하지 못할 것이라는 경고 글과 벌써부터 하락하는 주식의 상태가 적혀 있었다.

기사를 들고 있는 서영의 손이 작은 바람에도 쉽게 흐트러져 사라지고 마는 민들레씨처럼 흔들리고 있었다.

"서영아."

"이게 다 어떻게 된 일이에요?"

"아무 일도 아니야."

"이게 어떻게 아무 일도 아닌 거예요? 대체, 무엇 때문에 여길 떠나려고 하는 거예요?"

서영은 굉장히 흥분해 있는 상태였다. 웬만하면 서영에게 기사를 접하게 하고 싶지 않았다. 지금처럼 혼란스러워할 것을 누구보다도 잘 알고 있었기 때문이었다. 하지만 모든 것을 들켜버리고 말았다.

"가자. 미국으로 가자. 그곳에선 자연과 함께 어우러지면서 정신적인 스트레스도 덜 받는대. 그래서 신경 안정제에 의존하지 않는 환자들이 많대. 그리고 근육 이완을 돕는 치료와 헌팅턴 병의 전문의……."

"그러니까. 지금 대표님이 여길, Talk Talk를 떠나려는 이유가 나 때문인 게 맞는 거예요?"

자신이 앓고 있는 병의 치유를 위해서라면 당연히 갈 줄 알았다. 준석은 서영의 병을 위해서라면 당연히 가야 한다고 여겼기에, 서영도 당연히 그럴 줄 알고 있었다.

"널 위해서가 아니야. 날 위해서야, 날……."

"이게 어떻게 대표님을 위해서예요? 내가 애초에 이런 병이 걸리지 않았다면, 이런 일조차 일어나지 않았을 텐데……. 이게 어떻게 당신을 위해서냐고요."

서영이 분을 이기지 못하고 들고 있던 기사와 자신의 다이어리를 집어 던졌다.

"거기에 다 쓰여 있더라고요. 내 병에 대해서, 그리고 대표님과 나의 관계에 대해서도."

가녀린 몸이 바르르 떨리고 새하얀 목덜미에 선명하고 퍼런 핏줄이 솟아올라 있었다. 서영의 감정은 많이 격분해져 있었다.

"서영아."

다가서는 준석을 피해 서영이 한 발짝 물러섰다. 여러 가지 감정으로 뒤덮여버린 스스로가 제대로 통제도 감당도 되지 않아 보였다.

"왜요. 난 어차피 오랫동안 기억도 못 할 거니까, 끝까지 숨길 수 있을 줄 알았어요?"

억세게 몰아붙이는 서영을 보며 준석의 마음이 무너져 내렸다. 이유가 어찌 되었든, 지금 그녀를 이렇게 힘들게 만든 것이 자신이라는 것에 준석은 한없이 미안해져왔다.

"그런 거 아니야."

"이게 다 나 때문이잖아요!"

"제발, 제발 그렇게 말하지 마."

"그게 어떤 회사인데, 대표님의 젊은 날의 피와 땀이 섞인 회사인데! 그 회사 사랑하셨잖아요. 회사를 위해서라면 뭐든 하셨던 분이셨잖아요."

"……"

"그런 회사를 나 때문에……. 그런 회사를."

준석이 부정하듯 고개를 내저으며 그녀에게 다시 다가갔지만, 서영은 그를 더욱 외면하며 멀어졌다.

"왜, 대체 내가 뭐라고 대표님이 나 때문에 이런 선택까지 하시는 거냐고요! 제가 이걸 어떻게 견딜 수 있겠어요. 나 때문에…… 나 때문에 당신이 이런 선택을 할 수밖에 없다는 걸 알고 평생 이 미안함에 내가 어떻게 살겠냐구요!"

죄책감에 몸부림치며 발작을 일으키는 서영을 준석이 위급하게 끌어안았다.

"네가 있어야 내가 살아……. 그러니까, 이 일은 너만을 위해서 아니야. 이건 너를 위해서만 하는 선택은 절대 아니야……."

진심과 정성을 다해 서영을 위로했다. 정말, 이젠 그녀가 없는 자신의 삶은 아무 의미도 없다는 것을 누구보다도 잘 알고 있는 준석이었기에, 그녀를 온 힘을 다해 붙잡았다. 그 뒤로도 서영은 미국에 가지 않겠다고 했지만, 준석은 그녀를 달래며 준비를 멈추지 않았다.

그리고 그 위로는 보란 듯이 준석을 배신했다.

"서영아……."

그로부터 며칠 뒤, 잠깐 회사를 갔다 온 그날, 그녀가 사라졌다.

어디로 간다는 말 한마디도 없이, 쪽지에는 여태 고마웠고 미안하다는 무책임한 말만 적혀 있는 채로, 그렇게 준석의 곁을 떠나갔다. 모든 것이 순조롭게 흘러갈 줄 자만했다. 그녀를 위한 일이라는 것을 한번도 의심해본 적이 없기에, 하지만 떠나가버린 그녀로 인해 생긴 공백을 보며 자신이 간과한 것이 있다는 것을 깨달았다. 그녀가 얼마나 자신을 아끼고, 자신을 위해 살아온 사람이었다는 것을. 누구보다도 자신에게 피해가 끼치는 일을 극도로 꺼렸던 사람이었다는 것을. 충분히 의견을 물어보고 상의하며 결정했어야 할 문제였다.

이 섣부른 결정이 그녀가 자신을 떠나가게 하는 부담스럽고 치명적인 이유가 될 줄을 모르고 있던 무지함이 준석은 원망스럽기 그지없었다.

가장 먼저 간 곳은 지윤과 지훈 남매의 집이었다. 서영의 행방을 묻는 그에게 지윤은 묘한 얼굴로 모른다는 말로 대답을 회피했다.

"알고 있는 거죠?"

"몰라요. 모른다고 말했잖아요."

"알려줘요. 서영이 어디 있는지 알려줘……."

"……."

"서영이가 어디에 있는지, 알고 있는 거잖아!"

준석의 거센 항의에 놀란 지윤이 문을 닫으려고 안간힘 썼지만 준석은 완강했다.

"몰라요. 모른다구요! 서영이가 어디에 있는지, 저는 정말 몰라요!"

"그럼, 서영이가 없어졌다는데, 이렇게들 태평하게 굴어?"

"……."

지윤이 아랫입술을 지그시 깨물며 몰아붙이는 준석의 눈길을 피했다. 그대로 문을 열어 지윤을 밀치고 안으로 들어갔다.

"서영아!"

"뭐 하시는 거예요!"

"최서영!"

"서영이 여기 없어요!"

화장실과 모든 방, 급기야 장롱까지 뒤지기 시작했다. 준석은 이성을 반쯤 잃어버린 상태였다. 지윤은 그에게서 한 걸음 물러서며 그 무엇도 그를 막을 엄두조차 내지 못할 것이라고 단언했다. 함께 있어야 할 동생 지훈은 보이지 않았다.

"어디 있어, 동생은."

"학교 갔어요!"

"동생 학교 어디야."

"……."

"어디냐고!"

지윤이 난감함에 물든 얼굴로 지훈의 학교를 말해주었다. 준석은 곧장, 지훈의 학교로 향했다. 주차를 제대로 할 겨를도 없이 당장 학교로 뛰어 올라가 학생들을 붙잡고 지훈이 수업 듣는 강의실을 물었다. 수업이 한창 진행되고 있는 강의실 문을 거칠게 열고 들어섰다. 강의를 하던 교수와 학생들의 시선이 한꺼번에 준석에게로 쏟아졌지만, 준석의 신경은 오롯이 지훈만을 찾고 있었다.

"뭐, 뭡니까?"

당황한 교수의 만류에도 준석은 넓은 강의실을 향해 정신없이 달려갔다.

"민지훈 씨, 민지훈 씨!"

"오늘 지훈이 안 왔어요!"

끝에서 들려오는 대답에 준석이 뒷걸음질 쳤다. 허망하게 처진 걸음으로 학교를 빠져나온 준석은 다시 지윤의 집으로 향했다. 하지만 좀 전과는 다르게 굳게 닫혀 문은 열리지 않았다.

"문 열어요. 문 열어!"

주먹이 으스러질 정도로 문을 두들겼다. 목이 쉬어 상할 때까지 서영의 이름을 부르며 울부짖었다. 그녀를 찾았다. 미친 사람처럼.

갈 만한 모든 곳을 샅샅이 살폈다. 지치지도 않고. 그녀가 가는 병원과 자주 가던 마트, 경찰서까지 전부 가보았지만 찾을 수가 없었다.

숨이 제대로 쉬어지질 않았다. 아니, 숨을 쉬는 의미조차 찾질 못했다. 눈에서 자꾸만 아른거리지만 잡을 수 없는 그녀를 향한 그리움은 더욱 증폭되어갔다. 피만 나지 않았지, 심장이 통째로 칼에 난도질을 당한 것처럼 고통스러웠다. 몇 번이고 주저앉으려는 몸을 버티고 또 버텼다. 결국, 그나마 미미한 흔적이라도 남아 있는 그녀의 집으로 다시 돌아왔다.

거실에 서영이 정성스럽게 만들어놓은 사진 아래에서 단둘이 나란히 앉아 있던 소파로 몸을 기대어 누웠다.

이건 누구를 위한 선택도 아니다……. 나를 위한 선택도, 서영이 너를 위한 선택도…….

그 누구를 위한 선택도 아니니까, 제발, 돌아와…….

자꾸만 더디게 움직이던 눈꺼풀이 금방이라도 까무룩 잠이 들어버릴 것처럼, 뉘엿뉘엿 지는 해도 금방이라도 사라져버릴 것처럼, 세상을 붉게 만들고 있었다.

서영의 눈시울은 산 너머로 점점 작아져가는 태양만큼이나 붉었다. 큰 충격이었는지, 그의 회사 상태가 적혀 있는 기사의 일부분이 아직도 서영의 기억 속에 남아 있었다. 서영은 다이어리를 손에 꼭 쥐어보았다. 그것에 잊지 말자고 모든 것을 적어놓았다. 그의 곁을 떠나야 하는 이유, 그의 곁에 돌아가서는 안 되는 이유까지.

조각 난 기억들 때문에 그가 얼마나 힘겨운 시간을 보냈는지 정확히는 알 수 없다. 하지만 머리로는 기억하지 못하는 그날들을 몸은 기억하고 있었다. 자주 기억을 잃어버리는 자신 때문에 많이 힘들었을 거였다. 하지만 애써, 모른 척 외면하기도 했다. 그가 아무리 힘들어도 곁에 있는 것만으로도 행복했으니까, 그때까지만 해도 자신의 행복을 지키는 욕심이 더 컸으니까.

서영이 다이어리에 끼워져 있던 기사를 꺼내 들었다. 이 기사를 접하는 순간, 서영은 제 과분한 욕심을 반드시 버려야겠다는 결의가 생겼다. 누구도 아닌 자신을 위해서 준석이 그토록 애지중지하던 회사까지 포기해야 하는 희생까지 하게 할 수는 없었다. 회사를 그 자리까지 만드는 데, 준석의 노력이 얼마나 많이 들어갔던가……. 그 노력을 한순간에 물거품으로 만들어버리고는 견딜 수가 없었다.

"꼭, 이렇게까지 해야 하는 거예요?"

창밖을 바라보고 있는 서영의 뒤에서 지훈의 걱정스러운 목소리가 들려왔다.

"미안해. 괜히 너한테도……."

"그런 말은 하지 말구요."

그를 떠나야겠다고 결심한 순간, 서영이 가장 먼저 걱정한 것은 그 결심을 잊어버릴지도 모른다는 거였다. 그래서 자신의 주변에서 가장 믿을 수 있는 지윤과 지훈을 불러 모든 상황을 얘기해주었다. 기억이 뜨문뜨문 했기에, 정확한 설명을 하지 않았지만, 두 사람은 서영이 하고자 하는 말을 정확하게 알아들었다.

서영은 한동안 연락이 없던 엄마에게 전화를 했다. 그리고 급한 대로 고향에 내려갔던 엄마에게 내려가야 했다. 엄마에게 내려가는 길에 기억을 잃을까 봐서 지훈의 도움을 받아 함께 내려가야 했다.

"마음이 불편해요. 그냥, 저희 집으로 가는 게 어때요?"

"아니. 아니……. 엄마한테 가는 게 가장 마음이 편할 것 같아."

자신을 사랑하지 않는 사람의 곁에 머무는 것이 지금 상태로는 오히려 가장 마음이 편할 것 같았다. 자신을 위해 걱정하지 않고, 자신을 위해 눈물을 흘려주지 않을 사람. 그래서 자신 또한 미안해하지 않아도 되는 사람…… 지금은 자신을 혼자 방치하고 내버려둘 수 있으면서도, 그에게 돌아가고 싶은 것을 어느 정도는 막아줄 수 있는 사람. 그런 사람으로는 엄마가 적합했다.

　"대표님께서, 금방 찾아내시겠죠?"

　서영은 다이어리를 가만히 내려다보며 지훈의 말에 딱히 부정할 수가 없었다. 어느새 끊겨버리긴 했지만, 준석과의 추억이 남겨져 있는 글들이 아주 많았다. 기억나지 않은 추억 속에도 아련함은 남아 있는 듯, 준석에 대한 그리움은 점점 서러움으로 바뀌기 시작했다.

　"대체, 내가 뭐라고……"

　"전부이겠죠. 대표님한테."

　"……"

　"그러니까, 그 많은 것을 포기하고 누나와 함께하려고 하셨던 거겠죠."

　지훈의 말에 힘겹게 참고 있던 눈물이 터져버리고 말았다.

　"처음부터 내 잘못이야. 아무것도 모르시게 했어야 했어. 정말, 아무도 모르게 혼자 사랑하다가 끝냈어야 했어……"

　혼자 힘들어하고 있을 지금의 그 사람을 생각하면 모든 것이 자신의 탓처럼 느껴졌다.

　"누나도 후회하죠?"

　"……"

　"대표님을 사랑한 것을 후회하는 게 아니라, 이렇게 떠나온 것을 후회하잖아요. 지금 걱정하고 있죠? 혼자 남겨졌을 대표님을."

부정해야 하는데, 부정할 수가 없어서 더욱 괴로웠다.

"내가 없어야 돼. 그래야 그 사람이 좀 더 편안하게 살 수 있어. 나와 헤어지는 건 한순간일 뿐일 거야. 하지만 나와 함께한다면 평생이 힘들어. 기억을 잃어가는 나를 매일 찾아 헤매게 될 거고, 날 옆에 두고도 매일 불안함에 갇혀 살게 될 거야."

"……"

"그 사람이 나에게 희생만 하는 삶을 살길 원하지 않아. 난 그 사람을 희생시키고 싶은 게 아니라, 사랑해주고 싶으니까……. 그러고 싶으니까."

그와의 추억이 고스란히 남아 있는 다이어리를 품에 꼭 끌어안고 숨죽여 울었다. 부디, 그 사람이 자신과의 이별에 조금만 아파하기를. 조금만 아파하다가 훌훌 털어버리고 다시 자신의 자리로 돌아가주기를.

그러면서 한편으로는 그에 대한 짙은 그리움에 떠나온 것을 후회하고 있었다.

지훈과 동행해 무사히 엄마가 있는 집으로 도착했다.

"밥이라도 먹고 가."

"마지막 차 타고 올라가야 돼요."

"그럼, 가면서 뭐라도 좀 사 먹어."

서영이 급하게 지갑에서 지폐를 꺼내 건넸다.

"싫어요."

한 발짝 물러서는 지훈을 서영이 씁쓸하게 바라보았다.

"누나, 언제든지 불러요."

"응?"

"대표님이 보고 싶을 때, 언제든지 불러요. 같이 가줄게요."

이제 이름만 들어도 마음이 미어지고 슬퍼진다. 서영이 낮게 고개를 끄덕이자, 지훈의 걸음이 천천히 멀어져갔다. 잘 떨어지지 않는 발걸음을 어렵게, 어렵게, 내디디며 시야에서 금세 사라졌다.

"잊을 수 있겠지? 그 사람이 제발, 나를 잊어줬으면 좋겠다……."

지훈이 가고도 한참 동안 그 자리에 서서 보이지도 않는 준석을 그리워하던 서영은 기진맥진이 된 상태로 엄마 집 문을 두들겼다. 안에서 어수선한 소리와 함께 엄마가 모습을 드러냈다.

"그 멀쩡한 집은 어쩌고 이 시골까지 왔어? 일은 또 어쩌고!"

"피곤하다. 나 좀 잘게."

서영이 짐을 아무렇게나 바닥에 던지고서는 침대로 기어들어갔다.

"얘가, 말은 하고 자야지!"

누우려는 서영을 엄마는 악착같이 일으켜 세웠다.

"나 정말 피곤해. 나중에, 나중에 얘기하자."

"너 같으면 지금 이 상황을 이해할 수 있겠니? 엄마라면 끔찍이도 싫어하는 네가, 회사고 집이고 전부 내버려두고 이런 시골에 와서 느닷없이 살겠다는데? 너 같으면……."

"날 좀 제발 내버려둬!"

"……."

"엄마가 언제부터 나한테 그렇게 관심을 가졌다고 이래! 내가 무슨 심정으로 여길 왔는지 알아? 아, 어차피 다 잊어버리고 말겠지. 또 그러고 말겠지."

이 답답하고 원통한 현실에서 엄마는 서영의 원망의 표적이 되었다.

"이게 다 엄마 때문이야. 이게, 다 엄마 때문이라고!"

"얘 봐, 이게 왜 나 때문이야? 내가 뭘 어쨌다고?"

"엄마가 제대로 된 남자만 만났어도 내가 이 지경 안 되잖아! 헌팅턴 병이라는 그 지랄 맞은 유전병 가지고 있는 남자를 만나 내가! 내가!".

"……."

"왜, 왜 하필……. 나야. 왜. 왜 하필!"

목이 아프게 메어와 더는 말을 이을 수가 없었다. 서영이 침대에 누워 이불을 머리끝까지 뒤집어쓰고는 숨죽여 울었다.

"그게 뭔데……. 그 유전병이라는 게 뭔데, 그래. 너. 심각한 거야? 어? 심각한 거냐고!"

엄마의 재촉에도 서영은 함구했다. 엄마에게 알려주지 않을 생각은 없다. 하지만 지금은 오롯이 그의 생각만 하고 싶다. 그를 위해서만 울어주고 싶다.

아무 의미도 없는 시간이 무참히 흘러갔다. 쌀쌀했던 날은 어느새, 세상의 모든 것을 꽁꽁 얼게 만들 만큼 추워졌다.

서영이 진료를 받으러 예약했던 날짜에 병원 앞에 앉아 기다렸지만, 오지 않았다. 지윤과 지훈에게 가서 몇 번이고 서영이 있는 곳을 알려달라고 설득을 했지만 소용없었고 경찰들도 딱히 그렇다 할 소식을 전해줄 만한 수사를 제대로 진행하지 않았다.

대체, 어디에 이렇게 꼭꼭 숨어버린 것일까……. 대체, 넌 왜 이렇게까지 내게서 꼭꼭 숨어야 했니…….

이미 첫눈이 내렸다. 그녀와 꼭 첫눈을 함께 맞이하고 싶었던 준석의 멀어진 바람 끝에 기다리고 있는 건, 여전한 그리움뿐이었다.

그녀가 자신을 떠난 이유를 잘 알고 있다. 그래서 더 슬프고 고통스러웠다. 하지만 그녀와 함께 미국으로 가기로 했던 자신의 결정에 대해서는 후회가 없다. 그녀와 상의를 하지 않고 끝까지 설득을 하지 못했다는 것에만 후회가 있을 뿐, 자신의 모든 것을 버리고 그녀를 선택한 것에 대한 후회는 여전히 없었다.

그녀를 다시 만난다고 하더라도, 준석은 모든 것을 두고 떠날 준비가 되어 있었다. 그녀를 위한 더 좋은 방법이 있는데, 그걸 모른척, 없었던 척, 외면하는 건 추후에도 못 할 일이었다.

어디 아픈 곳은 없는지.

밥은 잘 먹고 있는지.

어디서 길을 잃고 두려움에 떨고 있지는 않은지.

내가 보고 싶지는 않은지.

혼자서 울고 있지는 않은지.

하루 종일 그녀의 걱정과 생각뿐이었다. 그녀를 생각하고 있으면 금세, 두 뺨이 뜨거운 눈물로 적셔졌다. 이대로 있다가는 정말, 죽을 것만 같았다. 금방이라도 홀연히 날아가버릴 것 같은 앙상하고 초췌한 모습으로 침대에 누워 있던 준석의 귓전으로 비밀번호가 눌러지는 소리가 들려왔다.

준석은 일부러 모른 척, 어둠이 진하게 깔려 있는 방 안에서 꼼짝없이 누워 있었다.

"애, 준석아. 자니?"

신 여사였다. 조심히 다가온 신 여사는 준석의 몸에 이불을 덮어주고 걱정스러운 한숨을 내쉬었다.

"이러다가 병 나겠어……. 뭐라도 먹고 힘을 내야, 기다리든지 다시 찾으러 가든지 하지."

"……."

"소고기뭇국 끓여왔다. 네가 좋아하던 거잖아. 두고 갈 테니까, 먹을 기운 없어도 좀 챙겨 먹어."

신 여사가 가고 그로부터도 한참 동안 어둠을 더듬거리며 서영과의 추억을 되새김질했다. 늦은 밤. 자고 싶은데, 도저히 잠이 오질 않았다. 그녀의 품이 그리웠다. 그 품의 흔적이라도 끌어안기 위해 준석이 힘없이 제 침대에서 내려왔다. 운전을 할 힘도 없어 집에서 나오자마자 택시를 잡아 올라탔다. 그녀의 집인 목적지를 얘기하고 세상과 마주치는 것이 성가셔서 두 눈을 감았다.

"도착했습니다."

돈을 내고 택시에서 내려 몸에 밴 습관처럼 서영의 집으로 향했다. 엘리베이터에서 내려 긴 복도를 힘없이 걸어가고 있던 준석의 시야로 그녀의 현관문이 빠끔히 열려져 있고 그 안에서 희미한 빛이 새어 나오고 있는 것이 보였다.

"서영…… 서영아!"

급하게 안으로 뛰어들어갔을 때, 거실에서 무언가가 바닥으로 툭 떨어지는 소리가 들려왔다. 시선을 따라가보니, 그건 거실 가득 서영이 꾸며놓았던 준석의 사진이었다. 여자의 뒷모습은 서영이 아니었다, 서영보다 키도 훨씬 작고 몸집도 있었다.

"누구십니까."

무섭게 내려앉은 준석의 목소리에 낯선 여자는 깜짝 놀란 듯, 굳어서는 꼼짝을 하지 않았다.

"당신, 누구냐고."

다가가 거칠게 어깨를 잡고 돌려세웠다. 중년의 여자를 마주한

순간, 준석은 일전에 서영이 인터폰을 확인하며 자신의 엄마라고 했던 일이 떠올랐다.

"나, 나 서영이 엄마예요."

"안녕하세요, 어머니."

얼떨결에 인사를 건넸지만, 준석은 서영의 엄마가 이곳에 온 이유와 사진을 들고 있는 손에 주목했다.

"서영이 어디 있는지, 어머니는 알고 계시는 거죠?"

"몰, 몰라요. 나."

서영의 엄마가 떨어진 사진을 정신없이 주워서는 급하게 준석을 스쳐지나갔다. 준석이 서영의 엄마를 잡아 세웠다.

"말씀해주세요, 어머니. 이렇게 부탁드립니다. 제발, 제발 서영이 어디 있는지 말씀해주세요!"

"나도 모른다니까요! 서영이가 이 사진 보내달라고 연락이 왔을 뿐이에요. 그, 그래! 이 사진 보내주면 돈 준다고 해서 그래서 온 거예요. 이 사진 가지러 온 거뿐이라고요. 난 정말 서영이가 어디에 있는지 몰라요!"

"그럼 그 연락처라도 알려주세요."

"발신번호 제한으로 와서 몰라요!"

자신의 시선을 외면하고 무조건 도망만 가려는 서영 엄마의 의심쩍은 행동을 보며 준석은 강하게 직감했다. 그녀가 서영을 단단히 숨기고 있다는 것을. 엘리베이터에서 내려 오피스텔 로비까지 쫓아오며 준석은 간절하게 애원했지만, 서영의 엄마는 시종일관 모른다는 말로 일축했다.

"밥은 잘 먹고 있어요? 어디 아픈 곳은 없고요? 제발 부탁드립니다. 목소리라도 듣게 해주세요. 제발."

"나 걔하고 생각보다 안 친해서, 서로 연락도 잘 안 하고 지내던 사이예요. 그쪽도 알다시피, 생전 그 애가 내 얘기는 했어요? 그래도 너무 걱정은 말아요. 어디서 밥 굶고 지낼 애는 아니니까. 더 이상 따라오지 말아요!"

서영의 엄마는 자신을 끈질기게 붙잡는 준석을 거칠게 밀어내고 금방 바뀔 것 같은 위태로운 횡단보도를 향해 달려갔다.

"어머니! 제⋯⋯."

그 뒤를 놓치지 않고 따라가던 순간, 횡단보도가 바뀌고 준석을 발견하지 못한 차가 그를 향해 무섭게 돌진해왔다. 갑자기 비추는 헤드라이트에 시야 확보를 하지 못한 준석이 그대로 차에 치여 차가운 아스팔트 맨바닥으로 쓰러졌다. 세상이 더디게 굴러가는 것 같다. 아무것도 들리지 않고 까만 밤하늘의 영롱한 달빛만이 자신을 바라보고 있는 것 같았다.

저 달은 알겠지?

서영이가 어디에 있는지⋯⋯. 참 웃기게도 그 순간 '저 달에 올라가서 세상을 볼 기회가 한 번이라도 있다면 얼마나 좋을까.' 하는 생각이 들었다.

준석이 거친 숨을 내쉬며 생각했다.

모든 것이 후회가 된다. 더욱 사랑해주지 못한 것이.

더 많은 것을 함께하지 못한 것이.

주마등처럼 서영과 함께했던 일들이 스쳐 지나갔다. 뜨거운 눈물이 그의 관자놀이에 붉은색으로 처참하게 흘러내렸다,

가더라도 인사는⋯⋯. 잘 있으라는 인사는 하고 가야 하는데⋯⋯.

이렇게 갑자기 가버리면 안 되는데…….

나, 죽고 싶지 않은데. 나, 너무 살고 싶은데……. 나, 아직 서영이랑 하고 싶은 게 너무 많은데…….

"어머, 어머어!"

반대편에서 놀라 내질러진 서영 엄마의 비명과 함께 누군가의 발걸음이 박절하게 달려오는 소리가 들렸다. 희미해져가는 시야 속에서 익숙한 서영의 형체가 보였다.

"안, 안 돼! 안 돼요!"

이명처럼 울리지만 그토록 듣고 싶었던 목소리.

"안 돼요. 대표님. 안 돼애!"

뺨을 어루만져주는 따뜻하고 그리웠던 손길과 흐릿한 안개 속에서 간신히 발견한 것처럼 보이는 서영의 얼굴. 그리고 따뜻한 품. 그 품 안에서 준석은 정신을 잃었다.

응급실로 실려 온 준석은 어깨 골절로 응급 수술에 들어갔다. 그가 차에 치이는 끔찍한 사고를 눈앞에서 직접 본 서영도 충격이 컸던지라 그의 수술을 기다리지 못하고 정신을 놓고 말았다.

준석과 나란히 앉아서 밤하늘을 함께 보고 있다. 같이 고기도 먹고 라면도 먹고 있다. 불꽃놀이를 보러 간다며 한층 들떠 있는 모습도 보였다. 좁은 소파에 누워서 마주 보고는 별거 아닌 것에 킥킥거리며 웃고도 있다.

그리웠다. 단 한순간도 그립지 않은 적이 없었다, 그를 떠났지만, 언제나 자신은 그의 곁에 머물러 있었다. 항상 그리움만 가득하고 그 그리움이 아픔으로 다가올 때마다 떠난 것을 후회했다.

그의 회사가 어떻게 되든지 말든지, 신경 쓰지 말고 곁에 붙어 있을걸. 그가 매일 자신을 찾아 헤매며 힘들어하든지, 말든지 모른 척하고 그냥 염치 좋게 곁에 있을걸. 차라리 그럴걸.

종종 전화를 걸어오는 지윤의 소식에는 더욱 억장이 무너져 내렸었다. 자신을 찾아오는 준석의 모습이 하루가 멀다 하고 피폐해져가고 있다고 했다. 그 모습이 너무 안쓰러워서 보는 것조차도 미안할 지경이라고 말했다. Talk Talk의 대표 CEO는 준석이 영입했던 전문 CEO에서 바뀐 것이 없었다. 하락했던 주식에는 여전히 다른 변화가 없었다. 지윤이 예상하며 했던 말처럼 그는 정말 하루 종일 못난 자신만 찾아다녔을 것이 분명했다.

이렇게 되어버릴 줄 알았으면, 떠나지 말걸……. 이렇게 되어버릴 줄 알았으면…….

다시 일어나게 된다면, 그래서 그를 다시 만나게 된다면 이젠 두 번 다시 떨어지지 않을 것이라, 다짐했다.

"서영아."

뜨거운 눈시울이 느껴질 때쯤, 자신을 부르는 목소리에 서영의 정신이 조금씩 깨어났다. 희미하게 떴던 눈을 꽉 감았다가 다시 떴다. 관자놀이로 눈물이 흘러내렸다. 눈물 속에 잠긴 지윤의 얼굴이 비로소 선명해졌다.

"여기가 어디야?"

"병원……."

"병원? 나 또 쓰러진 거야?"

"응."

지윤이 낮게 고개를 끄덕였다. 서영이 몸을 천천히 일으키자, 지윤이 부축했다.

"이상한 꿈 꾼 것 같아. 아무래도 너무 불길해. 전화 좀 주라. 대표님한테 전화 좀 해봐야 할 것 같아."

가만히 서영을 바라보던 지윤이 깊은 한숨을 내쉬며 침대 옆에 있던 가방 속에서 다이어리를 꺼내 표시가 되어 있는 곳을 펼쳐 보여주었다. 그곳엔 여태 자신이 준석을 떠나온 이유가 적혀 있었다.

"아……. 아 ."

서영이 참담한 기분으로 다이어리를 덮었다.

"집에 가야겠다."

일어나 서두르려는 서영을 지윤이 붙잡아 세웠다. 지윤은 금방이라도 울어버릴 것 같은 얼굴로 서영을 마주했다.

"꿈 아니야, 서영아."

"뭐가?"

"대표님 교통사고 난 거……. 꿈 아니야."

"그게, 무슨……."

찌릿하게 머리가 아팠다. 뾰족한 것이 머리를 관통하는 것처럼 아팠다. 그리고 꿈에서 봤다고 단언했던 장면이 극적으로 떠올랐다. 사진을 든 엄마를 쫓아 달려오던 준석이 차에 치여 공중으로 떠오르던 모습. 얼마 가지 않아 그대로 바닥으로 힘없이 나뒹굴어진 모습. 거친 숨소리와 희미해져가는 정신 속에서도 자신을 바라보며 미소 짓던 준석의 모습까지.

"아니야. 그럴 리가 없어. 내가 이걸 기억할 리가 없잖아."

"네가 기억하고 있는 그게 맞아."

"아니야. 아니야!"

"진정해, 서영아."

격렬하게 부정하며 서영이 침대에서 내려왔다. 지윤이 그녀를 막아 세웠다.

"말도 안 돼. 내가 그 사람 행복을 얼마나 빌었는데, 말도 안 돼! 아니라고 해줘. 그냥, 꿈이었다고 말해줘."

울부짖는 서영과 함께 눈물을 짓던 지윤이 간신히 입술을 떼어내 말했다.

"다행히도 무사히 수술 끝났어."

지윤의 말에 서영이 한시름 마음을 놓았다. 눈앞에서 그 사람의 모습이 자꾸만 아른거린다. 생각하니까, 보고 싶다는 욕심이 가득해졌다.

"괜찮은지 보고 싶어……."

"……."

"보고 싶어. 그 사람."

지윤과 함께 그가 입원해 있는 병실로 향했다. 그곳엔 신 여사와 강 의원이 몹시 걱정스러운 모습으로 준석의 상태를 살피고 있었다. 작은 창 너머로 보이는 준석은 아직 정신이 깨어나지 못하는 상태로 침대에 곤히 누워 있었다. 서영이 손을 조심스럽게 들어 허공에 대고 그를 어루만졌다.

"눈을……. 아직 눈을 안 떴어. 수술 잘된 거 맞아?"

걱정스럽게 다그치듯 묻는 서영에 지윤이 꾹 다문 입술을 열었다.

"직접 가까이에서 보고 확인해."

"지윤아……."

"바보 같은 짓 그만해. 저 사람 저렇게 된 거 보고도 모르겠어? 저 사람은 너 없으면 아무것도 못 하는 사람이라고. 그건 너도 마찬가지잖아. 그러니까, 저 사람 매일 그렇게 그리워하면서 살았잖아."

"내가 다시 가도 될까? 그럴 자격이 나한테 있긴 한 걸까?"

"……"

"내가 한 선택들이 전부 저 사람을 저렇게 망쳐놓은 것만 같아. 내가 좋아하게 되어버린 것부터 저 사람을 위한다면서 떠나버린 것까지……"

"그럼 자신 있어?"

지윤의 비장한 질문에 서영이 불안정한 눈빛으로 올려다보았다.

"저 사람 영영 안 보고 살 자신 있냐고. 솔직하게 얘기해."

"영영 안 보다니? 그런 끔찍한 소리 하지 마."

"자신 있냐고! 만약 저 사람이 죽었으면? 수술 잘 돼서 다행이지. 저 사람이 죽었으면 네 마음은 어땠을 것 같아? 너 없으면 저 사람 또 저렇게 될걸. 너 매일 그리워하고 애태우면서 찾다가…… 저 꼴 나겠지. 밥도 못 먹고 비실비실. 있을 때 잘하라는 말이 괜히 나오는 게 아니야. 저 사람 교통사고 난 거 보고 끔찍하더라. 사람 일 언제 어떻게 될지 몰라. 잔인하지만, 이게 진짜야. 아끼지 마. 사랑이라면 더더욱, 아끼지 마. 사랑이 그리움으로는 남아도 후회와 미련으로 남아선 안 되잖아."

아무 대답도 하지 못하고 그대로 고개를 떨어트리고 말았다. 밖에서의 소란함을 들었는지, 신 여사가 문으로 가까이 다가오기 시작했다. 서영이 놀라서 도망가려고 했지만 이미 때는 늦어버렸다. 신 여사가 문을 열었고 급하게 서영을 잡아 세웠다.

"최 비…… 아니, 서영, 서영 씨 맞죠?"

"……"

"우리 애가 서영 씨를 얼마나 기다렸는데, 우리 애가 서영 씨를 얼마나 보고 싶어 했는데……. 그래도 이제라도 와줘서 고마워요. 이제라도 와줘서…… 너무 고마워."

울먹이며 덥석 자신의 손을 붙잡는 신 여사에 서영은 옆에 서 있던 지윤을 바라보며 낮게 속삭였다.

"나, 자신이 없어. 지윤아."

서영이 안으로 천천히 들어가 멀어졌던 준석과의 거리를 좁혔다. 화사한 햇살을 받으며 곤히 잠들어 있는 준석의 곁으로 다가가 그의 차갑게 식은 손을 잡았다.

"손이…… 손이 왜 이렇게 차요."

너무나 애틋하게 만지고 싶었던 그의 손을 품으로 끌어안았다.

"내 기억이 어디까지 고장 날지 몰라요. 그래서 또 길을 잃고 당신을 헤매게 할지도 몰라요. 최대한 당신을 잃어버리지 않도록 내가 이 손을 꼭 잡고 다닐게요. 그래도 만약에, 내가 당신의 손을 놓치게 되어 잃어버린다고 해도. 혼자 남겨진 나를 금방 찾아서, 이 손을 이렇게 잡아줄 거죠?"

더는 다른 것을 생각하지 않기로 했다.

"내가 멍청했어요. 아무리 그랬어도 당신 곁을 떠나는 건 아니었는데, 나 때문에 당신이 힘들어질까 봐, 그걸 지켜볼 수가 없어서……. 겁쟁이였어요. 나는……. 이젠 다시는 당신 곁을 떠나지 않을게요. 끝까지 이렇게 혼자 이기적이게 굴어서 너무 미안해요."

어쩌면, 사람이 누군가를 사랑하는 것을 미루는 건, 그래도 언젠가는 사랑할 기회가 충분할 것으로 생각하기 때문일지도 모른다. 하지만 이제 미루지 않을 것이다. 잠깐이었지만, 당신이 없어지는 세상은 지독히도 끔찍하였기에.

내일 모든 기억을 잊고 죽는다고 해도 지금 이 순간, 나는 당신을 사랑하겠다고 다짐했다.

　마음속 깊은 곳에서 한 서영의 혼잣말이 들린 듯, 깊게 잠들어 있던 준석의 입가에 작은 미소가 떠올랐다.

　평생 그의 얼굴에서 볼 수 없을 것만 같았던 작은 미소가.

　그로부터 6주가량, 준석은 약물치료와 함께 물리치료를 병행했다. 어떨 때는 견딜 수 없는 고통이기도 했지만 또 한편으로는 견딜 수 있을 만한 고통이기도 했다. 그래도 그 고통을 결국 다 참아냈고 예전처럼 완벽하진 않지만, 어느 정도 몸은 호전되었다.

　"팔 들어보실래요?"

　의사의 말에 준석이 양팔을 위로 쭉 올려 한 바퀴 돌려보았다.

　"일어나서 한번 걸어보시고요."

　침대에 걸터앉아 있던 몸을 일으켜 여유롭게 걷자 의사의 입꼬리가 만족스럽게 올라갔다.

　"역시, 환자 몸 상태가 생각보다 훨씬 빠르게 호전되어가고 있어요. 퇴원을 하고서도 일주일에 한 번씩 물리치료를 꼭 받으셔야 되고요. 사고가 나기 전보다는 몸을 많이 아끼셔야 해요. 아직은 절대 무리해서는 안 됩니다."

　"제가 보통 하루에 열세 시간씩 일을 하는데, 괜찮을까요?"

　"한동안은 좀 쉬시는 걸 권장해드립니다. 특히, 골절된 횡돌기 때문이라도 웬만하면 누워계시는 것이 좋습니다."

　의사와 간호사가 나가고 준석이 침대에 걸터앉아 병실 안으로 화사하게 들어오는 햇빛을 바라보았다. 퇴원하기 딱 좋은 날씨. 서랍에 넣어두었던 옷들을 꺼내 갈아입고 지친 몸을 침대에 걸터앉았을 때, 어디선가 자신을 바라보고 있는 시선이 느껴졌다. 그 시선을 조용히 따라가보니, 병실 밖에 서영이 서 있었다. 오랜만에 보는 반가운 얼굴에 준석이 작게 미소 지었다.

"오랜만이네."

서영이 아무 말 없이 준석을 먹먹한 시선으로 바라보았다. 서영의 머리는 충격적인 것은 기억하는 모양인지, 그가 사고당한 것을 기억하고 있었다. 그래서 간병을 하고 싶어 했지만 준석이 거절했다. 몸도 마음도 성치 않은 서영을 고생시키고 싶지 않아서였다. 병문안도 자주 오지 못하게 했다. 올 때마다 아픈 자신을 보며 힘겨워하는 서영을 보는 것이 너무 힘들었기 때문이었다.

문밖에 서 있던 서영이 천천히 걸음을 옮겨 준석에게로 다가왔다.

"나 이제 괜찮대."

여전히 자신을 걱정스럽게 바라보는 서영에 준석이 팔을 구부렸다 펴기를 반복했다. 서영은 지난날의 자신도 기억하고 있는 것이 분명했다. 그래서 준석이 이렇게 되어버린 것이 전부 자신의 탓이라고 자책하고 있는 것 같았다.

"봐봐. 이제 이렇게 잘 걸어."

아직도 풀리지 않는 서영의 근심에 준석이 자리에서 일어나 씩씩하게 걸어 보였다. 그 걸음을 따르는 서영의 눈길은 여전히 우울해 보였다.

"들었어?"

그런 서영이 안쓰러워 준석은 더욱 말간 목소리로 물었다.

"어떤 거요?"

"나 한동안 일하지 말고 쉬라는 의사선생님 말씀."

서영이 대답 대신, 머리를 낮게 끄덕였다. 준석이 손을 가만히 뻗어 서영의 머리를 부드럽게 쓰다듬어주고서는 손을 꽉 맞잡았다.

"여행 가자."

"네?"

"가서 편하게 쉬고 오고 싶어. 사실 나도 몇 년 동안 힘겹게 달려오느라 많이 지쳤고……."

지난 일에 대해 말하고 싶지 않았다. 서영이 돌아왔으면 됐고, 그래서 이렇게 함께할 수 있으면 됐다.

아픈 서영을 붙잡고 할 정도로 중요한 이야기가 아니었다. 지금 이 순간, 그녀와 함께할 수 있는 이 순간에만 집중하고 싶었다. 하지만 서영은 그것이 마음대로 되지 않는 모양인지, 어느새 붉어진 눈으로 준석을 바라보고 있었다. 그녀의 눈동자에 구슬픔이 얼마나 차 있는지, 시선이 닿는 곳마다 슬퍼 보였다.

"미안해요……."

서영의 손을 맞잡고 있던 준석의 손등 위로 뜨거운 눈물이 쉴 새 없이 떨어졌다.

"이렇게 이기적이게 굴어서 너무 미안해요. 너무 미안해요."

"이제 떠나지 마. 아무 데도 가지 말고 내 옆에 있어."

더는 참을 수 없는 모양인지, 서영이 왈칵하고 눈물을 터트려버렸다.

"그래 줄 거지?"

그의 물음에 그녀가 망설이지 않고 고개를 끄덕였다. 준석은 그녀의 어깨를 감싸 품 안으로 힘껏 안은 채, 주머니에 넣어두었던 겹쳐진 종이 몇 장을 꺼내 들었다. 입원해 있는 동안, 앞으로 서영과 함께하고 싶은 버킷리스트를 적어냈다.

단 하루도 빼먹지 않고, 미루지 않고 할 예정이다.

죽음의 문턱에 서 있던 그 순간, 가장 먼저 후회를 한 것은 그녀와 무언가를 더 많은 것을 함께 하지 못한 것들이었다. 서영을 보며 아파만 하느라, 안타까워만 하느라, 사랑해주지 못한 자신의 모습에 후회했다. 이제 더는 그런 슬픈 후회를 하고 싶지 않다.

"이게 뭐예요?"

"내 버킷리스트."

그래서 아파하는 대신, 더 사랑하기로 했다. 그래서 그녀를 보며 눈물짓는 대신, 더 많이 웃어주기로 했다.

"네?"

"같이하자. 아무것도 미루지 말고 전부 다 하자. 오늘부터 당장."

어쩌면, 다가오지 않을지도 모를 내일이 아닌, 지금 함께 숨 쉬고 마주 보고 있는 오늘 더 많이 사랑하고, 사랑받기로 했다.

창문을 통해 따사로운 햇볕이 비집고 들어왔다.

데이트하기 딱, 좋은 날씨였다.

에
필
로
그

깊게 꾸던 꿈이 끝나면서 잠에서 깨어난 서영은 어느새, 창문으로 통해 들어온 푸른 새벽의 빛깔을 넌지시 바라보았다. 눈동자를 천천히 돌려 주변을 살폈을 때 보이는 모든 것이 어쩐지 낯설게 느껴져 불안감이 몰려올 때쯤, 마지막으로 본 준석의 얼굴에 안도를 했다.

자신의 곁에서 곤히 잠들어 있는 준석의 얼굴을 바라보던 서영이 손을 천천히 뻗어 그의 볼을 쓰다듬었다.

서영의 손길에 잠에서 서서히 깨어나는 듯, 몸이 미세하게 움직였다.

"음……."

낮은 신음과 함께 준석이 감겨 있던 눈을 떴다. 그 눈동자에는 여전히 졸음이 잔뜩 뒤섞여 있었다.

"벌써 일어났어?"

준석이 자연스럽게 그녀의 허리를 꼭 끌어안고 품으로 얼굴을 파묻으며 물었다. 그의 부드러운 살결들과 맞부딪히면서 기분이 한층 좋아졌다.

"잠이 확 달아났나 봐요. 배가 고픈 것 같기도 하고……."

"연어 구워 먹자."

"연어요?"

서영의 되물음에 준석이 그녀의 품에서 나와 눈을 마주했다. 하고 싶은 말이 있어 보이는 듯했지만 그것을 감추며 그녀의 볼을 쓰다듬어주었다.

어제의 일이 기억나지 않는다. 분명, 그와 함께 밥을 먹고 대화를 하고 무언가를 했을 텐데, 아무 기억도 나질 않는다. 아마, 준석이 말한 연어도 어제의 일부분 중 하나일 거였다.

"더 누워 있어."

아침을 준비할 모양인지, 이마에 가볍게 입을 맞추고 일어서는 준석을 서영이 끌어안았다. 일순간 들어버린 두려움을 준석에게서 위로받고 싶었다.

"조금만 더 있다가요."

"이러면 조금이 안 될 것 같은데……."

준석의 말에 서영이 작게 미소 지었다. 서영에게 안겨 상체가 기울어진 준석이 얼굴을 아래로 수그려 그녀의 목에 입을 맞췄다. 그의 입술은 목에서부터 천천히 내려와 그녀의 쇄골에 잠시 머물러 있다가 가슴 골로 향했다. 손을 뻗어 그녀의 가슴을 부드럽게 그러쥐자, 금세 반응을 하듯 유두가 딱딱하게 곤두섰다.

손끝으로 살살 문지르니 그녀의 입술 사이로 엷은 신음이 흘러나왔다. 그런 그녀의 모습을 바라보는 그의 눈동자는 한없이 다정다감

했다. 옆으로 누워 서영을 끌어안고 입을 맞추며 손등으로 척추를 따라 아래로 향했다. 마지막에 닿은 그의 손이 서영의 잘록하게 올라온 엉덩이를 쓸어 만졌다.

그의 부드럽고 은밀한 손짓에 서영의 아래는 벌써 축축해져오는 기분이었다. 엉덩이 골을 손가락으로 쓱쓱 문지르던 그의 손이 이번엔 앞으로 향해 단숨에 그녀의 클리토리스를 찾아 문질렀다.

"음!"

준석은 자신이 유난히도 좋아하는 부분을 잘 찾아냈다. 자신의 안을 능숙하고 빠르게 들락거리는 그의 손가락에 흥분은 금세 서영을 지배했고 얼마 가지 않아 머리가 쭈뼛 설 정도로 짜릿한 절정을 맛보았다. 그가 두 손으로 서영의 질 입구를 벌려 언제 이렇게 커져버렸는지도 모를 페니스를 깊게 집어넣었다.

금방 절정을 맛보느라 정신없는 서영의 팔을 자신의 어깨 위로 올려놓고 허리를 감싸 몸을 더욱 밀착시키자, 아래의 통증이 더욱 깊어졌다. 준석이 허리를 천천히 움직이자, 서영이 몰려오는 통증에 얼굴을 구겼다.

"흐으!"

아래에 있는 고통을 조금이라도 덜어주려는 모양인지, 그가 혀끝으로 가슴을 간질였다. 서영이 자신도 모르게 웃음을 새어 보냈다. 아릿하게 만드는 통증도 잠시뿐이었다. 어느새, 머릿속이 하얗게 질리고 오롯이 쾌락만이 세상에 존재하는 기분이 들었다. 준석이 움직일 때마다 서영의 온몸이 흔들렸다.

절정으로 왔는지, 빠르고 강했던 그의 움직임이 조금씩 느려지더니 마지막으로 두 번 더욱 세게 밀어붙이고선 서영의 몸 위로 털썩 누웠다. 그런 준석의 등을 서영이 다독여주었다.

"공복에 힘썼더니, 너무…… 배고프다. 밥 먹자."

자신에게서 빠져나가려는 그를 있는 힘껏 끌어안았다.

이 따뜻한 품만큼은 절대 잊지 않길 바라면서.

집 앞 작은 터에서 키우는 허브를 뜯어 온 준석이 이제 거의 익어
가는 연어에 채 썰어 뿌렸다. 먹음직스러운 냄새가 집 안 가득 퍼져
나갔다.

"음, 냄새 너무 좋아요. 모양도 너무 좋고."

접시에 담긴 연어 구이를 보며 흡족해하는 서영에 준석이 우쭐했
다.

"나날이 갈수록 늘어나는 나의 요리 실력을 이렇게 썩히기가 좀
아까워. 레스토랑이나 한번 차려볼까?"

준석은 자신이 요리에 소질이 없을 거라 생각했다. 하지만 안 해
서 못했던 것이지, 해 버릇 하니까, 잘했다.

적어도 서영보다는.

"그 정도는 아닌 것 같아요."

그것을 인정할 수 없다는 듯이 웃으면서 하는 서영의 말에 준석
은 크게 충격을 받은 듯싶었다.

"그래. 사람은 하고 싶은 말을 굳이 숨기며 살 필요는 없지."

애써 스스로를 그렇게 다독거리며 맞은편에 앉았다. 두 사람은
말없이 연어 살을 한 입 거리로 뜯어 먹었다.

"음."

"와."

동시에 터져 나온 감탄이 웃겼는지, 동시에 또다시 웃음이 터져 나왔다.

"뭐가 웃겨?"

"모르겠어요. 준석 씨는요?"

"나도 모르겠어."

시답지 않은 대화에도 두 사람의 입가엔 미소가 떠나질 않았다.

"먹고 호수로 산책 가요. 자전거 타고."

"그럴까? 오다가 마트 들러서 장도 보자."

"좋아요. 돼지고기 사다가 양배추랑 같이 볶아 먹어요."

"할 줄 알아?"

"도전해보는 거죠. 맛없어도 먹어줄 거죠?"

"내가 하는 게 낫지 않을까?"

"점심은 제가 할게요."

서영의 말이 끝남과 동시에 휴대폰이 울렸다. 한국지사에서 걸려온 전화였다. 한국은 밤 11시쯤 될 시간이었지만, 아침을 맞이하고 있을 대표를 위해서 직원들은 언제나 이 시간 때쯤 전화를 걸어왔다.

"네."

-대표님, 접니다.

미국으로 오기 전, 자신의 자리를 대신 앉혀놓은 전문 CEO 선우현 대표였다.

"네, 말씀하세요."

-이번 홍콩 오프라인 매장 오픈 잘 진행되었습니다. 메일로 보내드리도록 하겠습니다. 그리고…….

이것저것 보고를 전해 받은 준석이 전화를 끊고 왔을 때, 서영의 젓가락이 준석의 연어구이에 와 있었다.

"너무 맛있어서……."

멋쩍었는지, 하하 웃는 서영에게 준석이 자신의 접시를 내밀었다.

"많이 먹어."

그러다 손을 뻗어 그녀의 볼을 아프지 않을 정도로 꼬집었다.

"귀여워."

벌써 미국에서 산 지도 반년이 지나가고 있었다. 서영의 기억은 여전히 흐릿해져가고 있었지만 그것 외에 다른 병의 증상은 나타나지 않았다. 미국에 있는 연구진과 의사들은 이것을 정말 흔치 않은 일이라며 '기적'이라고 말했다. 서영은 그 '기적'이라는 단어도 금세 잊어버리고 말았지만 준석은 '기적' 속에서 살고 있는 것에 대해 매일 감사해하며 살고 있었다.

이곳에 와서 가장 좋은 점은 서영이 약을 잘 먹지 않는다는 거였다. 한국에 있을 때는 남들의 온갖 관심, 오지랖 때문에 불안해서 하루에도 몇 번씩 안정제를 먹고 했지만 이곳에선 잘 먹지 않았다.

이 동네 사람들은 서영의 아픔을 전혀 아는 척하지 않고 매일 똑같은 표정과 말투로 인사를 건네곤 했고, 준석을 알아보는 사람도 없었다.

"비가 안 와서 큰일이에요. 밖에 채소들 물 좀 주고 올게요."

밥을 다 먹고 씻으려고 욕실로 들어가는 준석을 향해 서영이 냉큼 말했다.

"같이 주고 같이 씻자."

"제가 후딱 주고 올게요!"

"천천히 가. 그러다가 넘어져."

괜찮다는 듯이 손짓하며 마당으로 향했다. 여전히 거실 창문을 가리고 있는 커튼을 걷자, 마당에서 물 호스를 부여잡고 채소에 물을 주고 있는 서영의 모습이 보였다. 지나가는 동네 사람들과 눈인사를 하기도 했고 자신을 향해 반갑게 뛰어오는 옆집 개를 끌어안기도 했다.

그러다 문득, 시선을 돌려 자신을 바라보고 있는 준석에게 미소 지었다.

준석은 서영의 미소를 보며 생각했다.

오늘도 난 있는 힘껏, 최선을 다해, 미루지 않고 그녀를 사랑할 것이다.

오늘도 난 행복하다.

그녀의 미소가 있으니, 행복하지 않을 이유가 없기 때문이었다.

창문을 활짝 열어 그녀에게 손을 뻗었다. 그러자 서영이 준석에게 다가와 뒤꿈치를 들고 살포시 볼을 내밀었다.

"사랑해."

그의 고백에 서영이 또 한 번 수줍은 미소를 지어 보였다.

오지 않을 내일의 행복이 아닌, 지금 당장 쥘 수 있는 오늘의 행복을 위해 달려갈 것이다.

-마침-

작가 후기

항상 느끼는 바지만, 전 후기를 쓸 때 가장 많은 생각들이 몰려드는 것 같습니다. 독자님들과 편집장님이 불러주시는 '작가님'은 제겐 여전히 너무 과분하게 느껴지는 호칭이고 제가 쓴 글이 '책'으로 나온다는 건 여전히 믿어지지 않을 만큼 신기한 일입니다. 그런데도 욕심은 또 많아서 여전히 쓰고 싶은 글들이 참 많아서 탈입니다. 마치, 노 젓는 방법도 제대로 모르면서 나룻배를 타고 세계 일주를 돌아다니려고 하는 무모한 사람 같기도 합니다.

이런 무모한 사람에게, 책을 낼 기회를 주신 출판사 관계자님들과 독자님께 다시 한 번 감사함을 느낍니다.

'최 비서의 비밀'은 제게 큰 도전이었습니다. 어찌 보면 신파극에 지루한 이야기를 시작한 제겐 정말 넘기 힘든 산이었습니다. 이 글을 쓰면서 제 기분도 함께 우울해지고 힘들어지고 했지만 끝까지 올라서게 되어 참, 다행이라고 생각합니다.

그리고…….

어느 날 엄마가 제게 말했습니다.

'할머니 모시고 가족 여행 한번 가자.'

저는 알겠다고 했지만, 이런저런 핑계로 8년째 제대로 된 가족 여행을 한 번도 가본 적이 없습니다. 8년 전 할머니는 식사도 곧잘 하시고 걸음도 곧잘 걸어 다니셨습니다. 하지만 8년이 지난 할머니는 이제 걷는 것도 많이 힘들어하시고 어떤 음식을 드시든 자주 체하시곤 합니다.

제가 태어났을 때부터 저를 길러주신 할머니는 제겐 부모님보다 훨씬 더 감사드려야 할 분입니다. 비록, 할머니께서는 한글을 잘 모르셔서 제 글을 읽으실 순 없지만 제게는 세상에서 배울 것이 가장 많은 분이시자, 가장 위대하신 분입니다.

그럼에도 늘, 마음속으로만 그 감사함을 전할 뿐, 밖으로는 매일 투덜거리고 제대로 된 효도 한 번 해드리지 않은 것이 마음에 걸립니다.

이제, 84세가 되시는 저희 할머니. 할머니를 위해서 전 이제 매일 미루던 것들을 해볼 생각입니다.

-여전히 할머니에겐 짜증쟁이지만……. 못난 계집애…….

이번 바쁜 작업을 끝내고 나면 가족들과 함께 여행을 가볼 생각입니다. 항상 제 편이 되어주셔서 감사하고 사랑합니다. 할머니.

마지막으로, 2017년 새해가 밝았습니다.

어? 2017년이다. 해놓고 눈 깜짝할 사이에 어? 2018년이다. 할 것 같네요. 시간이 KTX, 아니 비행기보다 더 빨리 지나갑니다. 할 수만 있다면 시간을 포박하여 아무도 꺼내볼 수 없는 곳에 꼭꼭 숨겨둬 버리고 싶습니다. 하하하핫핫! 저의 몸에 붙을 지방과 함께요! 하하하하하!

사랑하는 나의 독자님들, 새해 복 많이 받으시고요. 언제나 건강하시고 행복한 일들만 가득, 하시길 정말 간절히 바랍니다.

오늘도 주변을 둘러보세요. 그리고 그대를 사랑해주는 사람에게 사랑한다고 말해주세요. 아끼지 말고 미루지 말고 사랑합시다. 우리, 미련 남지 않을 정도로 사랑합시다.

그럼, 전 조만간 『원수의 첫사랑』과 함께 다시 인사드리도록 하겠습니다. 감사합니다.

- 이은교 올림.